dtv
premium

Panos Karnezis

Kleine Gemeinheiten

Aus dem Englischen von Sky Nonhoff

Deutscher Taschenbuch Verlag

Deutsche Erstausgabe
Juni 2004
3. Auflage September 2004
Deutscher Taschenbuch Verlag GmbH & Co. KG, München
www.dtv.de

Titel der englischen Originalausgabe:
›Little Infamies‹
(Jonathan Cape, Random House Group Limited, London 2002)

Umschlagkonzept: Balk & Brumshagen
Umschlagfoto: © akg-images / John Hios
Satz: Greiner & Reichel, Köln
Gesetzt aus der Bembo 11/13·
Druck und Bindung: Kösel, Krugzell
Gedruckt auf säurefreiem, chlorfrei gebleichtem Papier
Printed in Germany · ISBN 3-423-24396-1

Inhalt

Eingekreist von Furcht und Verdacht,
aufgewühlt und unruhig blickend,
suchen wir verzweifelt nach Auswegen,
um dem aus dem Weg zu gehen,
was uns so schrecklich bedroht.
Doch um diese Gefahr geht es gar nicht:
Die Kunde war falsch
(oder haben wir sie nur nicht richtig verstanden).
Ein ganz anderes, unvorstellbares Desaster
senkt sich plötzlich, schrecklich
und unerwartet – keine Chance zur Flucht –
auf uns herab.

›Things Ended‹, aus: C. P. Cavafy, Collected Poems

Ein Steinbegräbnis

I

Seit dem Morgengrauen war die Luft so klebrig, als würde sie gären, und später, kurz vor dem Mittagessen, fing der Hund grundlos zu bellen an, so lange, bis Pater Gerasimo ihn mit ein paar Steinen verscheuchte. Zu jenem Zeitpunkt wäre er nie darauf gekommen, daß ihn das arme Tier nur warnen wollte. Das ging ihm erst auf, nachdem er das Geschirr abgewaschen, die Reste seiner Mahlzeit an die Hühner verfüttert und sich mit einem Glas Wein auf der Veranda niedergelassen hatte – und plötzlich ein Donner über das Dorf hallte, der klang, als würde jemand auf eine riesige Blechtonne schlagen. Starr vor Schreck sah der Pater, wie sein Glas umkippte und der Rotwein über den Tisch spritzte.

»Verdammt!« brachte er hervor. »Der Jüngste Tag ist gekommen!«

Die Krähen stoben aus den Bäumen auf, und eine nicht weit entfernte Schafherde begann zu blöken. Pater Gerasimo bekreuzigte sich. Das erste Beben war kaum zu spüren, so wie die Wellen der Dynamitexplosionen, die zuweilen aus den zum Gefängnis gehörenden Minen ins Dorf drangen; die Leitungen an den Strommasten vibrierten leicht, und der Kanarienvogel schlug mit den Flügeln gegen die Gitter seines Käfigs. Pater Gerasimos Furcht nahm jäh zu, als der Schatten einer vorbeiziehenden Wolke auf seine bescheidene Behausung fiel, und als die Verandatür in ihren Angeln quietschte, zitterte er wie damals, als er bei einer seiner fehlgeschlagenen Teufelsaustreibungen das Zischen eines Dämons vernommen hatte. »*Kyrie eleison me*«, flehte er und berührte das

Kreuz an seiner Brust, während ihm durch den Kopf schoß, wie oft er in seinem Priesteramt versagt hatte. »Es ist nicht mein Fehler. Ich habe mein Bestes versucht. Aber diese Heiden sind stur wie Maultiere.«

Er war noch nicht zu Ende mit seiner Beichte, als die Betonveranda zu schaukeln begann, als würde sie einen Fluß hinuntertreiben. Das Paar Gummistiefel, das er im Winter benutzte, um von seinem Haus zur nahegelegenen Kirche zu kommen, sprang plötzlich in die Höhe, und aus der hin- und herpendelnden Sturmlaterne regnete es Paraffin auf seine verschlissene Soutane, aber der Schock saß so tief, daß er sich keinen Millimeter bewegte.

Doch dann hörte das Erdbeben genauso unvermittelt wieder auf, wie es begonnen hatte.

Für eine Weile herrschte eine durchdringende Stille, nur unterbrochen von den Geräuschen zerschmetternder Ziegel, die sich von den Dächern gelöst hatten. Die Vögel kehrten auf die Bäume zurück, während der Kanarienvogel seinen Kopf zwischen die Flügel zog. Auf dem Platz vor der Kirche hatten sich aus allen Richtungen herbeigeeilte Menschen wie eine verängstigte Viehherde versammelt. Bei sich trugen sie die Dinge, die sie aus ihren Häusern hatten retten können: Teller aus falschem Chinaporzellan, eine Schrotflinte samt dazugehörigem Putzstab, eine Wanduhr, deren Kuckuck von seinem Springmechanismus gefallen war, einen noch dampfenden russischen Samowar. Eine Braut in spe hatte ein geliehenes Tüllkleid dabei, der Bürgermeister seine schwere Schreibmaschine, die mit Steuergeldern bezahlt worden war, und ein Mann schob das Bett, in dem seine siechen Großeltern lagen.

»Der Jüngste Tag hat begonnen!« rief Pater Gerasimo wutentbrannt von seiner Veranda. »Jetzt ist es zu spät, noch Buße zu tun!« Mit schamroten Gesichtern blickten sie zu ihm herüber. »Und sagt nicht, ich hätte euch nicht gewarnt.«

Sie standen immer noch auf dem Platz herum und diskutierten, was sie tun sollten, als der Schrecken zurückkehrte. Die zweite Welle des Erdbebens kündigte sich an, als plötzlich die Glokken zu läuten begannen, doch obgleich der wie eine Angelrute schwankende Turm den unterirdischen Stößen standhielt, setzte der empfindliche Mechanismus der Kirchturmuhr aus; die Zeiger blieben im Moment der Katastrophe stehen. Die Dorfbewohner konnten nur ohnmächtig zusehen, während der Boden unter ihren Füßen erzitterte und Zapfen von den Zypressen fielen. Der Putz unter den Wandmalereien in der Kirche brach, und einen Moment später fielen die großen blauen Lettern über der Rathaustür nacheinander zu Boden. Kurz darauf gaben auch die Träger des Balkons nach, der in einem Stück auf der Erde landete, komplett mit Balustrade, Fahnenmast und dem Liegestuhl, in dem der Bürgermeister seinen Nachmittagsschlaf zu halten pflegte.

Unter den Entsetzensschreien der Dorfbewohner setzte sich die Verwüstung fort. Häuser, die den Stößen der Erde im Weg standen, erlagen widerstandslos den gewaltigen Kräften; Dächer stürzten ein, Schornsteine knickten einfach um und blockierten die Straßen, von Ziegelschuppen blieben nur Haufen aus Staub und Stroh. Doch den Dorfbewohnern blieb keine Zeit, ihren Habseligkeiten hinterherzutrauern. Plötzlich drang das Bersten von Holzbohlen und Mauerwerk an ihre Ohren, ehe die Hauptstraße von einer riesigen Staubwolke eingehüllt wurde, aus der sich die Hörner einer panischen Viehherde schälten.

Die Menschen suchten Zuflucht in der Kirche des heiligen Timotheus. Als Pater Gerasimo einer Familie den Einlaß verwehrte, weil sie den Zeugen Jehovas angehörte, kletterten die Eltern mit ihren Kindern so hoch wie nur eben möglich auf die im Kirchhof stehenden Zypressen, klammerten sich an die Äste und beteten laut, während unter ihnen die Rinder vorbeitrampelten, dem anderen Ende des Dorfs entgegen. Als die Herde außer Sicht war, hielt Pater Gerasimo den Atem an und stellte fest, daß das Erdbeben aufgehört hatte. Schließlich öffnete er vorsichtig das Portal und spähte nach links und rechts, ehe er seufzend sagte: »Dieses Dorf zieht das Unheil an wie das Licht die Motten.«

Sie zählten dreimal durch, bevor sie sicher waren, daß niemand fehlte; danach begannen die Menschen mit dem Aufräumen. Der Schmied begutachtete den Schaden an der Kirchturmuhr. Er urteilte, daß lediglich die große Feder und ein paar Rädchen gerichtet werden mußten, doch die Dorfbewohner kamen überein, die Uhr so zu belassen, wie sie war, als Mahnmal für die Katastrophe.

Ein paar Männer folgten dem Barbier zu seinem Salon, wo sie die staubige Luft mit zwei Blasebälgen aus der Schmiede bereinigten, über herabgefallene Balken stiegen, den Lederstuhl aus dem Weg rückten und das schwere Paneel mit den geschnitzten Cherubim aufrichteten, das von der Wand gefallen war, obwohl sie bereits wußten, was sie darunter erblicken würden. Der Barbier hatte den unbezahlbaren Spiegel weiland billig von einer verblassenden Schönheit aus der Stadt gekauft, einer Dame mit der obsessiven Angewohnheit, ihre Falten zu zählen; nun war nur noch ein Haufen scharfer Scherben übrig. Nichts aber machte die Männer trauriger als die Nachricht, die ihnen als nächste zu Ohren kam: Zafiras Haus am Dorfrand, das Haus mit den weißen Wänden und den karminroten Fensterläden, den Töpfen mit Basilikum und Rosmarin und der immer halb offenstehenden Tür mit dem Hufeisen darüber, hatte sich in eine Pyramide aus Schutt verwandelt. Nur Pater Gerasimo frohlockte. »Endlich«, sagte er, »hat das Haus der Sünde sein verdientes Ende gefunden.«

Es war bereits Abend, als der Wind sich drehte und sie schließlich das Kreischen der Pfauen hörten, die auf dem Friedhof lebten. Als die Dorfbewohner dort ankamen, das verformte Eisentor aus den Angeln hoben und auf den Gottesacker marschierten, entdeckten sie, daß das Erdbeben nicht nur tiefe Furchen in den Boden gerissen, die Grabsteine umgestürzt, die seit Jahren nicht mehr nachgefüllten gläsernen Öllampen und die Vasen mit verdorrtem Immergrün zerstört, sondern auch – und das war das Schlimmste – die Särge ihrer Vorfahren exhumiert hatte.

Sie versuchten, die Särge wieder zurück in die Erde zu bugsieren, doch war ihre Mühe vergeblich, da die wurmzerfressenen Planken bei der ersten Berührung unter ihren Händen zerbröckelten. Daher beschlossen sie, neue Särge zu zimmern. Die Männer arbeiteten die ganze Nacht bei Laternenlicht und den ganzen nächsten Tag, während die Frauen angewiesen wurden, die Gebeine aus den Särgen zu holen und zu markieren, damit die Knochen nicht durcheinandergerieten. Bei diesem Unterfangen stießen sie auch auf einen Sarg, der mit Büchern gefüllt war, worauf sich der sichtlich verlegene Pater Gerasimo zu erklären beeilte, es handele sich um einen Haufen wertloses Papier mit den Lügen gotteslästerlicher und ignoranter Häretiker. Doch wurden noch andere Entdeckungen gemacht. Neben den sterblichen Überresten eines Mannes, der offenbar befürchtet hatte, lebendig begraben zu werden, fanden sie eine komplette Telegraphenanlage, und in wiederum einem anderen Sarg erblickten sie fassungslos eine makellos erhaltene Leber unter den gebleichten Knochen eines seinerzeit berüchtigten Säufers; der Doktor erklärte, daß der Alkohol die Leber konserviert hatte.

Sie hatten fast alle aus der Erde geworfenen Särge zusammengetragen, als Pater Gerasimo ein auffällig kleiner Schrein ins Auge stach. Nicht der geringe Umfang des Sargs irritierte ihn, denn er wußte, daß hilflose Kinder den Tod häufig in Versuchung führten, sondern vielmehr ein kaum noch lesbarer Aufdruck; es handelte sich um eine Kiste, in der sich irgendwann einmal gepökelter Fisch befunden hatte. Wirklich entgeistert aber war er erst, nachdem er die halb vermoderte Kiste mit einer Schaufel aufgehebelt hatte und entdeckte, daß sie nicht die Überreste eines Kindes enthielt, sondern achtzehn blankpolierte schwere Steine, jeder einzelne davon in der unverkennbaren Form eines menschlichen Herzens.

Zwei Tage dauerte es, die neuen Särge anzufertigen, und am dritten versammelten sich die Dorfbewohner – so mancher angesteckte Trauerflor war vorher ein Damenstrumpfhalter gewesen – zur von Zikadengesang begleiteten Messe für die toten Seelen. Kaum hatte Pater Gerasimo sein »Asche zu Asche« gesprochen, waren sie auch schon wieder auf dem Nachhauseweg, ließen den Geistlichen allein mit dem Totengräber, der Erde auf die Schreine zu schaufeln begann. Als er vor der Kiste mit den Steinen stand, überkam den Priester ein erdrückendes Gefühl der Einsamkeit. Niemand hatte sich erinnern können, an welcher Stelle die Kiste gefunden worden war; vielleicht wollten sie es ihm auch nur nicht sagen. Pater Gerasimo versetzte der Kiste einen enttäuschten Tritt. »Eine Sünde ist begangen worden«, sagte er. »Irgendwann habe ich die Totenmesse für einen Haufen Steine gelesen.«

Der Friedhof lag auf einem Hügel, von dem man das Dorf

überblickte. Die vom Erdbeben zerstörten Grabsteine hatte man zu einem Stapel zusammengetragen; schlichte Holzkreuze hatten ihren Platz eingenommen. Pater Gerasimo verfütterte altes Brot an die beiden Pfauen, ehe er sich bückte und ein paar ihrer Federn aufsammelte, mit denen er den Altar zu schmücken pflegte. Der Tag war klar und schön. Seit dem Erdbeben war kaum eine Minute vergangen, in der er nicht an seinen mysteriösen Fund gedacht hatte. In den vergangenen zwei Nächten war er mit Tränen der Todesangst aus dem Schlaf geschreckt; er hatte davon geträumt, wie Sodom und Gomorrha von einem Erdbeben und einem Schwefelhagel vernichtet worden waren, und am Morgen der Messe hatte er ein Geräusch aus dem Schrank vernommen, in dem seine Priestergewänder hingen. Sein Kreuz in der zitternden Hand und ein Gebet gegen den Urian auf den Lippen, hatte er schließlich die Tür geöffnet, doch war es nur eine große, fette Ratte gewesen.

Dies waren Machenschaften des Teufels, und bald war er der festen Überzeugung, daß das eigentliche Erdbeben von Gott selbst verursacht worden war, damit er die Kiste mit den Steinen entdeckte. Dieses Rätsel zu lösen, dachte er, war der erste Schritt auf dem langen Pfad der Buße, den das Dorf zu gehen hatte. Er dachte immer noch darüber nach, als er einige Zeit später auf der Polizeiwache erschien.

»Sie verschwenden Ihre Zeit, Pater«, sagte der Wachtmeister, als er den Priester erblickte. »Und erst recht die meine.«

»Eine Sünde ist begangen worden«, sagte Pater Gerasimo.

»Das obliegt Ihrer Gerichtsbarkeit, Pater, nicht meiner.«

»Die Sache könnte auch Teil eines Verbrechens sein. Es ist doch wohl ganz normal, daß die Polizei ...«

»Ich beschäftige mich mit der Angelegenheit, wenn ich diese Akten bearbeitet habe«, sagte der Polizist und legte die Handfläche auf einen Stapel Anzeigen, die allesamt Plünderungen und Diebstähle nach dem Erdbeben betrafen. Ironisch fügte er hinzu: »Passen Sie gut auf die Steine auf, Pater. Das sind äußerst wichtige Beweismittel.«

Pater Gerasimo errötete vor Zorn. »Eine Sünde«, wiederholte er stur.

Er war kein Mann, der so einfach aufgab; daher entschloß er sich, den Fall selbst zu untersuchen. Doch wußte er nicht, wo er überhaupt anfangen sollte, und so irrte er stundenlang durch die Straßen, tief in Gedanken versunken. Die Menschen, die er auf seinem Weg traf, fragte er, wie groß der Schaden war, den sie durch das Erdbeben genommen hatten, aber in seiner Zerstreutheit fragte er dasselbe jedesmal erneut, sobald er derselben Person wieder begegnete.

Große Teile des Dorfs lagen in Trümmern. Auf seinem Weg zum Dorfplatz mußte Pater Gerasimo über die Schuttreste eines ehemals einstöckigen Hauses steigen, dessen Stockwerke beide mit Kamin ausgestattet gewesen waren und an dessen Außenwand sich Jasmin bis zum Dach emporgerankt hatte. Obwohl die Blüten nun unter verschiedenen Schichten aus Stein, Mörtel und Holzarbeiten begraben waren, lag immer noch der Duft des Jasmins in der Luft. Ein nicht weit entfernter Stall war vom Erdbeben verschont geblieben. Esel und Maultiere waren davor angebunden, während nun ihre Besitzer hier Obdach gefunden hatten. Der Priester hielt inne und betrat den Frisiersalon, wo der Barbier auf allen vieren kniete und versuchte, den Spiegel wieder zusammenzusetzen.

»Treten Sie nicht auf die Scherben, Pater«, sagte der Barbier, eine Tube Klebstoff in der Hand. »Es sei denn, Sie sind so leicht, daß Sie auch auf dem Wasser wandeln könnten.«

Pater Gerasimo gehorchte. Er hob einen umgekippten Stuhl auf, wischte den Sitz mit dem Ärmel ab und setzte sich. Der kleine Salon befand sich in einem entsetzlichen Zustand. Tiefe Risse verliefen durch die Wände, und im Dach klaffte ein großes Loch. In einer Ecke lag ein Kronleuchter mit fünf Glühbirnen auf einem Haufen aus Glasperlen und Putz. Der Anblick erinnerte den Priester an einen toten Schwan.

Er fragte: »Weißt du etwas über die Steine in der Kiste?«

»Ich habe absolut keine Ahnung davon«, antwortete der Barbier rasch.

Er kauerte immer noch über dem Spiegel, hatte sich aber so gedreht, daß er dem Priester nun den Rücken zuwandte. Pater Gerasimo betrachtete ihn wortlos. Draußen auf der Straße gingen

Frauen und Kinder mit Eimern voller Schutt vorbei. Der Barbier fing an zu summen.

»Haben Sie mal dran gedacht, sich den Bart abnehmen zu lassen, Pater?« fragte er nach einem Weilchen. »Für Sie mache ich's zum Sonderpreis.«

Der Priester ging nicht auf den Scherz ein. Er hatte das Gefühl, daß der Barbier seinen Fragen ausweichen wollte.

»Merkwürdig«, ließ Pater Gerasimo nicht locker, während er sich über den Bart strich. »Sonst erzählen die Leute beim Friseur doch Dinge, die sie nicht mal ihren Frauen anvertrauen würden.«

»Mir sagt keiner was, Pater. Meine Kunden meinen, ich kann Geheimnisse noch schlechter für mich behalten als der Bader von König Midas.«

Der Priester glaubte ihm kein Wort. Dennoch war er sich bewußt, daß es eine schlechte Taktik gewesen wäre, sein Mißtrauen gleich zu Beginn seiner Ermittlungen preiszugeben.

»Fertig«, sagte der Barbier einen Augenblick später. Er stand auf und wischte sich die Hände an der Hose ab. »Mögen Sie mir kurz zur Hand gehen, Pater?«

Pater Gerasimo half ihm, den schweren Spiegel wieder an der Wand anzubringen. Als sie ihr Unterfangen beendet hatten, fragte der Barbier: »Na, was meinen Sie?«

Pater Gerasimo begutachtete den Spiegel. Er sah aus wie ein von einem Amateur zusammengesetztes Mosaik. Zwischen den Scherben klafften Lücken, und sein Abbild war derart verzerrt, daß es ihn an ein Maultier erinnerte.

»Der taugt nur noch für die Geisterbahn«, sagte er sarkastisch, um, als er seine Enttäuschung nicht mehr zügeln konnte, hinzuzufügen: »Im Spiegelreparieren bist du auch nicht besser als im Lügenerzählen, Barbier.«

In der Nacht kamen die Alpträume wieder. Pater Gerasimo wälzte sich fluchend und seufzend hin und her, ehe er zu dem Schluß kam, daß an Schlaf sowieso nicht zu denken war. Er setzte sich im Bett auf und sah aus dem Fenster. Es waren noch einige Stunden bis zum Morgengrauen. Sein Haus bestand aus einem einzigen Raum, der zugleich als Schlafzimmer, Arbeitszimmer und Küche diente. Er gab ebensoviel geröstete Zichorienwurzel –

er war knapp bei Kasse – wie Kaffee in die Kanne sowie ein wenig Zucker dazu und erhitzte die Mixtur auf dem Ofen. Dann hüllte er sich in seine Soutane und nahm auf seinem Stuhl auf der Veranda Platz, von wo aus er drei Tage zuvor beobachtet hatte, wie das Erdbeben seinen Lauf nahm. Er trank den kochendheißen Kaffee und ließ seinen Blick über den Horizont und die kaum sichtbare Gratlinie der Berge schweifen. Als er seine Tasse ausgetrunken hatte, schenkte er sich erneut ein und kehrte auf die Veranda zurück, wo er grübelnd verharrte, bis die Berge honigfarben im ersten Licht des Tages schimmerten. Erst als die Hähne krähten, erinnerte er sich, daß es Zeit für die Frühmesse war, und machte sich eilends bereit, während er murmelte: »Vergib mir, Herr. Selbst ich beginne schon, sie im Stich zu lassen.«

Die Messe war so schlecht besucht, daß sein Trübsinn nur weiter zunahm. Hinzu kam, daß er sich zweimal dabei ertappte, wie er an das beschämende Begräbnis dachte, während er Brot und Wein darreichte. Er vollzog das Heilige Abendmahl im Eiltempo und sprach das Vaterunser schneller als gewöhnlich. Anschließend weckte er die alten Frauen, denen bei jeder Frühmesse unausbleiblich die Augen zufielen, und als alle gegangen waren, streifte er das Liturgiegewand über seiner schmutzigen Soutane ab, bereit für einen Tag neuer Ermittlungen.

Er fing mit dem Café an. Der Kellner war überrascht, ihn so früh zu sehen. »Ich kann mich nur an ein einziges Mal erinnern, daß Sie um diese Uhrzeit vorbeigekommen sind, Pater«, sagte er von seinem Platz hinter der Theke aus. »Das war damals, als Ihnen der Meßwein ausgegangen war.«

Pater Gerasimo mochte ihn. Der Kellner war ein solcher Hüne von Mann, daß er den Priester an ein Kreuzfahrtschiff erinnerte, das sich ohne Schlepper durch einen engen Hafen zu lavieren versuchte. Seine ausgesuchte Höflichkeit hatte Pater Gerasimo zu dem Schluß kommen lassen, daß es sich bei dem Kellner um den ehrlichsten und großherzigsten Menschen im gesamten Dorf handelte. Er brachte dem Priester seinen Kaffee.

»Das war ein Notfall«, sagte der Priester, während er sich mit einer Mischung aus Scham und Bubenhaftigkeit an das Ereignis erinnerte. »Ich mußte mich durch die Hintertür hinausschleichen, aber selbst der Psalmist bekam nichts mit.« Er unterdrückte einen Gluckser und fügte mit getragener Stimme hinzu: »Ich hoffe, der Herr hat mir vergeben, daß ich an jenem Tag nur Schnaps ausschenken konnte.«

»Das hat er bestimmt, Pater. Es war ja ein besonders hochprozentiger, wenn Sie sich erinnern. Ich hatte ihn für die Hochzeit meiner Schwester aufgehoben.«

»Ich bin dir jedenfalls sehr dankbar, mein Sohn«, sagte Pater Gerasimo.

Er hatte an einem Tisch ganz in der Nähe des Tresens Platz genommen. An der Wand befand sich ein schmutziger Kreis, wo vorher die Uhr gehangen hatte. Es war eine Uhr in der Form eines überdimensionalen Kronenkorkens mit dem Logo einer beliebten Biermarke gewesen, die jeder Wirt kostenlos bekam, wenn er jährlich fünftausend Kästen Bier oder mehr umsetzte.

»Schade um die schöne Uhr«, sagte Pater Gerasimo.

Der Kellner sah betrübt zu dem Fleck an der Wand hinüber.

»Es war eine gute Uhr«, sagte er.

»Schweizer Uhr?«

»Der Mechanismus, ja. Sieben Lagersteine.«

Beide Männer starrten schweigend auf den Schmutzkreis an der Wand.

Der Kellner sagte: »Sie ging im Monat höchstens eine Minute nach.«

»Tatsächlich?« Beeindruckt schüttelte Pater Gerasimo den Kopf, um anschließend zur Sache zu kommen. »Heute benötige ich wieder deine Hilfe, mein Sohn, wenn auch diesmal in einer anderen Angelegenheit.«

Abgesehen von der Uhr bestand der einzige andere Schaden in der Bar darin, daß während des Erdbebens ein Stück von der Decke auf die Kühlauslage gefallen war. Durch das gesprungene Glas der Auslage sah der Priester zu, wie der Kellner Geschirr abwusch.

»Meine Hilfe, Pater?«

»Ja. Was kannst du mir über die Steine sagen?«

»Die Steine?«

»Die Steine in dem Sarg.«

»Dem ... Sarg?«

Pater Gerasimo betrachtete die Hände des Hünen mit argwöhnischem Blick. An diesem Morgen waren sie keineswegs so behende wie sonst – sie zitterten sogar. Hinzu kam, daß der Kellner bereits alle Teller abgewaschen hatte, nun aber das bereits saubere Geschirr wieder in die Seifenlauge tauchte und erneut zu reinigen begann.

»Warst du nicht auch auf dem Friedhof, als ich die Kiste gefunden habe?« fragte der Priester.

Der Kellner wischte sich mit dem Handrücken über die Stirn.

»Ach ja ... die Kiste.« Er beugte sich über die Spüle, Seifenschaum an der einen Braue.

»Und?«

»Ich wünschte, ich könnte Ihnen helfen, Pater. Aber wenn meine Gäste über so ernste Dinge reden, sind sie derart betrunken, daß ich kein Wort verstehen kann. Das ist das Problem, sehen Sie.«

Pater Gerasimo fühlte sich betrogen. Eine Woche zuvor hatte er dem Mann ohne Umschweife Absolution erteilt, als dieser gebeichtet hatte, daß er die Getränke mit Wasser versetzte. Und nun zahlte er es ihm mit einer Lüge zurück. Der Zorn brannte in seiner Kehle, und er trank entschlossen seinen Kaffee aus. »Das wahre Problem, mein Sohn«, sagte er, während er den Zeigefinger hob, »besteht darin, daß du dich mit diesen Heiden verbündest.« Er wartete weder die Ausreden des Kellners ab noch zahlte er für sein Getränk.

Am Nachmittag gelang es Pater Gerasimo, eine Stunde Schlaf zu finden, ehe der Hund ihn mit seinem Winseln weckte. Nachdem er ihm Futter gegeben hatte, wusch er sich das Gesicht über dem Becken und trocknete seinen Bart mit dem Geschirrtuch, ehe er sich zum Bahnhof aufmachte. Die eine Seitenwand des Fahrkartenschalters war eingestürzt, und die Möbel und der Boden waren übersät von Putz und Mauerwerk. Darüber hinaus war der Tresen im Telegraphenraum aus den Fugen gerissen worden, während im Wartesaal die Fensterscheiben zerbrochen waren. Schließlich stieß

Pater Gerasimo auf den Bahnwärter, der in einem Schaukelstuhl auf dem Bahnsteig saß. Er putzte gerade einen Stapel gerahmter Plakate mit einem Staubwedel. Er trug seine Uniform und hatte seine Mütze hochgeschoben. Der Priester begrüßte ihn.

»Guten Tag, Pater«, erwiderte der Bahnwärter, ohne sich zu ihm umzuwenden. »Für einige Zeit wird es keinen Zugverkehr mehr geben.« Er zog die Mütze in die Stirn und begann zu schaukeln.

»Wieso das?«

»Die Schienen haben sich verzogen.« Der Bahnwärter wies in die Ferne. »Sehen Sie die gebrochenen Schwellen da hinten?«

Der Priester nickte, auch wenn er gar nicht so weit sehen konnte. »Das Unheil trifft die Reichen kaum«, sagte er niedergedrückt, »aber die Armen immer gleich mit dem Vorschlaghammer.«

Der Bahnwärter nickte. Er entstaubte weiter die alten Plakate. »Sobald ich mich um den Telegraphen gekümmert habe«, sagte er, »gebe ich den Zuständigen Bescheid.«

»Mist«, murmelte der Priester und biß sich sofort auf die Lippe.

»Hatten Sie eine Reise geplant, Pater?«

»Ich?« sagte der Priester teilnahmslos. »Ich habe seit dreiundzwanzig Jahren keine Reise mehr unternommen, mein Sohn. Selbst wenn eine neue Sintflut über uns hereinbrechen würde, ich würde mich nicht mehr von hier fortbewegen.«

Was nur die halbe Wahrheit war. Er war in der Absicht zum Bahnhof gekommen, Telegramme an die Polizei in der Stadt, an den Präfekten und den Bischof zu schicken und diese über die Kiste mit den steinernen Herzen zu unterrichten. Desgleichen hatte er in Erwägung gezogen, persönlich in die Stadt zu fahren, wenngleich nur mit dem Zug – der Bus kam nicht in Frage, da er aufgrund seines hohen Alters häufig zur Toilette mußte. Da nun beide Pläne bereits im Ansatz fehlgeschlagen waren, verspürte Pater Gerasimo den dringenden Wunsch, sich zu setzen. Er holte sich einen Stuhl aus dem Wartesaal.

»Manchmal fühle ich mich, als würde ich die ganze Last des Himmels auf meinen Schultern tragen«, seufzte er.

Der Bahnwärter legte den Staubwedel zur Seite und zündete sich eine Zigarette an.

»Ganz meine Meinung«, sagte er, während er müßig den Blick über den Horizont schweifen ließ. »Das Gepäcktragen bricht mir eines Tages noch das Kreuz.«

»Wenn es wenigstens einen moralischen Lohn gäbe …«, sinnierte Pater Gerasimo.

»Obwohl das Gepäcktragen gar nicht zu meiner Arbeit gehört«, fuhr der Bahnwärter fort. »Aber dieser Bahnhof ist ja seit jeher unterbesetzt.«

Der Priester war den Tränen nahe. »Und dazu diese Einsamkeit. Oh, Gott, ich kann diese Einsamkeit nicht mehr ertragen.«

»Manchmal muß man die Dinge einfach so nehmen, wie sie sind, Pater.«

Diese Worte waren es, die Pater Gerasimo aus dem Stupor seiner Enttäuschung aufrüttelten. Sein ganzes Leben hatte er das freiwillig auferlegte Leid christlicher Eremiten bewundert; plötzlich fiel ihm wie Schuppen von den Augen, daß jede Niederlage, jede Minute der Einsamkeit und jeder Schweißtropfen auf seiner Stirn einen weiteren Schritt zum Himmelreich darstellten.

»Niemals!« sagte er trotzig. Jäh kam er aus seinem Stuhl hoch und packte den Bahnwärter bei den Jackenaufschlägen.

»Um Himmels willen, Pater!« Dem Bahnwärter fiel die Zigarette aus der Hand.

»Sag mir, was du über die Steine weißt!«

Der Bahnwärter versuchte sich aus seinem Griff zu winden und rief: »Ich bin städtischer Angestellter! Nehmen Sie Ihre Finger von mir!«

Doch Pater Gerasimo packte ihn nur noch fester, mit einer Kraft, die ihn selbst überraschte. Seine ganze Enttäuschung, die seit dem Fund immer größer geworden war, richtete sich nun gegen den Bahnwärter, der glücklicherweise klein von Wuchs und ein leichtes Opfer war. Nachdem er mehrere Minuten lang derart drangsaliert worden war und der Schaukelstuhl nach hinten zu kippen drohte, gab der Bahnwärter schließlich auf.

»Fragen Sie meine Frau«, sagte er leise. »Sie wird es Ihnen sagen.«

Pater Gerasimo ließ ihn los. Zitternd suchte der Bahnwärter den Boden nach seiner Zigarette ab.

Er und seine Frau wohnten in dem Häuschen gleich neben dem Bahnübergang. Das Haus war von Eisenbahningenieuren nach dem Modell eines Armee-Beobachtungspostens gebaut worden. Dank der verstärkten Betonwände und Böden hatte es das Erdbeben unbeschadet überstanden. In Abwesenheit des Bahnwärters war seine Frau dafür verantwortlich, die Schranke herunterzulassen, wenn sich ein Zug näherte. Bedeutender aber war, daß sie bereits viele Jahre lang als Dorfhebamme arbeitete. Pater Gerasimo klopfte an und betrat das Haus, ohne eine Antwort abzuwarten. Er fand sie am Küchentisch vor, über einen Liebesroman gebeugt, dessen Umschlag eine Frau in einem hautengen, tief ausgeschnittenen Kleid zierte. Als sie ihn bemerkte, ließ sie das Buch errötend in einer Schublade verschwinden.

»Ich bin wegen einer wichtigen Angelegenheit hier«, tat der Priester kund.

Sie wußte bereits, was er wollte. Sie bat ihn, sich doch zu setzen, und wollte sich gerade erheben, um Kaffee zuzubereiten, als er ihr beschied, daß dies nicht nötig sei. Die Hebamme war eine kleine, dickliche, kinderlose Frau, die ihr Kopftuch auch im Haus nicht ablegte. Pater Gerasimo erinnerte sich, daß sie ein hübsches und lebhaftes Kind gewesen war; inzwischen trug sie einen Oberlippenbart, der nicht viel kleiner als der ihres Mannes war. Er spreizte seine Hände auf dem Tisch. Sie betrachtete sie neugierig; sie waren haarlos, knochig und mit purpurroten Flecken übersät, während die Fingernägel lange nicht geschnitten worden waren.

»Ihre Hände sehen wie Krabben aus, Pater«, sagte sie leichthin.

Pater Gerasimo war nicht zum Scherzen aufgelegt. »Wer hat das getan?« fragte er.

»Sie sollten lieber nach dem ›Warum‹ fragen, Pater.«

»Das werde ich den Schuldigen fragen.«

Der Stuhl knarrte unter seinem Gewicht, als Pater Gerasimo sich zurücklehnte. Der Geruch zerstoßenen Knoblauchs drang von der Anrichte zu ihm herüber. Er verschränkte die Arme über der Brust und pochte mit den Fingern auf den Tisch.

Nach einer Weile sagte die Hebamme: »Die Mutter des Kindes starb unmittelbar nach der Geburt. Sie haben an ihrem Grab gesprochen.« Sie atmete tief ein. »Ihnen wurde gesagt, daß es eine

Totgeburt war. Das Baby wurde neben seiner Mutter begraben – in jener Kiste eben.«

»Der Kiste mit den achtzehn steinernen Herzen«, sagte der Priester.

»Jeder stand für eines ihrer Lebensjahre.«

»Das Baby war also noch am Leben.«

»Beide. Es waren Zwillinge.«

»War es der Vater, der die Lüge in die Welt gesetzt hat?«

»Wer sonst?« gab sie trocken zurück.

Der Priester richtete seinen ausgestreckten Zeigefinger auf sie. »Ich will seinen Namen wissen.«

Sie mußte ihm nur in die Augen sehen, um zu begreifen, daß jeder Widerstand zwecklos war. Und so sagte sie ihm den Namen.

»Ich entsinne mich der Beerdigung.« Pater Gerasimo nickte. »Ja, zwei Särge waren es.« Er erinnerte sich an den kleinen, billigen und frisch gestrichenen Kindersarg, der die Feierlichkeiten hindurch geschlossen geblieben war. »Sag mir alles, Frau«, verlangte er. »Es ist deine letzte Chance, deine Seele zu retten.«

Die Sonne befand sich bereits hinter den Bergen, und das Dorf versank allmählich in trüber Dunkelheit, da während des Erdbebens die Stromversorgung zusammengebrochen und bislang nicht wiederhergestellt worden war. Als Pater Gerasimo, die Sturmlaterne in der Hand, sein Haus verließ, konnte er nur den Hundsstern erkennen, doch nach einer Stunde Fußweg war der Himmel dunkel genug, daß er die anderen Sternbilder ausmachen konnte. Er ließ sich auf einem Felsen neben der Schotterstraße nieder und betrachtete die Sterne; eine Angewohnheit, die er seit seiner Kindheit beibehalten hatte. Als er seine Kenntnis in Sternenkunde ausreichend angewandt hatte, entzündete er die Paraffinlampe und setzte seinen Weg fort.

Er hatte keine Angst vor dem Dunkel; der Hund begleitete ihn und bellte dann und wann, während er dem Priester vorauslief, hinter ihm blieb oder den Weg verließ – wahrscheinlich, um Kaninchen zu jagen. Ab und zu kam er wieder an und drückte sich an das Bein des Paters, der ihn dann seine Hand lecken ließ.

»Wenn die Menschen Gott nur so gehorchen würden wie die Hunde den Menschen«, sinnierte Pater Gerasimo.

Sein Ziel war ein Haus am anderen, dem Friedhof entgegengesetzten Ende des Ortes; dort lebte der Witwer. Pater Gerasimo hatte ihn schon seit Jahren nicht mehr in der Kirche gesehen. Überhaupt kam der Mann kaum mehr ins Dorf, und wenn, dann nur, um sich mit Vorräten einzudecken. Pater Gerasimo erinnerte sich, wie er ihm zum ersten Mal nach dem Tod seiner Frau begegnet war. Das war in der Abenddämmerung gewesen, und der Witwer trug einen breitkrempigen Hut, dessen Schatten wie eine Maske über seine Züge fiel, eine alte Uniform ohne Rangabzeichen und ein Paar Reitstiefel, die er auf einem Flohmarkt in der Stadt ergattert haben mußte. Die Verstohlenheit seiner Schritte hatte den Priester beinahe glauben lassen, daß es sich um den Geist eines im Kampf getöteten Soldaten handelte.

Pater Gerasimo erblickte das Haus. Das Erdbeben hatte es völlig verwüstet. Die Außenwände standen noch, doch das Dach und die Innenwände waren eingestürzt; niemand hatte sich die Mühe gemacht, den Schutt wegzuräumen. Das Mondlicht schien durch die kaputten Fenster, und der große Schornstein war auf den hölzernen Abtritt im Garten gekracht. Pater Gerasimo fühlte sich, als wäre er auf einen verrottenden Kadaver gestoßen, und das nicht nur wegen der Zerstörung, die sich seinen Augen bot; überall roch es nach Exkrementen. Hinter ihm gab der Hund ein Knurren von sich. Als Pater Gerasimo die Veranda erreichte und die Laterne hob, erschienen unerwartet zwei gelbe Augen im Lichtkegel. »Allmächtiger!« stieß er hervor. Die Lampe fiel ihm aus der Hand und erlosch, als sie zu Boden fiel.

Aus dem Dunkel erklang eine mißmutige Stimme. »Ich habe Sie schon erwartet, Priester.«

Die Worte klangen, als würden sie vom anderen Ende eines Tunnels zu ihm dringen. Pater Gerasimo tastete nach der Sturmlaterne. Als er sie wieder angezündet hatte und sich seine Augen von neuem an das Licht gewöhnten, sah er die Umrisse eines Mannes vor sich. Er lag auf einem Feldbett, ein paar Decken bis zum Hals herangezogen; unter den Decken ragte der Lauf einer Schrotflinte hervor. Der Priester hob die Lampe und blickte nach oben, wo das Dach gewesen war. »Du kannst dich glücklich schätzen, daß du noch am Leben bist.«

»Im Sommer schlafe ich sowieso immer im Freien. Den Nachmittag, an dem das Erdbeben stattfand, habe ich einfach total verpennt.«

Pater Gerasimo nickte. »Für einen Sünder hast du einen gesunden Schlaf, Nikiforo.«

»Die einzige Sünde, von der ich weiß, ist der Tod meiner Frau«, sagte der andere.

Er klang zornig. Pater Gerasimo mußte nur einen kurzen Blick auf die Schrotflinte werfen, um umgehend seine Taktik zu ändern. Ein wildes Tier konnte man mit Fressen besänftigen, dachte er, und einen gefährlichen Mann mit den richtigen Worten. Er zeigte auf die Flinte.

»Wozu brauchst du die denn?«

»Vögel.«

»Du solltest das Dach instand setzen«, sagte der Priester ruhig. »Ehe der nächste Regen kommt.«

Die Decken bewegten sich, als der Mann hustete. »Das kann warten.«

Pater Gerasimo nahm die Stufen und ließ das Licht der Laterne auf den Mann scheinen. Auf den Decken erblickte er die bösen Spuren der Schwindsucht; der Mann hatte Blut gehustet. Der Hund roch die Krankheit und hielt Abstand, doch Pater Gerasimo trat neugierig näher. Ein paar Ratten huschten unter dem Bett hervor, als er nähertrat.

»Du solltest dich ins Krankenhaus begeben, Nikiforo.«

»Ich bleibe hier, Priester. Krankenhäuser sind doch bloß Hotels für Poeten.«

Pater Gerasimo lehnte sich an den einzigen noch stehenden Pfosten des Spaliers, das einst das Verandadach gebildet hatte, und stellte die Lampe auf den Boden, wo, toten Schlangen gleich, die abgerissenen Zweige eines Weinstocks lagen. Aus dieser Distanz konnte keiner der beiden Männer das Gesicht des anderen erkennen. Der Priester hob erneut zu sprechen an.

»Ich bin da auf eine vergrabene Fischkiste gestoßen, Nikiforo.«

Der Mann unter der Decke bewegte sich.

»Ja, hab ich gehört.«

Pater Gerasimo war verblüfft. »Woher denn?«

»Wenn der Wind vom Dorf kommt, kann ich sogar hören, wenn Sie mit Ihrem Rosenkranz spielen.«

»Verstehe … Ich glaube, du weißt, was in der Kiste war.«

Sie schwiegen beide, während der Mann ein Päckchen Zigaretten und ein altes Sturmfeuerzeug vom Boden klaubte. Seine Bewegungen waren langsam, als er sich eine Zigarette anzündete. »Vor zwanzig Jahren habe ich meine Frau kennengelernt. Ich liebe sie noch immer.« Er sprach, als würde er unter Hypnose stehen. »Es war keine arrangierte Ehe. Wir sind uns auf dem Markt über den Weg gelaufen.«

Er erzählte, daß sie an jenem Tag auf den Markt gekommen war, um Weizenkorn zu kaufen; ihre Mutter hatte sie geschickt. Es war der Tag vor ihrem siebzehnten Geburtstag. Sie hatte rabenschwarze Zöpfe und trug ein Kleid mit aufgedruckten Schwalben. Es herrschte nicht viel Betrieb, und Nikiforo saß in seinem Stuhl unter dem Sonnendach und schlug die Zeit tot, indem er seine Flinte ölte.

»Du meine Güte!« hatte er gerufen, als er sie sah. »Diese Schwalben haben uns doch erst vor kurzem den Frühling gebracht!«

Tatsächlich war es Liebe auf den ersten Blick gewesen. Sofort war er hinter seinem Marktstand hervorgekommen und mit einer Handvoll Früchten hinter ihr hergelaufen. »Ich möchte dir ein paar Pfirsiche schenken«, hatte er gesagt. »Aus eigenem Anbau. Und die Kerne sind echte Rubine.«

Sie hatte ihn erbarmungslos ignoriert.

»Nur die Katze meiner Mutter kratzt, wenn man sie füttern will«, hatte Nikiforo beleidigt gesagt. »Sie glaubt, sie ist ein Leopard.«

Seine entwaffnende Direktheit hatte den Widerstand der jungen Frau gebrochen. Sie war stehengeblieben und rot geworden.

»Tut mir leid, ich hab dich gar nicht gehört«, entschuldigte sie sich mit einer Lüge. »Wir wohnen gleich neben der Kirche, und die Glocke hat mein Trommelfell kaputtgemacht.«

Galant war ihr Nikiforo entgegengetreten. »Ich bin der beste

Schütze im ganzen Tal«, hatte er geprahlt. Sein Stand auf dem Marktplatz war an jenem Tag nicht weit von der Kirche entfernt. »Für dich schieße ich den ganzen Glockenturm herunter.« Zum Beweis hob er seine Flinte, doch sie gebot ihm Einhalt. In dem Augenblick, als sie den Lauf berührte, spürte sie die Funken der Liebe an den Fingerspitzen und stieß einen Schrei aus.

»Hab keine Angst«, hatte Nikiforo erklärt. »Das Gewehr ist bloß statisch aufgeladen, weil ich es mit Wolle poliert habe.«

Sie hatte ihm nicht zugehört, fest davon überzeugt, daß die winzigen Stromstöße ein Zeichen gegenseitiger und unabdingbarer Anziehung waren.

Pater Gerasimo gähnte. Er war ebenfalls verwitwet, doch während seiner Ehe waren ihm die Deutungen und Zusammenhänge der Liebe immer mehr Qual als Freude gewesen.

»Ich ziehe es vor, meine Anbetung dem Herrn angedeihen zu lassen«, sagte er. »Aber ich verstehe, wie du dich damals gefühlt haben mußt.«

»Sie haben keinen blassen Schimmer, Priester.«

»Die Liebe ist meine Berufung, Nikiforo.«

»Von dem, was ich meine, ist Ihre Liebe noch weiter entfernt als Zafiras Käuflichkeiten.«

Pater Gerasimo verlor die Fassung. »Fahre getrost fort mit deinem blasphemischen Gerede. In der Hölle brodelt schon dein Kessel, darauf kannst du dich verlassen.«

Der Mann fing wieder zu husten an. »Ich habe immer mit dir gefühlt, Nikiforo«, sagte Pater Gerasimo. »Du hattest weiß Gott ein schweres Kreuz zu tragen. Aber ...«

»Im Keller«, sagte der Mann, während er sich das Blut von den Lippen wischte. »Dort unten habe ich sie gehalten. Kommen Sie, ich zeige es Ihnen.«

Er schlug die Decken zur Seite und stützte sich auf seine Schrotflinte. Er trug dieselbe Uniform wie damals, als er Pater Gerasimos Weg gekreuzt hatte, nur daß inzwischen ein großer Teil seiner Kluft von den Ratten gefressen worden war.

II

Die Wehen hatten bei seiner Frau während eines nachmittäglichen Regens von sintflutartigen Ausmaßen eingesetzt, in genau dem Moment, als Nikiforo sich mit der Sportzeitung und einer Tasse Salbeitee in seinem Korbstuhl am Fenster niedergelassen hatte. Sie erholten sich gerade von einem fürstlichen Mahl. In den vorausgegangenen Monaten waren alle Hennen nacheinander geschlachtet worden, um Olympias Heißhunger zu stillen, und Nikiforo ertrug es nicht länger, das herzzerreißende Krähen des einsamen Hahns mit anzuhören. An jenem Tag hatte er ihn im Ofen geröstet; dazu gab es Kartoffeln, Schafskäse, frisch gebackenes Brot und Retsina.

»Ich fühle mich, als würde ein Grabstein auf mir lasten«, sagte seine Frau in unheilschwangerem Ton, als sie mit dem Essen fertig waren. »Hilfst du mir ins Bett?«

Nikiforo brachte Olympia ins Schlafzimmer, löste das Hanfseil, das er ihr gegeben hatte, als ihr Bauch zu groß für die Kordel ihres Morgenmantels geworden war, und verstaute den Rest ihres Mittagessens in dem Fleischbeutel, der von der Traufe an der Veranda hing. Diese und andere Hausarbeiten verrichtete er mit mechanischen Bewegungen und schläfrigem Blick, den nicht einmal der Duft des heißen Salbeis zu beleben vermochte. Tatsächlich hatte ihn das gemeinsame kulinarische Abenteuer derart lethargisch gemacht, daß er zuerst dachte, es sei wieder mal eine Ratte durchs Schlafzimmer gelaufen, als er Olympias Schreie hörte. Doch da lag er falsch.

»Hör auf, hier wie ein Narr den Besen zu schwingen«, wies ihn seine Frau an. »Hol die Hebamme.«

Nikiforo schwang sich aufs Rad, ohne den Regen einzukalkulieren. Nicht einmal eine Meile vom Haus stürzte er in einen tiefen Schlammtümpel; da es ihm nicht gelang, das schwere Fahrrad aus dem Dreck zu ziehen, mußte er seinen Weg zu Fuß fortsetzen. Alle naselang drehte der Wind, und der Regen prasselte ihm so heftig ins Gesicht, daß er unwillkürlich die Augen schloß. So lief er unausweichlich in die nächste Schlammfalle, und er mußte seine Füße aus den Galoschen ziehen und eine nach der anderen wieder ausgraben, so zäh war der Morast. Schließlich erreichte er das Haus der Hebamme. Der Bahnwärter öffnete die Tür und rieb sich die Augen; er hatte geschlafen. Nikiforo erklärte, es sei dringend.

»Wieso muß ich eigentlich für die Torheiten anderer Männer bezahlen?« fragte der Bahnwärter mürrisch. »Ich schätze den Schlaf, und aus genau diesem Grund wollte ich nie Kinder haben.«

Nikiforo, klitschnaß von Kopf bis Fuß, flehte ihn an, seine Frau zu wecken.

»Es gibt bereits mehr Seelen als genug auf der Welt«, fuhr der Bahnwärter fort. »Warum um Himmels willen pflanzen wir uns weiter fort wie die Kaninchen?«

Nikiforo riß der Geduldsfaden. Er drängte den Bahnwärter beiseite. Die Hebamme lag in ihrem Bett und trug ein Haarnetz und Lockenwickler; sie war über einem Piratenroman eingeschlafen. Als sie die Augen aufschlug und in Nikiforos schlammverschmiertes Gesicht starrte, hielt sie ihn zunächst für einen Berberfürsten. Es dauerte mehrere Minuten, bis ihr Mann sie schließlich beruhigen konnte.

Als Nikiforo wieder nach Hause kam, erwartete ihn eine große Überraschung: Olympia war nicht im Bett, sondern in der Küche, wo sie sich die Reste in der Pfanne aufwärmte. Sprachlos sahen Nikiforo und die Hebamme die Schwangere an. Sie hatte sich einen Schal um den aufgeblähten Bauch gewickelt, um ihn warm zu halten, und erinnerte Nikiforo an den Ballon, der damals auf einem Kornfeld außerhalb des Dorfs gelandet war, nachdem ein kreuzdummer Bauer einen Schuß auf ihn abgegeben hatte.

»Setzen Sie sich doch«, sagte Olympia beiläufig. »Das Essen ist gleich fertig.«

Doch wie sich herausstellte, ruhte ihr Körper nur im Auge des Sturms, denn als sich die drei gerade am Tisch niedergelassen hatten, setzten die Wehen wieder ein, heftiger als zuvor. Bald waren die Schmerzen so unerträglich, daß Olympia in einem Anfall geistiger Umnachtung die Pfeffermühle aufschraubte und drohte, eine tödliche Dosis Pfefferkörner zu schlucken.

»Zuerst bringe ich deinen Balg um, und dann bist du dran!«

schrie sie ihren Mann an. »Die Ratte reißt mir die Gedärme auseinander!«

Während ihr die Hebamme gut zuredete, den Unsinn sein zu lassen, platzte die Fruchtblase, und Olympia brach zusammen. Das war die Gelegenheit, auf die Nikiforo gewartet hatte. Er brachte sie ins Bett und fesselte ihre Hände und Füße mit den Riemen eines Maultierzaums an die eisernen Pfosten, ehe sie wieder bei sich war.

»So etwas habe ich noch nie gesehen«, sagte er fassungslos. »Sie ist ja besessen.«

»Nichts weiter als das, was Frauen seit Anbeginn der Zeit erdulden müssen«, sagte die Hebamme gelassen. »Und weshalb? Weil sie mit einer Schlange gesprochen und eine verdammte Frucht gegessen haben.«

Doch nun stieß sie selbst einen Schrei aus, als Blut von der Matratze auf den Boden zu tropfen begann. »Ich brauche mehr heißes Wasser«, wies sie Nikiforo an. »Und dann reiße ein sauberes Laken in Streifen und tränke diese mit Alkohol.«

Das Wetter war noch schlimmer geworden. Der Wind hatte gedreht, kam nun von Norden, schmetterte die Läden gegen die Fenster, riß den Putz von den Außenwänden, ließ den Wetterhahn ins Tal hinunterfliegen und den Regen mit solcher Gewalt in den Kamin laufen, daß er beinahe das Feuer erstickte. Mehrmals legte Nikiforo die Schere und das Laken zur Seite und eilte zum Kamin, um die erlöschende Glut mit terpentingetränktem Werg wiederzubeleben. Zur selben Zeit versuchte die Hebamme die Blutung zu stillen; dabei benutzte sie die Tagesdecke, um ihr Tun vor dem besorgten Ehemann zu verbergen. Sie hatte nichts ausrichten können, als schließlich der Kopf des Kindes zum Vorschein kam.

»Es kommt«, sagte sie mit zitternder Stimme. »Dann hoffen wir mal, daß dein Kuchen gelungen ist, Nikiforo.« Dann wandte sie sich zu Olympia und drängte: »Du mußt pressen, Frau. Stell dir vor, du wärst eine Rakete kurz vor dem Abschuß.«

Es war ein Mädchen. Sie weinten und küßten sich, als es vorbei war, was sich kurz darauf jedoch als verfrühte Feier erwies; ein kurzer Blick genügte der Hebamme, um zu wissen, daß die Sache noch nicht ausgestanden war.

»Das Ganze noch mal von vorn«, sagte sie. »Du kriegst sogar eine doppelte Portion, Nikiforo.«

Das zweite Mädchen verursachte weniger starke Schmerzen. Die Hebamme band die Nabelschnüre ab und wusch die Babys, ehe sie die beiden in warme Decken hüllte. Über dem freudigen Ereignis hatte sie die Blutung vergessen. Als sie ihre Aufmerksamkeit schließlich wieder auf Olympia richtete, wußte sie, daß es bereits zu spät war. Während Nikiforo mit den beiden Babys beschäftigt war, fühlte sie den Puls der Liegenden, um sicherzugehen; dann flüsterte sie ein kurzes Gebet und zog sanft die Decke über den Körper der Toten.

»Sie sind so schön wie ihre Mutter«, sagte Nikiforo, die Zwillinge in den Armen. »Laß sie nicht einschlafen, Hebamme. Ich will ihr unsere Kinder zeigen.«

Die Hebamme nahm ihm die Babys ab, legte das eine in seine Wiege und das andere in eine Obstkiste, die Nikiforo eilig herbeigebracht hatte. »Das geht nicht, mein armer Freund«, sagte sie mit dem Rücken zu ihm. »Du rufst jetzt besser den Bestatter.«

Das Haus war früher eine Herberge gewesen, die aber schon seit einigen Jahren geschlossen war, als Nikiforo das Anwesen erworben hatte. Es war ein mutiger Kauf gewesen, da er dafür seinen Traktor verkauft hatte, was bedeutete, daß er von nun an mit dem Maultier pflügen mußte. Es war das beste Haus, das er sich leisten konnte. Alle anderen Angebote hatte er mit den folgenden Worten abgelehnt: »Ich will nicht, daß meine Braut in einem Stall schlafen muß, der selbst Schweinen nicht gut genug wäre.« Die massiven Wände hatten Naturgewalten und mehrere Kriege überlebt, und auch der Rest des Gebäudes war noch so wie vor hundert Jahren. Im Erdgeschoß befanden sich eine kleine Küche und ein großer Raum, in dem in den alten Zeiten die Speisen serviert worden waren, inklusive eines steinernen Eckkamins, groß genug, daß ein Doppelbett hineingepaßt hätte. Oben gab es zwei weitere Räume; der eine hatte dem Wirt als Schlafkammer gedient, während in dem anderen die Reisenden genächtigt hatten, auf nackten Matratzen, in denen Ratten hausten, als das junge Paar eingezogen war. Nikiforo hatte sie noch am selben Nachmittag auf einem großen Scheiterhaufen im Garten zusammen mit dem wurmzerfressenen Mobiliar verbrannt. Ebenso wie der gemauerte Kamin trug auch der weit verwinkelte Keller zur Einzigartigkeit des Hauses bei – doch war dies ein Luxus, dessen ihr bescheidener Haushalt nicht bedurfte, und daher hatten sie die Katakomben ohne großes Überlegen den Ratten und Spinnen überlassen. Und so blieb es auch, bis Nikiforo schließlich eine Verwendung für den Keller fand.

Es war der Tag, an dem Olympia beerdigt wurde. Sobald Nikiforo wieder zu Hause war, ging er in die Küche, rückte den Tisch, die Stühle und die Ottomane beiseite und rollte den Orientteppich auf, den sein verstorbener Schwiegervater von einer Pilgerreise ins Heilige Land mitgebracht hatte. Darunter befand sich die fast vergessene Falltür. Mit einer Kerze in der Hand stieg Nikiforo in den Keller hinab. Nachdem er alle Ecken und Winkel der dunklen, modrigen Katakomben eingesehen hatte, nickte er zufrieden.

»Perfekt«, sagte er. »Ein Verbrechen erfordert eine angemessene Strafe. Und es gibt kein abscheulicheres Verbrechen als Muttermord.«

Das Funkeln seiner Augen war auf immer von einem erbarmungslosen Haß ausgelöscht worden. Am selben Tag betraute er eine Frau, die kürzlich ebenfalls einem Kind das Leben geschenkt hatte, mit der Aufgabe, die Zwillinge zu füttern, verbot ihr aber, ihnen irgendwelche Worte beizubringen oder auch nur vor sich hin zu summen, wenn die Babys in Hörweite waren. Sie fragte ihn, weshalb.

»Weil Hunde nicht sprechen können«, erwiderte Nikiforo.

Er hatte seinen Plan nur Stunden nach Olympias tragischem Tod gefaßt, auf der langen Straße zum Dorf, als er unterwegs zum Bestatter war. Für den Rest seines Lebens würde er seinen Kindern nicht mehr Zuneigung zeigen als seinem Vieh.

Tatsächlich gab er auch nicht ein einziges Mal seinen väterlichen Instinkten nach. Sobald die Mädchen keine Muttermilch mehr benötigten, brachte Nikiforo sie von der Küche in den Keller. Dort mußten sie sich daran gewöhnen, nackt auf dem Steinboden zu schlafen; sie mußten sich aneinanderkuscheln, wenn es sie nach Wärme verlangte, und lernen, daß ihre Schreie vergeblich waren. Selbst wenn Nikiforo sie durch die verschlossene Falltür hörte, ignorierte er ihr flehentliches Gegrunze, als handele es sich um das Winseln eines Hundes. Einmal am Tag warf er ihnen seine Essensreste zum Fraß vor, füllte ihre Schalen mit Wasser und schlug sie mit einer Gerte, um ihnen von frühestem Alter an Gehorsam beizubringen.

Die Existenz der Zwillinge war ein düsteres, doch ebenso prickelndes Geheimnis, um das alle im Ort mit Ausnahme des Priesters, des Doktors und des Dorfpolizisten wußten. So gut wie jeden Tag nahm jemand den Weg zur alten Herberge auf sich, um dem Witwer, der sich standhaft weigerte, erneut zu heiraten, einen Schinken, einen Teller hausgemachter Klöße oder einen Korb Eier vorbeizubringen. Die Mitbringsel waren natürlich nur ein Vorwand; der wahre Grund für die Besuche bestand in der Neugier der Dorfbewohner. Nikiforo enttäuschte seine ungebetenen Besucher nicht. Er pflegte dann die halsbandbewehrten Zwillinge an ihren Hundeleinen aus dem Keller zu holen und ließ sie wie Affen ihre Kunststücke vorführen. Sie enttäuschten die Gaffer nie.

Die Besucher fragten: »Wie haben sie denn diese Sachen gelernt, Nikiforo?«

»Wir stammen alle vom Affen ab, mein Lieber«, antwortete der Vater dann und riß an den Leinen, um das Letzte aus den Zwillingen herauszuholen. »So mancher wäre überrascht, was wir alles bewerkstelligen könnten, wenn wir nicht von unserer Kleidung gehindert würden.«

Die Vorführungen fanden auf der Veranda statt.

»Bring sie doch rüber in den Stall, Nikiforo, da ist mehr Platz.«

»Auf keinen Fall. Da verschrecken sie mir nur die Schafe.«

Doch Nikiforo mußte noch aus einem anderen Grund vorsichtig sein. Einmal wäre er fast aufgeflogen, damals, als unerwartet jemand angeklopft hatte. Er war zur Tür gegangen, um nachzusehen, wer es war.

»Heute zählt jeder Teufel«, sagte der draußen stehende Fremde leutselig. Er trug einen Anzug und hatte ein blaues Auge.

Er kam vom Amt. Nikiforo hatte die Volkszählung völlig vergessen. Eilig verschloß er die Falltür, rollte den Teppich darüber und bat den Mann hinein. Er machte Kaffee, ehe er sich zu dem Mann setzte, um seine Fragen zu beantworten.

»Ich bin Ihnen sehr dankbar für Ihre Gastfreundlichkeit«, sagte der Beamte. »Die meisten Leute wimmeln mich einfach ab, und so manches Mal muß ich durch geschlossene Fensterläden spähen, um meiner Arbeit nachzukommen. Das kann leicht zu Mißverständnissen führen.« Er zeigte auf das blaue Auge hinter seinem Kneifer und schlürfte geräuschvoll seinen Kaffee. »Wie auch immer, wir zählen unseren Erhebungen ohnehin zehn Prozent hinzu, da ja manche Leute verreist oder aus anderen Gründen nicht zugegen sind.«

»Verstehe.«

»Und wenn der eine oder andere Bürgermeister es sich leisten kann« – er zwinkerte Nikiforo zu –, »sind wir sogar bereit, ein paar Tote wieder auferstehen zu lassen.«

»Wozu?«

Der Beamte hob den Zeigefinger. »Die Macht der Zahlen, mein Freund. Insbesondere in so kleinen Ortschaften kann sie von größter Wichtigkeit sein. Sind Sie verheiratet?«

»Meine Frau ist verstorben«, sagte Nikiforo leise.

»Sonstige Haushaltsangehörige?«

»Nur Schafe, Schweine und Hühner.«

Der Beamte nickte. »Unterschreiben Sie bitte hier.« Er reichte Nikiforo den Kugelschreiber, als plötzlich ein Geräusch aus dem Keller zu ihnen heraufdrang.

»Das ist nichts«, beeilte sich Nikiforo zu sagen. »Da unten sind bloß Ratten.«

Hätten die Zwillinge sprechen können, wäre sein Geheimnis in jenem Augenblick verraten gewesen. Der Mann hatte ihm gedankt und war gegangen.

Ein anderer Fehler hatte schließlich zum Ende seiner häuslichen Routine geführt. Eines Tages, als er einer akuten Diarrhöe Tribut zollen mußte, hatte er die beiden Mädchen – sie waren mittlerweile elf Jahre alt – unbeaufsichtigt gelassen, wenn auch vorher an der Veranda festgeleint. Als er vom stillen Örtchen zurückkam, stellte er zu seinem Schrecken fest, daß die Zwillinge die Leinen durchgenagt, seine geliebten Stiefmütterchen aus purer Bosheit niedergetrampelt und zwei rohe Steaks aus dem Fleischbeutel gestohlen hatten. Obendrein waren sie spurlos verschwunden.

Vom Tag ihrer tragischen Geburt an war den Mädchen jede Spur von Menschlichkeit verwehrt geblieben. Niemand hatte ihnen auch nur die Grundlagen der Sprache beigebracht, und da sie fast immer in einer Welt der Stille lebten, kannten sie nicht mehr als einige wenige Worte. Das einzige Mal, daß sie Musik gehört hatten, war damals gewesen, als ein röhrender Lastwagen voller singender Zigeuner auf der Schotterstraße vorbeigefahren war – eine mehr als flüchtige Erfahrung, die trotzdem ausreichte, um sie zu verführen. Sie hatten den Musikanten hinterhergelauscht und vergeblich versucht, die Melodie nachzusingen.

»Ihr Närrinnen!« hatte ihr Vater gesagt und gelacht. »Ihr klingt wie eine kaputte Bohrmaschine.«

Auch Spielzeug und Süßigkeiten waren ihnen versagt geblieben. Jedesmal, wenn sie eine Spur verschütteten Zuckers auf dem Küchentisch entdeckten, leckten sie die Körnchen mit so verzweifelter Freude auf, daß das Blut von ihren Zungen auf das rauhe Holz tropfte. Das einzige Spielzeug, das sie finden konnten, war das Wollknäuel der Katze, mit der sie erbitterte Kämpfe auszustehen hatten. Nie jedoch offenbarte sich ihr Elend deutlicher als zu jenem Zeitpunkt, als Nikiforo, der den bestialischen Gestank nicht mehr ertragen konnte, den sie durch den Umgang mit den Schweinen angenommen hatten, die beiden Zehnjährigen zum ersten und einzigen Mal badete. Als sie die dampfende Wanne sahen, glaubten sie offenbar, daß sie wie Kartoffeln gekocht werden sollten, da sie sich derart heftig zur Wehr setzten, daß Nikiforo ihnen Steine an Hände und Füße binden mußte, damit sie im Wasser blieben.

In dieser Welt der Dämonen war zwischen den Zwillingen ein Band entstanden, das sich nicht einfach durch ihr gemeinsames Blut erklären ließ. Sie tauschten sich nicht mit Lauten oder Gesten aus, sondern mit kaum bemerkbaren Blicken, und wenn sich die eine den Knöchel verstauchte oder einen Finger verbrannte, fühlte die andere es auch; es war eine übernatürliche Fähigkeit.

»Ich werde sie finden, und wenn ich dafür bis ans Ende der Welt reisen muß«, schwor Nikiforo in seinem verlassenen Haus, als er ihr Verschwinden entdeckt hatte. Er saß am Herd und begann, seine Schrotflinte auseinanderzunehmen. Auf dem Küchentisch befanden sich ein Ölkännchen, ein Putzstab mit Draht am einen und Filz am anderen Ende, eine Schachtel leerer Papphülsen, ein großer Beutel mit Schießpulver und die Keksdose, in der er die Bleikugeln aufbewahrte. Bei der Schrotflinte handelte es sich um eine doppelläufige Ausführung. Es war dieselbe Schrotflinte, die er an jenem Tag in den Händen gehalten hatte, als ihm seine zukünftige Frau begegnet war. Das Gewehr war ein Erbstück von seinem Vater, der die Flinte nur ein einziges Mal benutzt hatte – oft genug, um zu wissen, daß er mehr Achtung vor dem Leben als Appetit auf Wildbret hatte.

Nikiforo arbeitete mit der Konzentration eines Uhrmachers, und seine Handgriffe machten deutlich, daß er im Gegensatz zu seinem Vater nicht nur ein erfahrener Jäger, sondern auch ein ebenso grausamer wie rücksichtsloser Mensch war. Als er die Flinte gereinigt hatte, kümmerte er sich um die Munition. Draußen wurde es bereits dunkel, doch bekümmerte ihn das nicht; am nächsten Morgen würde er mit seiner Suche im Dorf beginnen, wo sicher jemandem etwas aufgefallen war. Er bedauerte, keinen Hund zu besitzen, doch war er sich sicher, daß er mit ein wenig Unterstützung schnell auf die Spur seiner Töchter stoßen würde. Ehe er ins Bett ging, entzündete er die Kerze auf der Kommode im Schlafzimmer und betete. Er betrachtete das Foto seiner Frau, das zwischen lauter Ikonen mit den Bildern der Heiligen stand.

»Vertraue mir, meine Geliebte«, sagte er. »Es gibt auf dieser Erde nicht genug Löcher, in denen sich diese Ratten verbergen könnten.«

Gemessen am Ernst der Lage schlief Nikiforo erstaunlich gut. Weder das Wispern der Bäume noch die Kälte weckten ihn. Es war ein trügerischer Oktober, und da Nikiforo den Holzofen neben seinem Bett nicht angefacht hatte, war es nicht weiter verwunderlich, daß er mit den Zähnen klapperte, als er am nächsten Morgen erwachte.

»Ein heimtückischer Monat«, sagte er. »Ebenso wie diese Teufelsbrut.«

Doch der eiskalte Raum änderte nichts an der guten Stimmung, die er seit jeher vor einer Jagd empfand. Eine Stunde später, nachdem er seinen Munitionsgurt bestückt und eine Tasse brühend heißen Kaffees getrunken hatte, schwang er die Flinte über die Schulter und machte sich pfeifend auf den Weg ins Dorf. Bald stieß er auf einen Mann, der ein Maultier hinter sich herzog.

»Guten Morgen, Fanourio.«

Der alte Mann erwiderte seinen Gruß, indem er seinen staubigen Fedora lüftete, während er nach Atem rang.

»Der Weg zu deinem Haus wird jeden Tag länger, Nikiforo«, sagte er.

»Wieso reitest du nicht, Fanourio?«

Das Maultier trug einen Strohhut mit Löchern für die Ohren. Der alte Mann strich ihm liebevoll über die Stirn, und das Tier sah ihn traurig an.

»Matilda hat einen Hexenschuß. Ich nehme sie nur mit, damit ich Gesellschaft habe.«

»Wolltest du zu mir, Fanourio?«

Der Alte nickte. »Ja. Ich wollte dir etwas Kürbiskuchen vorbeibringen. Und bei der Gelegenheit Matilda die Zwillinge zeigen.«

Nikiforo erzählte den beiden die Neuigkeiten. Das Maultier sah zu Boden und gab ein kurzes Wiehern von sich.

»Das ist schlecht. Matilda ist sehr enttäuscht«, sagte der alte Mann und hob die Schultern. »Ich hoffe, du findest sie bald wieder.«

»Und wenn ihnen in der Zwischenzeit Flügel gewachsen wären«, sagte Nikiforo. »Ich hoffe, ich kann auf deine Hilfe zählen.«

Der Alte hustete. »Jederzeit. Aber wie ich schon sagte, Matilda hat ...«

Nikiforo lehnte den Kuchen ab und zog weiter. Unterwegs hielt er die Augen nach Spuren seiner Töchter offen, entdeckte jedoch keine. Als er das Dorf erreichte, ging er schnurstracks in das Café. Es war fast leer, bis auf den Kellner und Dr. Panteleon, der das Kreuzworträtsel in der Zeitung zu lösen versuchte.

»Willst du 'nen Guten hören?« sagte der Kellner. »Pater Gerasimo ist heute der Meßwein ausgegangen.«

Nikiforo lehnte seine Schrotflinte gegen die Wand, legte den Munitionsgurt ab und setzte sich seufzend an den nächsten Tisch.

»Woher willst du das wissen?« fragte er. »Selbst Luzifer geht öfter zur Messe als du.«

»Lu-zi-fer«, grübelte der Doktor und trug die Buchstaben langsam in das Rätsel ein. »Ja, natürlich.«

»Ich weiß es, weil er mich gebeten hat, ihm mit Schnaps auszuhelfen«, sagte der Kellner. Er warf einen neugierigen Blick auf die Flinte und den voll bestückten Gurt. »Du bist spät dran, Nikiforo. Bis du in den Bergen bist, hat der Regen die Kaninchen längst in ihre Löcher getrieben.«

»Hinter denen bin ich nicht her, mein Freund.«

Der Doktor sah von seiner Zeitung auf. Nikiforo biß sich auf die Lippen. Einen kurzen Moment lang hatte er vergessen, daß der Doktor nichts von den Zwillingen wußte; er hätte umgehend die Polizei informiert. Nikiforo zwinkerte dem Kellner verschwörerisch zu und trat zu ihm hinter den Tresen.

»Sie sind mir entwischt«, flüsterte er.

Der Kellner zuckte zusammen wie unter einem unerwarteten Schlag. Unwillkürlich führte er die Hand zur Wange. »Was willst du jetzt machen?« flüsterte er zurück.

Nikiforo gebot ihm mit einer Geste, still zu sein. »Gibt's irgendwelche Neuigkeiten?« fragte er.

Der Kellner dachte nach. Da war die gebrochene Leitung vom Aquädukt, weshalb das Dorf nun schon zwei Tage ohne fließend Wasser auskommen mußte, dann waren die Reliquienträger für die St.-Timotheus-Prozession ernannt worden, und natürlich gab es noch die Neuigkeit, daß aufgrund der Streckenverlängerung der Bus aus der Kreisstadt seit heute auch hier im Dorf hielt.

»Es kostet doppelt soviel wie mit dem Zug«, sagte der Kellner. »Aber dafür braucht der Bus nur halb so lange, weil er nicht zwischendurch halten muß, um Kühlwasser nachzutanken.«

Nichts, was im Fall der Zwillinge von Belang gewesen wäre. Nikiforo beugte sich noch näher zu ihm. »Ich könnte Hilfe brauchen«, sagte er leise. »Zu zweit oder dritt könnten wir …«

Der Kellner verbarg die Hände in seiner Schürze und wich seinem Blick aus.

»Ich kann nicht so einfach schließen«, sagte er. »Ich muß bis zum Ende des Jahres noch drei Schuldscheine einlösen.«

Nikiforo bestellte ein Bier und kehrte enttäuscht an seinen Tisch zurück. Am anderen Ende des Raums hockte der Doktor immer noch über seinem Kreuzworträtsel. Draußen blies der Herbstwind die Blätter von der Platane auf dem Dorfplatz; ein stiller, trauriger Nieselregen setzte ein. Auf dem Wellblechdach des Cafés hörte es sich an wie das Tröpfeln einer Zapfanlage. Allmählich begann sich überall ein Geruch von feuchtem Lehm zu verbreiten. Zum ersten Mal seit dem Verschwinden der Mädchen fühlte sich Nikiforo elend, wenn auch nicht lange, da der Kellner plötzlich mit den Fingern schnippte, als er ihm das Bier brachte.

»Ach ja«, sagte er. »Heute morgen hat die Hebamme erzählt, ihr wäre etwas gestohlen worden.«

Zehn Minuten später klopfte Nikiforo an ihre Tür. Als der Bahnwärter ihm öffnete, stellte Nikiforo überrascht fest, daß er geweint hatte. »Es ist eine Katastrophe, mein Guter«, sagte der Bahnwärter.

Er hatte ein Handtuch um den Hals geschlungen, und sein Atem roch nach Zwiebeln. Obwohl er schon älter war, versahen ihn die kurzen Ärmel seiner Uniform, die Löcher in den Achselhöhlen und die Flecken auf seinem Hemd mit der Aura eines jungen Lümmels. Nikiforo und er waren Freunde geworden, da der Bahnwärter – ohne Wissen seiner Frau – wenigstens einmal pro Woche in der alten Herberge vorbeisah, um sich an den Kunststücken der Zwillinge zu ergötzen. Nikiforo war verblüfft, wie schnell die Neuigkeiten die Runde gemacht hatten.

»Woher weißt du davon?« fragte er.

Der Bahnwärter wischte sich mit dem Handrücken über die Augen.

»Ich hab's mit eigenen Augen gesehen«, sagte er. »Das Ding macht achtzig Sachen. Es hat ein Radio und Vorhänge an den Fenstern, und die Sitze sind gefedert ...« Er seufzte. »Das Schicksal der Pferdekutschen wird auch die Bahn ereilen, mein Freund. Bald werden alle nur noch mit dem Bus fahren.«

Nikiforo klopfte ihm auf die Schulter. »Mach dir keine Sorgen«, sagte er. »Die Leute werden auch weiterhin eine Entschuldigung brauchen, um zu spät zu kommen. Wo ist deine Frau?«

Die Hebamme erschien, noch ehe sich ihr Mann überhaupt

hatte umwenden können, und musterte den Witwer mit bösartigem Blick; sie hatte die ganze Zeit über hinter der Tür gestanden. Obwohl sie zu den wenigen Menschen im Dorf gehörte, die seine Tat verurteilten, hatte sie sich dem Gesetz des Schweigens gebeugt, so wie alle anderen auch. An ihrer Schürze klebten Zwiebelreste; in der Hand hielt sie ein Messer.

»Was willst du Teufel hier?« fragte sie.

Nikiforo verzog die Lippen. »Ich habe gehört, du wärst bestohlen worden.«

Die Frau musterte ihn finster. »Das geht dich nichts an.«

Der Bahnwärter mischte sich ein. »Zwei Kleider von der Wäscheleine waren es, mein Lieber. Warum fragst du?«

Nikiforo sagte es ihm. Während er erzählte, wurde der Bahnwärter rot und begann zu zittern. »Ich habe euch Heißsporne immer gewarnt. Und was dich angeht, Nikiforo ...« Er machte eine bedeutungsschwangere Pause. »Zwillinge bedeuten doppelten Ärger.«

Seine Frau reagierte auf die Neuigkeiten, indem sie die Hände faltete und theatralisch gen Himmel hob. »Gesegnet sei der Herr«, sagte sie. »Endlich ist es den Sklaven gelungen, sich ihrer Ketten zu entledigen!«

»Mit ein wenig Hilfe habe ich sie bis Sonnenuntergang wieder eingefangen«, ließ Nikiforo den Bahnwärter wissen.

Die Hebamme warf ihrem Mann einen vorwurfsvollen Blick zu.

»Viel Glück«, sagte der Bahnwärter zögernd. »Aber du solltest deine Zeit nicht auf der Suche nach Hilfe verschwenden. Es gibt nicht viele Gesetze in unserem Land, aber nach wie vor eines, das Verbrechen wie deines mit der Henkersschlinge bestraft.«

Und ehe Nikiforo noch antworten konnte, zog die Hebamme ihren Mann ins Hausinnere und schlug ihm die Tür vor der Nase zu.

Überall, wo er hinkam, traf Nikiforo auf Palisaden der Ablehnung; mancherorts schlugen ihm sogar Schuldzuweisungen entgegen. Am Ende machte er sich allein auf den Weg. Er verbrachte eine Woche damit, das Tal erst von Norden nach Süden und dann von Osten nach Westen zu durchkämmen. Er suchte jeden Pfad und so gut wie jedes Gestrüpp nach Spuren ab, stieß aber lediglich auf eine Gruppe hitzekranker Touristen, die sich verlaufen hatte. Nikiforo hatte Mitleid mit ihnen und zeigte ihnen den Weg zum Dorf, ehe er seine Suche fortsetzte. Am Abend des siebten Tages setzte er sich schließlich auf einen Felsen und wischte sich den Nacken mit einem Taschentuch. Von den Zwillingen hatte er weder etwas gesehen noch gehört oder gerochen. Dazu war ihm am Tag zuvor der Proviant ausgegangen. Nun trank er die letzten Tropfen Wasser aus seiner Feldflasche. Die Herbstsonne verschwand langsam hinter den Bergen, und das grüne Tal färbte sich erst gelb, dann rötlich. Einen Moment lang genoß Nikiforo den Ausblick und die seltsamen Muster eines Vogelschwarms, der nach Süden flog. Dann erhob er sich, auf seine Schrotflinte gestützt, schwang das Gewehr über die Schulter und räusperte sich, da seine Kehle schon wieder trocken war. Er sagte: »Vielleicht sind diesen Bastarden ja doch Flügel gewachsen.« Und: »Zur Hölle mit ihnen. Sollen die Schakale den Rest erledigen.« Danach ging er den schmalen Weg zum Dorf zurück, ohne daß sein Gewissen auch nur im mindesten getrübt gewesen wäre.

Als sie schließlich die ledernen Hundeleinen durchgebissen und sich befreit hatten, lauschten die Mädchen den jämmerlichen Schreien aus dem stillen Örtchen und wußten, daß ihnen nicht viel Zeit blieb. Ihre Gefangenschaft hatte sie großes Leid erfahren lassen, sie aber zum Glück mit tierhaften Instinkten ausgestattet, die ihnen nun zugute kamen. Sie witterten das Essen im Fleischbeutel, tranken Wasser aus dem Brunnen, und als sie davonliefen, nahmen sie nicht die Straße, sondern schlugen sich über die Felder in Richtung des Dorfs. Sie waren nackt. Seit dem Tod seiner Frau hatte Nikiforo alle Kleidungsstücke in eine Seemannskiste mit eisernen Schlössern verbannt, bis auf den schwarzen Traueranzug, den er jeden Tag trug. Auf dem Weg zum Dorf wurden die Zwillinge nur von ein paar Hunden bemerkt, die sie mit dem mitgenommenen Fleisch zum Schweigen brachten. Dann entdeckten sie die Kleider an der Wäscheleine vor dem Betonhäuschen nahe den Bahngleisen.

Es war ihr Glück, daß es sich bei der Frau am Küchenfenster, die geistesabwesend ihren Kopf hob, um die Hebamme handelte. Sie war völlig entgeistert und biß sich auf die Lippen, um nicht jäh aufzuschreien und ihren Mann zu alarmieren. Doch obwohl es ihr gelang, still zu bleiben, während die Ausreißer in verzweifelter Eile die Kleider überstreiften, konnte sie nicht ihre Freudentränen unterdrücken, und nachdem die Mädchen wieder verschwunden waren und sie ihrem Mann am Tisch gegenübersaß, brauchte dieser nur kurz von seiner Zeitung aufzusehen, um zu bemerken, daß sie geweint hatte. Er runzelte die Stirn.

»Was ist denn, Frau?« fragte er teilnahmslos.

Sie erfand schnell eine ihrer absurden Ausreden, mit denen sie ihrem Mann immer wieder auf die Nerven fiel. »Wie oft muß ich dir noch sagen, daß du nicht immer die Zwiebeln von diesem Hausierer kaufen sollst? Sie stecken voller Tränen, weil er sie draußen auf dem alten Schlachtfeld anbaut.«

Doch das Glück stand den Zwillingen an jenem Nachmittag noch ein weiteres Mal zur Seite.

Selbst von weitem war deutlich zu sehen, daß der Lastwagen, der ihnen plötzlich ins Auge fiel, schon mehrmals vom Schrottplatz wiederauferstanden war. Der Fahrerkabine fehlten beide Türen, aus dem Auspuff kam mehr Rauch als Staub von der schlaglochübersäten Straße, und das Dach bestand aus getrocknetem Schilf und Stroh; die Nationalflagge wehte an einem langen Rohr, das an der hinteren Stoßstange befestigt war. Bei näherem Hinsehen konnte man erkennen, daß die Motorhaube notdürftig durch das in Form gebogene Blech von Mülltonnen ersetzt worden war, und dort, wo einst die Sitze gewesen waren, befand sich nun ein ausgedientes, am Boden festgeschraubtes Sofa. Am Steuer saß eine furchtlose Frau, deren Arme tätowiert waren wie die eines Schauermanns; an allen Fingern trug sie seltsame Ringe mit kostbaren Steinen, und die langen Locken ihres ungezähmten Haars ringelten sich um ihre Schultern. Sie war seit sieben Stunden unterwegs und hundemüde, als sie plötzlich die beiden Mädchen mitten auf der Straße vor sich sah. Sie trat sofort auf die Bremse. Als sich der Staub gelegt hatte, standen die Mädchen immer noch am selben Fleck und starrten zu ihr hinauf. Sie lehnte sich aus der türlosen Fahrerkabine.

»Macht euch vom Acker, ihr Schwachköpfe!« rief sie.

Barfuß und schweigend standen die Zwillinge da.

»Verschwindet, aber schnell!«

Doch sie bewegten sich immer noch nicht. Die Frau sprang mit saurer Miene vom Laster.

»Ich sagte, ihr sollt abhauen! Ihr seid hier nicht zu Hause!«

»Zuhause«, sagten die Zwillinge gleichzeitig. Plötzlich war Leben in sie gekommen. Es war eines der wenigen Worte, das sie irgendwann einmal aufgeschnappt hatten. »Kein Zuhause.«

Die Frau trat einen Schritt zurück und rieb sich bedächtig das haarige Kinn. Langsam verflüchtigte sich ihr Unmut. »Wollt ihr damit sagen, ihr habt keinen festen Wohnsitz, Mädchen?« fragte sie höflich.

Die Zwillinge wiesen auf den im Wind flatternden Fetzen von Flagge. »Kleider!«

Die Frau sah verwirrt hinter sich. »Das ist die Fahne unseres Landes, Kinder. Ich habe sie angebracht, damit man mich nicht mit den Zigeunern verwechselt.«

»Zigeunern«, wiederholten die Mädchen.

Die Frau starrte sie ungläubig an.

»Ja, Zigeuner«, erklärte sie. »Menschen wie wir, nur daß sie statt Zehen Hufe haben.«

»Hu-ufe!«

Die Frau schüttelte den Kopf und sah zum Firmament auf.

»Geschieht mir recht, Herr«, seufzte sie. »Ich bete um Hilfe, und alles, was du mir alter Sünderin schickst, sind zwei Schwachköpfe.« Sie spuckte auf den Boden und betrachtete schweigend die beiden Mädchen. Ihre Haare waren seit Ewigkeiten nicht gewaschen worden, und einen Kamm hatten sie offenbar ebenfalls lange nicht gesehen; die eine trug ein billiges Kleid, das ihr nicht paßte, die andere ein Nachthemd, aber noch merkwürdiger war, daß beide breite Hundehalsbänder trugen. »Wenigstens seid ihr keine Jungs«, sagte sie schließlich. »Und das ist besser als der beste Stammbaum.«

»Stamm...«

»Ach, haltet die Klappe.«

Sie winkte ihnen, ihr zu folgen, und die Zwillinge gehorchten wie treue Haustiere. Kaum hatten sie den Laster bestiegen, startete die Frau auch schon den Motor, der mit infernalischem Lärm ansprang. Mit offenen Mündern lauschten sie dem Getöse.

»Keine Angst«, rief die Frau. »Nach einer Weile bemerkt ihr das gar nicht mehr.«

Der Laster war mit verhängten Käfigen beladen; unter den dikken Tüchern flatterten Vögel in den schillerndsten Farben, sangen und bissen in die Drahtstäbe. Die Mädchen waren erstaunt und entzückt.

»Paßt auf, wo ihr hintretet. Diese Bösewichter scheißen öfter als Kühe«, sagte die Frau. »Also, dann geht's jetzt los.«

Die Zwillinge schüttelten gleichzeitig die Köpfe.

»In Ordnung, aber bloß 'ne Minute«, sagte die Frau, während sie ihren Blick über die Straße schweifen ließ. »Noch länger, und sie bekommen Lampenfieber.«

Sie war eine Vogelhändlerin. In den Käfigen befanden sich viele exotische Vögel, die sie billig in Zoos und botanischen Gärten erstanden hatte, weil sie nicht singen oder nicht mehr damit aufhören wollten, weil sie Kinder in die Finger gebissen oder eine Neigung zu ungehemmten Zärtlichkeiten hatten, die ihren Besitzern peinlich war.

Die Mädchen kehrten auf ihre Plätze zurück, während die Vogelhändlerin erneut den Motor ankurbelte. Dann sagten die Mädchen: »Reise.«

»Ja«, sagte die Vogelhändlerin und wies mit ihrem dreifach beringten Zeigefinger auf einen Schwarm Vögel am Himmel. »Wir folgen einfach den Lerchen.«

Zuallererst brachte sie den beiden bei, wie man den Motor ankurbelte, ohne sich dabei das Handgelenk zu verdrehen. Dann zeigte sie ihnen, wie man mit Fischernetzen und Pappkartons Fallen baute, wie man die Schnur ruhig und straff hielt, während die Lerchen in die Falle mit den Sesamkörnern gingen, und wie man die verzweifelten Vögel anfassen mußte, damit sie sich nicht die Flügel brachen. »Denkt daran, daß ihre Knochen aus Glas sind, Mädchen«, sagte sie ihnen wieder und wieder. »Ihr müßt ganz lieb zu den armen Tieren sein.«

Ihr Ziel war eine von endlosen Sanddünen gesäumte Küste im

Süden, eine seltsame, an eine Wüste erinnernde Landschaft, wo die Vögel aus dem Norden jedes Jahr den Winter verbrachten. Als sie dort ankamen, bedeckte die Vogelhändlerin die Augen mit der Hand und ließ ihren Blick über das mit Tausenden von Vögeln übersäte Gebiet schweifen. »Als würde man einem Blinden die Brieftasche stehlen«, sagte sie. Die Vögel versammelten sich auf dem Sand, erholten sich von den Anstrengungen ihrer langen Reise. Die Vogelhändlerin bemerkte die Trauer in den Augen der Mädchen.

»Seid nicht zu sentimental.« Sie stellte bereits die ersten Fallen auf. »Die Käfige machen ihnen nichts aus. Hört nur mal hin.«

Die Vögel auf dem Lastwagen zwitscherten.

»Eigentlich«, fuhr die Vogelhändlerin fort, »sind sie wie alle Künstler. Im Käfig singen sie noch besser.«

Es gelang ihr nie, die Zwillinge davon zu überzeugen, daß sie einem ebenso ehrbaren wie notwendigen Beruf nachging. Trotzdem blieben sie bei ihr, nicht nur, weil sie kein anderes Zuhause hatten, sondern auch wegen ihrer besonderen Begabung; sie konnte besser singen als die Vögel selbst. Unter dem weit und breit einzigen Baum – einer ausladenden Pinie mit von einem Blitzeinschlag verbrannten Ästen und einem verwachsenen, vom Salz der Seewinde versteinerten Stamm – hatten die Zwillinge Nacht für Nacht Weisen in fremden Sprachen und Tonfolgen von mathematischer Komplexität gelauscht, ehe ihnen die Augen zugefallen waren.

»In der alten Sirene ist immer noch Leben«, pflegte die Vogelhändlerin zu sagen, während sie das Feuer neu entfachte.

Tatsächlich war sie eine professionelle Sängerin gewesen, bis ihre Stimme durch die Schinderei der täglichen Auftritte Schaden genommen hatte. Sie war nicht verbittert darüber, da sie ihren neuen Beruf liebte. »Und abgesehen davon«, pflegte sie zu sagen, »sind Vögel im Grunde wie Sänger. Nur ist ihr Ego nicht so groß.«

Sie brauchte nicht lange, um herauszufinden, daß die Zwillinge nicht schwachsinnig waren; offenbar hatte ihnen nie jemand das Sprechen beigebracht. Sie fuhr umgehend in die nächste Stadt, wo sie Grammatikbücher und Lesefibeln gegen Rotkehlchen und Kanarienvögel tauschte, um von nun an den Zwillingen täglich

Unterricht zu geben. Es war mühsam, doch die Mädchen gingen mit dem Feuereifer von Konvertiten an ihre Aufgaben. Immer, wenn sie einen vollständigen Satz gelernt hatten, belohnte die Vogelhändlerin sie mit einem Lied. Die allererste Frage, die sie ihr stellten, war: »Wo hast du gesungen?« Die Vogelhändlerin hatte geseufzt. »Zu meiner Zeit wurde eine Frau fürs Singen nur in der Oper oder im Bordell bezahlt. Leider war meine Stimme nicht gut genug, um die hohen Noten der Arien zu treffen.«

Die begeisterten Mädchen wollten ebenfalls Singen lernen, und da sie so hartnäckig wie Maultiere waren, blieb der Vogelhändlerin keine andere Wahl, als ihrem Wunsch zu entsprechen. Zum Glück erinnerte sie sich, daß sie einige Käfige mit alten Notenblättern ausgelegt hatte, und am nächsten Morgen begannen die Zwillinge mit den ersten Solfeggios, die dadurch erschwert wurden, daß zuweilen nicht ganz leicht herauszufinden war, ob es sich bei den Zeichen auf den Blättern um Noten oder getrockneten Vogeldung handelte. Bald jedoch kannten sie den Unterschied zwischen einem Volkslied und einem Walzer, wechselten mitten im Gesang von einem Madrigal über eine Barcarole zur Canzone. Sie revanchierten sich bei ihrer Lehrerin, indem sie die seltensten Vögel fingen, die an der Küste überwinterten, und nicht zuletzt damit, daß sie die beiden Pfauen desinfizierten, die fortwährend von Läusen geplagt wurden.

So vergingen die Jahre in Gesellschaft von Büchern und Liedern, und immer verliefen sie gleich: Im Herbst fuhren die Vogelhändlerin und ihre Gehilfinnen an die warmen Gestade des Südens, wo sie so viele Vögel fingen, wie sie auf ihren uralten Laster packen konnten, während sie im Frühling, wenn die Vögel in den Norden zurückkehrten, die sandverwehten Räder des Lasters aus den Dünen buddelten und sich erneut auf das Band der Straße begaben. Den ganzen Sommer lang reisten sie von Stadt zu Stadt, wo sie die schönste und melodiöseste Ware der Welt mit Hilfe eines elektrisch verstärkten Megaphons verkauften.

Die Vogelhändlerin war ein perfekter Vormund für die Mädchen; sie besaß die Autorität einer Mutter, ohne je in mütterliche Nörgeleien zu verfallen. Als sie den ersten Abend ihrer Reise in einer Stadt verbrachten, ließ sie die Mädchen allein losziehen, nicht ohne ihnen folgendes mit auf den Weg zu geben: »Macht mit Männern, was immer euch gefällt. Aber zeigt den Hähnen nie, daß euch irgend etwas Spaß macht. Wenn sie wüßten, daß es uns genauso gefällt wie ihnen, würden sie es wieder mit den Schafen treiben.«

Sie hätte die beiden nicht zu warnen brauchen. Das in ihrer Kindheit erfahrene Leid hatte den Zwillingen irreparablen Schaden zugefügt; ihre ganze Liebe galt der Vogelhändlerin, während sie allen anderen Menschen mit der Angst und dem Mißtrauen verletzter Tiere begegneten. Die Vogelhändlerin hieß ihre Vorsicht gut.

»Nun, nicht jeder will euch alte Blechdosen an die Schwänze binden«, pflegte sie zu sagen, »aber man fährt besser, wenn man grundsätzlich davon ausgeht.«

Auf ihren Reisen durch das freudlose und elende Land, über das Naturkatastrophen und selbstverursachte Desaster häufiger hereinbrachen als Regen, hatten sie gelernt, ihr eigenes Unglück als schwere, wenn auch nicht überraschende Strafe des Schicksals zu akzeptieren. Bis zu dem Tag, als sie die Schlange töteten.

Sie hatten an einem Brunnen am Straßenrand gehalten, um Kühlwasser nachzufüllen. Es war eine häßliche, nackte Betonzisterne, um die herum Kraftfahrer ihre Spuren hinterlassen hatten: Zigarettenstummel, Obstschalen, alte Zeitungen. Der Brunnen hatte eine Winde, doch fehlte der Eimer am Ende des Seils. Der laue, unregelmäßige Wind setzte den schweren Stahlschwengel in Bewegung, der knarrend hin- und herschwang.

»Nehmt die Kanister«, sagte die Vogelhändlerin.

Sie saß am Steuer, fächelte sich mit einem Stück Pappe Luft zu und verscheuchte die Fliegen, die den Vogeldung gerochen hatten. Die Mädchen machten die beiden Benzinkanister los, die an der Seite des Lasters befestigt waren. Sie trugen Kleider und an den nackten Füßen Männerschuhe, die sie auf einem Flohmarkt aufgelesen hatten. Pfeifend marschierten sie zum Brunnen.

»Macht einen doppelten Knoten«, wies sie die Vogelhändlerin vom Fahrersitz aus an. »Nicht, daß uns die Kanister flöten gehen.«

Sie gehorchten. Die Benzinkanister schlugen mit einem hallenden Geräusch auf dem Wasser auf. Während sie volliefen, spielten die Zwillinge mit einer verbogenen Radkappe, ehe sie zusammen die Winde kurbelten und die Kanister wieder heraufholten. Wie schwer die Behälter waren, merkten sie erst, als sie den Schwengel losließen und die Kanister auf dem Boden landeten, den Beton erschütterten und eine graue Natter mit perlmuttfarbenen Augen aufscheuchten, die sich im Schatten verborgen hatte. Pfeilschnell schoß die Schlange zwischen den Füßen des einen Mädchens hindurch und biß das andere oberhalb des Knöchels ins Bein.

Die Zwillinge reagierten instinktiv. Sie nahmen die Benzinkanister zu Hilfe, kreisten die Schlange an der Brunnenwand ein und schmetterten die vollen Behälter auf sie, wieder und wieder, bis die Vogelhändlerin ihnen die Kanister abnahm. Traurig betrachtete sie die leblose Hülle mit den schönen schwarzen Streifen. »Das Gift bringt dich nicht um«, sagte sie. »Aber beim nächsten Mal paßt du besser auf, wo du hintrittst.« Dann wusch sie die Wunde mit Wasser aus, träufelte Branntwein aus einem geschliffenen Kristalldekanter darauf, den sie unter dem Fahrersitz aufbewahrte, und riß eines ihrer frisch gewaschenen Unterkleider auseinander, um daraus einen Verband zu machen.

Der Vorfall bedeutete einen Wendepunkt im Verhalten der Zwillinge, da sie nun das durch und durch menschliche Gefühl entdeckt hatten, das ihnen bisher unbekannt gewesen war: die nackte Lust an der Rache. Die Erfahrung dieses neuen Gefühls führte unweigerlich zu der Erkenntnis, wer ihre Vergeltung am meisten verdient hatte. Und an diesem Nachmittag schworen sich die Zwillinge über der toten Natter, nicht eher zu ruhen, bis sie ihren Vater bestraft hatten. Doch erst mußte sich noch eine Gelegenheit dazu ergeben.

An einem endlosen, wie gewöhnlich sonnigen Augusttag, an dem ein Wüstenwind Autos, Gehöfte und Getier mit einer schimmernden Schicht aus Sand bedeckte, bahnte sich der Lastwagen langsam seinen Weg über eine leere Straße inmitten vertrockneter Kornfelder. Wenn er wieder einmal stehenblieb, sprang eines der Mädchen mit einem Kanister vom Wagen, um Kühlwasser nachzufüllen. Hinten zwischen den Käfigen schlief die Vogelhändlerin; ihr

Schnarchen war lauter als das Geräusch des Motors. Am Tag zuvor waren sie in einer dreihundert Kilometer entfernten Bergarbeiterstadt gewesen, wo sie alle Kanarienvögel verkauft hatten. Sie waren erschöpft. Es war bereits Mittag, als die Vogelhändlerin schließlich erwachte und die Mädchen bat, kurz anzuhalten; der Motor erstarb mit einem gurgelnden Geräusch, als sie an den Straßenrand fuhren. Die Mädchen lauschten den Zikaden und den paar Vögeln auf der Ladefläche, die nicht unter der Hitze litten. Als sie sich umwandten, sahen sie die Vogelhändlerin am hinteren Ende des dunklen Lasters, die sich ein Taschentuch vor den Mund hielt.

Sie schlug die Strohverkleidung zur Seite und sah hinaus auf das Kornfeld, wo sich ein paar Krähen um eine tote Ratte balgten. In stummer Trauer schüttelte sie den Kopf.

»Ich fühle mich, als hätte ich eine Tasse Glassplitter geschluckt, Mädchen.« Sie hustete heftig. »Ich glaube, ich weiß, was mit mir los ist.«

Sie hatte Schwindsucht.

»Das ist nicht wahr«, sagten die Zwillinge, deren Tränen sich mit ihrem Schweiß vermischten. »Du hast dir nur eine Grippe vom vielen Schlafen unter freiem Himmel geholt.«

Beinahe hätte die Vogelhändlerin gelächelt. »Wir haben August«, sagte sie. »Das einzige, was man bei soviel Sonne bekommt, ist Durst.«

Die Mädchen begannen zu weinen.

»Ich wünschte, ich könnte euch Hoffnung machen«, sagte die Vogelhändlerin. »Aber es wäre einfacher, vor meinem eigenen Schatten davonzulaufen, als diesem Fluch zu entkommen.«

In jener Nacht kampierten sie unweit der Straße auf einem Feld zwischen Heuhaufen und einem verrosteten Mähdrescher mit abgefahrenen Reifen. Keiner hatte Hunger. Die Zwillinge schalteten die Scheinwerfer des Lastwagens ein, während sich die Vogelhändlerin etwas weiter entfernt ihr Bett bereitete – eine unerläßliche Vorsichtsmaßnahme wegen ihrer Krankheit. »Macht die Scheinwerfer aus«, sagte sie. »Das letzte, was wir hier draußen brauchen, ist eine leere Batterie.« In Wirklichkeit wollte sie nicht, daß die beiden sahen, wie sie vor Angst zitterte angesichts der Schmerzen, die unausweichlich auf sie zukommen würden. Sie verbrachten die Nacht unter den Sternen, und als die Vogelhändlerin am nächsten Morgen die Augen aufschlug, sah sie die Mädchen ihr gegenüber im Schneidersitz hocken.

»Ich hab euch doch gesagt, daß ihr mir nicht zu nahe kommen sollt, ihr sturen Maultiere!« Sie überschüttete die beiden mit Flüchen und hüllte sich in ihre Decke ein. »Wollt ihr mir in der Hölle Gesellschaft leisten?«

Sie hatten darauf gewartet, daß sie aufwachte.

»Wir wollten dich um etwas bitten, Mutter«, sagten sie zögernd.

Es war das erste Mal, daß die Zwillinge sie so anredeten. Sie war zu Tränen gerührt.

»Ihr sollt natürlich mein Geschäft fortführen«, sagte sie, sehr wohl wissend, daß die beiden gar nicht darauf hinauswollten.

»Wir danken dir. Aber darum geht es uns nicht.«

»Um was dann?« Die Neugier überwog ihre Schmerzen. »Sagt es mir, Kinder. Bevor ich in die Grube fahre.«

An jenem Morgen im August erzählten sie ihr schließlich das bittere Geheimnis ihrer Vergangenheit. Sie erzählten ihr von dem grausamen Mann, der, wie sie irgendwann begriffen hatten, ihr Vater war, von dem fensterlosen Keller und von den Hundehalsbändern. Mehr und mehr Tränen verschleierten ihren Blick, während sie ihnen zuhörte.

»Ihr armen Kinder«, sagte sie. »Ich wünschte, ich könnte euch in die Arme nehmen. Aber meine Krankheit ist tödlicher als Lepra.«

Die Zwillinge sahen sie mit glänzenden Augen an. »Genau darüber wollten wir mit dir sprechen, Mutter«, sagten sie.

Der Barbier hatte einen Kunden an jenem Morgen.

»Und kürzen Sie die Koteletten um zwei Zentimeter, Meister«, wies ihn der Mann auf dem Stuhl an. »Aber ganz genau, bitte.«

Der Barbier zog ein hölzernes Lineal aus der hinteren Hosentasche und legte es an die Wange des Kunden. »Schon gemessen, mein Bester«, sagte er.

Während er dem Mann die Haare schnitt, drang das Geräusch des Lasters an seine Ohren. »Die Zigeuner sind im Anmarsch«, sagte er gleichgültig, doch als er aufsah, erkannte er die Flagge.

»Nein«, berichtigte er sich. »Es ist diese vagabundierende Emanze von Vogelhändlerin.«

»Lange her, seit sie zum letztenmal hier war«, sagte der Kunde, ohne von seiner Zeitung aufzublicken.

Tatsächlich waren es sieben Jahre gewesen. Seit sie den Zwillingen begegnet war, hatte die Vogelhändlerin das Dorf nicht mehr besucht, für den Fall, daß jemand nach den Mädchen suchte.

An dem Tag, als sie zugeben mußte, daß sie tödlich erkrankt war, hatte sie darauf bestanden, daß sie die gelbe Flagge mit dem schwarzen Punkt am Mast des Lasters aufzogen, damit die Menschen auf ihrem Weg vor möglicher Ansteckung gewarnt waren. Doch als das Dorf in Sicht kam, hatten sie angehalten und wieder die Nationalflagge gehißt; das war Teil ihres Plans.

Sie hatten gerade erst auf dem Dorfplatz geparkt, als der Barbier seinen Kunden allein ließ und auf den Laster zugeeilt kam. Doch er blieb verblüfft stehen, als er statt der alten Vogelhändlerin zwei junge Frauen in der Fahrerkabine sah. Jemand rief von der Ladefläche aus nach ihm, wo er die alte Frau auf dem Boden sitzend vorfand. Sie erklärte, daß sie Schwindelanfälle hatte und die Mädchen ihre Gehilfinnen seien.

»Sie sind sehr schön«, sagte der Barbier und warf einen verstohlenen Blick durch den Durchlaß zur Fahrerkabine. »Ich wäre nicht überrascht, wenn sie Flügel unter ihren Kleidern hätten. Sie sehen aus wie Engel.«

Nichts an den Zwillingen erinnerte mehr an die nackten Kreaturen mit den langen Nägeln, dem verfilzten Haar und der kotverschmierten Haut. Nun waren sie junge Frauen, die nach parfümierter Seife und Rosenwasser rochen, das Haar mit Pomade frisiert hatten und elfenbeinfarbene Musselinkleider trugen, die sie nur in der Hauptstadt gekauft haben konnten. Niemand im Dorf hätte sie je erkennen können.

»Sie sind zu jung für dich, Barbier«, erwiderte die Vogelhändlerin. »Was kann ich für dich tun?«

Der Barbier sah noch einmal zu den Mädchen hinüber. Von ihrer Mutter hatten sie die ebenmäßigen Züge und den majestätischen Gang geerbt. Außerdem waren sie nun genau so alt wie sie zu dem Zeitpunkt, als sie gestorben war.

»Irgendwie kommen sie mir bekannt vor«, sagte der Barbier.

Die Vogelhändlerin wandte sich ab und hustete in ihr Taschentuch.

»Gewiß. Weil du sie jede Nacht in deinen Träumen siehst.«

Der Barbier biß sich auf die Lippen. »Der Schwan, den du mir damals verkauft hast, ist letzten Winter gestorben. Ich frage mich, ob …«

Er war ein unverbesserlicher Vogelliebhaber. Die Vogelhändlerin tastete im Dunkel nach ihrer Taschenlampe. »Sieh dich um«, sagte sie ungeduldig. Sie kämpfte die ganze Zeit gegen ihre Schmerzen an, während sie so tat, als wäre sie ins Dorf gekommen, um Handel zu treiben. Der Barbier steckte seine Schere in die Tasche und hob einen Käfig hoch. »Der Schwan hatte einen endlos langen Hals, aber das einzige Mal, daß ich ihn singen hörte, war, als er im Sterben lag«, beklagte er sich. Schließlich entschied er sich für einen schwarzen Vogel mit gelbem Schnabel. »Kann er singen?« fragte er.

»Noch besser: Er spricht. Er hat sogar Vorlesungen an der Nationalakademie gehalten.«

Der Barbier war hin und weg von dem Hirtenstar. Er tastete seine Taschen nach seiner Börse ab und zählte das Geld auf den Boden der Ladefläche. Ehe er der Vogelhändlerin die Banknoten überreichte, sah er sie an, als wären es Familienfotos. »Mit dem Geld, daß ich für Vögel ausgebe«, sagte er, »hätte ich selbst Gesangsstunden nehmen können.«

Um das Haus zu finden, in dem sie aufgewachsen waren, mußten die Zwillinge den Weg zurückverfolgen, auf dem sie damals geflüchtet waren. Aber sie konnten sich einfach nicht erinnern, bis sie plötzlich das Betonhäuschen mit den kleinen Fenstern an den Bahngleisen wiedererkannten. Die Tür öffnete sich, und eine Stimme erklang.

»Zeigt mir eure Gesichter.«

Für die Zwillinge war die Hebamme eine Fremde. Sie wichen zurück wie Tiere in einem Hinterhalt.

»Habt keine Angst«, sagte die Frau. »Ich bin diejenige, die eure Nabel abgebunden hat.«

Doch sie trauten ihr immer noch nicht.

»Was macht ihr denn hier?« Die Hebamme erhielt keine Antwort. »Ich verstehe«, sagte sie nach einer Weile, als sie den Grund ihres Besuchs erfaßt hatte. »Laßt mich euch erzählen, was ihr wissen solltet, und dann zeige ich euch, wo er lebt.«

Sie lauschten der Geschichte von ihrer Mutter und ihrem tragischen Ende, ehe die Hebamme sie zu ihrem Grab führte. Sie revanchierten sich, indem sie von ihrer Flucht erzählten und davon, wie sie als Begleiterinnen der Vogelhändlerin ihr Glück gemacht hatten. Dann weihten sie die Hebamme in ihren Plan ein. Sie nickte zufrieden, bevor sie ihnen den Weg zur alten Herberge wies. Sie wünschte ihnen viel Glück und strich ihnen über die Gesichter. »Ich kann es kaum glauben«, sagte sie stolz. »Nichts an euch erinnert mehr an die Tiere, die ihr einst wart.«

Zuerst fiel ihnen der gewaltige Kamin ins Auge, der über dem flachen Tal emporragte, und dann erblickten sie den Rest des Hauses: das Ziegeldach mit den Dachluken, die Steinwände mit den robusten Erkern und die Zementveranda mit den wild wachsenden Weinreben, wo die Zwillinge den Besuchern ihre Künste vorgeführt hatten. Als sie näher kamen, sah die Vogelhändlerin zu ihrem Erstaunen, daß die Fensterscheiben mit schwarzer Farbe verdunkelt worden waren.

»Das ist schon immer so gewesen«, sagten die Zwillinge.

Sie hielten vor dem Tor, während die Vogelhändlerin im hinteren Teil des Lastwagens ihren Koffer öffnete. Darin befanden sich ein Handspiegel, eine Dose mit uraltem Talkumpuder, eine kratzige Bürste, eine Reihe von vertrockneten Lippenstiften und ein mottenzerfressenes Täschchen mit Antimon. »Ich weiß gar nicht mehr, wie man das alles benutzt«, sagte sie und kratzte sich am Kopf. Doch dann tat sie ihr Bestes, um die Anzeichen des Siechtums hinter Cremes und Mixturen zu verbergen, ehe sie ein Fläschchen Laudanum kippte, sich bekreuzigte und vom Laster stieg.

Sie trat durch das Tor und marschierte auf das Haus zu, während sie sich fühlte, als würde sie ein Schiffsdeck entlanggehen. Sie hatte eben erst die Verandastufen betreten, als sie aus dem Gleichgewicht geriet, und sicher wäre sie gestürzt, hätte es kein Geländer gegeben. Und es waren nicht die mit ihrer Krankheit verbundenen Schwindelattacken, die sie fast ohnmächtig werden ließen, sondern der entsetzliche Anblick, der sich ihren Augen bot. Der Zementboden war übersät mit den verfaulenden Kadavern von Schwalben. Der Schmerz, den sie verspürte, war schrecklicher als der Schnitt einer Rasierklinge.

Ein Mann stand breitbeinig vor der Tür. Die Vogelhändlerin versuchte zu sprechen, doch die makabre Entdeckung hatte ihre Stimme der Konsonanten beraubt. Der Witwer musterte sie von oben bis unten.

»Das sind meine Dämonen«, sagte er schließlich über die toten Vögel.

Er erklärte ihr, die Schwalben hätten einen unstillbaren Appetit auf Trauben; seit er dies herausgefunden hatte, besprühte er den wilden Wein mit Gift. »Sie glauben gar nicht, wie einem das Gezwitscher auf die Nerven geht«, sagte er. »Ein Schlagbohrer im Gehirn könnte nicht schlimmer sein.«

Er verschwand im Haus und kehrte mit einem Besen zurück. »Was kann ich für Sie tun, Verehrteste?« fragte er, während er die toten Schwalben von der Veranda fegte.

Allmählich erlangte die Vogelhändlerin ihre Fassung wieder. Ihre Hände zitterten vor Empörung, als sie ihre Handtasche öffnete. »Erkennen Sie diese Dinge wieder?«

In der Hand hielt sie die Hundehalsbänder, die die Zwillinge damals getragen hatten, als sie ihnen auf der Straße begegnet war. Die Spinnweben der Vergangenheit teilten sich auf den ersten Blick.

»Wo haben Sie die gefunden?« wollte der Witwer wissen.

»Bieten Sie mir doch erst mal etwas zu trinken an.«

Der Witwer bewegte sich nicht, während sich seine Augen zu Schlitzen verengten. »Wie lange haben Sie die Dinger schon?«

»Sieben Jahre. Ich hatte sie längst vergessen, aber dann hat mir einer aus dem Dorf eine Geschichte erzählt.«

Der Mann schlug mit der Faust gegen die Tür. »Diese Toren«, sagte er. »Über ihre Mäuler haben sie genausowenig Gewalt wie über ihre Arschlöcher.«

Er bat sie ins Haus, wo sie erst einmal zwei Glas Wasser benötigte, um ihren Husten zu unterdrücken. Überall brannten Kerzen; nicht das geringste Licht fiel durch die geschwärzten Fensterscheiben. Sie fragte den Witwer nach dem Grund dafür. »Da draußen gibt es nichts, was mich interessieren würde«, entgegnete er hastig. »Und jetzt erzählen Sie mir von den Halsbändern.«

Der Plan funktionierte; die Vogelhändlerin saß ihm gegenüber, beugte sich ganz nah zu ihm, und jedesmal, wenn sie den Mund öffnete, führte sie ihn seinem Schicksal einen Schritt weiter entgegen. In ihrer Stimme schwang der Hauch ihrer todkranken Lunge; hoffentlich hatte sie ihn infiziert.

»Ich habe ihre Leichen am Rand der Berge gefunden. Die Schakale haben sie gefressen.«

Der Witwer rieb sich selig die Hände. »Ich habe es immer gewußt. Was haben Sie mit ihnen gemacht?«

»Ich habe sie da draußen begraben, auch wenn ich nicht mehr genau weiß, wo.«

»Sie hätten sie den Raben überlassen sollen.«

Nicht das Blut in ihren Lungen war es, das sie beinahe zwang, sich zu übergeben. Es war sein Haß. »Sie leiden an einer sonderbaren Krankheit«, sagte sie.

»Niemand hat je so geliebt wie ich, Frau.«

Es gelang ihr nicht, sich zu beherrschen, so sehr sie es auch versuchte. »Ihr Problem war, daß sie alles von einem einzigen Würfelspiel abhängig gemacht haben.« Sie wollte noch mehr sagen, doch dann kehrte der Husten wieder. Sie benutzte ihr Taschentuch, das sie die ganze Zeit in ihrem Schoß unter dem Tisch hielt, um das Blut vor ihm zu verbergen. »Ich muß Sie jetzt verlassen«, sagte sie. Sie erhob sich und beugte sich zu dem Witwer. »Denken Sie daran: Sie haben immer noch Zeit zu bereuen, bevor Sie gehen.«

»Ich habe nicht vor, diesen Ort zu verlassen, Frau.«

Im Laster warteten die Zwillinge auf sie.

»Laßt uns fahren«, sagte die Vogelhändlerin erschöpft. »Der Rest liegt in der Hand Gottes. Ich hoffe bloß, er ist einer Meinung mit mir.«

Das mußte er wohl gewesen sein, denn nach einigen Tagen begann der Witwer zu husten und jeden Morgen in schweißgetränkten Laken zu erwachen. Er verlor so viel Gewicht, daß er glaubte, seine Knochen würden schrumpfen, und die ganze Zeit über spürte er, wie hohes Fieber in ihm brannte. Die Vogelhändlerin hörte von den Neuigkeiten, während sie in ihrem schmalen Bett in der Dorfpension lag. Zum ersten und letzten Mal seit Monaten lächelte sie. »Jetzt wird alles wieder gut, meine Lieblinge«, sagte sie zu den Zwillingen, überzeugt davon, daß ihr Vater sterben würde. »Er wird im Blut eures Elends ertrinken.«

Weniger als einen Monat später verkauften die Mädchen den Lastwagen, um mit dem Erlös das Begräbnis der Vogelhändlerin zu bezahlen, und ließen sie nahe des Grabs ihrer Mutter beerdigen, die sie nie kennengelernt hatten. Als sie von der Beisetzung kamen, trafen sie zufällig auf eine Gruppe von Musikern, die tags zuvor bei einer Hochzeit aufgespielt hatten. Die Musiker trugen immer noch ihre staubigen schwarzen Anzüge und ihre geflickten Hemden und waren gerade auf dem Weg zum Bahnhof.

»Wir wollen mit euch kommen«, sagten die Mädchen.

Der Kapellmeister musterte sie von Kopf bis Fuß und mißverstand ihr Anerbieten.

»Ihr verschwendet eure Zeit, Mädchen. Es liegen nicht allzu viele Kasernen auf unserem Weg.«

Sie erröteten vor Zorn. »Wir sind Sängerinnen«, sagten sie stolz.

Der Kapellmeister bleckte die Zähne zu einem unverschämten Grinsen.

»Verzeihung, die Damen. Wir sind schon so lange unterwegs, daß wir ein Schaf nicht mehr vom Bock unterscheiden können. Bitte singt uns doch etwas vor.«

Der Kapellmeister förderte ein Akkordeon aus seinem Koffer zutage und begleitete ihr Lied mit fingerfertiger Routine. Die anderen Musiker hörten zu und nickten beifällig.

»Nun, verehrteste Damen«, sagte der Kapellmeister, als sie fertig waren, »kommt mit uns, solange euch das Geld nicht ausgeht.«

Doch gab es noch eine letzte Angelegenheit, um die sich die Zwillinge kümmern mußten. An jenem Nachmittag ließen sie die Vögel frei: die Schneeeule, die nie in ihrem Leben Schnee gesehen hatte, die seltenen Papageien, die so an ihre Gefangenschaft gewöhnt waren, daß sie die Hände bissen, die ihnen die Freiheit schenkten, die Lerchen, die fast sofort nach Süden flogen, da es bereits Herbst war. Später, als sie die Drahtkäfige zerstörten, hatten die Mädchen den Einfall, die beiden Pfauen zum Friedhof zu bringen. Dort lebten sie seither, streiften mit ihren schillernden Federn die Grabsteine, die weißen Kreuze und die Stämme der mächtigen Zypressen.

Es war Abend geworden, als die Zwillinge die Hebamme auf beide Wangen küßten und zusammen mit den Musikern in den Zug stiegen. Und als schließlich das Pfeifen der Lokomotive ertönte und sich ein Schwall heißen Dampfs über dem Bahnsteig ausbreitete, zogen sie die Sonnenblenden hinab und schworen sich, nie wieder einen Fuß in das verhaßte Dorf zu setzen.

III

Auf der Veranda des Witwers schneuzte sich Pater Gerasimo die Nase und reckte den Hals, um zu den Sternen aufzusehen.

»Dafür wirst du fürwahr in der Hölle braten, Nikiforo«, sagte er. »Es stimmt mich bloß traurig, daß ich dabei nicht zuschauen darf.«

»Meine Lungen fühlen sich bereits an wie glühende Kohle, falls Ihnen das ein Trost sein sollte, Priester.«

»Der Tod deiner Frau war eine von Gott auferlegte Prüfung. Du hättest das Unglück hinnehmen und dich in Reue üben müssen. Statt dessen ...«

»Sie haben sie umgebracht, und ich habe sie dafür bestraft.«

»Sie waren Kinder Gottes.«

»Nein. Sie waren Fratzen des Bösen«, zischte der Witwer. »Einmal habe ich versucht, sie an den Zirkus zu verkaufen, aber der Zirkusdirektor hat sie zurückgebracht, weil sie gefräßiger waren als die Tiger.«

Pater Gerasimo nahm seine Mütze ab und kratzte sich am Kopf. »Es ist mir ein Rätsel, wieso die Polizei nie Wind von der Sache bekommen hat.«

»Die können nicht mal den Mond von den Sternen unterscheiden, Priester«, sagte Nikiforo. Er verschränkte die Arme unter der Decke und hielt inne, bis der nächste Hustenanfall vorbei war. Er leckte sich die Lippen. »Tja, Priester, und Sie können auch nichts mehr unternehmen. Die Schakale haben sie gefressen.«

Mit Hilfe eines Asts holte Pater Gerasimo die Zigaretten des Kranken zu sich heran. Er zündete sich eine mit der Sturmlaterne an und nahm wieder auf den Verandastufen Platz. Seit dem Priesterseminar hatte er nicht mehr geraucht. In seinen Taschen befanden sich seine akkurat gefaltete Stola, ein silbern verziertes Kreuz aus Sandelholz und eine ledergebundene Bibel. Es war seine Pflicht, ein paar Worte für Nikiforos Seele zu sprechen, wenn die Zeit gekommen war – doch diesen Mann würde er nicht von seinen Sünden lossprechen, selbst wenn er ihn dafür bezahlte. Er wollte Nikiforo gerade erzählen, was er von der Hebamme erfahren hatte, als der Witwer erneut zu sprechen anhob.

»Ich werde Ihre Dienste nicht so bald in Anspruch nehmen, Priester. Ehrlich gesagt, habe ich sogar vor, bei Ihrem Begräbnis zu weinen. Dr. Panteleon sagt, das Ärgste hätte ich überstanden.«

Pater Gerasimo drückte nervös die Zigarette zusammen. »Ich bewundere deinen Willen, Nikiforo. Wie du gegen die Schmerzen ankämpfst.«

»Nein. Es ist dieses neue Medikament.« Er machte eine Pause und rieb sich das Kinn, während er sich zu erinnern versuchte. »Das Antibiotikum.«

Pater Gerasimo spürte eine jähe Enttäuschung in sich aufsteigen. »Unsinn«, murmelte er.

»Wenn ich's Ihnen sage, Priester. Es geht mir besser.«

Dem Priester kam es vor, als wäre sein Glaube ein Hund, dem er jahrelang Futter gegeben hatte und der nun einfach davonlief. Er zog ein paarmal an seiner Zigarette und versuchte seine Zweifel zu unterdrücken. »Die Medizin«, sagte er schließlich. »Wieso nur muß sie Gott ins Handwerk pfuschen?«

Der Witwer schenkte dem keine Beachtung. Ihm ging etwas anderes durch den Kopf.

»Wissen Sie, was ich mich immer frage, Priester?«

»Was?«

»Dämonen.«

Pater Gerasimo spitzte die Lippen. »Was ist mit ihnen?«

»Wie sehen sie aus?«

Der Priester kratzte sich abermals am Kopf; er konnte sich nicht erinnern, ob diese Frage je auf irgendeinem Kirchentag behandelt worden war.

»Weil meine Dämonen Flügel haben, Priester«, sagte der Witwer. »Sie erscheinen mir dauernd in meinen Träumen.«

»Gewöhnlich sehen sie aus wie zweibeinige Ziegenböcke mit pfeilartigen Schwänzen«, erwiderte der Priester. »Aber das Böse erscheint natürlich in vielen Masken.«

»Haben Sie Angst vor ihnen, Priester?«

»Ich? Natürlich nicht. Gott ist allmächtig. Grund zur Sorge haben nur die Atheisten und Sünder.«

Nikiforo hustete wieder. Der Hund kam angelaufen und ließ sich zu Pater Gerasimos Füßen nieder. Er streichelte ihn und begann, die nächste Zigarette zu rauchen. Auf dem Schutt des eingestürzten Kamins saß eine Eule und stieß einen Schrei aus, ehe sie lautlos ins Tal flog. Der Priester drückte die Zigarette aus, steckte den Stummel in seine Tasche und rieb sich die Arme. Plötzlich war ihm kalt.

Ausflug mit Pegasus

Sie trug ein gelbes Kleid, dessen Nähte bald aufzugehen versprachen – obwohl das an jenem Tag nicht geschehen sollte. Während der Busfahrer wieder und wieder in den Rückspiegel sah, verwandelte sich seine Gelassenheit langsam in Trübsinn. Er verlor sich derart in seinen schmachtenden Gedanken, daß der Bus vom Asphalt abkam; er war nur noch Zentimeter von dem tiefen Wassergraben neben der Straße entfernt, als ihn die Schreie seiner Fahrgäste in die Wirklichkeit zurückholten. Der Bus schlingerte, als er in letzter Sekunde das Steuer herumriß. Von hinten ertönten Flüche.

»Tut mir leid, Leute«, sagte der Busfahrer träge. »Ich wollte nur mal die Radaufhängung testen.«

Seit zwei Jahren fuhr er zweimal täglich von der Kreisstadt über die Dörfer und zurück. Der alte Bus hatte zweiunddreißig Sitze und einen Dieselmotor, ein in die Jahre gekommenes, walartiges Vehikel, das unter der Lackierung der Regionalen Verkehrsbetriebe still vor sich hin rostete. Auf dem Sitz neben dem Busfahrer saß der Schaffner. Er trug eine zerknitterte Uniform und eine aus der Form geratene Mütze mit Abzeichen. Auf dem Schoß hielt er seine Geldkassette, ein Metallkästchen mit verschiedenen kleinen Fächern für Münzen und Scheine. Beim Manöver des Busfahrers hatte er die Zähne zusammengebissen und die Augen verdreht, aber keinen Ton von sich gegeben. Als der Bus wieder die Straße entlangrollte, nahm er eine Handvoll Wechselgeld – das Fahrgeld, das er an der letzten Haltestelle eingesammelt hatte – aus seiner Tasche, öffnete die Kassette und sortierte die Münzen in die entsprechenden Fächer.

»Idiot«, murmelte er. »Mit so was kannst du die Achse ruinieren.«

Es war ein wolkenloser Morgen und inzwischen elf Uhr. Fünf Stunden zuvor waren sie am Busbahnhof aufgebrochen. Der Bus fuhr die östliche Route, hielt in Städtchen und Dörfern. Achtlos schleuderte der Schaffner die Geldkassette auf das Armaturenbrett, klappte die Sonnenblende herunter und zog einen Fahrscheinblock aus seiner Brusttasche. Er blätterte mit dem Daumen über die Kontrollabschnitte der ermäßigten Fahrscheine und runzelte die Stirn.

»Bevor ich Schaffner wurde«, sagte er, »hatte ich keine Ahnung, wie viele Knirpse auf diesem Planeten herumlaufen.« Der Busfahrer rieb sich die Augen unter der Sonnenbrille und nahm einen weiteren Schluck Kaffee aus seiner Thermosflasche. »Und wieso müssen sie immer von ihren Müttern zur Haltestelle gebracht werden?« fuhr der Schaffner fort. Der Fahrer beachtete ihn nicht. Er sah in den Rückspiegel und warf erneut einen Blick auf die Frau in Gelb, ehe er sich wieder auf die Straße konzentrierte. Er wischte sich den Schweiß von der Stirn und verstaute die Thermosflasche, ohne den Blick von der Straße zu nehmen. Der Schaffner war sein Schwager. »Die ganzen Bengel sind schlecht fürs Geschäft«, sagte er und blies die Wangen auf. »Und wir haben gerade erst damit angefangen.«

Nur wenige Monate zuvor hatten die beiden den Bus von ihrem Chef gekauft, der kurz darauf in Rente gegangen war. Sie hatten ihre Namen mit einer Schablone auf der Bustür verewigt, das Wort PEGASUS quer über den Kühlergrill gepinselt, und auf die Klappe über dem Reservereifen hatte der Schaffner höchstpersönlich ein Bild gemalt, das im weiteren Sinne als geflügeltes Pferd durchgehen mochte. Sie hatten die alten Spritzlappen an den Reifen ersetzt und im Heckfenster ein Signal installiert, auf dem in roter Schrift VORSICHT, FREUNDE aufleuchtete, sobald der Fahrer auf die Bremse trat. Das Businnere hatten sie ebenfalls ganz nach ihrem Geschmack eingerichtet. Auf dem Armaturenbrett stand eine mit Plastikblumen bestückte Vase, auf der das Bild der Jungfrau Maria prangte; die Windschutzscheibe war mit einer Girlande dekoriert, und die Decke hatten sie mit den heißesten Bildern aus dem Pirelli-Kalender geschmückt. Ihr letztes Geld hatten sie in eine Hupe mit fünf verschiedenen Fanfaren gesteckt.

»Hast du den Auspufftopf ausgewechselt?« fragte der Schaffner.

Der Busfahrer beschränkte sich darauf, einfach Gas zu geben. Der Bus ruckte, während der Auspuff einen Heidenlärm von sich gab.

»In Gottes Namen!« rief ein Fahrgast. »Ihr transportiert hier kein Vieh, verstanden?«

Der Busfahrer sah gereizt in den Rückspiegel, ehe er wieder vom Gas ging. Er drehte das Radio an. »Hast du inzwischen wenigstens einen Ölwechsel gemacht?« brüllte der Schaffner gegen die Musik an.

Auch diesmal gab der Fahrer keine Antwort. Er ließ den Arm aus dem offenen Fenster hängen und schlug im Rhythmus der Melodie mit den Fingerknöcheln gegen das Türblech. Wieder sah er in den Rückspiegel, diesmal aber durchaus optimistisch.

»Ich heiße Theofilo«, sagte er und kratzte sich die mit einer schweren Goldkette behängte Brust. »Und Sie?«

Die Frau im gelben Kleid war vor einer Stunde zugestiegen, und in jenem Moment hatte der ganze Schlamassel begonnen. Ehe er beinahe von der Straße abgekommen wäre, hatte der Busfahrer ein Riesenschlagloch übersehen, um ein Haar einen streunenden Hund überfahren, grundlos auf einer halben Kiesladung gebremst, die ein Kipplaster verloren haben mußte, und einen ganz in Schwarz gekleideten Mann stehenlassen, der an einer einsamen Kreuzung um Mitnahme gewinkt hatte.

Sie verriet ihm ihren Namen nicht. Statt dessen fragte sie: »Haben Sie den Anhalter vorhin nicht gesehen?«

»Da war doch gar keiner«, sagte der Busfahrer. »Das war bloß eine Fata Morgana.«

Sie saß auf dem Fensterplatz hinter ihm, neben sich eine Wildledertasche, in der sie alle naselang herumwühlte; mal förderte sie eine Uhr mit gerissenem Armband zutage, mal Lippenstift und Schminkspiegel, mal ihr Portemonnaie. Auf der Ablage über ihr befanden sich ein Sonnenschirm aus Spitze und ein kleiner Koffer, um den ein Gurt geschnallt war.

Sie beugte sich vor. »Gehört Ihnen der Bus?«

Der Fahrer warf wieder einen Blick in den Rückspiegel; ihr Kleid hatte ein tief ausgeschnittenes Dekolleté. »Ich nenne ihn Pegasus.«

»Pegasus.« Sie lehnte sich zurück. »Hübscher Name.«

Sie wurden von einem knatternden Motorrad überholt, als sie in den nächsten Ort einfuhren. Dort gab es keinen Busbahnhof; der Bus hielt auf einem Platz im Ortszentrum vor einer geschlossenen Konditorei. In der Mitte des Platzes befand sich ein Springbrunnen, der aber kein Wasser führte. Eine leichte Brise wehte herrenloses Zeitungspapier über das Pflaster; im Schatten der Balkone kauerten Tauben. Der Schaffner sprang heraus und kletterte auf das Dach des Busses; die ausgestiegenen Fahrgäste wiesen mit den Fingern auf ihre Gepäckstücke. Ein Taxi fuhr im Schrittempo vorbei; der Fahrer sah heraus und wartete, ob jemand seine Dienste benötigte.

»Vorsicht mit dem Koffer!« rief eine Frau. »Da ist ein komplettes Porzellanservice drin.«

Der Schaffner schnallte den billigen Koffer los und warf ihn genauso achtlos hinunter wie die anderen. »Sie können sich doch nicht mal 'nen Fingerhut aus Porzellan leisten«, rief er zurück. »Außerdem sind wir spät dran.«

Der Bus fuhr wieder los. Bald gelangten sie zu einer Kreuzung, an der die Hinweisschilder so verrostet waren, daß man die Ortsnamen nicht mehr lesen konnte. Der Fahrer nahm die Straße mit den zahllosen Haarnadelkurven, die ins Tal hinunterführte.

»Eines Tages«, sagte er laut, »mache ich vielleicht 'ne ganz andere Biege.«

Die Frau beugte sich wieder vor. »Und was passiert dann mit uns Fahrgästen?« fragte sie kokett.

»Du kannst mitfahren«, sagte er und zwinkerte ihr über den Rückspiegel zu. »Die anderen werfe ich raus.« Er nahm die eine Hand vom Steuer – er trug einen goldenen Armreif, auf dem sein Name eingraviert war, und eine billige Uhr – und wies auf den Schaffner. »Ihn als allerersten.« Die Frau kicherte, während der Schaffner auf seinem Schnäuzer herumbiß. »Du, ich und Pegasus«, fuhr der Busfahrer fort. »Was sollte da noch schiefgehen?«

»Könnte sein, daß dir der Sprit ausgeht«, sagte der Schaffner. Das Lachen der Frau spornte ihn an. »Oder es platzt plötzlich ein Reifen.«

Der Fahrer sah die abschüssige Straße hinunter, der nächsten Haarnadelkurve entgegen. »Kaum zu glauben, daß einer wie er sogar in der Sonntagsschule war, was?« sagte er.

Die Frau musterte den Schaffner, der augenblicklich rot wurde. »Ich bin auch zur Sonntagsschule gegangen«, verkündete sie.

Das Gesicht des Schaffners leuchtete vor Genugtuung. Der Bus wurde langsamer, als der Fahrer einen Gang herunterschaltete. Er sah wieder in den Rückspiegel. »Für Mädchen geht das in Ordnung«, sagte er. »So wie Hauswirtschaftskurse ja auch.«

Die Frau im gelben Kleid sah zum Fenster hinaus. Draußen zog die karge Landschaft vorbei, weit und breit nichts als vertrocknetes Gestrüpp und Johannisbrotbäume; das einzige, was sich bewegte, war eine weit entfernte Ziegenherde. Die meisten Fahrgäste schliefen. Von der Gepäckablage hingen zwei Hühner an ihren Beinen und gackerten. Der Schaffner wandte sich an die Frau.

»Er wußte nicht mal, was ein Pegasus ist«, sagte er leise, während er mit einem Kopfnicken auf den Fahrer wies. »Das war meine Idee.«

Der Busfahrer warf ihm einen Blick aus den Augenwinkeln zu. »Ich habe eben nicht die gleiche Erziehung genossen wie du, mein Lieber. Als meine Eltern starben, mußte ich mich um meine Schwestern kümmern.«

Die Frau fühlte sich müde. Sie nahm eine Zeitschrift aus ihrer Tasche und blätterte darin herum.

»Du hast deine Mutter doch nie kennengelernt. Bis letztes Jahr hast du noch geglaubt, deine Mutter wäre der Mischlingsköter, der sonst immer unter dem Bus geschlafen hat.«

Der Fahrer machte eine wegwerfende Geste. »Weil ich an die Wiedergeburt glaube.« Im Rückspiegel sah er, daß die Frau las, fuhr aber trotzdem fort. »Ich hatte eine schwere Jugend, aber ich habe trotzdem meinen Weg gemacht. Ich wünschte, meine arme Mutter könnte mich jetzt sehen.«

»Kein Problem«, sagte der Schaffner. »Fahr einfach beim Puff vorbei und drück auf die Hupe.«

Sie waren im Tal angekommen. Von einem unweit entfernten Feld stieg Rauch auf; der Wind fachte die Glut wieder und wieder von neuem an.

Die Frau sah von ihrer Zeitschrift auf. »Was ist denn da los?«

»Gestern war das Fest der Feuerläufer«, erklärte der Schaffner. »'ne ganz schöne Schau, wenn die über die glühenden Kohlen laufen. Zuerst tanzen sie sich in Ekstase, und dann …«

»Mach bloß nicht so 'nen Wind«, unterbrach ihn der Fahrer. »Das kann doch jeder.«

»Außer dir«, sagte der Schaffner. »Der heilige Konstantin schützt nur die Fußsohlen wahrer Christen.«

»Ich würd's mir jedenfalls gern mal ansehen«, sagte die Frau und wandte sich wieder ihrer Lektüre zu.

»Der heilige Konstantin«, sagte der Fahrer. »Schutzpatron der Fußsohlen.«

Mittlerweile war es nach ein Uhr. Durch die Löcher in den Vorhängen brannte die Sonne sengend heiß auf die Plastiksitze und die Gesichter der Fahrgäste. Niemand konnte mehr schlafen. Einige falteten Hüte aus Zeitungspapier für die Kinder, andere packten ihr Mittagessen aus. Knoblauchgeruch vermischte sich mit dem Gestank von Schweiß. Der Schaffner schüttelte den Kopf.

»Ich habe dich meine Schwester heiraten lassen«, sagte er plötzlich.

»Mir hast du deine Arbeit zu verdanken«, gab der andere zurück.

»Ich hab den Mittler für dich gespielt. Immer, wenn du bei uns vor dem Haus standst, hat sich meine Schwester vor die Balkontür gestellt, weil unsere Mutter dir sonst einen ihrer Basilikumtöpfe an den Kopf geworfen hätte.«

»Bevor du mich kanntest, mein Lieber«, sagte der Busfahrer, »hast du Zigarettenstummel auf der Straße aufgesammelt.«

»Du hast dich dreimal am Tag von Haferbrei ernährt.«

»Jeder Hanswurst kann Fahrscheine ausgeben.«

»Außer dir. Weil du nicht bis drei zählen kannst.« Der Schaffner wandte sich wieder der Frau zu, doch sie schenkte den beiden keine Beachtung; sie hielt sich ein Taschentuch vor die Nase und blickte nach draußen. »Wenigstens habe ich einen Schulabschluß.«

»Und ich ’nen Führerschein.«

Der Busfahrer sah in den Rückspiegel. Die Lippen der Frau formten die Worte, die sie gerade las. Enttäuscht zündete er sich eine Zigarette an.

Der nächste Halt war in einem Dorf, das erst seit kurzem auf ihrer Route lag. Auf dem Dach transportierte der Bus die Morgenzeitungen, eine Kiste, in der sich Gläser mit eingemachten Früchten für das Café befanden, und zwei Lieferungen für die Taverne und den Krämer. Am Dorfeingang war ein Stofftuch an zwei Laternen quer über die Straße gespannt, auf dem »Dem Fortschritt ein Willkommen« stand. Als sie den Motor hörten, begannen die Hunde zu bellen, und eine Horde Kinder lief schreiend und winkend hinter dem Bus her. Der Busfahrer ließ drei verschiedene Fanfarentöne erklingen, um Eindruck zu schinden. Der Schaffner knöpfte sein Hemd zu, richtete die Krawatte und fuhr sich mit den Fingern durch die Haare, ehe er seine Mütze wieder aufsetzte. Der Fahrer zog ein letztes Mal an seiner Zigarette, schnippte sie aus dem Fenster und setzte eine wichtige Miene auf. Auf dem Dorfplatz wartete eine ganze Reihe von Leuten.

»Bleiben Sie bitte auf Ihren Plätzen, bis wir angehalten haben«, ließ sich der Busfahrer mit Stentorstimme vernehmen.

Die Fahrgäste verstopften den Mittelgang und nahmen ihr Gepäck von den Ablagen. Als der Bus hielt, sagte der Schaffner: »Bitte nicht drängeln, und Vorsicht bei den Stufen.«

Die Frau im gelben Kleid sah von ihrer Zeitschrift auf, in der sie gerade einen Artikel mit mehr Sarkasmus als Sinn zu Ende gelesen hatte, und ließ ihren Blick über die Menge schweifen, die sich um den Bus versammelt hatte. Aus nicht allzu weiter Ferne drang plötzlich das Pfeifen eines Zuges herüber. Sie steckte den Kopf aus dem Fenster.

»Wo geht’s denn zum Bahnhof?« fragte sie einen der Umstehenden.

Er wies ihr die Richtung. Sie machte ein Eselsohr in die Seite, die sie zuletzt gelesen hatte, und verstaute die Zeitschrift in ihrer Wildledertasche. »Helfen Sie mir mit meinem Gepäck?« fragte sie den Fahrer.

Der Schaffner hatte es ebenfalls gehört. Der eine trug ihren eindrucksvollen Sonnenschirm, der andere den kleinen Koffer mit dem darumgeschnallten Gurt. Die Sachen in den Händen, begaben sie sich nach draußen, wo sie sofort von der Menge umringt wurden, von lauter Menschen, die ihnen freundlich auf die Schultern schlugen – ein zeitraubender Empfang, weshalb es dauerte, bis sie die Frau im gelben Kleid endlich wieder im Blick hatten. Sie stand immer noch im Bus, und der Busfahrer und der Schaffner brüllten die Leute an, sie endlich durchzulassen. Sie nahm ihr Gepäck, bedankte sich und bahnte sich ihren Weg durch die Dorfbewohner, die sie nicht weiter beachteten; sie wollten einfach nur den Bus anfassen. Der Bürgermeister trat vor.

»Bleibt auf einen Schnaps, Freunde.«

»Das geht nicht«, sagte der Schaffner. »Wir sind sowieso schon zu spät dran.«

Aber dann tranken sie doch jeder einen Kaffee und zwei Schnäpse, während sie wehmütig dem davonfahrenden Zug hinterherlauschten. Das Geheimnis ihres Namens hatte sie mit sich genommen. Der Bürgermeister bestand darauf, eine kleine Rede zu halten, und so verstrichen etwa zwanzig Minuten, bis die neuen Fahrgäste zusteigen konnten, der Fahrer die Tür schloß, den Motor aufheulen ließ und sie sich wieder auf den Weg machten. Es dauerte noch einmal zehn Minuten, ehe der Schaffner aufstand, um das Fahrgeld zu kassieren, und kurz darauf entdeckte, daß die Geldkassette auf dem Armaturenbrett komplett leer war.

Deus ex machina

Sie kam montags mit dem Morgenzug. Sie war auf einen Güterwagen verladen worden, zusammen mit einem Ballen Heu und der unteren Hälfte eines ausgedienten Boilers, der mit einem Schneidbrenner zu einer Behelfstränke umfunktioniert worden war. An die Holzwände des Waggons hatte man zwei Doppelbettmatratzen genagelt, damit sie sich in den Kurven nicht verletzte. Sie hatten ihr einen Leinenbeutel um die Kruppe gezurrt, der den Dung auffangen sollte, doch da sie die ganze Zeit mit dem Schweif geschlagen hatte, um die Fliegen zu verscheuchen, war der Beutel verrutscht und unbenutzt geblieben. Dem Bahnwärter stieg der Geruch schneller in die Nase, als sich seine Augen an das Dunkel im Inneren des Waggons gewöhnen konnten. Mit dem Zug, der laut Fahrplan um 11:03 Uhr im Dorf halten sollte, kam sie um 14:07 Uhr an; bis dahin hatte niemand etwas von ihr gewußt.

Eine Stunde zuvor hatte der Bahnwärter die Zeitung von gestern ausgelesen und mehrere Seiten in quadratische Stücke zerschnitten; dann marschierte er zu der kleinen Baracke auf der anderen Seite des Gleises. Mit gerümpfter Nase spießte er die Papierstücke auf einen Nagel neben der Toilettenschüssel und schlug eilig die Tür hinter sich zu. Als er wieder auf den Bahnsteig trat, sprach ihn ein junger Mann im Anzug an, der mit seinem Pappkoffer auf einer der Wartebänke saß.

»Sind Sie sicher, daß ich meinen Zug nicht verpaßt habe?«

»Ja.«

Auf der Bahnhofsuhr über ihnen war es 13:10 Uhr.

»Dann hat er ja schon über zwei Stunden Verspätung.«

»Die Uhr geht vor.«

Der Bahnwärter tat so, als würde er seine Armbanduhr konsultieren, stieg auf die Bank und stellte die Zeiger drei Stunden zurück. Als von weitem ein Pfiff ertönte, erhob sich der junge Mann, zog sein Jackett zurecht und griff nach seinem Koffer. Eine Minute später verlor er das Gleichgewicht, als der einfahrende Zug mit vollem Tempo durch den Bahnhof donnerte. Vom Betonboden des Bahnsteigs aus sah der junge Mann den offenen Güterwaggons hinterher, während sich eine Wolke aus Staub und Steinchen über den Bahnsteig senkte.

»Das ist Eisenerz«, erklärte der Bahnwärter. »Aus den Gefängnisminen.«

Er setzte sich auf die Bank und nahm seine Mütze ab. Er zog eine zerdrückte Zigarettenpackung aus seiner Uniform und bot dem anderen eine an.

»Was verkaufen Sie?« fragte der Bahnwärter, nachdem sie die Zigaretten angezündet hatten.

»Lexika.«

»Was für welche?«

»Medizinische.«

Der Bahnwärter schüttelte den Kopf.

»Hier draußen wird kaum einer krank. Vielleicht liegt's an der frischen Luft. Oder vielleicht daran, daß viele jung sterben, während sie noch gesund sind.«

»Wenn sie so gesund sind, wieso sterben sie dann?«

Der Bahnwärter zog an seiner Zigarette und inhalierte tief. »Darüber habe ich noch nie nachgedacht.«

Sie blickten dem Zug nach, der ruckelnd über die unebenen Schienen am Horizont verschwand; dann herrschte wieder Stille. Eine Böe drehte das Windrad der Wasserpumpe und trug den Geruch aus der Baracke von der anderen Seite des Gleises herüber. Der junge Mann spuckte angewidert aus.

»Heilige Jungfrau Maria! Was ist das für ein Gestank?«

»Sanitäre Einrichtungen.«

Sie rauchten weiter.

»Unser Bahnhof steht ganz oben auf der Sanierungsliste der Kreisverwaltung«, sagte der Bahnwärter nach einer Weile. Der Lexikonverkäufer antwortete nicht. Über ihren Köpfen drehten sich die Rädchenkarussells in der alten Bahnhofsuhr. Konzentriert und stolz lauschte der Bahnwärter dem Ticken; die Uhr ging stets auf die Minute genau. »Nun ja, aber der Kunde hat immer recht«, dachte er amüsiert. Eine neue Rauchwolke erschien über den Hügeln; kurz darauf tauchte der nächste Zug auf – diesmal ein Personenzug, der bei der Einfahrt in den Bahnhof das Tempo drosselte. Der Lexikonverkäufer kämmte sich und griff nach seinem Koffer, stellte ihn aber wieder ab, als der Zug erst einmal am Wassercontainer hielt.

»Das ist auch noch nicht Ihr Zug«, sagte der Bahnwärter. Er streckte die Beine. »Was kosten die Bücher denn?«

Der junge Mann setzte sich wieder.

»Weniger, als Sie glauben. Und einen Band kriegen Sie gratis dazu. Entweder den Anatomieatlas oder den über das Verdauungssystem.«

Während der Zug Wasser nachtankte, stieg eine Frau aus und lief zu der Toilettenbaracke. Doch sobald sie die Tür geöffnet hatte, schloß sie sie auch schon wieder. Sie hielt sich ein Taschentuch vor die Nase und lief zum Zug zurück. Sie trug ein mit Rosen bedrucktes Kleid und einen Hut.

»Gibt's auch einen Band über die Fortpflanzung?«

»Der kostet extra.«

Sie schafften die Planke herbei, über die sonst Fässer gerollt wurden, doch erwies sich das als keine gute Idee. Als die Stute den ersten Huf auf die Planke setzte, bog sich das Brett knarrend durch und begann zu schwanken, worauf das Tier wiehernd in den Waggon zurückwich und sich sträubte, die Planke nochmals zu betreten. Schließlich holten sie ein paar Steine, die zu der eingestürzten Wand in der Halle gehört hatten, und bauten eine solide Rampe unter das Brett, die selbst einen Ochsen getragen hätte. Doch die Stute traute ihnen nicht mehr.

Aus dem Zug stiegen Fahrgäste, gaben Ratschläge, wie man das Pferd aus dem Waggon locken könnte, standen herum und aßen die Reste ihres Reiseproviants. Sie hatten Strohkörbe dabei, ein

Paar gackernder Hühner, eine Korbflasche mit Wein, einen Knoblauchzopf. Schließlich stieg auch ein Mann in einem Sommeranzug aus dem Zug; er trug einen weißen Hut und hatte einen Aktenkoffer dabei. Der Bahnwärter glaubte, daß er nach den Sanitäreinrichtungen Ausschau hielt.

»Ich bedaure, aber die Toilette ist kaputt, mein Herr.«

»Wie bitte?«

»Warten Sie besser bis zum nächsten Bahnhof, mein Herr.«

Als ihn das Pferd wiehernd begrüßte, traten die Umstehenden ehrfurchtsvoll beiseite; er stellte sich als Rechtsanwalt aus der Kreisstadt vor und sagte, daß er in offiziellem Auftrag unterwegs sei.

Er schlug vor, Zucker für das Pferd zu holen. Doch erst als die Stute den gesamten Vorrat an Zuckerwürfeln aus dem Laden des Krämers gefressen hatte, gehorchte sie endlich den Kommandos. Als sie schließlich auf dem Bahnsteig stand, waren die Dorfbewohner derart beeindruckt, daß keiner mehr einen Gedanken daran verschwendete, noch nicht zu Mittag gegessen zu haben; derart angetan waren sie, daß sie den Geruch des Dungs nicht mehr wahrnahmen und völlig vergaßen, daß sie nun wenigstens eine Woche lang ungesüßten Kaffee trinken mußten. Was sie vor sich sahen, war ein Rennpferd, eine Araberstute aus Damaskus, die – was zu diesem Zeitpunkt noch niemand wußte – in ihrer Jugend zweiunddreißig Rennen gewonnen hatte und immer noch ein makelloses Gebiß besaß. Sie trug nichts außer ihrem Zaumzeug und einer an einer Schnur von ihrem Hals baumelnden Gepäckkarte mit dem Namen des Dorfs darauf, und ihre Flanken waren ein derart einzigartiger Anblick, daß die Männer johlten, die Frauen seufzten und die Kinder sie streicheln wollten. Der Lexikonverkäufer verglich ihre Mähne mit den Fransen am Samtvorhang des Nationaltheaters, doch niemand wußte den Vergleich zu würdigen, da keiner der Dorfbewohner je in der Hauptstadt gewesen war.

»Wie heißt sie denn?« fragte der Bahnwärter.

»Geschichte«, sagte der Rechtsanwalt.

»Teufel auch«, sagte ein kleiner Junge. »Die haben sie wohl nach 'nem Schulbuch benannt.«

Als wäre eine Prozession unterwegs, begab sich die Menge mit dem Pferd vorneweg die Straße hinunter. Auf der einen Seite ging der Rechtsanwalt, der die Zügel hielt, auf der anderen der Lexikonverkäufer und der Bahnwärter, der über den Menschenauflauf ganz vergessen hatte, den Zug abzufertigen. Hinter ihm marschierte der Lokführer, der unbedingt erfahren wollte, wer der glückliche Besitzer der Stute war. Dahinter folgten die Fahrgäste, sowohl die, die auf dem Weg nach Hause waren, als auch jene, die ihr Reiseziel noch vor sich hatten. Die Menge nahm eine Abkürzung über den Gottesacker, wandte sich an der baufälligen Telegraphierstube, in deren Mörtelverputz Wespen ihre Nester gebaut hatten, nach links und blieb dann vor der Polizeiwache stehen. Der Dorfpolizist überprüfte die Papiere des Rechtsanwalts und schloß sich dann ebenfalls der Prozession an.

Schließlich erreichten sie das Haus, zu dem der Rechtsanwalt wollte. Er klopfte an die Tür. Stille. Er klopfte noch einmal. Die Tür öffnete sich; eine junge Frau mit teigverschmierten Händen blinzelte ins Sonnenlicht und sah den Rechtsanwalt mürrisch an. Dann richtete sie den Blick auf das Pferd und schließlich auf die Umstehenden.

»Wo ist dein Mann?« fragte der Bahnwärter.

»Nicht da. Manche Leute arbeiten für ihr Geld.«

Ein Junge fand Isidoro schließlich auf seinem Feld und sagte ihm, daß man nach ihm suchte. Der junge Mann hielt bei der Arbeit inne und stützte sich auf seinen Spaten. Auf dem Griff stand »Eigentum von ...«, aber der Name war mit Schmirgelpapier entfernt worden. Isidoro ließ den Blick über seine Scholle schweifen. Der Acker war klein und befand sich auf einem so steilen Abhang, daß ein Teil der umgegrabenen Krume den Hügel heruntergerollt war, so daß ihm nichts anderes übrigbleiben würde, als die Erde eimerweise wieder hinaufzutragen.

»Ist das nicht der Spaten vom alten Marko?« fragte der Junge.

»Nein, ist er nicht.«

»Muß er aber sein. An Markos Schaufel ist nämlich an genau derselben Ecke was abgebrochen, und ...«

Isidoro setzte den Fuß auf den Spaten und trieb ihn in die Erde.

»Was willst du?«

»Ich bin wegen dem Pferd hier.«

»Was für 'nem Pferd?«

»'nem echt wichtigen Pferd. So wichtig, daß es sogar mit dem Zug fährt.«

Der Landbesitzer saß auf einem Stuhl hinter der Bar. Aus seiner Position konnte er gerade eben über den Tresen blicken. Er nahm jeden ins Auge, der hereinkam, und beobachtete das Treiben auf dem Platz durch das Fenster; seine Augen schimmerten im Halbdunkel des Cafés wie die eines schwimmenden Krokodils. Er wischte sich mit einem Taschentuch über die Stirn und fingerte in einer offenen Dose herum. Als der Kellner zu ihm trat, ertappte er den Landbesitzer dabei, wie er die Oliven aus der Dose aß.

»Wieso setzen Sie sich nicht an einen Tisch wie alle anderen auch?«

Der Landbesitzer wischte sich die Finger an der Hose ab.

»Der Doktor sagt, ich soll mich nicht in die Sonne setzen. Wie auch immer, dafür haben Sie jetzt einen Tisch mehr frei.«

Der Kellner holte Mop und Eimer, während der Landbesitzer zum Regal ging und in den Zeitschriften kramte.

»Wo ist denn die Zeitung von heute?«

»Der Zug war noch nicht da.«

Ein neuer Gast trat ein. Der Wind wehte aus Richtung des Bahnhofs, wie man deutlich riechen konnte.

»Tür zu«, bellte der Landbesitzer. »Oder willst du, daß meine Sachen nach Scheiße stinken?«

Ohne etwas zu erwidern, schloß der neue Gast die Tür.

»Sie sollten die Bahnhofstoilette endlich abreißen«, fuhr der Landbesitzer fort, ohne jemanden im besonderen anzusprechen. »Am besten gleich die ganze Station, bevor dort noch jemand zu Schaden kommt.«

»Es ist gesetzlich vorgeschrieben, daß öffentliche Einrichtungen Toiletten haben müssen«, sagte der Gast.

»Ich frage mich, wieso ich mein Leben in diesem Rattenloch vergeude.«

»Weil Sie der reichste Mann weit und breit sind.«

»Was habe ich davon, wenn ich nichts als Scheiße rieche und nicht mal rechtzeitig die Zeitung bekommen kann?«

Er lehnte sich an die Wand und legte die Füße auf die Propangasflasche neben dem Herd. Der Kellner hörte auf zu wischen; auf dem sonnenbeschienenen nassen Boden sahen die Tische wie Lilien in einem Teich aus. Der Landbesitzer spähte über die Tische durch das Fenster, vor dem eine Katze saß und sich die Pfoten leckte. Plötzlich sprang die Katze davon, und ein Pferd starrte ihn von der anderen Seite des Fensters an. Kurz darauf wurde es dunkel im Café, als sich die Nasen von Dutzenden von Menschen gegen das Fenster preßten. Dann kam ein gutgekleideter Mann herein. »Schickt einen Jungen nach ihm«, wies er die draußen Wartenden an. »Ich werde hier warten.«

Der Landbesitzer wandte sich zum Kellner.

»Wen sucht er?«

»Den Mann, dem Sie den nutzlosen Acker verkauft haben. Oben in den Bergen.«

Als Isidoro schließlich aufgetaucht war, erfuhr die Menge Genaueres über die Herkunft der Stute. Der Rechtsanwalt gab kund, daß sie einem pensionierten General gehört hatte, der so entfernt mit Isidoro verwandt war, daß sich nicht einmal genau sagen ließ, ob nun mütterlicher- oder väterlicherseits, wenngleich Isidoros Eltern leider nicht mehr gefragt werden konnten, Friede ihrer Asche. Tatsächlich war besagter General ein Cousin der Tante von Isidoros Frau gewesen, ein eiserner Junggeselle, Major während des Krieges und nicht zuletzt ein hartnäckiger Gottesleugner, dem der Priester auf dem Sterbebett erklärt hatte, daß die Pforten des Paradieses für ihn so verschlossen bleiben würden wie ein verstopfter Arsch, wenn er nicht endlich Demut und Dankbarkeit zeige. Der General vermachte sein Vermögen daraufhin dem Stiftungsfond seiner Gemeinde, doch offenbar reichte das noch nicht. Er kratzte sich am Kopf. Verdammte Hundesöhne, dachte er, diese Priester sind schlimmer als Politiker.

Doch dann erinnerte er sich, daß er einst eine Familie gehabt hatte: einen Vater, eine Mutter, die eine Schwester hatte, die wiederum mit drei Kindern gesegnet war, mit denen er weiland oft den Unabhängigkeitskrieg nachzuspielen pflegte, jedenfalls solange, bis er einen seiner Vettern beim Versuch, eines der bewegendsten Kapitel der Revolution nachzustellen, beinahe gepfählt hätte. Schließlich hatte er seinen Rechtsanwalt angerufen und ihn beauftragt, sich auf die Suche nach seinem nächsten Verwandten zu begeben.

»Ich muß ihn in meinem Testament bedenken.«

»Wen, Herr General?«

»Mir egal. Hauptsache, es ist ein Mann, denn nur ein Mann kann sich um meine geliebte Geschichte kümmern, die einzige Frau, die ich je geliebt habe.«

Er unterzeichnete sein Testament. Zwei Tage später war er friedlich verschieden.

»Und jetzt gehört sie Ihnen«, sagte der Rechtsanwalt zu Isidoro. Er öffnete seinen Aktenkoffer und förderte ein maschinegeschriebenes Blatt Papier und einen Federhalter zutage. »Bitte unterzeichnen Sie hier.«

»Aber ich habe doch gar keine Ahnung von Pferden«, sagte Isidoro.

»Da haben Sie doppelt Schwein«, sagte der Lexikonverkäufer. »Ich habe hier nämlich alles, was Sie brauchen.«

»Ich dachte, Sie verkaufen Bücher über den menschlichen Körper«, sagte der Bahnwärter.

»Ist doch dasselbe.«

Die Wespen kamen bei Sonnenaufgang. Der Pferdegeruch lockte sie an, und sie suchten die Fensterläden systematisch nach Ritzen ab, bis sich ihre Beharrlichkeit endlich ausgezahlt hatte. Von der Wärme zusätzlich angespornt, erkundeten sie den Rest des Hauses, eine Kate aus Stein, die nur zwei Räume besaß, ein Schlafzimmer und eine Küche, wo sie sich schließlich zum Festschmaus auf den Regalen und dem Fleischbeutel niederließen. Ein paar verfingen sich in den Spinnweben am Fenstersturz, doch war das, an ihrer Zahl gemessen, kaum mehr als eine kleine Ungelegenheit.

Diamanda wurde vom Surren ihrer Flügel aufgeweckt, hielt es aber im Halbschlaf zunächst für das Geräusch eines Radios – wenn auch nur für einen Augenblick, da ihr gleich darauf einfiel, daß sie gar kein Radio besaßen.

Auf Zehenspitzen schlich sie zur Küchentür, öffnete sie und erstarrte mitten in der Bewegung. Überall waren Wespen, auf dem Hammelbein, auf dem Brot, auf der Dose mit dem Öl und dem Molassetopf, auf dem Tisch, wo sie sich an verstreutem Zucker und Limonadetropfen gütlich taten. Auf frischer Tat ertappt, schwirrten die Insekten los und suchten ihr Heil in der Flucht, wenngleich sie nicht durchs Fenster, sondern durch Isidoros Rasierspiegel zu entkommen versuchten. Rasch schloß Diamanda die Küchentür; dann weckte sie ihren Mann.

»Was ist denn los, Weib?«

»Ich weiß zwar nicht, wie ich je einwilligen konnte, dich zu heiraten, aber jetzt weiß ich, warum ich mich scheiden lassen werde.«

Isidoro brauchte mehrere Stunden, um sie wieder zu besänftigen. Jedesmal, wenn auf dem Pflaster draußen vor dem Haus das Getrappel von Eselshufen ertönte, hielten sie inne; sobald sich das Geräusch wieder entfernte, stritten sie weiter.

»Haste was, biste was«, sagte Isidoro und erschlug eine Wespe, die zwar durch das Küchenfenster entkommen, aber zum Schlafzimmer wieder hereingeflogen war. »Sonst haben mich die anderen doch immer bloß als armen Schlucker betrachtet, weil ich mir den wertlosen Acker habe andrehen lassen.«

»Ein Feld, auf dem man sich anseilen muß!« keifte Diamanda.

»Na ja.« Isidoro bereute, daß er das Thema aufs Tapet gebracht hatte. »Aber jetzt, wo ich die Stute habe, werde ich überall eingeladen, und alle reden mit mir wie mit einem alten Freund.«

»Die wollen doch bloß über das Pferd quatschen.«

»Aber wenigstens haben wir was zu quatschen, oder?«

Diamanda schloß das Schlafzimmerfenster. Die Wespen waren aus der Küche entkommen und schwirrten um das Haus herum.

»Was passiert mit dem Werkzeug?« fragte sie.

»Das Pferd ist ein Geschenk des Himmels. Mit seiner Hilfe

werden wir uns einen eigenen Ackergaul kaufen können. Dann bringe ich die Geräte auch wieder in Markos Schuppen zurück.«

»Und wie soll uns das Pferd dabei helfen?«

»Indem wir es bei Pferderennen laufen lassen.«

»Du hast doch überhaupt keine Ahnung von Pferderennen!«

Ehe Isidoro fortfahren konnte, klopfte es an der Tür. Der Landbesitzer trat ein, ohne eine Antwort auf sein Klopfen abzuwarten, und wedelte mit seinem Taschentuch, um die Wespen zu verscheuchen.

»Was wollen Sie?« fragte Diamanda.

»Ich habe etwas Geschäftliches mit deinem Mann zu besprechen.«

»Als Sie das letzte Mal etwas Geschäftliches mit ihm zu besprechen hatten, hätte uns das beinahe ins Armenhaus gebracht.«

Der Landbesitzer wandte sich zu Isidoro.

»Ich kann deinen Onkel gut verstehen, mein Sohn.«

»Meinen Onkel?«

»Den General. Ich bin Witwer. Ich könnte Gesellschaft brauchen.«

»Dann heiraten Sie doch wieder«, sagte Diamanda.

Der Landbesitzer zog eine verdrossene Miene.

»Ich möchte die Stute kaufen«, sagte er. »Ich werde gut für sie sorgen.«

Isidoro erhob sich. Er trug seine wollene lange Unterhose, in der er gedrungener wirkte, als er eigentlich war. Er fühlte sich, als sei ein Traum in Erfüllung gegangen. Er fühlte sich so wonnetrunken wie damals, als er bei der Tombola in der Kirche die Krawatte gewonnen hatte.

»Sie ist unverkäuflich«, sagte er.

Der Landbesitzer musterte ihn einen Augenblick. Dann drehte er sich um und ging, ohne ein weiteres Wort zu verlieren.

Diamanda seufzte. »Die nächste deiner Entscheidungen, die wir bereuen werden.« Sie öffnete die Tür einen Spalt; wenigstens waren die Wespen verschwunden.

Am Abend jenes Tages saß der Landbesitzer zusammen mit dem Priester im Café. Erst hatten sie Kaffee getrunken, dann jeder ein Bier, und nun schlug der Landbesitzer vor, zwei Schnäpse zu nehmen.

»Warum nicht?« sagte der Priester.

»Aber nur, wenn das die Frühmesse nicht beeinträchtigt, Pater.«

»Wenn Sie je zur Frühmesse kämen, wüßten Sie, daß da nur die alten Weiber hocken, und die meisten davon sind taub. Denen könnte ich die Fußballergebnisse vorlesen, und sie würden garantiert nichts merken.«

Sie tranken den Schnaps. Auf der Straße lärmten spielende Kinder, bis schließlich eine Frau kam, sie keifend verscheuchte und ihnen Steine hinterherwarf, als handele es sich um streunende Hunde. Danach konnten die Männer der Musik aus dem Radio lauschen und die Frauen in Ruhe auf den Gehsteigen schwatzen.

»Er konnte sich nicht mal einen Esel leisten, und jetzt besitzt er ein Rennpferd«, sagte der Landbesitzer.

Pater Gerasimo nickte. »Kaum zu glauben.«

»Dieses Land marschiert offenen Auges in die Katastrophe, Pater. Die Armen sind hochmütig geworden, statt sich mit dem zu bescheiden, was sie haben.«

Der Priester bestellte noch einmal dasselbe.

»Über die Todsünde der Hochmut läßt sich noch vieles sagen.«

»Ach, übrigens, Pater. Haben Sie gehört, was mit Markos Werkzeugen passiert ist?«

Den Rest der Woche über kamen die Wespen jeden Morgen und umschwirrten das Haus auf der Suche nach einem Weg hinein, doch konnten sie keinen finden, da Diamanda Moskitonetze vor die Fenster gespannt und Isidoro jede Ritze in den Wänden mit Mörtel verspachtelt hatte; außerdem brannte das Herdfeuer Tag und Nacht, so daß den Wespen auch der Weg durch den Kamin versperrt blieb.

Am Sonntag krähte der Hahn früher als gewöhnlich. Diamanda lag noch im Bett und dachte, daß dies einen klaren, sonnigen Tag bedeutete – Kaiserwetter für die Wespen. In der Nacht hatte es geregnet, und bald kam zur Hitze noch die aufsteigende Feuchtigkeit. Aus dem Keller drang der Geruch von Pferdemist und Urin ins Haus. Während er sich vor dem Fenster anzog, sah Isidoro hinüber zu den Bergen, wo sein Acker lag. Wegen des Heus für das Pferd und der Raten für die Lexika wurde das Geld knapp, doch er machte sich keine Sorgen. Trotz des warmen Wetters zog er seinen einzigen Mantel an. Er öffnete die Tür und trat über die Schwelle. Ehe die Wespen ihn angreifen konnten, zog er sich den Mantel über den Kopf. »Das ist ja wie bei der Belagerung von Konstantinopel!« rief er und marschierte eilig los, während sich die Wespen auf den Mantel stürzten.

Nach einem halben Kilometer zog er den Mantel aus und versteckte ihn im Gestrüpp an der Straße, wobei er sich vergewisserte, daß ihn dabei nicht zufällig einer seiner Nachbarn beobachtete; dann begab er sich zum Dorfplatz. Ihm blieb noch reichlich Zeit, bis der Mann eintreffen würde, den er unlängst kontaktiert hatte. An einer Wand badete eine Eidechse in der Sonne; er klatschte in die Hände, worauf das Tier blitzartig verschwand. »Du bist schnell, Eidechse«, sagte er, »aber nicht so schnell wie mein Pferd.« Als er aufsah, erspähte er den Priester in seiner schwarzen Soutane. »Verdammt«, murmelte er und bekreuzigte sich. »Das bringt Unglück, ein Priester so früh am Morgen!«

»Ich habe dich gar nicht in der Kirche gesehen, Isidoro.«

Isidoro trat einen Stein aus dem Weg.

»Ich bin momentan ziemlich beschäftigt, Pater.«

»Ihr sollt euch nicht Schätze sammeln auf Erden, da sie die Motten und der Rost fressen und da die Diebe nachgraben und stehlen.«

Isidoro zuckte mit den Schultern.

»Ich hab jetzt noch weniger als je zuvor, Pater.«

Pater Gerasimo strich sich über den Bart.

»Hast du davon gehört, daß dem alten Marko seine Werkzeuge gestohlen worden sind?«

Isidoro wich dem Blick des Priesters aus.

»Ich weiß nichts darüber, Pater.«

»Aber falls du etwas erfährst, trag doch bitte Sorge, daß er Hacke und Spaten wiederbekommt.«

»Was kümmert es Marko? Er ist alt. Er bestellt seine Felder doch gar nicht mehr.«

»Eine Sünde bleibt eine Sünde, mein Sohn.«

»Ja, Pater.«

»Du warst doch immer ein guter Christenmensch, mein Sohn.«

»Das bin ich, Pater.«

»Das wird sich erweisen.«

Nachdem der Priester gegangen war, spuckte Isidoro aus. »Priester sind erst dann zufrieden, wenn man in einem Kiefernsarg liegt«, sagte er. »Ich bin kein Dieb. Ein Sieg beim Pferderennen, und ich bin aus dem Schneider. Dann kaufe ich Marko zehn Hakken und Spaten!«

Im Café angekommen, grüßte er die anderen und setzte sich. Es war 10:30 Uhr, und der 7:35-Uhr-Zug mußte jede Sekunde eintreffen. Er bestellte sich einen Kaffee, beschloß dann aber, von seinem letzten Geld auch die anderen Anwesenden einzuladen. Als er sich umwandte, sah er, wie ihn der Landbesitzer von seinem Platz hinter dem Tresen fixierte. Das verfluchte Krokodil ist überall, dachte Isidoro. Aber heute ist mein großer Tag.

Die anderen Männer wollten das Neueste über das Pferd erfahren, und er beantwortete all ihre Fragen, bis aus der Ferne das Pfeifen des Zugs an seine Ohren drang. Ein paar Minuten später erschienen die ersten Ankömmlinge auf dem Dorfplatz. Isidoro spähte hinaus und versuchte zu erraten, wer der Betreffende sein mochte. Kurz darauf war der Platz wieder völlig verlassen bis auf einen Jungen, der mit ein paar herrenlosen Hunden spielte. Isidoro wurde nervös. Er kommt nicht, dachte er. Hab ich's doch gewußt, daß der Priester Unglück bringt.

Der Junge war der erste, der den kleinen Mann die Straße entlangkommen sah. Er war schwarz gekleidet, trug Lederschuhe und Hut. Als er ihn ebenfalls erspähte, ging Isidoro hinaus, um ihn zu begrüßen, und führte ihn dann in das Café. Als der Neuankömmling eintrat, erhoben sich alle, als wäre er ein Ehrengast.

»Vielen Dank, daß Sie gekommen sind«, sagte Isidoro.

»Ich habe leider nicht viel Zeit. Ich muß mit dem nächsten Zug weiter.«

»Ich habe es Ihnen ja bereits in meinem Telegramm geschrieben«, begann Isidoro. »Ich besitze ein Pferd. Ein Rennpferd. Ich würde gern mit jemandem zusammenarbeiten, der sich mit Pferderennen auskennt.«

»Es hat mich schon überrascht, daß jemand in dieser Gegend ein Rennpferd ...«

Er beendete den Satz nicht.

»Ja, und Geschichte ist wirklich großartig.«

»Sagten Sie Geschichte?«

»Sie haben bestimmt schon von ihr gehört. Sie ist ein echter Champion.«

»Jeder, der sich mit Pferderennen beschäftigt, kennt sie. Sie war wirklich ein Champion. Eine Stute, wie man sie nur ganz selten sieht.«

»Nun ja, jedenfalls gehört sie jetzt mir. Eine Erbschaft, aber ich will Sie nicht mit den Einzelheiten langweilen. Ich habe vor, sie wieder bei Pferderennen laufen zu lassen.«

»Bei Pferderennen?«

»Ja, bei Pferderennen.«

Der Mann nippte an seinem Schnaps und lächelte. »Als Rennpferd ist sie wertlos«, sagte er. »Daran gibt's nichts zu rütteln. Sie ist zu alt.«

Plötzlich herrschte Totenstille im Café.

»Und für Feldarbeit ist sie nicht geeignet«, fuhr der Mann fort. Er warf einen Blick auf seine Uhr und erhob sich. »Schätze, sie taugt nur noch zum gepflegten Ausritt. Ich hoffe, Sie haben noch viel Freude an ihr.«

Plötzlich ertönte ein Lachen hinter dem Tresen, das wie das Gakkern einer Henne klang. Der Landbesitzer hielt sich den Bauch, als hätte er ein Akkordeon in Händen, und prustete Olivenkerne bei jedem Lacher. Alle anderen waren verstummt. Der Kellner sammelte die leeren Tassen und Gläser ein und trug sie zur Spüle. Er drehte den Wasserhahn ganz auf, um das Gelächter des Landbesitzers zu übertönen, doch inzwischen hallte es durch den ganzen Raum, lauter als der Wind auf Isidoros Acker, wo nur Steine wuchsen, durchdringender als das Summen der Wespen oder das Geräusch der Motten, wenn sie in Diamandas Insektenvernichter verglühten. Das Lachen des Landbesitzers war schlimmer als die

Gerüche, die alle naselang vom Bahnhof herübergeweht wurden, und schlimmer als der Pestilenzgestank in Isidoros Haus.

In dem Moment, als Isidoro nach dem Messer auf dem Tisch griff, dröhnte das Lachen wie Dynamit in seinen Ohren; er sah sich bereits oben im Straflager bei den Erzminen, eine Schaufel in der Hand, während hinter ihm ein bewaffneter Posten träge an seiner Zigarette zog und ihn im Auge behielt. Doch der Gedanke ließ ihn nicht innehalten; schwerfällig bewegte er sich auf den Mann hinter dem Tresen zu. Als der Landbesitzer zurückweichen wollte, fiel er von seinem Stuhl. Er hatte keine Chance. Der einzige Fluchtweg führte an dem jungen Mann vorbei, der sich unaufhaltsam auf ihn zubewegte.

Er hätte ihn umgebracht, wäre da nicht Diamanda gewesen, die in genau diesem Augenblick das Café betrat und sich beherzt zwischen die beiden Männer stellte.

»Isidoro«, sagte sie. »Willst du schon wieder einen Vertrag unterschreiben, ohne vorher das Kleingedruckte zu lesen?«

Isidoro blieb stehen. Sein Gesicht war schamrot. Er sah seine Frau an und ließ kleinlaut das Messer fallen.

Eine Tasse Kaffee und einen Teller mit Fleisch vor sich, saß Pater Gerasimo an seinem Tisch; neben der Petroleumlampe lag sein Notizbuch. Er hatte nicht viel vorzubereiten für den nächsten Tag: eine kurze Predigt, ein paar Zeilen Fürbitten, und anschließend wollte er noch einen Brief an den Bischof in der Kreisstadt schreiben. Die letzten Tage konnte man nur als merkwürdig bezeichnen. Nun aber standen Markos Gerätschaften wieder an ihrem Platz; er hatte Isidoro Absolution erteilt und ihm versprochen, die Polizei aus dem Spiel zu lassen – allerdings erst, nachdem sich der junge Mann zu einer Spende bereit erklärt hatte. In Pater Gerasimos Augen war das eine gerechte Strafe.

Er begann mit der Predigt. Während er über die Reichen und die Armen schrieb, ging er so sehr in seinem Thema auf, daß er schließlich glaubte, er sei der Erzengel Michael und sein Stift ein mächtiges Schwert. An diesem Punkt hielt er inne, da er nur zu genau wußte, daß er der Todsünde der Hochmut anheimgefallen war. Um sich abzulenken, nahm er sich ein Stückchen von dem gepökelten Fleisch, das er für sich abgezweigt hatte; der Rest war auf dem Weg ins Armenhaus. Er kostete. »Delikat!« rief er. »Ein wahres Geschenk des Himmels! Das Pferd hat nicht nur Isidoros Seele gerettet, sondern dient nun auch noch zur Speisung der Armen.« Und damit machte er sich über den Teller her, als hätte er seit Tagen nichts zu essen bekommen.

Jeremiade

Am Morgen stieg Herr Jeremias, ein in den Ruhestand gegangener Zimmermann und Steinmetz, in den Bus, um in die Kreisstadt zu fahren. Zwei Stunden später drückte er auf den Halteknopf über seinem Sitz, ohne zu ahnen, daß er mit diesem Knopfdruck sein Schicksal besiegelte. Er stieg zwei Haltestellen zu früh aus, womit sein Plan durchkreuzt war, ganz vorn in der Warteschlange vor der Rentenstelle zu stehen, auch wenn er für einen Mann seines Alters und Körperbaus einen ganz schönen Zahn draufhatte.

Er kam gerade noch rechtzeitig an, um den letzten Platz im Wartezimmer zu ergattern. Er schwitzte und atmete schwer, er war enttäuscht und hungrig. Wäre er als erster dran gewesen, hätte er seine Rentenansprüche zügig klären können. Nun jedoch blieb ihm nichts anderes übrig, als seine eselsohrigen Unterlagen in die Ablage auf dem Tresen zu legen, sich zurückzulehnen, auf andere Gedanken zu kommen und darauf zu hoffen, daß er noch vor Dienstschluß an die Reihe kam. Darauf hoffte er nun schon seit zwei Monaten, während derer er zweimal wöchentlich aufs Amt gekommen war, um jedesmal unverrichteter Dinge wieder gehen zu müssen.

Er schloß die Augen und lauschte dem Klopfen seines Herzens, das in einem Rhythmus hämmerte, dem er auf der Blockflöte nie hätte folgen können; ebenjenes Instrument hatte er früher in der Dorfkapelle gespielt. Nur ein paar Sekunden später riß Herr Jeremias, fünfundsechzig Jahre alt und Junggeselle, die Augen auf, als hätte jemand nach ihm gerufen, bevor ihn die Erschöpfung dahinraffte und er in der vertrauten Umgebung der Rentenstelle starb.

Niemand bemerkte etwas davon. Niemand nahm wahr, daß

keine Luft mehr durch seine toten Nasenflügel strömte, und niemandem fiel auf, daß er seinen Hemdkragen nicht öffnete – wäre er noch am Leben gewesen, hätte er ihn spätestens um halb zehn aufgeknöpft, wie sonst auch, wenn ihn die Hitze und der Zigarettenqualm schier um den Verstand brachten und die Sonne erbarmungslos durch die Fenster brannte, die sich nicht öffnen ließen. Sonst hatte er mit seinem Perlenkranz gespielt und dabei vor sich hin gemurmelt, was er dem Amtmann zu erklären gedachte; nun lagen die Hände gefaltet in seinem Schoß, und obgleich er mit übereinandergeschlagenen Beinen dasaß, wechselte er nicht einmal die Position, ebensowenig wie er sich die Knöchel kratzte, die ihn sonst immer unter seinen Polyestersocken juckten.

Mit seinem leicht zurückgelehnten, an der Wand ruhenden Kopf und den offenen Augen wirkte er, als würde er das in einem Kunststoffrahmen steckende Bild eines paradiesischen Eilands an der gegenüberliegenden Wand betrachten. Seine frisch rasierten Wangen waren noch gerötet, und ein zufriedener Ausdruck lag auf seiner Miene – er lächelte beinah, vielleicht ein bißchen zerstreut, als wolle er höflicherweise nicht zeigen, daß er eine gerade vernommene Anekdote nicht ganz verstanden hatte.

Etwas später spuckte der ihm gegenüber sitzende Brigadier – ein hochdekorierter Kriegsheld – auf den Boden. »Hier herrscht ja mehr Gedrängel als damals im Schützengraben«, sagte er. Er krempelte das eine Hosenbein hoch und machte die Riemen an seinem Holzbein los. Er zog ein Schnitzmesser aus der Tasche und erklärte den anderen Rentnern, daß er vor kurzem mit dem Holzschnitzen angefangen hatte. »Ein schönes Steckenpferd für Pensionäre«, sagte er und arbeitete weiter an einer Meerjungfrau, die er in sein künstliches Bein geritzt hatte.

Die Frau neben Herrn Jeremias erzählte ihm, ermutigt von seinem einnehmenden Lächeln, von toten und lebenden Mitgliedern ihrer Familie, deren Stammbaum sich sieben Generationen bis zu einem Dienstmädchen der damaligen deutschen Königin zurückverfolgen ließ.

»Sie können wirklich ganz hervorragend zuhören«, sagte sie eine Stunde später.

Sie hatte seinen Namen nicht mitbekommen, fragte aber nicht

weiter nach, da sie es auf ihre Schwerhörigkeit schob. Außerdem kam sie als nächste dran. Sie forderte einen Behindertenzuschuß auf ihre Rente, da sie an schweren Rückenschmerzen litt, nachdem sie fünfzig Jahre lang jede Woche in der Kirche gekniet hatte. Der Sachbearbeiter hörte ihr geduldig zu. »Verklagen Sie den Bischof«, sagte er schließlich. »Der Nächste bitte.«

Darauf brach eine Debatte unter den Rentnern los. Ein ehemaliger Küster mit einem Toupet auf dem Kopf räumte ein, daß in Kirchen tatsächlich vielfältige Gefahren lauerten.

»Schlimmer als auf dem Schlachtfeld«, sagte der pensionierte Brigadier.

Der frühere Küster zählte auf, daß von Wachs und Öllampen Brandgefahr ausging; man konnte auf den Marmorstufen eines Altars ausrutschen oder über die Messingfüße der Kerzenhalter stolpern, ganz abgesehen davon, daß man sich durch das gemeinsame Trinken des Meßweins dem Risiko schwerer Infektionskrankheiten aussetzte.

Die Zeit verging, während die Rentner von einem Amtszimmer zum nächsten mußten, um sich Unterschriften abzuholen, um Steuermarken an der Kasse zu kaufen oder am Kopierer anzustehen. Die nächste Diskussion drehte sich um den Tod.

»Die Wiederauferstehung ist die größte Werbekampagne, die je von der Kirche ins Leben gerufen worden ist«, sagte eine ehemalige Lehrerin.

»Das Paradies ist so was wie ein Privatclub«, fügte ein Mann mit getöntem Haar, goldenen Ringen an den Fingern und einem Medaillon vor der Brust hinzu. »Aber selbst, wenn man sein Leben lang Mitgliedsbeiträge zahlt, heißt das noch lange nicht, daß man auch hereingelassen wird.«

Der Brigadier fuchtelte mit seinem Schnitzmesser herum.

»Ich glaube, daß wir als Fliegen wiedergeboren werden«, sagte er, »und zwar aus drei Gründen. Erstens, weil es so viele von ihnen gibt – genug für alle Seelen seit Anbeginn der Zeit. Zweitens, weil es doch wohl ziemlich auffällig ist, wie oft sie um Leichen herumschwirren. Und drittens, weil sie sich am liebsten in Häusern aufhalten … tja, zu Hause ist es immer noch am schönsten, nicht wahr?«

Die Frau neben Herrn Jeremias sagte: »Ja, aber sie fressen doch ...«

Der Brigadier zuckte mit den Schultern. »Im nächsten Leben ernten wir eben, was wir gesät haben.«

Der Küster verließ angewidert den Raum, womit er seinen Platz unter den Wartenden eingebüßt hatte. Als er zurückkehrte, erkannte er seinen Fehler und beschloß, am nächsten Tag wiederzukommen. Kurz darauf kam der Kellner aus dem Eckcafé mit einem Ventilator herein.

»Wer wollte den haben?«

»Ich.«

Es war die Witwe des Wunderheilers, der einen Haufen Geld mit bitteren Elixieren gegen Krebs und andere tödliche Krankheiten gemacht hatte, bis er schließlich verhaftet worden und im Gefängnis gestorben war. Sein Vermögen hatte man konfisziert, so daß seine Frau, obendrein abhängig von den hinterlassenen Essenzen, nun völlig mittellos war.

»Das Elend bringt mich stückchenweise um«, sagte sie.

Der Sachbearbeiter stempelte »Abgelehnt« auf ihre Unterlagen.

»Keine Sorge. Mit Ihren Wundermittelchen werden Sie hundert Jahre alt.«

Gegen Mittag begann Herr Jeremias einen deutlichen Geruch zu verbreiten. Dennoch kam niemand auf die Idee, daß der Mief etwas mit dem würdevollen alten Herrn zu tun hatte. Sein enger Kragen schnürte den blutleeren Adamsapfel zu, und durch sein Gewicht rutschte der Stuhl einen knappen Zentimeter nach hinten. Nach und nach erstarrten seine Muskeln; sein Gesicht wurde bleicher und bleicher. Doch da die Sonne weitergezogen war, saß Herr Jeremias nun im Schatten, so daß niemand etwas von den Veränderungen mitbekam. Seit er das Zeitliche gesegnet hatte, waren mittlerweile sechs Stunden vergangen, ohne daß jemandes Blick länger als einen Moment auf seiner seltsam amüsierten Miene verweilt oder ihm jemand besorgt die Hand auf die herabhängenden Schultern gelegt hätte.

Es war ein schmähliches Ende für einen Mann, der die Häuser im Dorf quasi im Alleingang gebaut hatte. Viele Jahre zuvor war er durch das Tal gekommen und hatte in der Ferne ein paar

Blechschuppen und Ziegelhütten erspäht. Als die dort lebenden Menschen den Mann mit dem kastanienbraunen Trikot, den vielen Tätowierungen und den abgetretenen Stiefeln erblickten, empfingen sie ihn wie einen streunenden Hund.

»Wer, zum Teufel, bist du?« wollten sie wissen.

»Ich bin Jeremias.« Der Fremde errötete. »Einst war ich der stärkste Mann der Welt.«

Er erklärte, daß er früher eine Dampflokomotive inklusive elf Waggons mit den bloßen Zähnen gezogen, Marmorblöcke mit der Handkante zu Statuen der Jungfrau Maria zurechtgehauen und Zementblöcke mit einem einzigen Kopfstoß zermalmt hatte. Die Dorfbewohner sahen ihn unbeeindruckt an.

»Ich bin auf der Suche nach Arbeit«, sagte der Mann schließlich.

Der Bürgermeister trat vor.

»Kannst du Mauern bauen?« fragte er.

Da die Häuser keine Fundamente besaßen, war das Dorf leichte Beute für die Stürme, die ganze Baracken mit sich rissen und kilometerweit durch die Luft wirbelten. Innerhalb von zwei Jahren hatte Herr Jeremias für alle Familien Häuser gebaut, ein Rathaus und nicht zuletzt eine Kirche, deren Glockenturm weithin zu sehen war.

»Wir können dir nichts bezahlen«, sagte der Bürgermeister. »Aber ich kann dafür sorgen, daß du Anspruch auf eine staatliche Pension hast.«

»Eine Pension?«

»Im Grunde ist das wie ein Gehalt«, erklärte der Bürgermeister. »Der einzige Unterschied besteht darin, daß die Renten nur vor den Wahlen erhöht werden.«

Auf der amtlichen Rentenstelle war es mittlerweile eine Stunde vor Dienstschluß. Nur der Brigadier und der Mann mit dem Medaillon kamen noch vor Herrn Jeremias an die Reihe. Die Tür öffnete sich, und eine Frau in einem enganliegenden Kleid kam herein. Mit mürrischer Miene blickte sie in die Runde. Schließlich trat sie auf Herrn Jeremias zu und zog ihren Ausschnitt ein Stück herunter.

»Für dich bloß zehn Drachmen«, sagte sie.

Der Brigadier wandte sich an den Mann mit dem Medaillon.

»Was bietet sie feil?«

»Wunder.«

Sie musterte den Toten einen Augenblick. »Was ist denn mit dem?« richtete sie dann das Wort an die beiden anderen. »Der riecht ja wie Schimmelkäse.«

»Sie vergeuden Ihre Zeit. Das Dorf, aus dem er kommt, ist so arm, daß es nicht mal einen Namen hat.«

Die Frau trat auf den Brigadier zu.

»Wie steht's mit dir, alter Mann?«

»Ich habe schon seit Jahren keine Frau mehr gehabt«, erwiderte er. »Aber ein Kämpfer bin ich immer noch.«

Eine halbe Stunde später zählte der Brigadier in einem nicht weit entfernten Hotel die Banknoten in seiner Brieftasche und beschloß, noch ein Weilchen zu bleiben; damit war Herr Jeremias einen weiteren Platz vorgerückt.

Zehn Minuten vor Feierabend widmete sich der Sachbearbeiter endlich den Unterlagen von Herrn Jeremias, ohne zu bemerken, daß ein Hund hereingeschlichen war, den der Verwesungsgeruch angelockt hatte. Während der Sachbearbeiter die Dokumente sichtete, verbiß sich der Hund in Herrn Jeremias' Schuh und fing an, wie besessen daran zu zerren. Schließlich erhob sich der Sachbearbeiter, kratzte sich am Kopf und ging zu seinem Vorgesetzten.

Als der Amtsleiter zu Herrn Jeremias trat, war der Hund schon wieder verschwunden. Der Amtsleiter musterte den alten Mann, dem der eine Schuh fehlte; sein Haar war völlig durcheinander, und auf seinem Gesicht lag ein entrücktes Lächeln. Dem Amtsleiter gelang es nicht, ein respektloses Lachen zu unterdrücken. »Das ist heute Ihr Glückstag, Herr ...« Er setzte seine Brille auf und warf einen Blick auf die Unterlagen in seiner Hand. »Ja, natürlich, Jeremias. Ich freue mich sehr, Herr Jeremias, Ihnen mitteilen zu dürfen, daß die leidige Wartezeit doch noch ein Ende gefunden hat.«

Der Wal am Strand

Der Wal hatte dunkle Ringe unter den Augen, als er kurz nach sieben Uhr morgens das Café betrat. Die ganze Nacht hatte ihn sein Magengeschwür zwischen Schlafkammer und Küche hin- und herlaufen lassen, während er jede Schublade und jedes Schränkchen nach seinen Ammoniumkarbonattabletten abgesucht hatte. Es war, als ob in seinem Magen Knallkörper explodieren würden, und schließlich hatten ihn die unerträglichen Schmerzen derart übermannt, daß er gerade die unter der Spüle stehende Flasche Abflußreiniger in sich hineinschütten wollte, als seine Schwester in letzter Sekunde in die Küche gekommen war. »Finger weg, du Vollidiot!« hatte sie ihn angebrüllt. »Oder die Doktoren schrubben dir den Magen mit der Stahlbürste aus!« In weniger als einer Minute hatte sie seine Tabletten gefunden; als sie endlich wirkten, mußte der Wal bereits wieder zur Arbeit.

Er sperrte das Vorhängeschloß auf und zog die Stahlrolläden mit behenden Handgriffen nach oben, die er seit seiner Zeit als Amateurgewichtheber verinnerlicht hatte. Die Rolläden schienen in den letzten Monaten schwerer geworden zu sein; offenbar waren die Führungsschienen verrostet, und er nahm sich vor, sie bei nächster Gelegenheit zu ölen. Schwer atmend und verschwitzt öffnete er die gläserne Eingangstür, während ihn im selben Moment ein Gefühl überkam, als würde er einen Abwasserkanal betreten. Es roch durchdringend nach verschimmelndem Kohl und Alkohol. Er wandte sich ab und spuckte auf die Straße. Der Aushilfskellner hatte den Müll gestern nacht nicht vor die Tür gebracht.

Der Wal seufzte. Jetzt mußte er selbst saubermachen, bevor die ersten Gäste eintrafen. Er sammelte den Kehricht zusammen und schaffte die Abfallsäcke auf den Hof, da die Müllabfuhr bereits dagewesen war. Nachdem er die Aschenbecher und die Gläser abgewaschen hatte, stellte er sich auf einen leeren Bierkasten und zündete das Öllämpchen neben dem Bild des heiligen Barnabas an. Von seiner erhöhten Position aus ließ er den Blick durch das Lokal schweifen. Im großen und ganzen bestand das Café aus einer Theke mit Kühlauslage, einem Einbauschrank, in dem sich seine Pokale und Medaillen befanden, und sieben Blechtischen mit hölzernen Beinen, die er selbst zusammengebaut hatte. Die Tischbeine standen in den abenteuerlichsten Winkeln ab, so daß sie den Eindruck machten, als wollten sie jeden Moment zur Tür hinausmarschieren.

Der Bierkasten unter ihm wackelte, und die Haare des Wals streiften die Ventilatorblätter an der Decke. Als er herunterstieg, sah er sich im Spiegel; der Staub in seinen Haaren und die schlaflos verbrachte Nacht ließen ihn älter aussehen, als er eigentlich war. Mutter hatte recht, dachte er. Am Ende sehe ich doch ganz wie Vater aus.

In diesem Augenblick öffnete sich die Tür, und eine Frau kam herein. Sie starrte auf seine Haare und zog eine Augenbraue hoch, als der Wal sich zu ihr umdrehte.

»Guten Morgen«, sagte sie.

Die Frau, die nur einen Schuh trug, hinkte auf einen Stuhl zu. Sie setzte sich und atmete erleichtert aus. »Über einen Kilometer bin ich jetzt wie ein Krüppel gelaufen«, sagte sie. Sie hielt den anderen Schuh in der Hand und stellte ihn nebst ihrer Handtasche auf den Tisch. Es handelte sich um einen schwarzen Lacklederschuh, dessen endlos langer Absatz abgebrochen war.

»Kann ich dir reparieren, Zafira«, sagte der Wal.

»Mach dir keine Umstände«, sagte sie, reichte ihm aber den Schuh.

Immer noch außer Atem, verschluckte sie die Worte halb. Sie zündete sich eine Zigarette an und sog den Rauch in tiefen Zügen ein. Sie hatte die Kippe noch nicht ausgedrückt, als der Wal ihren Schuh bereits wiederhergestellt hatte.

»Selbst auf Rollschuhen läuft sich's leichter als auf diesen Tretern«, sagte er und gab ihr den Schuh zurück. »Hier. Das hält jetzt ewig.«

Zafira seufzte. »Danke. Aber das einzige, was ewig hält, ist die Hornhaut an meinen Fersen.«

Draußen fuhr der Morgenbus vorbei. Es war Mariä Himmelfahrt und das Dorf beinahe ausgestorben; die meisten Leute waren an den Strand gefahren. Der Wal schloß rasch die Tür, als von draußen eine Wolke warmen Staubs hereinwehte. »Dieses Klima halten nur Kamele aus«, sagte er und schaltete den Ventilator an; doch die Ventilatorblätter bewegten sich nicht. Er drückte noch ein paarmal auf den Schalter, aber es tat sich immer noch nichts. Er kratzte sich am Kopf und öffnete den Sicherungskasten an der Wand. Die Ventilatorsicherung war durchgebrannt, ohne daß er Ersatz dafür hatte. Der Wal nahm eine Flasche Limonade aus der Kühlauslage.

»Ich muß mich für die Unannehmlichkeiten entschuldigen«, sagte er. »Das geht aufs Haus.«

Die Frau nippte an der Limonade.

»Ich habe Hunger, Wal.«

»Ich kann dir Spiegeleier machen, wenn du willst. Die werden dir guttun.«

Er begab sich hinter den Tresen, ohne ihre Antwort abzuwarten. Er pfiff und summte vor sich hin, während er die Eier briet. »Bei der Hitze«, witzelte er, »könnte ich die Eier gleich vor dir auf der Tischplatte braten.« Verlassen von der Brise des Ventilators, verschwand der Wal nach und nach hinter den von der Pfanne aufsteigenden Schwaden. Zafira konnte ihn zwar hören, aber nicht mehr sehen.

»Ich würde alles dafür geben, jetzt draußen am Strand sein zu können.«

»Was?« fragte der Wal.

»Ich sagte«, hob sie die Stimme, »brat sie nicht zu lange.«

Schließlich tauchte der Wal mit einem Teller und einer weiteren Flasche Limonade vor ihr auf. Zafira aß mit Heißhunger. Der Wal betrachtete sie, als würde er einem Kind beim Essen zusehen.

»So einen Tag«, sagte er, »sollte man wirklich am Strand verbringen.«

»Dasselbe hab ich mir auch schon gedacht, weißt du.«

Der Wal hob die gebirgsgroßen Schultern und sah einen Moment lang stumm aus dem Fenster.

»Sieht so aus, als wärst du heute mein einziger Gast«, sagte er, während er sich mit der Schürze über die Stirn wischte. »Was hältst du davon, wenn ich dichtmache und wir mit dem Nachmittagsbus zum Strand rausfahren?«

»Meinst du das ernst?«

»Na klar.«

Zafira legte ihre Gabel beiseite und strich sich eine Haarsträhne hinters Ohr.

»Welche Stelle ist dir am liebsten?« fragte der Wal.

»Der Strand draußen am Rummelplatz. Den Bus bezahle ich.«

»In Ordnung. Bei der Hitze sollten wir uns auf jeden Fall einen Sonnenschirm mieten.«

»Und Liegestühle.«

»Zwei Liegestühle«, stimmte der Wal zu.

Zafira machte sich wieder über ihren Teller her und nahm noch einen Schluck Limonade.

»Eigentlich könnten wir dann auch gleich auf die Kirmes gehen«, schlug der Wal vor. »Sie werben damit, die Achterbahn sei mindestens genauso gefährlich wie eine Taxifahrt in unserer Hauptstadt.«

»Und die Geisterbahn.«

»Sowieso. Und am Schießstand war ich auch schon lange nicht mehr.«

Mit einem Mal änderte sich Zafiras Gesichtsausdruck. Sie stellte die Flasche auf den Tisch.

»Vielleicht sollte ich lieber erst Retsina fragen. Ich habe ihn schon seit Tagen nicht mehr gesehen.«

Der Wal beugte sich zu ihr. Er hatte immer noch Staub im Haar.

»Was willst du denn mit jemandem, der sich nach einem Wein benennt?« fragte er lächelnd.

Zafira musterte ihn mit kritischem Blick.

»Du heißt doch selbst wie ein Fisch.«

Der Wal errötete.

»Das ist kein Fisch, sondern ein Säugetier«, berichtigte er sie. »Und ich habe mir den Namen nicht selbst ausgesucht.«

Ein Weilchen sagten sie nichts mehr. Auf dem Teller war noch ein Spiegelei übrig. Zafira griff nach der Gabel und pulte im Eiweiß herum. Kurz darauf öffnete sich die Tür, und ein junger Bursche kam herein; er hielt ein kleines Kofferradio in der Hand. Er war kaum halb so groß wie der Wal, hatte schmale, hängende Schultern und so verkniffene Lippen, als würde er unter chronischer Verstopfung leiden.

»Teufel, hier drin ist es ja wie auf dem Grill«, sagte er. Er setzte sich neben Zafira und stellte das Radio auf den Tisch. Er stellte es an und drehte am Sendersuchknopf herum.

»'nen doppelten Schnaps, Fettsack«, sagte Retsina, nach wie vor mit dem Radio beschäftigt.

Der Wal ging zum Tresen und brachte ihm den Schnaps.

»Was ist das denn?« fragte Retsina nach dem ersten Schluck.

»Schnaps.«

Retsina grinste verächtlich und wandte sich an Zafira.

»Nicht mehr lange, und er dreht uns Scheiße als Käse an«, sagte er.

Er griff nach der Gabel und probierte von dem Spiegelei. Dann zog er einen kleinen Kamm aus seiner hinteren Hosentasche. Er wandte sich zum Fenster und beugte sich ganz nah an die Scheibe.

»Wo hast du dich rumgetrieben?« fragte er, während er sich die Haare kämmte.

Sie schwieg.

»Ich kaufe dir alles, was du dir wünschst«, hob er wieder an, immer noch mit seiner Frisur beschäftigt. »Selbst die Schuhe, die du trägst, sind von mir. Und dann verschwindest du tagelang von der Bildfläche.«

»Ich habe meine Schwester in der Stadt besucht«, murmelte Zafira. »Außerdem ist es mein Geld.«

»Was?«

»Ich hab's mir selbst verdient.«

Retsina wandte sich um und musterte sie. Sie senkte den Blick.

»Du verdienst dir dein Geld also selbst«, sagte er. »Verstehe. Sie verdient sich ihr Geld selbst.« Er nahm noch einen Schluck. »Daß ich rund um die Uhr für dich da bin, zählt wohl kein bißchen, was? Daß ich wie ein Hund auf dich aufpasse und dafür sorge, daß dich nicht irgend so ein durchgedrehter Fellache absticht. Aber du verdienst dir dein Geld ja selbst.«

Zafira griff nach der Gabel, doch Retsina packte ihre Hand.

»Los jetzt, wir gehen!«

Der Wal kam hinter dem Tresen hervor.

»Sie hat schon was vor heute.«

»Ach ja?«

»Wir fahren zusammen zum Strand.«

Retsina ließ sie wieder los. »Hört, hört«, sagte er. Er lehnte sich zurück, drehte das Radio leiser und klopfte mit dem Kamm auf den Tisch. »Ist ja interessant! Der Wal fährt heute an den Strand!«

»Halt doch den Mund!« sagte Zafira.

»Und da spielt er dann mit seinen Freunden, der Robbe und dem Delphin.«

Die Frau erhob sich.

»Laß ihn in Ruhe, Retsina.«

»Der Wal fährt mit meinem Mädchen an den Strand, um seine Fettpolster zu bräunen.«

»Ist doch nichts Schlimmes dran«, sagte der Wal.

Retsina fläzte sich in seinen Stuhl und streckte die Beine. Zafira kaute an ihren Nägeln. Der Wal spürte, wie sich sein Magengeschwür wieder meldete, und biß sich auf die Unterlippe. Retsina klopfte abermals mit dem Kamm auf die blecherne Tischplatte. Sein Blick fiel auf die gerahmten Bilder an der Wand und die staubigen Pokale auf dem Regal.

»Der große Gewichtheber will an den Strand, Eis essen und meinem Mädchen von seinen Glanzzeiten erzählen. Von seinen Medaillen und Pokalen, die ihm soviel Ruhm und Reichtum eingebracht haben.«

Er breitete die Arme aus, um zu zeigen, daß er das Café meinte. Der Wal spürte den Schmerz jetzt bis in die Nieren. Er grub die Fingernägel in die Handballen, während kalter Schweiß auf seine Stirn trat. Er versuchte den Schmerz zu verdrängen. Er dachte an seine Schwester, die zu Hause in der Küche stand. Jeden Mittag brachte sie das Essen in der Pfanne vorbei, und dann aßen sie schweigend hinter dem Tresen.

»Ich bin ein anständiger Typ«, sagte er.

»Beeil dich, sonst verpaßt du noch den Bus, Fettsack«, sagte Retsina. »Wieso nimmst du nicht einfach meine Kleine an der Hand und ziehst mit ihr los?«

»Retsina ...«

»Halt's Maul!« schnitt Retsina ihr das Wort ab. »Der Wal will mit dir an den Strand, kapiert?«

»Ich bin ein anständiger Typ«, wiederholte der Wal. »Ist doch nichts dabei, mal an den Strand zu fahren.«

Retsina sah ihm tief in die Augen. Der Wal stand da, als wären seine Schuhe am Boden festgenagelt, während sein Gesicht aschfahl vor Schmerzen wurde.

»Schau dir deinen anständigen Tröster doch an«, sagte Retsina. »Sein Gesicht ist weißer als seine Schürze.«

»Er ist nicht mein Tröster.« Zafira stieß Retsina zaghaft an. »Laß uns gehen.« Sie senkte den Kopf. »Er hat mich bloß falsch verstanden.«

Retsina blickte sie an.

»Sicher?«

»Komm, laß uns endlich gehen.«

»Wohin? Zum Strand?«

»Nach Hause.«

Retsina stand auf. Er steckte den Kamm in die Hosentasche zurück, griff nach seinem Radio und wandte sich ab. Doch dann hielt er in der Bewegung inne, nahm den Teller und aß den Rest des Spiegeleis auf. »Schlag dir den Strand aus dem Kopf, Fettsack«, sagte er mit vollem Mund. »Und die Frauen anderer Männer auch. Lern statt dessen erst mal kochen.«

Zafira wartete vor der Tür auf ihn.

»Und besorg schleunigst besseren Schnaps«, sagte Retsina und verließ das Café, ohne zu zahlen. Er ließ die Tür hinter sich offen.

Der Wal starrte mehrere Minuten lang zur Tür hinaus, ehe er sie zumachte und zweimal von innen abschloß. Er konnte kaum gehen vor Schmerzen und fing an, überall nach seinen Tabletten zu suchen. Er konnte sie nirgends finden. Er dachte kurz daran, seiner Schwester Bescheid zu geben, überlegte es sich dann aber doch anders und setzte sich auf einen Stuhl hinter dem Tresen. Allmählich wurden die Schmerzen unerträglich. Doch er saß einfach nur da, während seine schweren Hände auf der fleckigen Schürze ruhten; obwohl es draußen so heiß war, zitterte er. Gelegentlich klopfte ein Kunde an die Tür, aber der Wal rührte sich nicht. Und als zu Mittag seine Schwester mit der dampfenden Pfanne vor der Tür stand, ließ er sie ebenfalls nicht herein.

Der Tag der Bestie

Der Kapellmeister hob den Taktstock, und der Leichenzug setzte sich in Bewegung. In ihren von Sicherheitsnadeln zusammengehaltenen blauen Uniformen, den Pappepauletten, den Kappen mit den abgetakelten Federbüschen und den uralten Instrumenten erinnerten die Musiker an eine Armee auf dem Rückzug, während sie die Straße zum Friedhof hinuntermarschierten. Dahinter folgten die vier Sargträger mit dem rasch zusammengezimmerten Sarg, der noch nach Lack roch, dann der Priester, der ein Weihrauchgefäß schwenkte, und schließlich der Rest der ganz in Schwarz gekleideten Gemeinde. Auch die Kinder wurden mitgeschleift, wie Schafe flankiert von Hunden, und ganz hinten versuchten zwei Nachzügler mit der Menge Schritt zu halten – Zacharias der Anwalt und Dr. Panteleon in seinem Schoßrock, dessen leerer linker Ärmel an der Brusttasche festgesteckt war. Es war eine höchst andächtige Prozession.

Zuvor hatte die Menge einer feierlichen Messe in der Kirche des heiligen Timotheus beigewohnt, unter der Kuppel, deren von der Erschaffung der Welt kündende Fresken während des Erdbebens zerstört worden waren, und vor dem armseligen Altar, auf dessen Holzverkleidung die Apostel abgebildet waren. Die Kirche war gerade groß genug, um die halbe Gemeinde zu fassen. Die anderen blieben draußen auf dem von Zypressen gesäumten Kirchhof, wo sie schweigend der Andacht lauschten, ehe sie beiseite traten, um die Sargträger hindurchzulassen, während der Glöckner die Glocke mit einem Holzschlegel läutete, da sie keinen Klöppel mehr hatte. Es war ein lauer Frühlingstag; eine leichte Brise wehte, die den Hauch des Todes über die verlassenen

Häuser weit hinaus zu den Heuschobern des Tales transportierte. Auch dort war alles verlassen, und auf den Äckern war ebenfalls weit und breit niemand zu sehen. Alle wohnten der Beerdigung bei; am Tag zuvor war der Landbesitzer auf dem Mosaikboden der Kirche gestorben, unter den Augen jener, die seine Äcker und Weiden bestellten.

Vergebens um Hilfe schreiend, war er zur Hölle gefahren; hinterlassen hatte er einen Haufen Gliedmaßen und Gedärm, der in einer Blutlache schwamm, und den elend zugerichteten Kadaver seines geliebten Vorstehhunds.

Berüchtigt für seine Willkür und seine gnadenlosen Strafen, hatte er mehr Unglück über das Dorf gebracht als jeder Winter und jede Dürre. Seine Strafen fielen immer drakonisch aus, egal ob es sich um schwere Delikte oder nur um kleine Vergehen handelte, und jedesmal ließ er aufs Geratewohl zusätzlich zehn Dorfbewohner auspeitschen, da er irgendwo gelesen hatte, daß tatsächlich die Gesellschaft für derartige Auswüchse verantwortlich sei und die ertappten Missetäter nur die Spitze des Eisbergs darstellten. Er hatte sich stets an seinem Ruf als grausamer Unterdrücker ergötzt, doch Geschmack an Mord fand er erst, als er die Liebe seines Lebens traf.

Sie hatten sich in einer anderen Stadt kennengelernt, bei einem Schönheitswettbewerb, zu dem der Landbesitzer als Juror eingeladen worden war. In dem Moment, als er ihr gebärfreudiges Bekken maß, erkannte er in ihr die Mutter seines Stammhalters. Er beschloß, ihr den Hof zu machen, und sie ließ ihn gewähren, als sie die Geldkatze unter seinem Hemd erspähte, deren Inhalt er in Champagner umzusetzen gedachte. Sie heirateten eine Woche später und genossen ein Jahr lang ihre Flitterwochen in der Kreisstadt, wo die frisch Vermählte ihrer unersättlichen Leidenschaft für das Theater frönte; von antiken Tragödien bis zur Marionettenaufführung sah sie sich alles mit der gleichen Begeisterung an. Während jener Zeit entwickelte sich eine erste zarte Zuneigung zwischen ihnen, und womöglich wäre wahre Liebe daraus geworden, hätte der frischgebackene Ehemann nicht hartnäckig darauf bestanden, in das Dorf zu ziehen. Doch setzte bei der jungen Frau ein gewisser Sinneswandel ein, als sie auf dem Bahnsteig in einen

Kuhfladen trat, nachdem sie sich durch einen Pulk von Dorfbewohnern hatte kämpfen müssen, der sich vor den Zugtüren drängelte.

Das Haus des Landbesitzers erwies sich als noch größere Enttäuschung. Das einzige, was vor ihrer Ankunft je repariert worden war, war das Dach – damals, als die Kochtöpfe ausgegangen waren, weil sie alle zum Auffangen des durch die Löcher tröpfelnden Wassers benutzt wurden. Und als der Landbesitzer seine Angetraute, einem fremden Brauch folgend, über die Schwelle trug, erblickte sie auch schon das Ehebett. Es war dasselbe Bett, in dem er geboren worden war, das Bett, in dem die Eltern des Landbesitzers gelegen hatten, als sie, im Abstand von sechs Monaten, den Rubikon in die Unterwelt überquert hatten. Das Bett war einst ein Mistwagen gewesen, von dem man Achse und Räder abmontiert hatte, ehe eine mit Zeitungspapier ausgestopfte Matratze hineingelegt worden war. Die Holzwürmer hatten ganze Arbeit getan; das Bett war löchriger als ein Schwamm und knarrte so sehr, daß das Paar nicht miteinander schlafen konnte, ohne daß die Dienerschaft jedes intime Detail mitbekam. Die junge Ehefrau starrte auf das Bett; das Zimmermädchen hatte eine weiße Lilie auf die Decke gelegt.

»Das soll ja wohl ein Witz sein«, sagte sie, und dann begann sie schallend zu lachen.

Als der jungen Frau aber aufging, daß es sich keineswegs um einen launigen Scherz ihres Mannes handelte und sie tatsächlich das ewige Symbol der heiligen Ehe vor sich hatte, sagte sie mit eisiger Stimme: »Das kannst du vielleicht deinem räudigen Vieh zumuten.«

Das hätte sie sich zweimal überlegt, wäre ihr bekannt gewesen, daß die Salatköpfe draußen auf den Feldern regelmäßig mit Menschenblut gedüngt wurden – und dafür reichten gewöhnlich schon weit weniger unfreundliche Worte. Doch der Landbesitzer riß sich zusammen und antwortete: »Ich vergebe dir, meine Liebste, aber nur, weil du meinem Sohn das Leben schenken wirst.«

Das Baby, das sie, wie beide wußten, bereits in sich trug, rettete sie nicht nur vor der sofortigen Züchtigung; ihr Ehemann versprach ihr sogar, daß er baldmöglichst ein besseres Bett kaufen würde. Die

Gelegenheit dazu ergab sich eine Woche später, als ein Exilkönig und sein Gefolge im Dorf haltmachten, um den leckenden Kühler seines Packards reparieren zu lassen, und der Frau des Landbesitzers das Himmelbett auf einem der Lastwagen ins Auge stach, die das königliche Eigentum transportierten, das seine Getreuen auf der Flucht aus dem Palast hatten retten können. Der Landbesitzer lud den entthronten König ins Dorfcafé ein, um die Angelegenheit mit ihm zu besprechen. Es war einfacher, als er dachte.

»Das Bett können Sie geschenkt haben«, sagte der König. »Aber seien Sie gewahr, daß es einem Alpträume verursacht.«

Der Landbesitzer spendierte Getränke für den Monarchen und seine Gefolgschaft.

»Es gibt immer ein Gegenmittel, Majestät. Mein Vater, der unseren Besitz gegründet hat, wurde jahrelang von dem Alptraum heimgesucht, er sei bankrott.«

Der König beugte sich zu dem Landbesitzer. »Wodurch ist er geheilt worden?« fragte er. »Hypnose?«

»Nein, Euer Majestät. Er hat seine Gläubiger vergiftet.«

Der König seufzte. »In meinem Fall müßte ich die ganze Nation vergiften.«

Die Sache mit dem Bett war erledigt. Blieb die Frage nach dem Geschlecht des Babys; der Landbesitzer wollte unbedingt einen Jungen.

Er hätte sicher auch Dr. Panteleon konsultiert, den einzigen Arzt im Tal, wären die beiden nicht Todfeinde gewesen. Viele Jahre zuvor, als der Krieg erklärt wurde, der ebenjene Provinz am Ende dem Mutterland einverleibte, hatte der idealistische Doktor sofort sein Studium unterbrochen und sich der Infanterie angeschlossen. Er war ein guter Soldat, doch mußte er sein jugendliches Heldentum teuer bezahlen. Während der letzten verzweifelten Attacke des Feindes hatte ihm ein Kavallerist mit dem Säbel den linken Arm genau an der Schulter abgeschlagen. Es war ein Unglück, das ihn nicht nur dazu verdammte, sein Leben als Behinderter verbringen zu müssen; denn an seinem linken kleinen Finger befand sich eine Kostbarkeit, mit der er seine restliche Studienzeit finanzieren wollte: ein Goldring mit einem siebenunddreißigkarätigen Rubin, den er von seinem Großvater geerbt hatte. Aus dem Lazarett entlassen, kehrte er auf direktem Wege in das Dorf zurück, wo er feststellen mußte, daß das befreite Land bereits aufgeteilt worden war. Daher stattete er dem Landbesitzer einen Besuch ab und bat ihn, auf seinem Land nach dem Ring suchen zu dürfen, der sich immer noch an seinem abgetrennten Arm befinden mußte.

»Hier entlang, mein Freund«, sagte der Landbesitzer und winkte dem Doktor, ihm zu folgen.

Im Keller des Anwesens schlug dem jungen Mann ein entsetzlicher Gestank entgegen, wie er ihn selbst während der Anatomieseminare an der Universität nie erlebt hatte. Als sich seine Augen an die Dunkelheit in dem Gewölbe gewöhnt hatten – nur eine einzelne Fackel an der Wand spendete Licht –, sah er Dutzende von Regalen, die sich unter der Last unzähliger Schuhschachteln bogen, auf denen er, als er mit zugekniffener Nase näher trat, Aufschriften wie FINGER, ZEHEN und GENITALIEN erkennen konnte. In einem Weinregal auf der gegenüberliegenden Seite lagerten statt Flaschen menschliche Gliedmaßen aller Größen, an denen geronnenes Blut und Uniformfetzen klebten. Tränen traten ihm in die Augen, und er stolperte über einen Jutesack, aus dem ein abgeschlagener Kopf mit dem unverkennbaren Schnauzbart seines Kommandeurs rollte und in irgendeiner finsteren Ecke dieser von Menschenhand geschaffenen Unterwelt verschwand.

»Da haben Sie aber Glück«, sagte der Landbesitzer hinter ihm. »Ich hatte sie längst begraben wollen, aber bis jetzt keine Zeit dazu.«

Der Doktor brauchte nur ein paar der Schachteln zu durchstöbern; dann ging ihm auf, warum sein Gastgeber die entsetzlichen Trophäen zusammengetragen hatte. An den Fingern waren keine Ringe mehr, in den Mündern keine Goldzähne, und an keinem der Handgelenke befand sich auch nur mehr eine einzige Uhr. Er stellte den Landbesitzer sofort zur Rede.

»Unsere Soldaten sind gefallen, und Sie haben sich das eroberte Land unter den Nagel gerissen«, beschuldigte er ihn. »Und nun bereichern Sie sich auch noch an fremdem Eigentum, das rechtmäßig den Familien der Toten gehört.«

Der Landbesitzer zuckte mit keiner Wimper. »Irgendwie mußte ich ja das Mahnmal bezahlen, das ich den Gefallenen zu Ehren habe errichten lassen«, brachte er zu seiner Verteidigung vor.

Es war ein ungeheurer Frevel am Andenken der Helden. Dr. Panteleon kehrte dem Landbesitzer den Rücken zu und ging, davon überzeugt, daß er diesem Scheusal nie wieder begegnen würde. Ohne den Ring aber war er gezwungen, Abstand von seinem Traum zu nehmen, sich auf Anästhesie zu spezialisieren, und auch sein Medizinstudium konnte er nicht mehr zu Ende bringen. Und aus ebendiesem Grund kehrte er schließlich in das Dorf zurück, da dort niemand einen Universitätsabschluß von der Angelurkunde unterscheiden konnte, die an der Wand seiner Praxis hing. Dann kam der Tag, an dem er seinen Ring am Finger des Landbesitzers erspähte.

»Das ist ein altes Familienerbstück, Doktor«, sagte der Landbesitzer, verschlagen wie immer.

Dr. Panteleon verlor die Fassung.

»Eines Tages werden Sie verrecken und um Hilfe schreien«, gab er zurück. »Aber ich werde Ihnen nicht helfen, selbst wenn mir bis dahin ein neuer Arm wachsen sollte.«

Es war das erste und letzte Mal, daß der Landbesitzer den Doktor beehrte. Statt dessen suchte er den Wunderheiler auf, der des öfteren durch das Dorf kam, um seine Kräuterelixiere zu verkaufen. Und ebendiesen konsultierte er auch, als es um das Baby ging.

»Hat die Empfängnis während eines Vollmonds stattgefunden?« fragte der Wunderheiler.

Der Landbesitzer kratzte sich am Kopf. Er war derart blind vor Leidenschaft gewesen, daß er sich, vom Körper seiner Braut abgesehen, an nichts mehr erinnern konnte, was während der Flitterwochen passiert war. Davon abgesehen hatten sie während des Jahres in der Kreisstadt ununterbrochen der Liebe gefrönt und lediglich innegehalten, wenn sie im Theater gewesen oder in erschöpfter Umarmung eingeschlafen waren.

»Ich bin mir nicht sicher, was den Mond angeht«, sagte der Landbesitzer mit träumerischer Miene. »Aber ich habe Sterne gesehen.«

Ein Blick in den Kalender klärte darüber auf, daß dies wohl kaum bei Vollmond geschehen sein konnte.

»Das wird schwierig«, meinte der Wunderheiler. »Dann können wir nur hoffen, daß wir das richtige Präparat finden.«

Damit hatte er das Todesurteil für das ungeborene Baby unterzeichnet. In den folgenden Monaten nötigte der Landbesitzer seine Frau so oft, Alraunextrakt zu trinken, daß sie schließlich eine Fehlgeburt erlitt. Der tote Fötus war männlichen Geschlechts. Der Landbesitzer hatte die Katastrophe selbst herbeigeführt, ein Unglück, das andere Männer dazu gebracht hätte, sich zu besinnen, Abbitte zu tun und ihr Leben zu ändern; er aber verschloß sein Herz, um der Liebe auf immer zu entsagen. Als er die letzte Schaufel Erde auf das kleine Grab streute, hatte er bereits beschlossen, daß seine Frau für den Tod seines Sohns bezahlen sollte.

»Auge um Auge«, murmelte er und machte sich auf den Weg zurück.

Im Dorf gab es einen Anwalt, der die Frau hätte retten können, doch war er ein Trunkenbold, der schon vor Furcht zu zittern anfing, wenn er nur den Schatten des Landbesitzers sah. Trotzdem hatte ihn die Frau heimlich aufgesucht.

»Ich will mich scheiden lassen.«

Zacharias der Anwalt war an jenem Tag gerade aus einem Ort in der Nähe zurückgekommen, wo er einen Apotheker in einem Rechtsstreit vertreten hatte, bei dem es um ein unlängst zur Welt gekommenes Maultier ging; dem Apotheker gehörte die Stute, die es geboren, seinem Nachbarn der Esel, der es gezeugt hatte. Dem Anwalt war es gelungen, ein Urteil zugunsten seines Klienten zu erwirken, und feierte gerade in stiller Genugtuung seinen Sieg, für den er als Entgelt eine große Korbflasche mit Äthylalkohol sowie eine Garnitur Laborgläser in verschiedenen Größen erhalten hatte.

»Aus welchen Gründen?« fragte er.

»Er will mich ermorden.«

Zacharias war bereits schwer angetrunken. Das Glas in seiner Hand zitterte.

»Wie denn?«

»Ich weiß es nicht. Aber ich kann es an seinen Augen sehen.«

Der Anwalt legte die Füße wieder auf den Tisch und entspannte sich, während er den nächsten Schluck nahm.

»Kommen Sie wieder, wenn Sie konkrete Anhaltspunkte haben.«

Die Frau verzog die Lippen.

»Ich werde Ihnen eine Kopie meines Totenscheins schicken.«

»Solange er amtlich beglaubigt ist«, erwiderte der Anwalt.

Zacharias war nicht immer ein Hasenfuß gewesen. Das gerahmte Diplom an seiner Wand war echt und ihm mit Auszeichnung von einer französischen Universität verliehen worden. Doch die hohen akademischen Weihen waren kein Garant für eine erfolgreiche Karriere gewesen, und nun lebte er in einem Zustand permanenter Amnesie, der von seinem stetig steigenden Alkoholkonsum weiter verstärkt wurde.

Einmal hatte er in der Taverne nach dem fünfzehnten Ouzo gesagt, der Grund für seinen Karriereknick sei ein sonnenklarer Fall gewesen; unmöglich, einen solchen Prozeß zu verlieren. Auf die Frage, warum er den Fall dann nicht gewonnen habe, hatte er bissig erwidert: »Weil der arme Teufel von Klient unschuldig war.« Danach hatte er das Bewußtsein verloren.

Seine Wohnung und sein Büro befanden sich am Ortsrand in einer ehemaligen Windmühle, deren Flügel vom Blitz verbrannt worden waren. Jedesmal, wenn der nach Pferdedung riechende Wind etwas stärker wehte, fielen wieder neue Teile des kegelförmigen Dachs ab. Er lebte das Leben eines Eremiten, mit Ausnahme des einen Tags im Monat, wenn er in die Taverne kam, um sich mit Wein einzudecken und die Zeitungen zu lesen. Unter dem Schild »Rechtsanwalt« an seiner Tür hing eine Medaille, auf der zwei Kompasse über einer sich in den Schwanz beißenden Schlange abgebildet waren, ein Symbol, auf das sich die Dorfbewohner keinen Reim machen konnten, das aber dem Anwalt viel bedeutete. Er war den Freimaurern während seines Studiums in Frankreich beigetreten und aktives Logenmitglied gewesen, ehe er aufs Land gezogen war. Als die Frau des Landbesitzers weinend sein Büro verließ, mußte sich Zacharias eingestehen, daß er gegen die humanitären Prinzipien seiner Bruderschaft verstieß – so betrunken, daß er dies nicht gemerkt hätte, war er nun auch wieder nicht.

»In meinem Alter braucht man Gewissensbisse so sehr wie die Fliege die Spinne«, murmelte er.

Eines Nachmittags brach die junge Frau plötzlich im Zitronenhain des Anwesens zusammen. Es war der einzige Ort weit und breit, an dem der Gestank des Viehs wenigstens durch den Duft von Orangen und Zitronen gemildert wurde; hier suchte sie Zuflucht vor der schwülen Nachmittagshitze und probte die Rollen, die sie auf der Bühne spielen wollte, wenn sie endlich wußte, wie sie dem Joch ihrer Ehe entkommen konnte. Das Dienstmädchen fand ihre Herrin noch vor dem Abend und hielt sie zunächst für ein Gespenst. Sie machte auf dem Absatz kehrt und rannte ins Haus, wo sie sich in der Küche einschloß, bis der Landbesitzer ihr befahl, die Tür zu öffnen. Nachdem sie ihm gesagt hatte, was geschehen war, holte er ein paar Männer zusammen und ging mit ihnen in den Zitronenhain; und nun verstand er auch, warum das Dienstmädchen so verstört reagiert hatte. Seine unglückselige Frau trug ihr liebstes Theaterkostüm, ein Renaissancekleid aus weißem Musselin. Ihr Kopf war nach vorne gesackt, doch ihr Körper stand aufrecht, gestützt von dem steifen Korsett und den unter dem Kleid verborgenen Eisenstäben, die der Schmied angefertigt hatte, nachdem nirgendwo im Umkreis Walbein aufzutreiben gewesen war. Sie war tot. Auf dem Boden lag ein altes Taschenbuch mit Molières Stücken. Der Landbesitzer stieß die Leiche mit dem Finger an, und während die tote Frau hin- und herschwankte, sagte er: »Mein armer Schatz hat schon immer wie eine Puppe ausgesehen.«

Dr. Panteleon war es, der schließlich herausfand, wie ihr Mann sie langsam vergiftet hatte, als er Monate später zufällig einen ihrer mit Kölnischwasser parfümierten Seidenhandschuhe in die Finger bekam. Der Handschuh war durchtränkt mit Arsen. Doch war es zu spät, den Fall neu aufzurollen, wie der Doktor schließlich erfahren mußte, als er sich in der Kreisstadt mit dem zuständigen Kommissar traf.

»Ich bedaure, aber die Akten sind verlorengegangen«, sagte der Kommissar verlegen.

»Aber wie konnte das passieren?«

»Kommen Sie, ich zeig's Ihnen.«

Er nahm den Doktor mit in den Keller des Polizeipräsidiums. Das Archiv war ein Labyrinth von Katakomben, in dem sich Akten bis hoch an die modrigen Decken stapelten; das einzige, was man hörte, war das Echo tröpfelnden Wassers und die Geräusche der Ratten, die an den Protokollen nagten. Der Kommissar stand im Halbdunkel und hob verzweifelt die Hände.

»Jemand hat die Akten weggeräumt«, sagte er.

An jenem Tag beschloß der Doktor, den Landbesitzer zu töten. Doch dazu brauchte er Hilfe. Zacharias erklärte sich bereit. Dann entwickelten die beiden Männer ihren Plan.

Aus der Büchse der Pandora, die der Landbesitzer nach der Fehlgeburt seiner Frau geöffnet hatte, kamen nun, nach dem ungesühnten Mord an seiner Frau, erst recht Not und Schrecken über das Dorf. Der Landbesitzer herrschte wie ein absolutistischer Monarch. Der örtlichen Polizeiwache stand nur ein korrupter Dorfgendarm vor, den der Landbesitzer schon lange in der Tasche hatte. Nicht einmal die sich häufenden Gichtanfälle, die ihn immer öfter ans Bett fesselten, änderten etwas an seinem erbarmungslosen Umgang mit Bauern und Landarbeitern. Mit Hilfe von Spitzeln und einem Messingfernrohr regierte er von seinem Himmelbett aus und bestrafte seine Untergebenen nach Gutdünken. Einen Landarbeiter ließ er an einen Baum nageln, weil er mit dem Pflug krumme Furchen gezogen hatte, obwohl der arme Teufel ihn darauf hingewiesen hatte, daß die Schar verzogen war. Als ihn der Priester drei Tage später bat, Gnade walten zu lassen, schickte ihn der Landbesitzer mit den Worten fort: »Lassen Sie's gut sein, Priester. Sie hätten keine Arbeit, wenn sich damals jemand um Ihren Gott gekümmert hätte.«

Andere gängige Strafen waren, daß Schlachtarbeiter bis zum Hals in das Schweinefuttersilo gesteckt wurden, wenn sie geschludert hatten; Erntearbeiter, die mit stumpfen Sicheln erwischt wurden, mußten barfuß über heiße Kohlen laufen, und die Dienstmädchen wurden nackt in die Jauchegrube geworfen, sobald der Landbesitzer ein Frauenhaar auf einem Teppich entdeckte.

Arbeiter und Gesinde gehorchten ihm, als hätte er sie hypnotisiert, doch änderte das nichts an seiner Wachsamkeit. Er verlangte, daß der Koch das Essen vorkostete, und selbst dann aß er nur, wenn sich Natriumbikarbonat als Mittel gegen Säure, Epsomer Bittersalz gegen Bleivergiftung und Holzkohle gegen Schierling und Strychnin in unmittelbarer Nähe auf dem Tisch befanden, ebenso wie eine Flasche Olivenöl, falls jemand vorhatte, ihn mit Ammoniak zu vergiften. Was wagemutigere Feinde anging, trug er immer eine mit Rehposten geladene doppelläufige Schrotflinte bei sich, und nicht zuletzt ein kurzes, aber scharfes Messer, das er in seinem rechten Stiefel versteckte.

Am Tag seines Todes läutete der Landbesitzer zuallererst die Zimmerglocke, nachdem er aufgewacht war. Als das Dienstmädchen erschien, wies er auf das geschlossene Fenster. »Hol diesen Hahn und mach Frikassee aus ihm«, befahl er. »Und servier ihn mit Kartoffeln und Schalotten zu Mittag.«

Inzwischen hatte er ein nachgerade erdgeschichtliches Alter erreicht und sich daran gewöhnt, ans Bett gefesselt zu sein, so daß er nun, selbst wenn ihn keine Gichtanfälle plagten – wie es in jener Woche der Fall war –, die weichen Kissen dem Ledersattel vorzog; er ritt nur noch selten aus. Den größten Gefallen fand er daran, sich in seinen über und über mit selbst erdachten Waffen bestickten Kattunmorgenmantel zu hüllen und bis mittags in den Büchern zu lesen, die er per Post von einem Antiquariat in der Kreisstadt erhielt. An jenem Tag war er völlig in einer Geschichte der französischen Monarchie versunken – eine Empfehlung des Antiquars, da das Buch ausgezeichnete Beschreibungen von Foltermethoden enthielt –, als einer der Oberknechte das hochherrschaftliche Schlafzimmer betrat. Hinter sich zog er einen Landarbeiter her, der das Zaumzeug eines Pferds um den Kopf trug.

»Dieser Strolch stiehlt seit über einem Jahr Sachen aus dem Lager, Chef«, sagte er.

Der Übeltäter zitterte vor Angst. Sein im engen Zaumzeug steckender Kopf mit den langen Ohren und den feucht schimmernden Augen ließ einen an ein herrenloses Maultier denken. Der Landbesitzer legte sein Buch beiseite und griff nach der Peitsche, die er stets unter dem Bett aufbewahrte. Er gab sie dem Dieb und sagte: »Du verpaßt dem Oberknecht jetzt einundfünfzig Peitschenhiebe.«

Mochte er auch ein Greis sein, der die Hilfe eines Stocks benötigte, wenn er weiter als zur Toilette wollte – der Landbesitzer war unberechenbar wie eh und je.

»Das wird dich lehren, deine Untergebenen an der kurzen Leine zu halten«, ließ er den Oberknecht wissen, als die Züchtigung vorüber war. »Und jetzt mach mit der Ratte, was immer du willst.«

Es war das letzte Mal, daß er über jemanden richtete.

Er winkte die beiden eilig hinaus, da er sich für die Kirche fertig machen mußte. Seit Wochen hatte ihn der Priester unermüdlich aufgefordert, er solle doch endlich einmal zum heiligen Abendmahl kommen; eine Offerte, die er jedesmal wieder abgelehnt hatte.

»Aber Sie sollten am Leib und Blut Christi teilhaben«, hatte der Priester in seinen Briefen beharrt. »Nicht zuletzt wäre es Ihrer Gesundheit förderlich.«

»Ich fühle mich nur wohl, wenn ich das Blut meiner Feinde trinke, Priester«, hatte der Landbesitzer zurückgeschrieben.

Schließlich aber hatte er doch eingewilligt, an der Messe teilzunehmen, allerdings unter zwei Bedingungen: erstens, daß der Gottesdienst am Nachmittag stattfand, da er grundsätzlich nicht vor Mittag aufstand, selbst wenn Gott höchstpersönlich bei ihm anklopfen würde, und zweitens, daß der Priester als erster aus dem Kelch trank, falls der Meßwein vergiftet war.

Um fünf nach drei betrat der Landbesitzer, gefolgt von seinen zwölf Oberknechten, die Kirche des heiligen Timotheus. Er ging gebeugt unter dem Gewicht seines Jagdwamses, dem voll bestückten Patronengurt und der schweren Schrotflinte über seiner Schulter. Zum ersten Mal fiel den Dorfbewohnern auf, daß er zum Sinnbild ihres Hasses geworden war, mit seinem Stock, der sich bog, als würde er jede Sekunde brechen, dem kahlen Kopf, in dem nur die Augen noch nicht vermodert zu sein schienen, und dem langen Hals, der an einen Geier gemahnte. Es herrschte Totenstille, als der Landbesitzer sich umblickte. An den Wänden und unter der Kuppel befanden sich nur die Reste der Wandmalereien, die durch das Erdbeben zerstört worden waren; der Landbesitzer hatte sich geweigert, sein Scherflein zur Restauration der Fresken beizusteuern.

»Also«, sagte er. »Bringen wir's hinter uns.«

Bei sich hatte er seinen Vorstehhund, ein Tier mit glattem weißen, von leberfarbenen Flecken durchsetzten Fell. Der Hund hob den Kopf, witterte etwas und begann zu knurren.

»Er ist nervös.« Der Landbesitzer tätschelte den Kopf des Hundes. »Er hat noch nie so viele Taugenichtse an einem Ort erlebt.«

Über den roten Teppich ging er den Mittelgang hinunter und nahm auf dem Bischofsthron Platz, zu beiden Seiten flankiert von je sechs seiner Oberknechte. Dann begann die Andacht. Während der Zeremonie las der Priester den falschen Abschnitt aus der Bibel, hielt eine Predigt, die keiner verstand, weil er mehrmals mitten im Satz das Thema wechselte, und schließlich verärgerte er auch noch den Organisten, weil er so schief sang. Am Ende der Messe gerieten die Feierlichkeiten fast noch zur Farce, als er sich hinter den Altar bückte und nicht mit dem Kelch wieder hervorkam, sondern mit einer halbleeren Flasche Rotwein. Er bemerkte den Irrtum erst, als er die Flasche emporhob und verkündete: »So lasset uns trinken.«

Das sah ihm überhaupt nicht ähnlich. Der Gottesdienst ging trotzdem weiter. Als der Priester schließlich als erster vom heiligen Sakrament getrunken hatte, erhob sich der Landbesitzer, um es ebenfalls entgegenzunehmen. Seine Lippen hatten den Kelch gerade berührt, als er das Portal knarren hörte. Als er sich umdrehte, sah er die Silhouetten von Dr. Panteleon und Zacharias dem Anwalt im Gegenlicht. Gleichzeitig mußte er wohl das Tikken seiner Schicksalsuhr vernommen haben, denn als er sich mit fragendem Blick zum Priester wandte und dieser nur flüsterte, daß Gott seiner Seele gnädig sein möge, wußte er, daß sein letztes Stündlein gekommen war.

Der Vorstehhund sprang auf und fing an zu bellen, und dann kam der Wolf durch die Tür. Das war die Rache für die Verbrechen des Landbesitzers – eine Rache, die der Doktor für das ganze Dorf nahm und die ihm der Anwalt zu verwirklichen geholfen hatte. Die Rache kam in Gestalt eines riesigen gelbgrauen Wolfs mit schwarzen Flecken, den die beiden Männer als Welpen gefangen und aufgezogen hatten, um einen Mord zu begehen, der als unmöglich gegolten hatte. Die Bestie rannte zum Altar und fiel zuerst den Hund an, biß seine Nackenwurzel durch und ließ ihn auf dem roten Läufer verbluten; dann wandte er sich dem Landbesitzer zu. Der alte Mann machte einen Schritt rückwärts, hin zu dem Platz, wo er gesessen hatte; doch sein Gewehr, das er zurückgelassen hatte, um die heiligen Sakramente zu empfangen, war verschwunden.

»Ihr Mißgeburten«, sagte er.

Er hatte gerade das Messer aus seinem Stiefel gezogen, als die Bestie sich in seinem Arm verbiß. Keiner der Menschen auf den Bänken kam ihm zu Hilfe, ebensowenig wie seine zwölf Oberknechte oder der Dorfgendarm; selbst dann nicht, als die ausgehungerte Bestie seinen Lebensfaden durchtrennt hatte und ihm die Gedärme herausriß. Statt dessen warteten sie, bis das Ungeheuer seinen grausamen Schmaus beendet hatte, und als der Wolf schließlich mit einem Stück Fleisch zwischen den Zähnen davontrottete, formierten sich alle in einer Reihe, bevor ein jeder zum Altar ging und auf die sterblichen Überreste spuckte. Am Abend schickte der Dorfgendarm seinen Kollegen in der Kreisstadt ein Eiltelegramm, in dem er sie informierte, daß sich soeben ein entsetzlicher Vorfall ereignet hatte.

Eine Zirkusattraktion

Die Laster waren beladen und alle bereit zur Abfahrt, doch als Vassili der Zigeuner ihn suchte, konnte er ihn nirgends finden. Er ging zurück zum Lagerplatz, wo sie die letzten zwei Monate verbracht hatten, stolperte aber nur über einen Jungen aus dem Dorf, der sich in den Wohnwagen von Kassandra der tätowierten Frau schleichen wollte. »Wenn ich dich hier noch mal erwische, du kleine Ratte, dann verfüttere ich dich an die Krokodile«, sagte er, während er den Jungen am Ohr zog. Eine im Müll stöbernde Krähe flatterte auf und ließ sich auf dem Dach eines aus Holzbalken und Wachstuch zusammengezimmerten Schuppens nieder. In einer verbeulten Benzintonne kokelten noch die Reste des Feuers. Vassili warf einen Blick auf die Tonne und trat dagegen. Ein dumpfes Dröhnen hallte durch den alten Steinbruch, in dem sich das Lager befand. »Zum Teufel«, murmelte er. »Geht das schon wieder los.«

Er ging den schmalen Pfad zum Fluß hinunter, und kurz darauf hatte er ihn auch schon entdeckt; er saß am Ufer und warf Steine ins Wasser. Auf dem ruhig dahinfließenden Wasser trieben von den Pinien gefallene Äste und Gestrüpp. Auf beiden Seiten des Ufers standen Bäume. Einer der Stahltürme neben dem stillgelegten Förderband war in den Fluß gekippt, und durch das angeschwemmte Treibholz war ein kleiner Wasserfall entstanden. Vassili rief über das Rauschen: »Komm, Zeit zu gehen, alter Junge.«

Der Zentaur wandte sich nicht um. Er warf den nächsten Stein ins Wasser.

»Ich komme nicht mit.«

Er hatte schütteres Haar, einen schmutzigen weißen Schweif und so schmale Augen, als würde er permanent in die Sonne starren. Seine Beine waren zerkratzt, und er trug keine Hufeisen. Als Vassili ihm die Hand auf die Schulter legte, schüttelte er sie ab wie ein verängstigtes Tier. Sein Atem roch; er hatte getrunken.

»Ich komme nicht mit«, beharrte er. »Ich hab's mir genau überlegt.«

Der Zigeuner seufzte. »Zehn Prozent, mehr ist einfach nicht drin.«

Der Flußlauf führte um eine seichte Biegung, wo glatte Steine wie Schildkrötenpanzer aus dem Wasser ragten. Vassili hockte sich neben den Zentauren und kramte in seinen Taschen. Er fand eine Zigarette, aber keine Streichhölzer. Er steckte die Zigarette einfach so in den Mund.

»Hör mir doch mal zu«, sagte er. »Warum unterschreibst du nicht einfach für ein weiteres Jahr, und dann reden wir noch mal über die ganze Sache.«

Der Zentaur antwortete nicht. Er und der Zigeuner blickten über den Fluß. Die Schildkrötenpanzer glänzten in der Sonne, und das Wasser glitzerte, als trieben dort kleine Diamanten. Der Zentaur saß stocksteif am Ufer und sah aus wie eine Marmorstatue. Sein hoher Haaransatz und der Bart ließen ihn älter wirken, als er eigentlich war. Vassili kaute am Filter der Zigarette herum.

»Du kommst mit uns, und wir suchen dir eine Stute«, sagte er. »Na, wie hört sich das an?«

»Wie oft soll ich's dir noch sagen: Ich bin kein Pferd.«

Vassili wechselte das Thema.

»Wer soll sich denn um dich kümmern?«

»Ich kann allein auf mich aufpassen.«

Ein Jahr zuvor, als die Zigeuner wieder einmal durch das Tal gezogen waren, hatten sie im Dorf davon gehört, daß Dionysos der Viehzüchter etwas zu verkaufen hatte.

»Das würden wir uns gern mal ansehen«, sagten sie.

Jenseits der Veranda erstreckten sich Weiden und Felder, soweit die Zigeuner blicken konnten. Überall waren die Hufspuren von Maultieren zu sehen. Dionysos schaukelte in seinem Stuhl.

»Ihr werdet euren Augen nicht trauen«, sagte er.

Vor sich sahen sie einen Mann in einem Zentaurenkostüm. Er war betrunken. Die Zigeuner begutachteten das Kostüm.

»Unglaublich«, sagten sie. »Sieht fast echt aus. Was soll er kosten?«

Dionysos zuckte mit den Schultern.

»Eigentlich ist er unbezahlbar. Wenn er bloß nicht soviel fressen würde. Außerdem flucht er wie ein Fuhrkutscher, wenn er besoffen ist.«

Die Zigeuner begutachteten nochmals die Zähne des Zentauren, rochen an seinem Atem und wurden schließlich handelseinig mit dem Viehzüchter.

»Damit machen wir garantiert richtig Knaster«, sagten sie.

Und sie hatten tatsächlich Furore gemacht. Doch nun sagte der Zentaur, den Blick auf den Fluß gerichtet: »Du verschwendest bloß deine Zeit.«

Der Filter zwischen Vassilis Lippen begann sich langsam aufzulösen.

»Du hast doch gar keine Ahnung, wie du dich allein durchschlagen sollst«, gab er zurück.

»Ich bin unsterblich«, sagte der Zentaur stolz. »Ich kann mich noch erinnern, wie deine Vorfahren aus Indien hierher kamen.«

»Die Zeiten ändern sich«, sagte der Zigeuner. »Du kannst froh sein, wenn du irgendwo noch ’nen Karren ziehen darfst.«

Beleidigt stemmte der Zentaur die Hufe in den Boden.

»Da draußen bist du nichts weiter als ein Pferd, das sprechen kann«, fuhr Vassili fort.

Schweigend saßen sie da.

»Hör mir gut zu, du versoffene Mißgeburt«, sagte Vassili schroff. »Wir haben gutes Geld für dich bezahlt. Also entscheide dich – oder geh vor die Hunde!«

Der Zentaur blickte ihn nur hochmütig an, bis der Zigeuner schließlich die Zigarette fortwarf und zurück zu den Lastwagen ging, wo die anderen bereits mit laufenden Motoren auf ihn warteten. Die Laster waren allesamt reif für den Schrottplatz; bei dem einen fehlte eine Tür, bei einem anderen die Windschutzscheibe, und allesamt waren sie derart verrostet, daß durch das bloße Vibrieren der Motoren Blechteile abfielen. Medusa und die Mädchen saßen schon auf ihren Plätzen. Medusa trug ihr Kostüm mit den goldenen Reptilienschuppen und ihre Schlangenperücke.

»Er kommt nicht mit«, sagte Vassili.

»Aber er kann nicht so einfach hierbleiben«, protestierte Medusa. »Dann feßle ihn halt.«

»Wozu? Bei der ersten Gelegenheit läuft er uns sowieso weg.«

»Wir können ihn nicht hierlassen.«

Die Mädchen starrten ihre Eltern verwirrt an. Medusa stieg vom Laster.

»Ich rede mit ihm«, sagte sie.

Der Zentaur war noch am selben Platz. Er hatte sich auf die Seite gelegt, hielt den Kopf in die Hand gestützt und streckte die Hufe ins Wasser. Er kaute an einem Grashalm. Er hatte bereits geahnt, wer da kam. Medusa strich sich eine Schlange hinters Ohr.

»Schau mich an«, sagte sie.

»Ich bin doch nicht blöde«, antwortete der Zentaur. »Meinst du, ich weiß nicht, daß ich dann zu Stein erstarre?«

»Ich hab dir was mitgebracht.«

Der Zentaur blinzelte vorsichtig und sah, was sie in der Hand hielt. Er nahm die Zuckerstücke; sie waren mit Schnaps getränkt. Mit geschlossenen Augen lutschte er genüßlich einen Würfel. Er wühlte mit den Hufen im Schlamm, und das Wasser färbte sich braun. Medusa kramte in den Taschen ihres Kostüms und zog ein Päckchen Karten hervor. Sie mischte die Karten.

»Aus«, sagte sie, als würde sie einen Hund zurechtweisen.

Der Zentaur gehorchte. Medusa studierte die Karten mit ernstem Blick. Eine Obstkiste trieb langsam an ihnen vorbei.

»Zuviel Pik«, sagte sie.

In den Pinien zwitscherten die Vögel, während das Wasser über den umgekippten Turm floß. Medusa drehte die nächste Karte um.

»Du wirst auf eine Reise gehen«, sagte sie listig und hielt ihm die Karte hin. »Der Herzbube, das bist du.«

Der Zentaur warf einen Blick auf die Karte. »Und die Kreuzkönigin hier ist eine Zentaurin.«

Der Zentaur lag immer noch mit ausgestreckten Beinen und in die Hand gestütztem Kopf da, genauso wie sie ihn vorgefunden hatte.

»Machen wir's kurz«, sagte er gedehnt. »Ich bin unsterblich. Ich war dabei, als sie den Parthenon errichtet haben. Versuch bloß nicht, mich an der Nase herumzuführen, du Ungeheuer.«

»Du bist nichts weiter als ein Mensch im Zentaurenkostüm. Wie lange soll es noch dauern, bis das endlich in deinen Dickschädel geht?«

Der Zentaur sah stur nach vorn.

Umgeben von einer Abgaswolke, warteten die anderen noch immer auf den Lastern. Eine Meute streunender Hunde strich schwanzwedelnd um die Wagen; jedesmal, wenn ein Auspuff krachte, suchten sie verschreckt das Weite, um kurz darauf erneut heranzuschleichen. Die Karawane war ihre einzige Hoffnung, etwas zu fressen zu bekommen.

»Und?« fragte Vassili.

Medusa hob die Arme.

»Hab ich dir doch gesagt«, meinte Vassili. »Laß uns fahren.«

Die Tür eines anderen Lasters öffnete sich; ein Mann sprang heraus.

»Was ist denn jetzt?« wollte er wissen.

»Er will nicht mitkommen«, sagte Vassili.

»Er will nicht mitkommen?«

»Genau.«

»Aber wir haben doch morgen eine Vorstellung.«

»Ich weiß«, sagte Vassili.

»Wir haben gutes Geld für ihn bezahlt. Wir können ihn nicht einfach hier zurücklassen.«

Vassili rieb sich das Kinn. »Komm, wir reden mit dem Alten.«

Der Alte hauste in einem Krankentransporter, der keinen Motor mehr hatte; wenn sie reisten, hatte ihn immer einer der Lastwagen im Schlepptau. Sie klopften an.

»He, Alter«, riefen sie. »Wir haben ein Problem.«

»Haut ab«, antwortete ihnen eine Stimme von drinnen. »Ich will in Ruhe Musik hören.«

Sie klopften noch einmal, und als überhaupt keine Reaktion mehr kam, öffneten sie einfach die Tür. Der alte Zirkusdirektor saß in seinem Ohrensessel, den Kopf in den Trichter seines Grammophons gesteckt.

»Was zum Teufel wollt ihr?« fragte er.

An der Wand hing eine alte Hakenbüchse, gleich neben einer Daguerrotypie, auf der ein junger Akrobat zu sehen war, der einen Handstand auf einem Lederball machte, unter dem ein Stuhl stand.

»Das bin ich«, sagte der alte Mann. »Habt ihr das gewußt?«

Schon seit langem verließ er den Krankenwagen nicht mehr. An Sonntagen öffnete er immer die Hecktüren und sah, in seine Dragoneruniform gekleidet, den Akrobaten beim Proben zu.

»Tut uns leid, Chef«, sagten die beiden Männer. »Aber es gibt ein Problem.«

Der alte Zirkusdirektor atmete schwer, als er ans Ufer gelangte; der Weg hatte ihn einiges an Kraft gekostet. Er setzte sich neben den Zentauren und seufzte. Der Zentaur verscheuchte einen Schwarm Fliegen mit seinem Schweif.

»Ein Nichts von 'nem Fluß«, sagte der Alte schließlich. Er zog ein Taschentuch hervor und wischte sich die Stirn.

»Ich will einen eigenen Wagen«, sagte der Zentaur. »Ich hab's satt, im Pferdetransporter schlafen zu müssen.«

Der Zirkusdirektor verzog die Lippen. »Geht klar.«

»Mit meinem Namen drauf.«

Eine Krähe flog auf den umgestürzten Turm. Der Zirkusdirektor nickte.

»Und ich will fünfundzwanzig Prozent von den Einnahmen.«

Der Alte wandte sich um und sah den steil ansteigenden Pfad hinauf. Der Rückweg würde eine echte Strapaze werden. Er war immer noch völlig außer Atem.

»Zwölfeinhalb.«

Der Zentaur schüttelte den Kopf. »Ich habe Kunst, Philosophie und Mathematik studiert«, sagte er.

»Ich weiß.«

»Und ich kann Lyra spielen.«

»Du bist unsere Hauptattraktion«, sagte der Zirkusdirektor. »Aber wenn der Zirkus mit der Sphinx hier vorbeikommt, sind wir erledigt. Hast du mal gesehen, was die für Brüste hat?«

»Die Nutte«, sagte der Zentaur und spuckte aus.

»Die machen einen Riesenreibach mit ihren Rätseln«, sagte der Alte. »Obwohl selbst der Teufel sie nicht lösen kann.«

Der Zentaur überlegte einen Moment.

»Zwanzig Prozent«, sagte er. »Mein letztes Angebot.«

»Nein.«

»Ich bin unsterblich! Ich war schon da, als ...«

Der Zirkusdirektor tat so, als wolle er gehen, obwohl ihm bereits die Beine zitterten, wenn er nur an den Aufstieg dachte. Er schnappte nach Luft. Plötzlich erhob sich der Zentaur.

»Nun gut, fünfzehn«, sagte er leise. »Aber keine Drachme weniger.«

Der alte Mann lächelte und streckte die Hand aus.

»Fünfzehn«, sagte er.

Die Sonne schien hell vom Himmel. Der Zentaur schlug eine Fliege mit dem Schweif tot, und die beiden gaben sich die Hände, ehe der Alte erneut das Wort ergriff.

»Ein echter Zentaur bricht bei einem kleinen Ritt bestimmt nicht in Schweiß aus, oder?«

Der Zentaur zog eine mißmutige Grimasse. Widerstrebend ging er auf alle viere.

Stellas Nachmittagsträume

Der erste, der ihn bemerkte, war der Barbier, nachdem der Fremde bereits über eine Stunde dort drüben gesessen hatte. Es handelte sich um einen jungen Mann in einem schwarzen Anzug; er trug einen unförmigen Hut und einen kurzen Bart, der seine spitze Nase unterstrich, und obwohl er aufrecht dasaß, die Hände auf einen Stock gestützt, war er so still, daß er entweder die Kunst beherrschte, mit offenen Augen zu schlafen, oder aber einfach tot war.

Er hockte auf der niedrigen, weiß getünchten Einfriedung, die die Platane auf dem Dorfplatz umgab, wo er Zuflucht vor den Übeln der Nachmittagssonne gesucht hatte; da seine gewaltigen Arme nicht mit den übrigen Proportionen seines Körpers übereinstimmten, dachte der Barbier, daß er in gewisser Weise einem vertäuten Ruderboot ähnelte, dessen Riemen noch in den Ruderklampen steckten. Neben dem Fremden befanden sich ein lackierter Holzkasten, ein altes Tischtuch, das wohl seine persönliche Habe enthielt, und ein zusammengeklappter Tisch mit roten Beinen.

Es war ein Nachmittag im Frühsommer, und der Barbier hätte normalerweise im Bett gelegen, wäre er nicht bis dahin mit der Schur der Schafe beschäftigt gewesen. Er hatte sich nur zögernd dazu bereit erklärt, als ihn seine Nachbarn darum gebeten hatten.

»Wieso ich? Ich kann Tiere nicht ausstehen.«

»Du bist der einzige Mann im Dorf, der eine Schere besitzt.«

Niemand im Dorf besaß mehr als fünf Schafe. Die meisten davon waren Hammel, die für das Osterfest gezüchtet wurden; der Rest bestand aus einem knappen Dutzend Merinoschafen, die die Bauern im Rahmen eines landwirtschaftlichen Förderungsprojekts zwar gratis von der Regierung erhalten hatten, jedoch mit mehr Geringschätzung als die Zigeuner behandelten, seit sie herausgefunden hatten, daß die Tiere nur wenig Milch gaben.

Als die Schafe vorbeigebracht worden waren, hatte der Barbier sie vor seinem Salon begutachtet und über das Blöken hinweg gesagt: »Die sehen ja aus wie Bettler in Nerzmänteln.« Was der Wahrheit entsprach: Die Tiere waren von Flöhen befallen, unterernährt und kränklich, und sie wären im Nu ins Schlachthaus abtransportiert worden, hätten ihre Vliese – trotz der schlechten Behandlung – nicht die allerfeinste Qualität besessen. Daß die Tiere Milde erfuhren, hatten sie allein ihrer Wolle zu verdanken.

Der Barbier beendete die Schur, und die Schafe wurden weggetrieben. Er hatte den Kölnischwasser-Zerstäuber mit Insektenvernichtungsmittel gefüllt und versprühte die Flüssigkeit im Salon, um die herumschwirrenden Fliegen auszumerzen, als sein Blick zufällig auf den jungen Mann fiel. Er beobachtete ihn ein Weilchen von seinem Laden aus, ehe er nach nebenan ging, wo der Krämer gerade dabei war, einen Abszeß an seinem Zeh mit einer Nähnadel zu punktieren.

»Kennst du den Mann da draußen?« fragte der Barbier.

Der Krämer war an diesem Nachmittag ebenfalls wach, weil wegen des schier unerträglichen Schmerzes in seinem Fuß an Schlaf nicht zu denken war. Die übereinandergestapelten Reihen von Kompottdosen vor dem Fenster ließen kaum Licht herein. Der Krämer saß auf einem Feldbett, vor sich auf dem Boden einen Eisbeutel aus Gummi und einen Haufen kamillegetränkter Umschläge. Nichts hatte geholfen. Der Krämer putzte seine Brille und blinzelte durch die offene Tür.

»Ich dachte, es wäre eine Vogelscheuche«, sagte er gleichgültig, während er sich den nackten Fuß hielt. »Er muß mit dem Morgenzug gekommen sein.«

Als er das gesagt hatte, stieß er die Nadel in die Schwellung und drehte sie, bis der Eiter herausspritzte. Der Barbier sah der Operation nervös zu, und für einen Moment vergaß er den Mann unter der Platane.

»Du solltest zum Arzt gehen«, riet er. »Die Nadel könnte infiziert sein.«

Mit einem Kopfschütteln schlug der Krämer die Befürchtungen seines Nachbarn in den Wind.

»Ich hab sie unter einer Kerze zum Glühen gebracht und dann eine halbe Stunde in die Gefriertruhe gelegt. Das nennt man Pasteurisierungsprozeß«, sagte er mit Expertenmiene. »Ich habe im Medizinlexikon darüber gelesen.«

»Durch das Buch sind schon mehr Leute umgekommen als durch Raubmord«, sagte der Barbier. »Sie sollten ein Kopfgeld auf den Kerl aussetzen, der es geschrieben hat.«

Der Krämer reinigte den Zeh mit Alkohol und bandagierte ihn vorsichtig. Dann begannen die beiden Männer, über Gesundheitspflege zu streiten, wurden aber plötzlich von einem Klopfen an der Tür unterbrochen. Sie wandten sich um. Es war der Fremde.

»Entschuldigen Sie«, sagte er und tippte sich an den Filzhut. »Ich benötige eine Unterkunft.«

Seine Stimme hatte das nasale Schwingen eines Grippekranken. Er stand auf den Treppenstufen, und zuerst dachte der Barbier, er hätte einen Hund dabei. Doch als sich seine Augen auf das Licht eingestellt hatten, das zur Tür hereinfiel, erkannte er, daß es sich bei dem dunklen Etwas zu den Füßen des Fremden um die hölzerne Kiste handelte. Der Irrtum hätte jedem unterlaufen können, da die Kiste an einem Schulterriemen befestigt war, den man leicht für eine Hundeleine halten konnte, und nicht zuletzt, weil der Blick des Mannes geradezu zärtlich auf der Kiste ruhte.

»Was?« fragte der Krämer.

»Gibt es ein Hotel hier im Dorf?«

»Eine Pension.«

»Haben die auch ein Zimmer frei?«

Der Krämer gab ein wieherndes Lachen von sich.

»Keine Sorge. Da haben Sie's ruhiger als in ihrem eigenen Grab.«

Der Fremde runzelte die Stirn – aber nicht wegen des unpassenden Kommentars.

»Sie sollten es mal mit Essig versuchen«, sagte er und wies auf den entzündeten Zeh.

Ehe der Krämer etwas erwidern konnte, drang von draußen das

Gebell zweier raufender Hunde an ihre Ohren. Der Barbier steckte die Hand in die Tasche.

»Zehn Drachmen auf Kolossus, mein Lieber.«

»Zwei Dosen Aprikosenkompott auf Zeus.«

Sie schüttelten sich die Hände. Die Hunde umkreisten sich, faßten sich gegenseitig ins Auge, warteten den günstigsten Moment zum Angriff ab.

»Du kannst schon mal die Dosen öffnen«, sagte der Barbier.

»Bockmist.«

»Ach ja? Schau dir doch mal den Riesenhauer von Kolossus an.«

Der Hund bleckte seinen einzigen Zahn und wollte sich gerade auf den anderen stürzen, als ihn ein kurzer Pfiff innehalten ließ. Der Fremde pfiff noch einmal, und die beiden Tiere kamen schwanzwedelnd vor den Lebensmittelladen gelaufen und kauerten sich still auf den Boden.

»Mist!« rief der Barbier. »Ich hätte geschworen, die beiden bringt nicht mal ein Löwenbändiger auseinander!«

»Ich habe ihnen vorhin einen Knochen versprochen«, sagte der Fremde beiläufig. »Wie komme ich denn zu der Pension?«

Sie sagten es ihm. Der Fremde hatte sich gerade die Kiste umgehängt und den Klapptisch und das Tischtuch mit seinen Habseligkeiten ergriffen, als die beiden Männer ihn noch einmal ansprachen.

»Warten Sie«, sagten sie. »Wenn Sie Stella bei ihrem Nachmittagsschlaf stören, kriegen Sie kein Zimmer von ihr.«

»Wieso?«

»Weil sie nachmittags immer träumt.«

Der junge Mann kratzte sich am Kopf.

»Und wovon träumt sie?«

»Das weiß keiner.«

Die beiden Dorfbewohner erklärten, daß Stella eine undurchschaubare alte Jungfer war, die seit dem Tod ihrer Eltern allein in der Pension lebte, an die sie gekommen war, nachdem ein Verwandter dem Elend den Rücken gekehrt und sich nach Australien davongemacht hatte. Die kleine Herberge versorgte sie mit einem bescheidenen Einkommen, das sie mit dem Verkauf von

Gemüse aus ihrem Garten aufstockte. Den Erlös legte sie in Juwelen an, die sie in einer Biskuitdose aufbewahrte, die wiederum in ihrer Frisierkommode versteckt war. Über die Jahre hatte sie so einen kleinen, aus Broschen, Ohrringen, Armreifen und Perlenketten bestehenden Schatz zusammengetragen. Doch trug sie die Schmuckstücke nie; sie stellten ihre Aussteuer dar.

Sie war eine Frau mit merkwürdigen Angewohnheiten. Nach dem Mittagessen pflegte sie ihren gewaltigen, von zwei dicken Stricknadeln zusammengehaltenen Dutt zu lösen, um sich die silbernen Locken zu kämmen, wenngleich nicht mit einem ordinären Kamm, sondern mit einer Garnitur Pferdebürsten, die sie billig von Isidoro, dem ehemaligen Besitzer eines Rennpferds, erstanden hatte. Zuerst benutzte sie den Kautschukstriegel, um die harten Knoten zu lösen, die sie sich ins Haar drehte, wenn sie tief in Gedanken versunken war, dann die Stahlbürste mit den steifen Borsten, um ausgefallene Haare und Schmutz zu entfernen, und schließlich die weiche Bürste, die ihrem Haar einen ehrgeizigen Schimmer verlieh. Danach ging sie ins Bett, um ihren Nachmittagsschlaf zu halten. Die Haarpflege war eine Obliegenheit, der sie täglich mit geradezu religiöser Hingabe nachkam; als Kind hatte Stella ihre Mutter sagen hören, daß Frauenhaar regelmäßig kräftig gebürstet werden müsse, da es sonst hart und widerspenstig wie Brombeergestrüpp würde, und sie hatte diesen Hinweis wörtlich genommen.

Die Pension war ein bescheidenes Haus mit ungestrichener Fassade und einem Topf Bougainvilleen auf der Zementveranda; drinnen bemerkte der Reisende zuallererst den durchdringenden Geruch von gekochtem Blumenkohl. Außerdem gab es dort einen Flügel, mehrere Stapel von Foto-Liebesromanen, die ein Zeitschriftenhändler aus der Kreisstadt Stella einmal pro Woche zukommen ließ, sowie einen vertrockneten, aber nach wie vor geschmückten Tannenbaum, der erst weggeworfen wurde, wenn sie zu Weihnachten wieder einen neuen kaufte. Das Piano hatte sie als Erkenntlichkeit erhalten, als sie für kurze Zeit einem durchreisenden Exilkönig Unterkunft gewährt hatte. Stella hatte es dankbar entgegengenommen, wie es sich geziemte, anschließend aber die Saiten entfernt, damit ihre Katzen darin schlafen konnten.

Im selben Augenblick, als sie die Tür öffnete und den jungen Mann auf der Schwelle sah, errötete Stella. Sie trug noch ihr Haarnetz und die Lockenwickler.

»Guten Tag«, sagte der junge Mann. Er stellte sein Gepäck ab und wischte sich die Stirn mit einem Taschentuch, ehe er hinzufügte: »Ich bräuchte ein Zimmer.«

»Was fällt Ihnen eigentlich ein?« fuhr Stella ihn an. »Nur Bibelverkäufer und Müßiggänger aus der Stadt sind so unhöflich, um diese Tageszeit irgendwo anzuklopfen.«

»Dann entschuldigen Sie bitte.«

Die Hunde waren ihm gefolgt. Sie senkten ihre Schnauzen auf den Boden.

»Schließlich hätte ich schlafen können«, sagte Stella mürrisch und tätschelte ihnen die Köpfe.

Der junge Mann blickte sich um. Die Pension befand sich inmitten eines bescheidenen Gemüsegartens, in dem auch nicht das kleinste Stückchen Erde verschwendet worden war. An der Wand zum Hof wuchsen Tomaten, um die Winde eines alten Brunnens schlangen sich Kürbisranken; unter der von wildem Wein bewachsenen Pergola standen rostige Motorölkanister mit Dill, Minze und Basilikum, und zwischen den enormen Kohlköpfen befand sich gar eine kleine Palme, von der reife Datteln hingen.

»Ich gratuliere, Madame«, schmeichelte er Stella elegant. »Die Hängenden Gärten von Babylon sind gar nichts dagegen!«

Ihre Miene veränderte sich kein bißchen, doch seine Worte hatten ihre Abwehr durchbrochen. *»Mademoiselle«*, berichtigte sie ihn. »Kommen Sie herein.«

Stella bemerkte die Holzkiste im selben Augenblick, als der Mann ihr Haus betrat. Das blankpolierte Holz, die Kupferscharniere und das schwere Schloß fesselten unmittelbar ihre Aufmerksamkeit. Doch sie sagte nichts. Statt dessen zeigte sie dem jungen Mann sein Zimmer, brachte frische Decken und Handtücher und wies ihn mit Lehrerinnenstimme darauf hin, daß das Frühstück nur bis halb acht serviert wurde. Erst als er ein Bad in der verzinkten Eisenwanne genommen hatte und, nach Lavendel riechend, in der Küche erschien, um ihr den irdenen Wasserkrug zurückzugeben, stellte sie ihm beiläufig eine Frage.

»Was ist denn das für eine Kiste, die Sie dabeihaben?«

Er sah sie herausfordernd an. »Raten Sie doch mal.«

Einmal mehr widerstand sie dem Charme seines Lächelns. »Ein Schränkchen, in dem Sie ihren Nachttopf aufbewahren.«

Ohne ein weiteres Wort lief er in sein Zimmer und kam mit der Kiste und dem Tisch zurück. Er klappte den Tisch aus und stellte die Kiste darauf.

»Falsch« verkündete er. »Es ist ein Leierkasten.«

Ihr stockte der Atem, als er den schweren Deckel öffnete.

»Das ist ja komplizierter als ein Automotor!« rief sie mit Blick auf den antiken Mechanismus.

Der junge Mann erklärte ihr, wie die verschiedenen Teile funktionieren.

»Die Musik wird von den kleinen Stiften und Erhebungen auf der Walze erzeugt. Sie öffnen die Ventile, durch die Luft aus dem Ausgleichsbalg zu den Pfeifen gelangt.«

Sie war entzückt. Doch mit einem Mal verlor der junge Mann das Interesse an seinem Instrument. Er setzte sich an den Küchentisch, während ein melancholischer Zug über seine Miene huschte. »Ich habe früher in Restaurants, in Kinos und auf Jahrmärkten gespielt, bis die verdammte Musikbox mich verdrängt hat.« Er seufzte. »Und mir bleibt nichts anderes mehr übrig, als wie der ewige Jude durchs Land zu wandern oder mich von der nächsten Klippe zu stürzen.«

Stella berührte mitfühlend seine Hand. Er bemerkte es kaum.

»Sie haben mehr Glück, Mademoiselle. Zumindest kann Ihnen niemand Ihre Träume nehmen.«

Stella, die sich schuldig fühlte, ihn an seine Misere erinnert zu haben, tat alles, um seine Traurigkeit zu vertreiben. Doch weder das Laudanum, das sie ihm mit der Schöpfkelle einflößte, noch der Pilztee vom Wunderheiler wollten helfen, und auch nicht die Beruhigungstropfen für zahnende Säuglinge, die sie ganz hinten in einem Schrank fand. Sie mußte ihm erst ein Kaninchenragout mit Schalotten und Rosmarin kochen, bevor er seine Fassung wiedererlangte.

Als sie ihm den dritten Nachschlag servierte, vertraute sie ihm ihr Geheimnis an.

»Ich wünschte, es wäre wahr, was Sie vorhin gesagt haben.«

Der junge Mann legte abrupt seine Gabel nieder.

»Ich war eine große Nachmittagsträumerin«, fuhr Stella fort. »Aber seit sich der Garten in diesen barbarischen Dschungel verwandelt hat, habe ich kein Auge mehr zugetan.«

»Warum?«

»Weil der ganze Garten von Motten verpestet ist.«

Der junge Mann sah sie verwirrt an.

»Es weiß doch jeder, daß Motten Alpträume mit sich bringen«, erklärte sie ungeduldig.

Erst jetzt bemerkte der Mann, daß alle Fenster mit Fliegengitter verkleidet waren. Stella bat ihn, ihr ins Schlafzimmer zu folgen, und dort sah er das segelgroße Moskitonetz, das von der Decke hing und ihr Bett komplett verhüllte, bis auf einen kleinen Spalt, durch den sie hinein- und hinausschlüpfen konnte.

»Ich habe alles versucht«, sagte sie. »Selbst wenn ich die Fenster zumauern würde, fände eine dieser Harpyien noch einen Weg hinein.«

Nun war der junge Mann an der Reihe, seine Wirtin zu trösten. Doch statt Alkohol, Leckereien oder Medizin bot er ihr seinen professionellen Beistand an.

»Meine Musik kann Ihnen helfen«, sagte er.

Stella erwiderte sein Anerbieten mit einem bitteren Lachen.

»Oh, ich habe nie an die Kraft der Lieder geglaubt.«

Sie bereute ihren Kommentar im selben Moment, als sie sah, daß die Ohren des jungen Mannes vor Erregung glühten.

»Ich rede von wissenschaftlichen Erkenntnissen«, protestierte er. »Die Harmonien der Drehorgel sind Gift für Insekten.«

Sie lenkte nur ein, um ihm eine Freude zu bereiten. Sie nahm ihre Stola ab, legte sich im Nachthemd in ihr Bett und rief ihn herein. Er betrat das Zimmer mit der Drehorgel. Stella schloß die Augen und tat so, als würde sie schlafen. Das Letzte, woran sie sich erinnerte, bevor sie wirklich einschlief, war eine Melodie mit schaukelndem Rhythmus und das Knarren der Leierkastenkurbel.

An jenem Nachmittag träumte sie nicht nur zum ersten Mal seit vielen Jahren; darüber hinaus waren ihre Träume tiefgründiger und weitreichender als die Visionen biblischer Propheten. Tatsächlich aber hatte sie weniger als eine Stunde lang geschlafen, als sie der Luftzug vom offenen Fenster weckte. In dem Augenblick, als sie die Decke beiseite schlug, erhoben sich Hunderte von Motten aller Art aus den Falten des Moskitonetzes über ihrem Bett, von der Fensterbank, dem Boden, den Möbeln, ja, selbst von ihren Musselinbettlaken und begannen, durch das Zimmer zu schwirren. Sie waren der Beweis, daß Stella ihre Schlaflosigkeit besiegt hatte.

»Gott segne den Fremden!« rief sie. »Ich bin geheilt!«

Erst als sie sich die Tränen fortgewischt hatte, stellte sie fest, daß der junge Mann fort war. Dann erblickte sie das zerrissene Fliegengitter am Fenster, was die Allgegenwart der Motten erklärte, und schließlich fiel ihr Blick auf die offene Schublade ihrer Frisierkommode, ehe sie kurz darauf feststellen mußte, daß die Biskuitdose mit den Juwelen leer war bis auf zwei sich paarende Schmetterlinge. Stella die Träumerin sagte nichts. Statt dessen kehrte sie wieder ins Bett zurück, wo sie sich bis in den Abend hinein hemmungslos ihrem Schlaf hingab, während draußen der Gesang der Zikaden und die Echos ihrer mechanischen Träume widerhallten.

Kassandras Verschwinden

»Zeig sie mir noch mal, Kassandra.«

»Was?«

»Zeig mir deine Tätowierungen.«

Ich enthülle die Arme, und er sieht die scharlachroten Arabesken, gestochen von den Künstlern der Alhambra, die feinziselierten Blumenmuster, die unter meinen schwieligen Fingerspitzen verschwinden, die Armreifen aus chinesischer Tusche, die sich um meine Seemannshandgelenke winden, und auf meinen Handflächen die Sterne des Universums, abgemalt von den Karten des Kopernikus. Ich neige den Kopf, damit er die goldene Tätowierung auf meinem kahlrasierten Schädel anfassen kann – eine genaue Kopie des Diadems der Helena von Troja –, die mit der Nadel nachgebildeten schwarzen Perlen in meinen Ohrläppchen und die Kette aus Dornen, die sich um meine Kehle schlingt.

Er taucht seine Finger in das warme Blut.

»Tut das weh?«

»Es ist nur eine Tätowierung, Kleiner.«

Ich lasse ihn meine titanischen Schultern küssen, die auf dem Säulengang auf meinem Rücken ruhen, lasse ihn meine Schulterblätter liebkosen – beide so groß wie Kreuzritterschilder, wie ich mir habe sagen lassen – und das mäandernde Muster straffziehen, das meine Taille gürtet. Dann drehe ich mich um die eigene Achse, damit er auch meine anderen Tätowierungen in Augenschein nehmen kann: die grünen Spiralen, die den blinden Schlangen ähneln, die auf dem Grund des Meeres leben, die verblassenden Tonleitern unter meinen Achselhöhlen, noch aus der Zeit, als ich die singende Meerjungfrau beim Tingeltangel gegeben habe, die Delphine auf meinem Bauch, die genauso aussehen wie die Tümmler in einer Palastruine auf Kreta, und das blinde Auge (dessen Pupille mein Nabel bildet) des Zyklopen Polyphem, dem Sohn des Poseidon, der Opfer des Odysseus wurde.

»Ich war noch nie am Meer, Kassandra.«

»Ich auch nicht, Kleiner. Als Meerjungfrau haben sie mich in einem Becken gehalten.«

Er glaubt, die Tätowierungen wären ein Werk von Meisterhand. Da sind weit mehr Einzelheiten, als seine Augen je entdekken werden, Farben, von denen er bislang gar nicht wußte, daß es sie gibt, und er erklärt mir, daß nur die Stickereiarbeit seiner Mutter eine ähnliche Kunstfertigkeit aufweist, jenes Bild, das Mariä Verkündigung darstellt und an der Wand über dem Bett seiner Eltern hängt, aber verglichen mit meinen Tätowierungen sei es doch bloß – Gott vergebe mir, sagt er – ein wertloses Stück Kitsch, trotz der wunderschönen Lilien aus gebleichtem weißen Crewelgarn, trotz Gabriels mit Goldfaden gesticktem Heiligenschein und den schweren, aus echten Hühnerfedern angefertigten Engelsflügeln, trotz Marias blauem Umhängetuch, trotz der Tatsache, daß seine Mutter drei Monate gebraucht hat, um ihre Arbeit zu beenden, während derer sein Vater fast verhungert sei.

»Sie müssen dich ein Vermögen gekostet haben, Kassandra.«

»Ich habe kein Geld dafür bezahlt, Kleiner.«

Ich zeige ihm die gezackte Narbe ganz unten auf meinem Bauch, die ehemalige Wunde, zusammengeflickt von einer ungelernten Hand, und erkläre ihm, daß es derselbe Mann war, der die Tätowierungen gestochen hat. Er fragt mich noch einmal, warum er mich verletzt hat. Ich zucke mit den Schultern.

»Er wollte meinen Blinddarm als Erinnerung.«

»Wenn ich ihn jemals treffe, ziehe ich ihm dafür die Haut ab, Kassandra!«

Ich lache. »Du kannst doch nicht mal einer Fliege was zuleide tun, Kleiner.«

Und zum ersten Mal berühre ich seine Wange und werfe mein Leinenkleid auf den Boden, so daß er einmal mehr die Füße eines Zirkusartisten (gekrümmt wie türkische Pantoffeln) zu Gesicht bekommt, die massiven Unterschenkel eines Trapezkünstlers, meine Schienbeine, die scharf wie Damaszenersäbel sind, und die runden Knie einer Frau, die vor niemandem knien wird. Doch schenkt er alldem keine Beachtung; statt dessen bleibt sein Blick an dem Schatten zwischen meinen Schenkeln hängen. Dort entdeckt er die Inschrift.

Er buchstabiert die Wörter. »Φαϱ-μα-κον νη-πεν-θες. Was bedeutet das, Kassandra?«

»Bringt man euch in der Schule eigentlich gar nichts bei?«

»Bei uns im Dorf gibt es keine Schule, Kassandra.«

»Es bedeutet ›Ein Mittel gegen den Schmerz‹, Kleiner.«

Er versteht es nicht.

»Erzähl mir mehr, Kassandra.«

»Mehr wovon?«

»Mehr Geschichten.«

Ich lache, und er sagt, daß mein Lachen wie das Rauschen eines Flusses klingt. Ich erzähle ihm, wie ich einst auf prähistorische Hennen ohne Federn gestoßen bin, die statt Eiern Kiesel legten, von wunderschönen Aronstäben, die wie Achselhöhlen riechen, von Männern mit mehlfarbener Haut und rosafarbenen Augen, die man Albinos nennt, von Marmorstatuen, die Flügel haben, ohne fliegen zu können, und davon, wie ich einst einen Blick auf meinen Schutzengel erhascht habe.

»Aber ein Schutzengel ist doch unsichtbar, Kassandra.«

»Nein, er ist einfach nur unheimlich schnell. Man muß so tun, als ob man schläft, und dann plötzlich die Augen aufschlagen und hinter sich blicken. Dann hat man eine Chance, ihn zu erblikken.«

Er versucht es mehrmals, ohne jemanden zu entdecken. Statt dessen wird ihm schwindlig.

»Wie sieht ein Schutzengel denn aus, Kassandra?«

»Völlig gleichgültig – so wie jemand, der auf den Bus wartet.«

»Hör schon auf, mich zu foppen, Kassandra.«

»Ich schwör's bei Gott.«

»Pater Gerasimo sagt immer: ›Du sollst den Namen des Herrn, deines Gottes, nicht mißbrauchen‹, Kassandra.«

»Pater Gerasimo muß es ja wissen. Schließlich trinkt er das Blut seines Gottes zum Frühstück.«

»Er sagt auch, daß der Zirkus eine Erfindung von Heiden ist, Kassandra.«

Vom runden Fenster meines Wohnwagens aus beobachtet er die Zirkusgehilfen, wie sie die Dromedare von den Kanaren zusammentreiben, die Zebras mit den Stahlbürsten striegeln, bevor sie auf den Laster verladen werden, den Tanzbär füttern, der mit gekreuzten Armen auf seinem Stuhl sitzt und schmollt, wie sie Nofretete, unserem ägyptischen Krokodil, das einen Ast vom Walnußbaum mit einem einzigen Biß entzweibrechen kann, die Kiefer mit Klebeband zusammenbinden, und schließlich anfangen, das Zirkuszelt abzubauen.

»Wo kommst du eigentlich her, Kassandra?«

Heute bin ich die Tochter eines Feuerschluckers, der zu Tode flambiert wurde, als er während eines Auftritts plötzlich Krämpfe bekam, die Nichte einer gnadenlosen Tante, die sich ihren Lebensunterhalt beim Boxen mit bloßen Fäusten verdiente und ihre männlichen Gegner immer in die Herzgegend schlug, weil es den großen Tölpeln ihrer Meinung nach dort erst so richtig weh tat, und die Witwe von sieben Gatten, die mir alle sagten, daß mich zwanzig Stumpen am Tag noch früh ins Grab bringen würden.

»Und wo geht's als nächstes hin, Kassandra?«

Ich zeige ihm die mit roten Kreuzchen markierten Orte auf der Karte, doch die Namen der Dörfer sagen ihm nichts. Dann hören wir plötzlich den Galopp des Zentauren von draußen. Ich erhebe mich geschwind und werfe einen Blick aus dem Fenster; ich lächle, winke, richte mir das Haar. Er wird rot vor Eifersucht. Er protestiert.

»Aber untenrum ist er doch ein Tier, Kassandra!«

Ich seufze. »Wenn doch bloß jeder Mann so wäre, Kleiner.«

Die Wagen sind zur Abreise bereit.

»Ich liebe dich, Kassandra.«

»Geh heim, Kleiner. Deine Mama wartet schon.«

»Ich will mit dir kommen, Kassandra.«

»Geh nach Hause.«

Er trampelt auf meinen unbezahlbaren chinesischen Samtkissen herum. Er droht, sich mit meiner Federboa zu strangulieren, wenn er erst meine Perücken verbrannt hat, er versucht, meine Lapislazulikette zu verschlucken, nur daß die Steine zu groß für seine Kehle sind, und so kippt er statt dessen die Goldlösung aus dem Fläschchen auf meiner Frisierkommode. Aber es ist ja bloß verdünnter Thymianhonig.

»Weine nicht, Kleiner.«

»Zeig mir wenigstens noch mal deine Tätowierungen. Ein letztes Mal.«

Aber ich antworte nicht.

»Bitte, laß sie mich noch einmal anfassen, Kassandra.«

Doch die berühmte Kassandra, die Große, die Göttliche, ist verschwunden.

Heilung der Lahmen

Am Sonntagmorgen verkündete Pater Gerasimo von der Kanzel herab, daß die Abendandacht aufgrund der Vorbereitungen für den kommenden Tag nicht stattfinden würde und daß diejenigen, die den Herrn preisen wollten, dies genausogut zu Hause tun könnten. Dann verließ er vor allen anderen die Kirche und eilte, von leiser Panik erfüllt, zum Dorfplatz, um sich einmal mehr um die dort aufgebaute Plattform zu kümmern. Morgen würde Seine Exzellenz der Bischof das Dorf zum ersten Mal überhaupt mit seinem Besuch beehren, und Pater Gerasimo hatte versprechen müssen, daß er eine Rednerbühne vorfinden würde, wenn seine Wagenkolonne außerplanmäßig durch das Dorf kam.

»Es waren langwierige Verhandlungen«, sagte der Priester stolz, nachdem er die Neuigkeiten bekanntgegeben hatte. »Aber mit Gottes Hilfe ist die Sache dann doch gediehen.«

Monatelang hatte Pater Gerasimo dem Sekretär des Bischofs wieder und wieder mit seinem Anliegen in den Ohren gehangen. Der Mann am anderen Ende des Telefons hatte sich zerstreut über den silbernen Schnäuzer gestrichen und gegrübelt. Wenn auch nicht über des Priesters Ansinnen: Pater Gerasimo rief nämlich offenbar immer dann an, wenn er gerade Backgammon mit dem Diakon spielte, der einen Teil seiner Ausbildung in der Dienststelle der Diözese absolvierte.

»Vergessen Sie's, Priester«, hatte der Sekretär des Bischofs bei einem ihrer ersten Telefonate gesagt und dann die Würfel geküßt, um gleich darauf tatsächlich eine vorentscheidende Zwölf zu erzielen. »Wie gesagt, diese Ziegenställe, in denen euer Pöbel wohnt, liegen nicht auf unserer Route.«

»Wir bedürfen dringend des Segens Seiner Exzellenz. Meinen Berechnungen zufolge ist das Dorf sonst dem Untergang geweiht.«

»Die Straße durch das Tal ist nicht für unsere Wagen geeignet«, sagte der Sekretär. »Seine Exzellenz fährt keinen Traktor, Priester.«

Pater Gerasimo strich sich nachdenklich über den Bart.

»Der Busfahrer hat herausgefunden, daß man von vielen Schlaglöchern verschont bleibt, wenn man die Gebete des heiligen Timotheus spricht«, sagte er.

Beim sechzehnten Anruf hatte er den Sekretär schließlich überzeugt. Am Sonntag darauf hatte er die Neuigkeiten den versammelten Mitgliedern seiner Gemeinde verkündet und diese gebeten, ihm dabei zu helfen, dem Bischof einen würdigen Empfang zu bereiten. Sie hatten nur mit den Schultern gezuckt.

»Wieso sollten wir dabei helfen, Pater?«

Der Priester hob die Hand und wies zur Kuppel hinauf.

»Weil der Herr es zu schätzen wissen wird.«

»Das reicht uns nicht, Priester.«

»Was wollt ihr denn noch?« fragte er streng.

»Wir wollen, daß endlich etwas für unser Dorf getan wird, Pater.«

»Das kommt überhaupt nicht in Frage.«

»Dann werden Sie die Willkommensfahne allein schwenken müssen, Pater.«

Der Priester erkannte bald, daß ihm keine Wahl blieb.

»Geben Sie uns Ihr Ehrenwort, Pater?«

Pater Gerasimo hob den Blick zum Allmächtigen.

»Vergib mir«, sagte er, einen Seufzer der Niederlage auf den Lippen. »Um deiner Herrlichkeit willen habe ich mich zum Schachern verleiten lassen.« Er sah abermals auf die Versammelten hinab. »Ja. Ich gebe euch mein Wort.«

Die Kirche lag direkt am Dorfplatz. Am Tag zuvor waren alle Häuser in Erwartung des hohen Besuchs frisch getüncht worden. Als Pater Gerasimo durch das Portal auf den Kirchhof trat, bemerkte er ein paar Kinder, die dort herumlungerten und mit einem Eisenrohr herumfuchtelten. Er warf ihnen einen barschen

Blick zu und ging weiter. Mitten auf dem Platz befand sich die eilig errichtete, auf hölzernen Pfählen ruhende Plattform. Pater Gerasimo kam gleich etwas merkwürdig vor, doch erst beim Nähertreten bemerkte er, daß das zu dem Ofen auf der Plattform gehörende Abzugsrohr verschwunden war. Es handelte sich um seinen eigenen schmiedeeisernen Ofen, den er höchstpersönlich von seinem Häuschen hierhergeschleppt hatte, nachdem er unterrichtet worden war, daß seine Exzellenz auf Kälte ganz besonders empfindlich reagierte. Die Folge war, daß er die letzte Nacht in seinem Meßgewand, dem Chormantel und seiner Stola geschlafen hatte, um sich in seinen bitterkalten vier Wänden einigermaßen warm zu halten. Er raffte seine Soutane und steckte sie sich in den Gürtel, ehe er die Plattform erklomm. Er schnaubte und sagte: »Wenn ich die Ratten bloß in die Finger kriegen könnte!« Er strich sich über den langen weißen Bart, wobei er diverse Essensreste entdeckte, ohne sich erinnern zu können, wann er diese Mahlzeiten zu sich genommen haben sollte. »Ohne Ofenrohr bin ich aufgeschmissen«, murmelte er zu sich selbst. »Wenn Seine Exzellenz plötzlich Rauch ins Gesicht bekommt, denken alle, er sei der Bischof von Abessinien.«

Er verschwendete keine Zeit und begann sofort mit der Arbeit. Er hatte beschlossen, die Rednerbühne in den Farben der Nationalflagge zu streichen; den Boden und das Geländer weiß, den Rest blau. Geduldig trieb er die hervorstehenden Nägel ins Holz, fegte die Bretter und besserte die Löcher im Holz mit Mörtel aus, bevor er die Farbeimer öffnete, die er in der Kreisstadt gekauft hatte. Im selben Augenblick sah er, daß er statt weißer und blauer Farbe dreißig Liter reinsten Rots erworben hatte.

»Eines Tages, Farbenhändler«, sagte er laut, »werden du und deine kommunistischen Freunde in den Kesseln der Hölle sieden.«

Aber er konnte absolut nichts unternehmen. Morgen früh würde der Bischof kommen. Er tauchte den breiten Pinsel in den Eimer und begann mit dem Streichen.

Er war hier geboren und hatte sein gesamtes Leben mit Ausnahme der Zeit am Priesterseminar im Dorf verbracht. Und auf dem Friedhof im Tal wollte er begraben werden, neben seiner Frau, mit der er zwanzig Jahre lang ein inniges, wenn auch kinderloses Dasein geführt hatte. Nun ernährte er sich von Brot, Wein und Bohnen, deren explosive Natur ihn auf immer zum Alleinsein verurteilte. Das nagende Gefühl seiner Einsamkeit wurde nur noch von der Enttäuschung übertroffen, die er empfand, während er hilflos zusehen mußte, wie das Dorf der ewigen Verdammnis entgegenstrebte.

Vergeblich hatte er versucht, aus seinen Schäfchen gute Christen zu machen. Er hatte inbrünstig gepredigt und immer wieder darauf hingewiesen, daß das kürzlich über sie gekommene Erdbeben lediglich eine Ermahnung des Allgewaltigen war, der noch weitaus größere Katastrophen folgen würden, wenn sie die Warnung weiterhin in den Wind schlugen. Und wenn er dann von der Kanzel sah, erblickte er seine Gemeinde, die all dies mit einem Nicken abtat und nur darauf wartete, daß der Sermon endlich zu Ende ging. Obwohl er die Messe nur sonntags hielt, wäre so gut wie keiner erschienen, wenn Pater Gerasimo nicht auf die Idee gekommen wäre, unmittelbar nach dem heiligen Abendmahl eine Tombola zu veranstalten.

Bei sich zu Hause hatte er eine Reihe von Einmachgläsern aufgestellt, auf denen sich die Namen seiner Schäfchen – Männer, Frauen und Kinder – befanden und die er, wenn jemand eine Sünde begangen hatte, mit einer bestimmten Anzahl Bohnen zu füllen pflegte, die sich nach der Schwere des Vergehens richtete. Die meisten der Gläser – selbst die der Kinder – waren randvoll; sein eigenes war leer. Nach dem Erdbeben hatte er sich mit der Bibel, einem Buch über Erdmessung, zwei Kompassen und einem Rechenschieber zu Hause eingeschlossen und war eine ganze Woche lang nicht in der Öffentlichkeit gesichtet worden.

»Meinen Berechnungen zufolge«, hatte er die Mitglieder seiner Gemeinde anschließend gewarnt, »wird dieses Dorf in zwei Jahren, fünf Monaten und elf Tagen untergehen, wenn ihr von nun an nicht endlich Reue zeigt.«

Dann hatte er ein Schild an das Kirchenportal genagelt: DIE WELT GEHT IN — TAGEN UNTER. Die Zahl aktualisierte er jeden Morgen, während er dabei jedesmal tief verzweifelt den Kopf schüttelte. Der Besuch des Bischofs war die letzte Hoffnung für die Dorfbewohner.

Pater Gerasimo legte den Pinsel beiseite, rieb sich das Kreuz und inspizierte seine Arbeit. Die rote Plattform glänzte im Zwielicht der Dämmerung, und er fragte sich, wenn auch ein wenig verspätet, ob es wirklich die richtige Entscheidung gewesen war, die rote Farbe zu benutzen. Mit einer wegwerfenden Geste machte er sich nach Hause auf, während die Sonne hinter den Bergen verschwand und die Laternen angingen. Der Fortschritt war quentchenweise im Dorf angekommen. Pioniertruppen hatten Leitungen gelegt; nun besaß jedes Haus Steckdosen, und der Dorfplatz war rundum von Laternen erleuchtet. Ein Starkstromkabel schlängelte sich durch das Dorf und endete hinter dem Drahtzaun einer Transformatorenstation unten im Tal. Im Rathaus war eine Telefonleitung installiert worden. Dann hatte der erste Fernseher Einzug im Dorf gehalten; der Besitzer des Cafés hatte ihn angeschafft, ebenso wie den gebrauchten Kühlschrank, der eine Woche später kaputtgegangen war und in dem seither die Zeitschriften aufbewahrt wurden. Pater Gerasimo warf einen Blick zum Himmel und betrachtete die Sterne. Er kam zu dem Schluß, daß es morgen kalt, aber trocken sein würde.

Weil sich mehr Leute in der Taverne aufhielten, als Stühle vorhanden waren, hatte man ein paar zusätzliche Sitzgelegenheiten aus der Kirche geholt. Der Tavernenwirt pinselte gerade seine Initialen auf die Lehne eines Stuhls, als Pater Gerasimo hereinkam.

»Was machst du denn da?« fragte er barsch.

Der Tavernenwirt wandte sich erschrocken um.

»Nichts. Ich sorge bloß dafür, daß wir unser Eigentum nicht verwechseln, Pater.«

Pater Gerasimo griff nach dem Stuhl und drehte ihn um. Unter dem Sitz befand sich der Kirchenstempel.

»Darüber sprechen wir noch, aber erst nach dem Besuch des Bischofs«, sagte er.

Bald war das Lokal proppenvoll. Alle waren da, auch Alexandros der Lahme, der, eine Wolldecke auf dem Schoß, in dem Rollstuhl saß, den sein Bruder aus alten Fahrradteilen zusammengebaut hatte. Der Rollstuhl hatte vier Räder mit soliden Gummireifen und verbogenen Speichen; ungefähr in Brusthöhe befanden sich eine Gummihupe und eine Messingklingel. Prompt wurde die Versammlung eröffnet.

»Wie ihr alle wißt«, sagte der Priester, »kommt morgen der Bischof zu uns ins Dorf. Ich werde gleich die Willkommensfeierlichkeiten erläutern und bitte um strikte Aufmerksamkeit. Anschließend könnt ihr mir dann wie vereinbart sagen, welche Bitten ihr an Seine Exzellenz richten wollt. Ich werde eure Wünsche notieren und sie ihm überbringen, da er nur eine Stunde bei uns weilen wird.«

Pater Gerasimo tat kund, daß er den morgigen Tag zum Feiertag erklärt habe, damit auch alle an dem festlichen Anlaß teilnehmen konnten. Es war eine bedeutungslose Geste. Die Dorfbewohner waren Bauern und arbeiteten an Feiertagen genauso wie sonst auch. Diesmal jedoch hatten sie keine Einwände dagegen, sich den Tag frei zu nehmen, teils wegen des Priesters Zusicherung, ihre Anliegen an den Bischof weiterzuleiten, aber auch, weil er ihnen einen Festschmaus im Anschluß an den Besuch Seiner Exzellenz versprochen hatte. Als die Rede auf letzteres kam, bemerkte Dr. Panteleon, ein guter Arzt, wenn auch ohne Doktortitel: »Morgen wird Pater Gerasimo Wasser in Wein verwandeln.«

»Das Rezept würde unser Wirt auch ganz gern in die Finger kriegen«, fügte ein anderer hinzu.

Pater Gerasimo schlug mit der Faust auf den Tisch.

»Ruhe jetzt, ihr unersättlichen Fresser und Süffel! Das Fest wird nicht zum Besäufnis ausarten! Ich werde lediglich ein wenig Meßwein spendieren, um den Besuch seiner Exzellenz zu würdigen.«

Alle nickten zufrieden.

»Wo wir gerade von Sündern reden«, sagte der Doktor. »Gestern hat mich eine Witwe aufgesucht, um sich wieder einmal Klistiere verschreiben zu lassen, und ...«

»Ich dachte, Sie wären an den hippokratischen Eid gebunden, Doktor«, unterbrach ihn der Priester.

Der Arzt zuckte mit den Schultern.

»Das gilt nur, wenn ich auch für meine Arbeit bezahlt werde. Sie wissen genau, daß ich von Witwen kein Geld nehme, Pater.«

Pater Gerasimo spürte wieder einmal, daß er zum Scheitern verurteilt war.

»Dieses Dorf ist bevölkert von lauter Heiden«, sagte er. »Im Grunde kann ich mich glücklich schätzen, daß keiner von euch je zur Beichte erscheint. Selbst wenn ihr morgen damit anfangen würdet, wäre ich an Altersschwäche gestorben, ehe ich euch von euren Sünden losgesprochen hätte.«

Im letzten Jahr waren, abgesehen von Alexandros dem Lahmen, dessen einst so aufschlußreiche Ausführungen inzwischen nur noch aus dem immergleichen, weitschweifigen Geschwätz bestanden, lediglich zwei junge Aushilfsknechte zur Beichte gekommen, die ihre spezielle Sünde der Einsamkeit des Tals zugeschrieben hatten. Er hatte ihnen vergeben, aber erst, nachdem er ihnen mit aller Schärfe die Gefahren der Perversion aufgezeigt hatte. Desungeachtet bestand die Wahrheit darin, daß er ihnen aus tiefstem Herzen dankbar gewesen war; ihre Beichte hatte ihm das Gefühl zurückgegeben, daß sein Tun einen Sinn hatte. Und an jenem Tag hatte er vor dem Altar geschworen, seine Gemeinde zu retten, selbst wenn dies bedeuten sollte, daß er sich dabei selbst opfern mußte.

Als schließlich die Einzelheiten betreffs des bischöflichen Besuchs geklärt waren, griff Pater Gerasimo nach Papier und Bleistift und wartete darauf, die persönlichen Anliegen der Dorfbewohner zu hören, die er Seiner Exzellenz vorlegen wollte. Jemand bemerkte, daß der Bischof der erste offizielle Vertreter der Kirche war, der dem Dorf seinen Besuch abstattete, seit damals jener Geistliche hier im Dorf Unterschlupf gesucht hatte, der, wie alle wußten, ein Kollaborateur gewesen war. Eine hitzige Debatte brach in der Taverne aus.

»Theoretisch war er ein Verräter«, räumte Pater Gerasimo ein. »Aber vergeßt nicht, daß wir ihm die Kirche zu verdanken haben. Vorher wurde die Messe in einem Ziegenstall gehalten.«

»Trotzdem hätte man die Kirche nicht nach St. Timotheus dem Bombardierten benennen müssen«, sagte der Doktor.

Als er sich in einem Graben verkroch, während ein Hurricane-Kampfflieger seinen deutschen Begleiter niedermähte, hatte der Priester – sein Name war Timotheus – Gott alles nur eben Mögliche gelobt, wenn er seine schützende Hand über ihn hielt und ihn in das kleine Dorf im Tal gelangen ließ. Gott stand ihm bei, und als der Priester wieder in die Kreisstadt zurückgekehrt war, hatte er sein Versprechen wahrgemacht. (Bei Kriegsende war derselbe Geistliche in die Fänge von Partisanen geraten. Während er mit einer festen Schlinge um den Hals auf einem Barhocker stand, hatte er ein ähnliches Gelöbnis getan, doch diesmal hatte Gott ihm kein Gehör geschenkt.)

Pater Gerasimo ignorierte den Doktor und begann zu schreiben. Die meisten Dorfbewohner wollten einen neuen Brunnen, da die Giftbrühe aus der alten Zisterne ihnen übel auf den Magen schlug. Der Cafébesitzer sagte, er hätte einen gewissen Betrag für einen neuen Kühlschrank übrig, der Händler in der Stadt aber wolle ums Verrecken nicht mit dem Preis heruntergehen. Und schließlich trat die Näherin Maroula, eine junge Frau, die als Kind mit einer Strohpuppe und einer pedalbetriebenen Nähmaschine im Dorf aufgetaucht war, auf Pater Gerasimo zu. Sie sah ihn mit traurigen Augen an und sagte: »Ich wüßte so gern, welchen Familiennamen ich trage.«

Zwanzig Jahre zuvor war sie im Dorf eingetroffen, in einem Taxi, das auch ihre einzige Habe transportierte: die Nähmaschine und besagte Puppe eben. Die Dorfbewohner versammelten sich auf dem Platz und fragten, woher das Mädchen kam. Der Taxifahrer zuckte mit den Schultern. »Ich weiß bloß, daß sie Maroula heißt.« Er weigerte sich zu sagen, wer die Frau war, die das Fahrgeld bezahlt hatte, und fuhr postwendend wieder ab. Jahre später, als Maroula nach ihm gesucht hatte, war ihr ein namenloses Kreuz auf einem weit entlegenen Friedhof gezeigt worden, der sich an einer Steilküste befand, die irgendwann von den Gezeiten weggespült werden würde. Pater Gerasimo nickte mitfühlend und notierte auch ihr Begehr, wenngleich er sie darauf hinwies, daß ihr Wunsch auch mit Hilfe des Bischofs nur schwer zu erfüllen sein würde und daß sie weiter auf Gott vertrauen solle.

»Denn was immer auch passieren mag, vergiß nicht, daß der Allmächtige dein wahrer Vater ist, jenseits der Bande von Mann und Frau«, sagte er zu Maroula. »Und der Herr wird sich auch weiterhin deiner annehmen.«

»Komisch«, murmelte der Doktor. »Als sie hier ankam und zitterte wie ein Matrose mit Skorbut, mußten wir sie selber wieder aufpäppeln.«

Pater Gerasimo hob den Kopf, bereit, ihm die richtige Antwort auf seinen Spott zu geben, als ihm plötzlich das Gesicht des Schlachters ins Blickfeld geriet.

»Und was kann der Bischof für dich tun?« fragte der Priester müde.

Der Mann beugte sich vor.

»Es geht um eine persönliche Angelegenheit, Pater«, flüsterte er.

»Fahre fort.«

»Ich bin letzten Monat Vierzig geworden.«

»Herzlichen Glückwunsch nachträglich. Mit der modernen Medizin wirst du wahrscheinlich hundert Jahre alt.«

»Und ich bin immer noch Junggeselle.«

Pater Gerasimo ließ seine Hand auf den Tisch niedersausen.

»Für wen hältst du den Bischof? Für einen Heiratsvermittler?«

»Ich frage mich bloß, ob er nicht ein paar Mädchen kennt, die in Frage kämen. Das Aussehen ist mir ziemlich egal, Pater, solange sie noch Jungfrau ist.«

»Vergiß es«, sagte Dr. Panteleon, der hinter ihm aufgetaucht war. »Da ist es heutzutage einfacher, ein Einhorn zu finden.«

Pater Gerasimo nahm das Begehr des Schlachters Punkt für Punkt auf, inklusive seiner politischen Ansichten, früherer Krankheiten und seiner körperlichen Verfassung. Dann zählte er die Gesuche und fügte zuoberst ein weiteres Blatt hinzu, auf dem er um die Restauration der Wandmalereien in der Kirche bat, die durch das Erdbeben stark in Mitleidenschaft gezogen worden waren. Er zögerte einen Augenblick, ehe er *Ein ganz besonderes Anliegen unserer Gemeinde an Eure Exzellenz* unter seine Petition schrieb.

Es war fast Mitternacht, als sich die Versammlung in der Taverne langsam aufzulösen begann. Die Dorfbewohner streckten die Glieder und erhoben sich, um noch eine letzte Zigarette vor dem Nachhauseweg zu rauchen. Plötzlich ließ sie das Tuten einer Hupe herumfahren. Es war Alexandros der Lahme. Sie hatten ihn ganz vergessen in der Annahme, er sei neben dem Petroleumofen eingeschlafen, an den sein Bruder ihn gerückt hatte; doch mit einem Mal war er hellwach, zog sich die Decke von seinem kahlen Schädel und eierte in seinem Rollstuhl an den Tisch, wo der Priester saß.

»Ihr Bischof und Ihr Gott sind keinen Heller wert, Priester«, sagte er laut, »wenn sie nicht imstande sind, den Kranken zu helfen.«

Alexandros war in jungen Jahren mit einem leeren Seesack über der Schulter nach Amerika ausgewandert, und fünfzig Jahre lang hatte niemand mehr etwas von ihm gehört. Eines Samstagmorgens schließlich waren die Dorfbewohner aufgewacht und hatten auf dem Dorfplatz einen alten Mann in einem Rollstuhl vorgefunden, neben dem ein ausgedienter alter Seesack lag. Alexandros hatte nie erklärt, weshalb er Amerika wieder verlassen oder was dazu geführt hatte, daß seine Beine ihm den Dienst versagten. Als jemand den Seesack aufgehoben hatte, waren einige fette Bündel mit Hundert-Dollar-Noten herausgefallen. Alexandros war bei seiner Schwester und seinem Schwager eingezogen, und nach einer Weile hatten die Dorfbewohner das Interesse an ihm verloren. Alexandros der Lahme, wie er seither genannt wurde, hatte sich selten sehen lassen und das Haus seiner Schwester nur noch verlassen, um sich in seinem Rollstuhl zur Beichte zu begeben. Der einzige, der über seine Vergangenheit Bescheid wußte, war Pater Gerasimo. Nun, in der Taverne, hob der Priester den Blick.

»Spar dir deine blasphemischen Reden, Alexandros«, sagte er leise.

»Ich will wieder gehen können, verdammt noch mal!«

Und aus ebendiesem Grund gesellte sich Alexandros am nächsten Tag zu den anderen, die sich auf dem Dorfplatz versammelt hatten. Er saß, frisch rasiert, in seinem Rollstuhl, angetan mit seinem einzigen Anzug und einer von seinem Schwager ausgeliehenen Krawatte. Wie von Pater Gerasimo vorausgesehen, war es trocken, wenn auch etwas windig an diesem Morgen. Sie standen da und warteten, und ein Weilchen später erschien eine Staubwolke am Horizont. Aufgrund des Straßenzustands dauerte es eine weitere Stunde, bis die Autokolonne endlich eintraf. Doch als die Wagen auf dem Dorfplatz ankamen, erwartete die Dorfbewohner eine geradezu monumentale Enttäuschung.

Dafür war nicht allein die Tatsache verantwortlich, daß es sich bei der Autokolonne um eine Prozession von rostigen, knatternden Wagen in ganz und gar nicht festlichen Farben handelte, sondern vor allem, daß die Limousine des Bischofs – ein anscheinend schwarzes Vehikel, auch wenn das wegen der dicken Staubschicht niemand richtig erkennen konnte – ganz offensichtlich ein zweckentfremdeter Leichenwagen mit extra eingebautem Rücksitz war. Die Dorfbewohner wußten es im selben Moment, als sich die Tür öffnete und der matte Gestank des Todes an ihre Nasen drang. Zuerst stiegen die Assistenten des Bischofs aus, und dann ertönte aus dem dunklen Innern der Limousine die geräderte Stimme des Bischofs: »Meine Gedärme sind Hackfleisch. Diese Straße hat ja mehr Löcher als der Mond.« Sein Atem klang wie eine Luftpumpe. Pater Gerasimo blickte ihn an, wie er einen Sonnenuntergang betrachtet hätte. Offenbar stimmten die Gerüchte, daß der Bischof todkrank war. Gleichwohl küßte der Priester die Hand seines Vorgesetzten und half ihm aus dem Wagen.

»Die Straße wurde zuletzt von den Römern gepflastert, Exzellenz«, entschuldigte sich Pater Gerasimo. »Unser Bürgermeister ist nicht nur ein unverbesserlicher Atheist, sondern auch ein absolut unbrauchbarer Politiker.«

Das Gewand des Bischofs entschädigte die Umstehenden für den desolaten Eindruck seiner Wagenkolonne. Er trug eine golddurchwirkte Stola mit Stickereiarbeiten, die die zwölf Apostel darstellten, einen reichverzierten seidenen Vespermantel und ein Kreuz mit großen Rubinen um den Hals; in der Hand hielt er einen schweren Hirtenstab. Am beeindruckendsten jedoch war seine antike goldene Mitra, die zu Zeiten der Ottomanen ein gottesfürchtiger und reaktionsschneller Christenmensch gerettet hatte, als der Kopf eines Vorgängers des Bischofs die Stufen einer Kathedrale hinabgerollt war.

Eine Gruppe Kinder in ihrem Sonntagsstaat überreichte dem Bischof Blumen und sang die Nationalhymne, begleitet von einem Glockenspiel. Sie hatten gerade auf Geheiß des Priesters das zweite Lied angestimmt, als der Bischof die Hand hob und ihnen Einhalt gebot.

»Ich werde in Kürze noch genug von den Engeln zu hören bekommen«, sagte er. »Herzlichen Dank.«

Erst jetzt bemerkte der betagte Bischof die rot gestrichene Rednerbühne.

»Um Himmels willen!« rief er lachend. »Das ist ja die Farbe der Hölle.« Er wandte sich an den Priester und fragte aufgeräumt: »Wollten Sie damit etwas Bestimmtes andeuten, Pater?«

Schamrot geworden, senkte Pater Gerasimo den Kopf.

»Es war die einzige vorhandene Farbe, Exzellenz.«

Gefolgt von seinen Begleitern, erklomm der Bischof die Plattform. Er stellte sich neben den bullernden Ofen und ließ seinen Blick über die Versammelten schweifen, bis alle still waren; dann räusperte er sich und begann mit dem Gottesdienst. Selbst Dr. Panteleon ertappte sich peinlich berührt dabei, wie er die Psalmen mitsummte, die er einst in der Sonntagsschule gelernt hatte. Am Ende der Andacht hob der Bischof den Abendmahlskelch zum Segen und fragte, wo denn der Lahme sei.

Sie bildeten eine Gasse und ließen Alexandros hindurch. Er zog eine ziemlich betretene Miene. Den Kelch in den Händen, stieg der Bischof die Plattform herab und blieb vor ihm stehen. Er bekreuzigte sich und sagte leise: »Trink, mein Sohn.«

Es herrschte völlige Stille. Dann zog Alexandros der Lahme die Handbremse seines Rollstuhls an, setzte nacheinander langsam die Füße auf den Boden, sträubte sich gegen seinen Bruder, der ihm helfen wollte, und stand auf. Den Dorfbewohnern blieb die Spucke weg. Dann begann Pater Gerasimo zu klatschen. Die anderen Versammelten stimmten mit ein, und bald war eine ausgelassene Feier im Gange.

Für die Dorfbewohner war erwiesen, daß hier ein Wunder geschehen war. Für Pater Gerasimo war es die Erfüllung eines Schwurs. Die Mitglieder seiner Gemeinde hatten sich in leidenschaftliche Gläubige verwandelt. Diejenigen, die ein Instrument spielen konnten, liefen nach Hause und kehrten mit ihren Gitarren, ihren Klarinetten, ihren Fiedeln zurück, und einer brachte sogar seine Tuba mit, doch weil er seit zwanzig Jahren nicht darauf gespielt hatte, waren die Ventile verstopft. Dann fingen alle auf einmal zu spielen an, erzeugten einen geradezu infernalischen Lärm, während die übrigen Dorfbewohner (mit Ausnahme des Doktors) herbeieilten, um die Hand des Bischofs zu küssen, ihre Köpfe senkten und ihn anflehten, sie von Arthritis und Lungenpfeifen – das Rauchen seit der Wiege hatte so manche Lungen in

Teerklumpen verwandelt – zu heilen, oder, noch besser, ihnen gleich einen Blankoscheck in Sachen Gesundheit auszustellen.

Doch hatte der Bischof keine Zeit mehr. Pater Gerasimo ging ihm voran durch die Menge, ehe Seine Exzellenz wieder in die Limousine stieg. Dann folgten ihm seine Assistenten, und die jämmerliche Autokolonne fuhr ab. Hinter ihnen winkten und jubelten die schnellstbekehrtesten Zweifler der Welt, riefen Abschiedsgrüße, die sich im Wind verloren, und beglückwünschten Alexandros den Geheilten zu seiner ehernen Glaubensstärke. Pater Gerasimo setzte sich neben Alexandros und kostete den Meßwein unter dem großen Transparent, mit dem Seine Exzellenz willkommen geheißen worden war.

»Sie und der Bischof werden in der Hölle schmoren, Priester«, murmelte Alexandros. »Ihr seid schlimmer als die Mafia.« Er warf einen sehnsüchtigen Blick zu seinem Rollstuhl hinüber, der in eine Ecke geschoben worden war. »Ich hätte Ihnen niemals meine Geheimnisse beichten dürfen! Nie hätte ich das geglaubt! Daß Sie mich erpressen, damit ich bei Ihrem Wunderklamauk mitmache!«

Pater Gerasimo sah ihn an und lächelte großmütig. Es war der glücklichste Tag in seinem Leben.

»Ich habe dich von deinen Sünden freigesprochen, Alexandros. Und du hast mir im Gegenzug geholfen, die armen Seelen hier zu retten.« Er hob die Hand über die Augen und sah der Staubwolke der Wagenkolonne hinterher, die sich in der Ferne verlor. »Davon abgesehen sollte ein kerngesunder Mann seine Zeit nicht im Rollstuhl verbringen. Trägheit ist ebenfalls eine Sünde.«

Alexandros spuckte angewidert aus.

»Darum ging es doch gar nicht«, protestierte er. »Ich hab's doch nur getan, damit sich endlich jemand um mich kümmert.«

Bald waren die dunklen Umrisse der Autokolonne hinter dem Horizont verschwunden, während Seine Exzellenz der Bischof, seine Diakone, die Stellvertreter der Diakone, seine Weihrauchträger, seine Meßdiener und seine Sekretäre dem nächsten Ziel ihrer Reise entgegenstrebten.

»Vertraue auf Gott, mein Sohn«, sagte der Priester. »Die Früchte unserer Mühen ernten wir im nächsten Leben.«

Trotz des hellen Sonnenscheins war es ein kalter Tag. Er rieb sich die Hände und steckte sie in die Taschen seiner Soutane, um sie zu wärmen. Und in diesem Augenblick fiel ihm wie Schuppen von den Augen, daß er nach wie vor das Gesuch um die Restauration der Wandmalereien in der Gemeindekirche des heiligen Timotheus bei sich trug, ebenso wie die Bittschrift für den neuen Brunnen, den Brief wegen des Kühlschranks, den anderen Brief mit der Anfrage eines Waisenkindes, ebenso wie den selbstadressierten Briefumschlag des Schlachters, den er mit einer Liste tugendhafter und heiratsfähiger Frauen der Gegend wiederzuerhalten hoffte.

»Sei's drum«, sagte Pater Gerasimo schulterzuckend.

Medizinerethos

Dr. Panteleon hatte gerade mit dem Kreuzworträtsel angefangen, als seine Sprechstundenhilfe hereinkam. Er hatte den ganzen Morgen nach seiner Brille gesucht, ohne sie jedoch finden zu können, so daß er schließlich die Lupe zu Hilfe nehmen mußte. Als er die Tür knarren hörte, sah er auf.

»›Verstümmelter‹«, sagte er. »Sieben Buchstaben.«

Er näherte sich dem Ende einer Laufbahn, die sich über vierzig Jahre erstreckt und ihm durchaus Freude bereitet, wenn auch nur wenig Geld eingebracht hatte. Er war Arzt in einem Dorf, in dem die Leute nur selten krank wurden, weil sie sich von einer Diät aus Löwenzahn und Olivenöl ernährten. Dieses Phänomen war in einer epidemiologischen Studie dokumentiert, die Dr. Panteleon vor mehr als dreißig Jahren erarbeitet hatte, eine Untersuchung, die seitdem in seiner Schublade lag, nachdem sie von allen medizinischen Fachblättern im Land mit der Begründung abgelehnt worden war, daß seine Statistiken nicht repräsentativ seien.

»Kastrat«, erwiderte die Sprechstundenhilfe. Dann fügte sie hinzu: »Sie haben einen Patienten, Herr Doktor.«

Der Doktor füllte die Kästchen unter dem Vergrößerungsglas aus. »Bringen Sie ihn herein.«

»Es ist kein ›Er‹«, berichtigte ihn die Sprechstundenhilfe.

»Wenn es ein Schaf ist, rufen Sie den Tierarzt an«, sagte der Doktor gereizt.

Es war eine Patientin – ein Mädchen, dem er vor zwei Jahren den Blinddarm entfernt hatte. Weil er sich in seinem Studium auf keine bestimmte Richtung spezialisiert hatte, war Dr. Panteleon kein ausgebildeter Chirurg. Da aber die einzige Straße zur Kreisstadt, wo sich das einzige Krankenhaus der Gegend befand, häufig von Erdrutschen verschüttet wurde, nahm er Operationen des öfteren selbst vor, mit Unterstützung seiner Sprechstundenhilfe und eines illustrierten Handbuchs, das er sich per Post hatte kommen lassen.

Die Operation war kompliziert gewesen. Die Mutter des Mädchens hatte die Symptome mißdeutet und die Ängste ihrer Tochter zu zerstreuen versucht, als sie über Krämpfe und Fieber geklagt hatte.

»Bald, mein Kind«, hatte sie verständnisvoll gesagt, »wirst du dir wünschen, daß das alles an Unannehmlichkeiten ist, die man als Frau so hinnehmen muß.«

Ihre Worte ängstigten die Kleine noch mehr, und obendrein schämte sie sich so, daß sie eine weitere Woche nicht mehr den Mund aufmachte. Als dann Erbrechen und Durchfall ihr Zimmer über Nacht in einen übelriechenden Morast verwandelt hatten, reagierte ihr Stiefvater – ein hartherziger Mann, dessen liebster Zeitvertreib darin bestand, Sperlinge zu fangen und an seine Katze zu verfüttern – dergestalt, daß er ihr Bett auf die Veranda schob, damit er in Ruhe schlafen konnte. Als der Doktor schließlich doch noch gerufen worden war, hatte die Kleine kurz vor einem Blinddarmdurchbruch gestanden.

Dr. Panteleon legte das Vergrößerungsglas beiseite. Er sah das Mädchen an wie ein Bildhauer, der ein fertiggestelltes Werk begutachtet. Sie war größer geworden. Ihre ausgeprägten Wangenknochen und die an der Brust eng sitzende, sonst locker herabfallende Bluse waren eindeutige Anzeichen, daß sie langsam erwachsen wurde. An ihr damaliges Mißgeschick erinnerte nur noch ein leichter Gelbstich in ihren Augen, wie man ihn zuweilen auch auf der Glasur alter Kaffeetassen erblickte. Der Doktor war hocherfreut – auch wenn ihn das Leben auf dem Land gelehrt hatte, sich sprachlich schlicht und knapp zu halten. »Gut siehst du aus«, sagte er.

Das Mädchen reagierte nicht. Sie blieb einfach stehen und betrachtete eine farbige anatomische Bildtafel, die der Doktor an die Wand geklebt hatte, weil an dieser Stelle der Putz bröckelte. Das Zimmer rief in ihr jenes nüchterne Spannungsgefühl hervor, das man manchmal bei einem Museumsbesuch empfindet. Auf dem Regal hinter dem Schreibtisch des Doktors stand eine Reihe ledergebundener Bücher, deren Titel sie zwar lesen konnte, aber nicht verstand; als Bücherstütze diente ein gelblicher Totenschädel. Zu ihrer Linken, gleich neben der Untersuchungsliege, blinkte das rote Lämpchen des Sterilisationsofens.

»Mein Stiefvater möchte, daß Sie mich untersuchen«, sagte sie.

Der Doktor zuckte mit den Schultern. »Die Operation ist schon lange her. Da brauchst du dir keine Sorgen zu machen.«

»Nein. Er will eine …« Das Mädchen hielt inne und vergegenwärtigte sich noch einmal die Worte, ehe sie weitersprach. »Eine gy-nä-ko-lo-gi-sche Untersuchung.«

Sie sprach so leise, daß sich ihre Stimme wie das Summen einer Schmeißfliege anhörte. Dr. Panteleon verstand kein Wort. Er beugte sich vor. »Was?«

Das Mädchen errötete und wiederholte noch einmal, was ihr Stiefvater für nötig hielt. Dr. Panteleon tat es leid, daß er sie so barsch angesprochen hatte. Ohne weitere Fragen zu stellen, bat er sie, sich frei zu machen, und wusch sich die Hände im Becken in der Zimmerecke. Dann nahm er schweigend die Untersuchung vor, mit kundigen Händen und ausdruckslosem Gesicht, als würde er ein Fahrrad reparieren. Tatsächlich dachte er die ganze Zeit über an das Kreuzworträtsel, das immer noch nicht fertig war.

»Mit dir ist alles in bester Ordnung«, sagte er, während sie sich wieder anzog. »Aber von jetzt an solltest du einmal im Jahr vorbeikommen. Der Turnus hat sich bewährt.«

Dr. Panteleon griff nach einem unbenutzten Pappordner und trug die Untersuchungsergebnisse ein. Das Mädchen stand vor seinem Schreibtisch. »Mein Stiefvater will wissen, ob ich noch Jungfrau bin«, sagte sie.

Der Doktor blickte auf. »Das bist du.«

»Und kann ich auch Kinder bekommen?«

Er legte den Ordner in eine Anrichte mit Glastüren. »Um ganz sicherzugehen, müßte ich dafür eine Urinprobe nehmen. Aber ich glaube, wir können einfach mal davon ausgehen.«

»Mein Stiefvater meint, dann gäbe es auch keinen Grund für Sie, mich nicht heiraten zu wollen.«

Der Doktor untersuchte junge Mädchen so häufig auf Spuren vorehelichen Geschlechtsverkehrs, daß er sich extra Bescheinigungen hatte drucken lassen, die er mit Datum versah, unterschrieb und abstempelte, wenn es sich um eine *virgo intacta* handelte. An die Dokumente pflegte er weitere Unterlagen über den allgemeinen Gesundheitszustand des jeweiligen Mädchens zu heften, anhand derer sich ein künftiger Bräutigam dann eingehend informieren konnte. Mit dieser Praktik verstieß er gegen sein berufliches Ethos; er hatte sich notgedrungen den uralten ungeschriebenen Gesetzen der Bauern unterworfen, als er nach und nach seine Patienten an die durchreisenden Wunderheiler verlor, die Arzneien verkauften, die männliche Nachkommen garantierten, Elixiere gegen jede Form von Krebs und Nesseltinkturen, die gegen Kahlköpfigkeit und andere Übel wirken sollten.

Der Doktor drehte die Kappe auf seinen Federhalter und steckte ihn in den angeschlagenen Becher zu den Bleistiften und Kugelschreibern. Mit einem Seufzer nahm er wieder hinter seinem Schreibtisch Platz.

»Was will dein Stiefvater sonst noch?« fragte er.

»Er sagt, sie sollen ihn gar nicht erst nach einer Mitgift fragen. Sie wären sowieso schon reich genug.«

Der Doktor nickte. Er ließ den Blick durch sein Sprechzimmer schweifen. In der Ecke lehnte ein rechteckiger Konferenztisch an der Wand, den er sich unter den Nagel gerissen hatte, als das Rathaus mit neuen Möbeln ausstaffiert worden war; er hatte die Räder von einer Mistkarre daran montiert und so den Tisch zur Krankenbahre umfunktioniert. Hinter dem Garderobenständer lag eine Kiste mit Holzspielzeug. Am Vortag waren alle Achtjährigen des Dorfs zur Hepatitisimpfung gekommen. Auf einmal kam ihm ein Gedanke, und er ging zu dem Plastikskelett hinüber, das von einem Haken an der Wand hing.

»Da hast du dich also versteckt«, sagte er.

Das Skelett trug seine Brille. Er nahm sie an sich.

»Wie geht's deiner Mutter?« fragte er das Mädchen.

»Ich soll Ihnen schöne Grüße ausrichten. Ihr Rücken ist noch schlimmer geworden. Sie muß sich inzwischen mehr Schmerzmittel als Zucker in den Kaffee tun.«

»Ich gebe dir etwas für sie mit.« Der Doktor stöberte in seinem Medizinschrank, bis er eine große braune Glasflasche gefunden hatte. »Und wie steht's mit deinem Stiefvater?«

»Er hat immer noch Verstopfung. Er sagt, die Medizin taugt nichts, die Sie ihm gegeben haben. Und daß er Sie eines Tages noch umbringen würde.«

Dr. Panteleon setzte einen Trichter auf eine kleine leere Flasche und füllte sie mit dem Pulver aus der anderen. »Vom Herumsitzen und Zeitunglesen werden seine Hämorrhoiden bestimmt nicht besser«, sagte er gleichmütig. Er zog den Trichter wieder heraus und steckte die Korken in die Flaschen. »Er sollte sich nach einer Arbeit umsehen«, fügte er hinzu. »Faulheit können Stuhlzäpfchen jedenfalls nicht kurieren.«

Das Mädchen zuckte mit den Schultern. »Er sagt, daß Sie ihm neue mitbringen sollen, wenn Sie um meine Hand anhalten.«

Dr. Panteleon schrieb etwas auf das Etikett des Fläschchens. »Gib das bitte deiner Mutter«, sagte er.

Sie steckte das Fläschchen wortlos ein. Sie wartete auf eine Antwort. Der Doktor musterte sie.

»Ich kann dich nicht heiraten«, sagte er, während er die große Flasche und den Trichter wegräumte. »Ich bin fast so alt wie dein Großvater. Wir waren zusammen in der Armee.«

Seit dem Augenblick, als sie hereingekommen war, hatte das Mädchen mit einem Bändchen gespielt, das sie zwischen ihren Fingern drehte, doch Dr. Panteleon bemerkte es erst jetzt. Es mochte ein billiges Armband sein oder auch ein Haarband; möglicherweise hatte ihr Stiefvater sie beauftragt, es abzunehmen, damit sie attraktiver aussah. Der Doktor suchte nach seiner Zeitung.

»Abgesehen davon könnte ich bald sterben«, fügte er beiläufig hinzu.

»Meine Mutter sagt, die Männer in unserem Dorf werden älter als Diktatoren.«

»Leider bin ich nicht hier geboren.« Dr. Panteleon setzte sich wieder. Er wandte sich dem Kreuzworträtsel zu und griff nach einem Kugelschreiber. »›Aufstand, Empörung‹«, las er vor. »Sieben Buchstaben. Hast du eine Idee?«

Das Mädchen hob die Schultern. Sie sah den Doktor an, während sie weiter mit dem Band in ihrer Hand spielte.

»R-e-v-o-l-t-e«, sagte der Doktor und schrieb das Wort in die Kästchen. »Das war doch einfach.«

Das Mädchen blickte sich so nervös im Sprechzimmer um, als hätte es eine Porzellanvase zerbrochen. Dr. Panteleon fuhr schweigend mit seinem Kreuzworträtsel fort. Auf einem Tischchen am Fenster lag ein Stapel ausgedienter Magazine, die ihm der Barbier überlassen hatte. Tote Fliegen übersäten die von der Sonne ausgebleichten Zeitschriften. Es war beinahe Mittag, und das Mädchen erinnerte sich, daß sie vor dem Nachhauseweg noch ein paar Besorgungen zu erledigen hatte. Sie räusperte sich.

»Wenn Sie mich schon nicht heiraten wollen, dann könnten Sie mir wenigstens helfen.«

»Womit?«

»Mein Stiefvater sagt, ich soll selbst entscheiden. Sie oder der Schlachter.«

»Hast du etwas gegen den Schlachter?« fragte der Doktor, ohne von seinem Rätsel aufzusehen.

»Er soll mal ein Lamm getötet haben, ohne überhaupt hinzusehen.«

Dr. Panteleon schüttelte den Kopf. »Zumindest ist er jünger als ich.«

»Ich hasse ihn«, erwiderte sie. »Helfen Sie mir.«

Dr. Panteleon tat weiter so, als wäre er mit dem Kreuzworträtsel beschäftigt. Tatsächlich versuchte er sich daran zu erinnern, wann er das letzte Mal mit einer Frau zusammen gewesen war. Es war schon lange her. Jäh kam ihm zu Bewußtsein, daß er sich weder an ihren Namen noch an ihr Gesicht erinnern konnte. Schließlich legte er den Kugelschreiber beiseite und sah das Mädchen an. Kurz verschwamm der Raum vor seinen Augen, als wäre er aus seiner Praxis in das grelle Sonnenlicht getreten. Das Mädchen hatte sich das Haarband eng um die Finger gewickelt.

»Richte deinem Stiefvater aus, daß ich um sieben vorbeikomme«, sagte er.

Das Mädchen zeigte keine Regung. »Vergessen Sie seine Medizin nicht«, erinnerte sie ihn und wandte sich zur Tür.

»Einen Moment«, sagte der Doktor. »Sagen wir lieber um acht.«

Danach saß er eine ganze Weile an seinem Schreibtisch und löste das Rätsel. Dann schickte er die Sprechstundenhilfe heim und zog sich in sein Labor zurück. Dort blieb er bis halb acht, während er ein halbes Dutzend Stuhlzäpfchen präparierte, die doppelt so groß waren wie vorschriftsmäßig angegeben. Abgesehen von den üblichen Bestandteilen enthielten sie auch die Substanz aus einer kleinen Phiole, die der Doktor ganz hinten in einem fest verschlossenen Schränkchen verwahrte und auf der sich ein Aufkleber befand, der einen Totenschädel mit gekreuzten Knochen zeigte. Er gab die Zäpfchen in ein Fläschchen, das er mit einem Wattepfropf verschloß, verstaute das Fläschchen in seiner ledernen Aktentasche mit dem abgewetzten Griff, in der sich auch sein Stethoskop und der Blutdruckmesser befanden, warf einen Blick auf seine Uhr und verließ in aller Seelenruhe die Praxis.

Unsterblichkeit

Plötzlich brach der Wirbelsturm los. Stundenlang sauste er durch das Tal wie ein blindes Pferd, und als sich der Staub gelegt hatte, sahen wir sie. Sie ging am Straßenrand Richtung Dorf, und zuerst glaubten wir, sie sei die Vorbotin eines Wunders, das sich nicht in Worte fassen ließ. Doch als sie die ersten Häuser erreicht hatte, ahnten wir, daß sie wirklich war, da sie in der einen Hand einen offenen Schirm und in der anderen einen Ziegenlederkoffer mit Kupferecken hielt.

»Ihr werdet ewig leben«, sagte sie zu uns.

Sie trug eine Leinenjacke und einen Rock, der vor Beginn des Sturm wohl weiß gewesen war, von Dornengestrüpp zerrissene Nylons, so hoch wir zu sehen wagten, ein Paar gelber Pumps – bei dem einen war der Absatz abgebrochen – und über ihrem linken Auge eine Augenklappe, die ihr das Aussehen einer reumütigen Einsiedlerin verlieh. Sie setzte den Koffer ab.

»Ich hab's nicht geglaubt, was die anderen gesagt haben.« Sie atmete schwer. »Aber das hier ist tatsächlich das Ende der Welt.«

»Sie duften nach Blumen«, sagten wir.

Es war Nachmittag. Eidechsen liefen über die Straße, um sich im Mauerwerk auf der anderen Seite zu verstecken; den Kindern gelang es, eine zu fangen. Ihre Kleidung duftete nach Blumen, ebenso wie ihr Haar; und als wir unsere Nasen an ihre Haut preßten, rochen wir den Duft schon wieder, worauf wir sagten, sie müsse ihn wohl im Blut haben, da jede Pore ihrer Haut ihn zu verströmen schien.

»Das ist Kölnischwasser«, erklärte sie uns.

Sie zeigte uns ein Glasfläschchen mit goldenem Verschluß, das die Form eines Miniaturparthenons hatte, vor dem nackte Mädchen um einen Brunnen tanzten. Sie sagte, daß es Jasminessenz enthielte und daß sie es immer bei sich trug. Am Himmel war nur eine einzige Wolke zu sehen.

»Sie haben bestimmt einen weiten Weg hinter sich.«

»Reifenpanne«, sagte sie und wies ins Blaue. »Etwa eine Stunde von hier.«

Die Kinder spielten mit der Eidechse. Das Tier krümmte sich wie ein Haken, als sie es am Schwanz hochhielten. Wir brachten ihr Goldorangen, doch sie meinte, sie enthielten zuviel Zucker; wir wollten ihr Karuben schenken, doch sie waren ihr zu hart, und als wir sie zu einem Schnaps einladen wollten, sagte sie, Anis würde ihr nur Alpträume bereiten. Sie setzte sich auf ihren Koffer.

»Gebt mir einfach Wasser.«

Aus ihrem Ziegenlederkoffer förderte sie drei lange Stäbe zutage; wir fuhren mit den Fingern über die lackierte Maserung und stimmten überein, daß sich selbst der Eichentisch im Rathaus nicht mit der Qualität dieses Holzes messen lassen konnte. Während sie die drei Stäbe mit der Konzentration eines Juweliers zusammensteckte, tauchten mehr und mehr Neugierige auf, und wir setzten uns und sahen ihr zu, während die Kinder weiter mit der Eidechse spielten.

»Wieso quälen sie das arme Tier?« fragte sie.

»Was ist mit Ihrem Auge passiert?« fragten wir.

Sie nahm einen Apparat aus ihrem Koffer und erklärte uns, daß das Ding vor dem Balg das Objektiv sei; sie zeigte uns den Sucher und das Kabel mit dem Auslöser und erläuterte, daß der schwarze Witwenschleier dazu da sei, daß der Film nicht überbelichtet werde. Sie schraubte die Kamera auf den Dreifuß, und wir lehnten uns an die Mauer, die Hände hinter dem Rücken verschränkt. Ihre Ausrüstung erinnerte uns an das Schattentheater, das wir letztens auf dem Fest zu Ehren unseres Schutzheiligen bewundert hatten. Wir erzählten ihr davon.

»Mein anderes Auge ist hier drin.« Sie tippte auf die Kamera.

Auf hölzernen Spinnenbeinen stand die Kamera vor uns, während ihr Parfüm uns allen das Gefühl gab, urplötzlich an einem weit entfernten, exotischen Ort gelandet zu sein, eine Empfindung, die so stark war, daß die Frauen die Hände vor die Münder hielten, um nicht zu seufzen, und die Kinder vor Heimweh zu weinen anfingen. Stillschweigend kamen wir Männer überein, daß wir überall in der Stadt Jasminsträucher pflanzen würden, sobald wir wieder zu Geld gekommen waren, daß wir sie düngen und wässern würden, bis sie größer als die Akazien waren, auf daß dieser grausame Duft für immer in unseren Lenden brennen konnte.

»Zieht eure Sonntagssachen an«, sagte sie.

An jenem Morgen hatten wir uns bereits mit heißem Wasser und Seife gewaschen; die Frauen hatten sich frisiert und schöngemacht, und anschließend hatten wir unsere Kinder verdroschen, damit sie endlich ihre einzigen Schuhe anzogen, die sie dann auf dem Weg zur Kirche wie Ketten trugen. Es *war* nämlich ein Sonntag. Die Sonne brannte heiß vom Himmel, und die dunklen Zypressen auf dem Kirchhof ragten in die Höhe wie Kandelaber. Wir erröteten. Wir wollten nicht zugeben, daß wir so arm wie Kirchenmäuse waren, daß unsere Stuben drinnen noch verwahrloster aussahen als von draußen, ja, daß sie so vor Schmutz starrten, daß wir erst einmal die Schuhe auf den Türmatten abtraten, ehe wir uns auf die Straße begaben.

»Die haben wir schon an«, murmelten wir schließlich.

»Oh.«

Sie verkündete uns, daß sie Königskrönungen und Fürstenhochzeiten beigewohnt habe und daß sie bei der Ermordung eines Erzherzogs zugegen gewesen sei; einmal habe sie sogar das Glück gehabt, just in dem Moment zur Stelle gewesen zu sein, als ein landendes Luftschiff in Flammen aufgegangen war.

»Was ist ein Luftschiff?« fragten wir.

Es waren wahrhaft unglaubliche Geschichten, die sie uns erzählte, und keiner von uns hatte je von diesen Begebenheiten gehört, doch glaubten wir ihr, da sie mit den Fotoplatten – eingepackt in Leintuch und dickes Seidenpapier – alles beweisen konnte.

»Sind alle da?«

»Außer den Babys.«

»Wer paßt denn auf sie auf?«

»Ihre Großmamas.«

»Sagt ihnen, sie sollen sie herbringen.«

»Ja.«

Wir mußten sie nicht fragen, um zu wissen, daß sie aus der Hauptstadt kam. Wir wußten es, weil unsere Frauen sich schon oft solche Nylonstrümpfe gewünscht hatten, wie sie sie trug, auch wenn wir in der Kreisstadt keine finden konnten, als wir dort nach Geschenken gesucht hatten, damit sie uns vergaben. Die Schneider hatten gesagt, Nylon wäre eine völlig hirnverbrannte Erfindung; wer so etwas verkaufte, würde übermorgen bankrott gehen und sich anschließend sein Erbsengehirn rauspusten, da Nylon ja nun absolut keine Elastizität besäße.

»Aber wo kriegen wir Nylonstrümpfe?« hatten wir trotzdem gefragt.

»Da, wo die Hohlköpfe leben. In der Hauptstadt.«

Wir wollten, daß unsere Frauen uns wegen der Sache mit den Mädchen vergaben, die vor einiger Zeit mit ihrem Wagen durch unser Dorf gekommen waren. Der vierrädrige Karren wurde von zwei struppigen Maultieren gezogen, deren aufgedunsene Bäuche sich aneinander rieben; an der Seite des Karrens stand »Exotische Früchte«. Die Mädchen auf dem Karren streckten uns ihre Beine in die Gesichter, nylonbestrumpfte Beine, die in der Sonne wie Fische an der Angel glitzerten. Unsere Frauen vergaben es uns nie.

Wir schickten die Kinder los, um die Alten und den ganz jungen Nachwuchs zu holen. Wir standen da, und sie zählte uns, stellte uns in Reihen auf, forderte uns auf, unsere Jacken zuzuknöpfen, doch als wir dachten, jetzt würde sie uns jeden Moment knipsen, sagte sie: »Wir brauchen Tische.«

Wenn sie uns aufgetragen hätte, die Grabsteine unserer Vorfahren herbeizubringen, wären wir auch diesem Wunsch sofort nachgekommen; ihre Augenklappe versah sie mit jener unanfechtbaren Autorität, die tollwütige Bestien in zahme Hündchen und einen geifernden Keiler in ein drolliges Schweinchen verwandelt. Wir liefen gleich los, um Tische aus dem Café zu holen.

»Ich hab nicht den ganzen Tag Zeit«, rief sie uns hinterher.

Selbst die Kinder gehorchten ihren Kommandos und stellten

sich schnurgerade nebeneinander auf. Die Jungen hielten mit Stroh ausgestopfte Ochsenblasen in den Händen, mit denen sie Fußball spielten, Holzschwerter, deren tödliche Klingen sie jeden Tag schärften, Papphelme mit Roßhaarquasten, die vom seidigen Schweif des geschlachteten Rennpferds stammten, während die Mädchen ihre Lumpenpuppen mit den Knopfaugen wiegten. Wir Erwachsenen hatten uns hinter ihnen in zwei Reihen aufgestellt, die einen vorn und die anderen auf den Tischen dahinter, damit auch alle zu sehen waren. Wir Männer strichen uns noch einmal über die Anzüge und glätteten unsere Haare, während die Frauen ihre mondgleichen Busen unter den schwarzen Strickjakken abermals zurechtrückten, ehe sie die Babys wie Trophäen hochhielten. Dann verschränkten wir die Hände, holten tief Luft und hielten den Atem an.

»Jetzt nicht mehr bewegen.«

Sie streute Blitzpulver in eine kleine Schale und hielt sie über den Kopf; dann zündete sie das Pulver. Ein gleißendes Licht blitzte auf, so hell, daß die Hunde davonliefen, und dann stieg scharfer Rauch auf, der uns Tränen in die Augen trieb.

»Wir wollen auch ein Bild«, sagten wir.

»Die Fotoplatten sind sündhaft teuer.«

Das war uns egal. Sie hatte uns mehrmals erklärt, daß erst ein Foto bewies, daß man lebte, daß man ohne ein Bild von sich gar nicht wirklich existierte; sie hatte gesagt, ein Foto würde selbst die Toten zum Leben erwecken. Wir kramten unter unseren Matratzen, rissen die Kissen auf, öffneten die Schatullen mit unseren Ersparnissen, ja, schlachteten sogar die Sparschweine unserer Kinder, da wir wußten, daß sie uns eines Tages unsere Tollheit vergeben würden. Schließlich hatten wir das Geld zusammen.

»Mach, daß wir ewig leben«, beschworen wir sie.

Es dauerte nur eine Minute. Dann packte sie ihre Kamera ein, den Dreifuß aus glänzendem Hickoryholz und die Flaschen mit der Entwicklerflüssigkeit, ehe sie ihren Sonnenschirm öffnete und uns bat, ihr doch mit ihrem liegengebliebenen Wagen zu helfen. Wir folgten dem Schatten einer tieftreibenden Wolke und fanden ihn schließlich; nachdem wir den Reifen gewechselt hatten, sahen wir ihr hinterher, wie sie um die nächste Biegung verschwand. Fast wären uns wieder Tränen in die Augen geschossen, wenn auch nicht wegen des Blitzlichtpulvers, sondern weil wir unser Glück nicht fassen konnten – daß wir nun ewig leben würden, auf einer Fotoplatte, die wir schließlich rahmten und an die Wand im Café hingen, damit sich alle an den großen Tag erinnern konnten. O ja, nun waren wir genauso unsterblich wie der Duft ihres Jasminparfüms.

Eine klassische Erziehung

Als Nektarios den Papagei kaufte, sprach der Vogel nur einen einzigen Satz, und selbst diesen nur auf portugiesisch, da er vorher einem Seemann aus Porto Alegre gehört hatte, bis dieser das Tier bei einer heiß umkämpften Partie Dame an die Vogelhändlerin verloren hatte.

»Mostre-me o caminho para o bordel mais barato, amigo«, sagte der Papagei.

Innerhalb eines Monats konnte er diese Worte auch in Nektarios' Sprache:

»Zeig mir den Weg zum billigsten Hurenhaus, mein Freund.«

Bei dem Papagei handelte es sich um eine gelbe Amazone mit einem gebogenen Schnabel, so groß wie der Haken eines Derrickkrans und von geradezu mineralischer Härte, einer ledrigen Zunge, mit der er sich unentwegt den unteren Teil seines Schnabels leckte, und Augen, in denen sich offene Neugier spiegelte. Nektarios nahm ihn mit nach Hause. Der Junggeselle wohnte in einem Haus, das um einiges interessanter war als der heimische Dschungel des Papageis. Es gab ein Sofa, an dem der Papagei gern rupfte und zupfte, einen Lampenschirm auf einem freistehenden Ständer, auf dem er oft hockte und sich stundenlang hin- und herwiegte, und einen alten Gefrierschrank, der den Vogel jedesmal erschreckte, wenn das Stromaggregat ansprang. Nektarios war entzückt. Er stellte den Papagei seiner Nichte vor, als ihre Eltern die Kleine bei ihm einquartierten, ehe sie sich mit ihrem Lastwagen in die Kreisstadt aufmachten, um ihr Korn zu verkaufen.

»Was meinst du?« fragte er sie.

Das kleine Mädchen sah den Vogel gleichgültig an.

»Er sieht aus wie ein zu großer Kanarienvogel. Außerdem singt er nicht«, erklärte sie und machte den Fernseher an.

Nektarios war Sachbearbeiter im Rathaus. Seine Beschäftigung hatte ihn nicht nur kurzsichtig gemacht, sondern sorgte auch dafür, daß die ihm eigene krankhafte Phantasie seine Lebensmaßstäbe nicht völlig durcheinanderbrachte. Für seine ungewöhnlichen Anwandlungen hatte er bereits bitter bezahlen müssen: Er war einsam. So war es wohl unvermeidlich gewesen, daß er Trost in der Gesellschaft von Haustieren gesucht hatte und seitdem seinen Kindheitstraum zu verwirklichen versuchte; Dompteur hatte er werden wollen. Einmal hatte er zwei Siamkatzen gekauft, denen er monatelang Trapezkunststücke beizubringen versuchte, ohne auch nur das Geringste zu erreichen. Schließlich fuhr er mit ihnen zum Tierarzt in der Kreisstadt.

»Sie sind einem Schwindler aufgesessen«, sagte der Doktor. »Diese Katzen sind taub.«

Nektarios war enttäuscht, wenn auch nicht lange. Bald faßte er ein neues Projekt ins Auge. Von weitem sah das Aquarium aus wie alle anderen auch, doch bei näherem Hinsehen konnte man die sechsspurige Bahn und die Ziellinie auf dem Boden erkennen. Nektarios begann, einen Schwarm Engelsfische für das erste Fischrennen der Welt zu trainieren.

»Sie hätten mich vorher konsultieren sollen«, sagte der Tierarzt. »Engelsfische sind keine besonders ehrgeizige Spezies.«

Während jener Tage der Rückschläge kam die Vogelhändlerin mit ihren exotischen Vögeln ins Dorf. Als Nektarios den Papagei erblickte, ließ er unvermittelt sein Einkaufsnetz fallen. Der Vogel war mit dem einen Bein an eine hölzerne Stange gekettet und sah Nektarios ebenso fasziniert an. Mit seinem aufgeplusterten Gefieder und dem enormen Schnabel wirkte er unter all den kleinen Käfigen mit Finken und Kanarienvögeln fehl am Platz. Auf seiner Brust befand sich ein mit Klebeband befestigtes Stück Papier, auf dem IM SONDERANGEBOT, WEIL ER JEDEM AUF DIE NERVEN GEHT stand. Als Nektarios den Vogel näher begutachten wollte, plapperte der Papagei jenen einzigen Satz, den er kannte.

»Was hat er gesagt?« fragte Nektarios.

»Das ist die erste Zeile eines portugiesischen Gebets«, log die Vogelhändlerin. »Was Sprachen angeht, ist der Vogel besonders begabt.«

Plötzlich kam Nektarios eine Idee, und seine Augen hinter der Brille verengten sich zu schmalen Schlitzen.

»Ich nehme ihn«, sagte er mit fester Stimme.

»Sie brauchen auch einen Käfig«, warnte ihn die Vogelhändlerin. »Sonst könnte es passieren, daß Sie den einen oder anderen Finger verlieren.«

Der Eisenkäfig kam auf den Küchentisch; zwischen die Stäbe steckte Nektarios ein Salatblatt. Er ließ den Papagei jeden Morgen hinaus, bevor er zur Arbeit ging, und setzte ihn abends wieder in den Käfig, um ihm Unterricht zu geben. Mit Hilfe eines Wörterbuchs übersetzte er die Worte, die alles andere als ein Gebet an die heilige Jungfrau waren, und in weniger als einem Monat hatte er dem Vogel beigebracht, den Satz auch in seiner Sprache zu sagen. Stolz wiederholte der Papagei pausenlos das Gelernte, bis Nektarios den Käfig mit einem Tuch verhängte und der Vogel schließlich einschlief.

»Er heißt Homer«, ließ Nektarios seine Nichte wissen. »Und bald wird er die Klassiker auswendig können.«

Das war leichter gesagt als getan, selbst für einen so außergewöhnlich begabten Papagei. Homer war nämlich nicht nur im Amazonasdschungel geboren, sondern in den übelsten Vierteln und Häfen der Welt aufgewachsen, ehe Nektarios ihn in sein Ziegelhaus mitgenommen hatte. Seine Erziehung ging nur langsam voran, doch Nektarios ließ sich nicht entmutigen. Seine Augen leuchteten nur so vor fehlgeleitetem Enthusiasmus, während er dem Papagei jeden Abend aus ausgewählten Bänden seiner Klassikerbibliothek vorlas. Er hatte die Bücher mit den Lesebändchen auf dem Flohmarkt in der Kreisstadt gekauft, zusammen mit einem schweren Lesepult, einem Fußbänkchen, einem alten Hausmantel mit einer Reihe angesteckter Orden und einem Paar Kordpantoffeln – deshalb, weil er belehrt worden war, nur so könne er literarische Schriften wirklich genießen. Er hatte jedoch kaum das erste Buch von Apollonius' *Argonautica* hinter sich gebracht, als er bereits das Interesse verlor. Der Vergessenheit preisgegeben, waren die Bücher in den Regalen geblieben, bis der Papagei ins Haus gekommen war.

Im Gegensatz zu seinem Besitzer erwies sich der Vogel als äußerst gelehrig. Die Nächte, die er in Gesellschaft von Matrosen und Kneipengesindel verbracht hatte, waren lange her; nun saß Homer stundenlang still da und lauschte Nektarios' sanft intonierten Worten mit wissendem Nicken. Es dauerte einige Tage, doch schließlich konnte der Papagei ganze Absätze rezitieren, und wenn zufällig eine Seite fehlte, verfiel er in ein ziemlich einschüchterndes Gebaren. Er gab ein lautes Quaken von sich, das er wohl von einem tropischen Frosch aufgeschnappt hatte, und flatterte aufgebracht mit seinen bunten Flügeln.

»Er spricht in Zungen«, sagte Nektarios' Nichte.

»Nein«, berichtigte sie ihr Onkel. »Das ist Herodot im Original.«

»Poesie wäre noch schwieriger, Onkel.«

Nektarios tätschelte Homer den Kopf.

»Warte nur ab, bald beherrscht er auch den daktylischen Hexameter.«

Die Sommertage schleppten sich dahin wie ein Zug auf einer Anhöhe. Jeden Tag befaßte sich Nektarios mit Geburtsurkunden und anderen amtlichen Aufzeichnungen, immer ein Auge auf die Uhr geheftet, bis es endlich wieder Zeit war, nach Hause zu gehen, wo der Papagei bereits auf die nächste epische Vorlesung wartete und kleine Stückchen aus dem Sofa biß. Homers Hingabe war nicht rein akademischer Natur. Um seinen Lerneifer ein wenig anzustacheln, brachte Nektarios jeden Nachmittag eine volle Tüte Vogelsamen mit, was es erschwerte, die Grenze zwischen dem Wissensdurst des Papageis und seiner Gefräßigkeit klar zu definieren. Das Dorf litt unter einer Hitzewelle, und es wurde zur Qual für Nektarios und das Mädchen, in dem kleinen Haus zu schlafen. Den Papagei hingegen hielten Wetter und Vogelsamen bei bester Laune, und so manche Nacht wurden Nektarios und seine Nichte von Homers beherztem Keckern geweckt, einem Echo der geheimnisvollen Träume, wie sie nur Vögel träumen können.

Einige Tage später erhielt Nektarios ein Telegramm von seiner Schwester, daß sich der Verkauf des Korns schwierig gestaltete und sie es noch in anderen Städten versuchen wollten. Paß auf das Kind auf. Küsse.

»Jetzt sind wir beide die Gelackmeierten«, sagte seine Nichte. »Du mußt es mit mir aushalten, und ich mit einem philologisch geschulten Papagei.«

An dem Sonntag, als der gelbe Wind vom Meer her wehte und das Tal zur Mittagszeit mit einer goldenen Staubschicht bedeckt hatte, war Homer zum dreiundzwanzigsten Buch der *Odyssee* vorgedrungen.

»Wo kommt er überhaupt her?« fragte die Kleine ihren Onkel, während sie den Papagei mit einem Staubwedel putzte.

»Aus der afrikanischen Wüste jenseits des Ozeans«, antwortete Nektarios.

Eingehüllt von dem seltsamen Nebel aus Staub, traf der in die Kreisstadt fahrende Bus ein und brauste mit angeschalteten Scheibenwischern und Scheinwerfern wieder ab, während jene Menschen, die auf den Straßen unterwegs waren, sich Schals um die Gesichter wickeln und mit Regen- und Sonnenschirmen schützen mußten. Die Luft war zum Ersticken. Vor dem Rathaus stülpte sich ein Vagabund einen Pappkarton über den Kopf, schnitt Löcher zum Sehen hinein und sah zu, wie der Wind den Sand zu funkelnden Haufen auftürmte. Der Sturm hielt bis zum Abend an. Unterdessen verbreiteten sich im Dorf so derart abwegige Gerüchte, daß selbst der Priester ihnen keinen Glauben schenkte. Unter anderem ging das Gerede, daß es draußen im Tal plötzlich frischen Dung geregnet habe und wenige Minuten später drei verschreckte Kamele erschienen seien, auf denen Beduinen in schwarzen Dschellabas saßen.

Nektarios in seinem kleinen Haus schenkte dem Naturphänomen nur wenig Beachtung; statt dessen konzentrierte er sich darauf, dem Vogel die Regeln der griechischen Syntax beizubringen. Ermutigt vom Lerneifer des Papageis war auch Nektarios' Ehrgeiz gewachsen – nun hatte er vor, den ersten Übersetzerpapagei der Welt zu dressieren. Er verlor das Zeitgefühl und arbeitete die ganze Nacht hindurch, während er Homer mit reichlich Vogelsamen bei Laune hielt. Am Montagmorgen setzte sich der Sandsturm fort, um einiges heftiger als zuvor.

»Das ist das Ende der Welt!« sagte das staunende Mädchen. »Pater Gerasimo hat recht gehabt.«

Nektarios war gerade dabei, den Papagei mit einer weiteren Handvoll Vogelsamen zu ködern.

»Aber erst ißt du dein Frühstück auf«, sagte er geistesabwesend.

Der Sturm hielt Onkel und Nichte davon ab, ins Freie zu gehen. Sie blieben mehrere Tage lang im Haus, und die Kleine sah sich, unbeachtet von ihrem Onkel, so viele Kindersendungen im Fernsehen an, daß ihre Augen genauso rechteckig wie der schwarzweiße Bildschirm wurden. Ab und zu hielt der Papagei, erschöpft von Odysseus' Abenteuern, in seinen Rezitationen inne und sah ebenfalls zu. Nektarios schüttete dann wieder Vogelsamen in den kleinen Napf in seinem Bauer, worauf Homer sich erneut seinen Studien widmete. Doch alles Bestreben war vergeblich. Der Papagei wurde nur immer fetter, ohne auch nur ein einziges Wort des antiken Texts in die moderne Sprache zu übersetzen. Nektarios' Enthusiasmus begann zu verfliegen, während ihm seine Anstrengungen schlimmere Kopfschmerzen bereiteten als der Geruch der chinesischen Tusche im Büro.

Am Tag, als sich der Sandsturm endlich legte, trafen Nektarios' Schwester und sein Schwager ein, um die Kleine wieder mit nach Hause zu nehmen. Nun war der Fernseher aus, und es kehrte wieder Stille in die kleine Wohnung ein. Der Fernseher gehörte ebenfalls zu Nektarios' Spontankäufen. Allein sah er nie fern. Er hatte ihn in der Kreisstadt von der Familie eines verstorbenen Verwandten gekauft, als er vor einiger Zeit einem Lamm hatte beibringen wollen, jedesmal zu blöken, sobald der Präsident eine Rede an die Nation hielt. Auch dieses Unternehmen war ein Schlag ins Wasser gewesen.

»Schafe haben ihren eigenen Willen, auch wenn die meisten Leute das nicht glauben wollen«, hatte der Tierarzt gesagt, als Nektarios mit dem Tier vorbeigekommen war, um seine Sehkraft überprüfen zu lassen.

Nun saß Nektarios in seinem Lehnstuhl und betrachtete sein Spiegelbild auf der dunklen Mattscheibe. Neben ihm saß Homer friedlich auf der Stange in seinem Käfig. Seit seine Nichte abgereist war, kam Nektarios das Haus kleiner vor. Ihm fiel auf, daß er beide Wände gleichzeitig berühren konnte, wenn er die Arme ausstreckte, und daß er mit dem Kopf an die von der Decke hängende Glühbirne stieß, wenn er sich zu voller Größe aufrichtete – beides Zeichen, daß seine Phantasie langsam versiegte. Er setzte seine Anstrengungen fort, auch wenn der alte Schwung passé war. Eines Abends schließlich hörte der Papagei zu sprechen auf und begann, seinem Herrn Samenhülsen ins Gesicht zu spucken.

»Jetzt ist endgültig Schluß!« sagte Nektarios wütend. »Morgen bringe ich dich dahin zurück, wo du hergekommen bist. Und wenn sie dich nicht zurückhaben wollen, stopfe ich dich aus wie einen Pharao.«

Mitten in der Nacht wachte Nektarios auf und stellte fest, daß er in seinem Lehnstuhl eingeschlafen war. Im Dunkel sah er zwei Augen, in denen sich das Licht des Mondes spiegelte. Er hielt den Atem an und lauschte. Der Papagei schwafelte vor sich hin.

»Der kann ja sogar reimen!« murmelte Nektarios schließlich mit bebender Stimme.

Der Papagei rezitierte ein Kindergedicht, das Nektarios noch nie gehört hatte. Als er mit dem Gedicht fertig war, fing er gleich mit dem nächsten an. Als er noch ein drittes aufgesagt hatte, schnellte Nektarios aus seinem Stuhl hoch. Er hatte dem Papagei jedenfalls keines der Gedichte beigebracht. Es gab nur eine einzige Erklärung.

»Ich weiß nicht, wie ich es zustande gebracht habe«, murmelte Nektarios, »aber ich habe etwas viel Besseres als einen Übersetzer aus ihm gemacht – einen Dichter!«

In den folgenden Tagen fand er heraus, daß der Papagei noch viel mehr Kindergedichte verfaßt hatte.

»Er muß in seiner Freizeit an ihnen gearbeitet haben«, versuchte Nektarios sich an einer Erklärung.

Er geriet in Ekstase. Nach Jahren der Fehlschläge waren seine Träume endlich wahr geworden. Endlich war es ihm gelungen, ein Tier so zu dressieren, daß es mehr bewerkstelligen konnte als bloß ein hübsches Kunststück. Seine Gedanken drehten sich nun um die Früchte seiner Mühen, und so manche Nacht schlief er lächelnd am Küchentisch ein, nachdem er wieder einmal überschlagen hatte, was es bringen würde, die Menschen auf einer Tournee durchs Land mit den Darbietungen des Papageis zu ergötzen.

An dem Tag, als er im Rathaus kündigen wollte, wachte Nektarios morgens auf und mußte feststellen, daß der Papagei sterbenskrank geworden war. Der Vogel versuchte sich auf seiner Schaukel zu halten, doch waren seine Beine so schwach, daß er ein ums andere Mal kopfüber auf den dungübersäten Boden seines Käfigs fiel.

»Filho da puta!« krächzte er und versuchte es erneut.

Kalter Schweiß perlte über Nektarios' Stirn. In der Hoffnung, daß es sich nur um ein Papageienfieber handelte, eilte er mit dem Vogel zum Tierarzt. Der Doktor senkte den Stirnspiegel über sein Auge. Homer sah ihn mit glasigen Augen an und schenkte ihm das, was einem Lächeln mit Schnabel wohl am nächsten kam, ehe er ihm ein Gedicht vorsang.

»Der Vogel ist bekifft«, diagnostizierte der Arzt alsbald.

Die Hanfsamen waren schuld; daß Homer zum Dichter geworden war, lag schlicht daran, daß er einer Überdosis an Halluzinogenen und Klassikern ausgesetzt worden war, dachte Nektarios. Der Tierarzt kratzte sich am Kopf und blickte Nektarios ungläubig an.

»Dichter? Das sind doch bloß Kinderreime.«

Der Papagei sagte das nächste Gedicht auf.

»Ja, natürlich«, sagte der Tierarzt. »Meine Tochter ist völlig verrückt nach diesen Reimen.«

Nektarios errötete, und mit einem Mal fiel die Augenbinde seiner unkontrollierten Einbildungen von ihm ab.

»Der Fernseher!« rief er aus.

Die bittere Wahrheit fiel ihm wie Schuppen von den Augen. Er sah alles deutlich vor sich, seine Nichte, wie sie vor dem Fernseher saß und all die Kindersendungen verfolgte, den Papagei, der seinen Blick ebenfalls auf den Bildschirm richtete, derweil er gleichzeitig unermüdlich die griechischen Dichter rezitierte, und sich selbst, Nektarios, den Dresseur, die Tüte mit den Vogelsamen in der einen und die *Odyssee* in der anderen Hand, ein zufriedenes Lächeln auf dem Gesicht.

Nektarios war gerade ein paar Häuserblocks von der Tierklinik entfernt, als er stehenblieb und den Vogelbauer auf dem Bürgersteig abstellte. Im Käfig wurde der Papagei langsam wieder nüchtern. Nektarios öffnete die kleine Drahttür, erhob sich wieder und machte sich postwendend von dannen. Er ging schnell; der Zug zum Dorf fuhr bald ab.

Sünden eines Erntegottes

I

Hinter dem Regenvorhang ertönte plötzlich ein gellender Schmerzensschrei. Er wurde vom Bellen eines Hundes erwidert, der unter dem Baum auf dem Dorfplatz herumstrich; dann war wieder alles still. Es regnete. Die Straßen und der ungepflasterte Dorfplatz versanken im Schlamm. Unter der ausladenden Platane kauerte sich der Hund zusammen; das Rauschen in den Blättern klang wie zerreißendes Papier. Es war ein kleiner schwarzer Hund mit weißer Schnauze. Die Häuser im Dorf hatten Wellblechdächer, und das Wasser schoß durch die Rinnen, um auf die von Blumenkübeln gesäumten Veranden zu fließen. Da die Veranden nicht gerade Beispiele großer Baukunst darstellten, waren sie komplett überflutet. Der Abend war hereingebrochen, und über dem Dorf hing eine große rußfarbene Wolke, die sich nicht vom Fleck bewegte, obwohl ein Nordwind vom Meer her wehte, jener Richtung, aus der die Wolke gekommen war. Ein Schwarm Schwalben war auf dem Weg nach Süden vom Regen überrascht worden und hatte Schutz unter den Dächern gesucht, wo sie nun warteten, daß es wieder aufklarte. Darauf warteten sie nun bereits seit vier Stunden, und die Wolke hatte sich noch lange nicht ausgeregnet.

Ein Mann überquerte den Dorfplatz. Schleppend setzte er einen Fuß vor den anderen und hielt sich den Bauch mit beiden Händen. Er trug einen weißen Anzug mit einer roten Nelke im Knopfloch; sein Hemd und seine Hände waren blutverschmiert. Er ging breitbeinig, um nicht das Gleichgewicht zu verlieren. Er hatte gerade die hölzerne Plattform neben dem Baum passiert, als er stürzte, und in genau diesem Moment begann der Hund zu bellen. Der Mann versuchte, sich wieder aufzurappeln. Der Hund bellte weiter, hielt aber Distanz. Erneut versuchte der Mann aufzustehen, stützte sich mit der einen Hand ab, während er sich mit der anderen weiter den Bauch hielt. Sein Bauch war aufgeschlitzt; die Jackenschöße steckten im Hosenbund, und seine Hand hielt die Gürtelschnalle, damit seine Gedärme nicht herausquollen. Er spuckte einen kleinen Blutklumpen in die nächste Pfütze und rang nach Luft. Er atmete abrupt und ohne Rhythmus, während es weiter regnete, der Hund bellte und die Schwalben sich unter die Wellblechdächer duckten.

Abgesehen von der Lampe an der Wand des Lebensmittelladens lag der Dorfplatz komplett im Dunkel. Von der Platane hingen die Fetzen von Lampions, die der Regen aufgeweicht hatte. Auf der einen Seite des Platzes befanden sich der Lebensmittelladen und die Taverne, beide ebenso geschlossen wie der Frisiersalon daneben. Die Holztür des Cafés auf der gegenüberliegenden Seite war ebenfalls verriegelt; die Metalltische waren in Paaren zusammengekettet, jeweils einer kopfüber auf dem anderen, und der Regen prasselte auf sie herab. Überall standen Menschen herum, die sich schweigend unter die Dachvorsprünge quetschten. Der bellende Hund näherte sich vorsichtig dem Mann, der immer noch aufzustehen versuchte. Plötzlich tauchte jemand aus der Richtung auf, aus der auch der Sterbende gekommen war, und ließ einen Pfiff ertönen. »Komm schon, alter Junge!«

Sogleich hob der Hund witternd den Kopf in Richtung des anderen Mannes, auch wenn er sich offenbar nicht entscheiden konnte, ob er zu seinem Besitzer oder dem Sterbenden laufen sollte. »Komm!« rief der Mann erneut. Der Hund lief über den Dorfplatz auf ihn zu. Er schüttelte den Regen aus seinem Fell und ging schwanzwedelnd auf die Hinterbeine, weil er gestreichelt werden wollte. Der Mann tätschelte den Kopf des Hundes. »Guter Junge«, sagte er.

Dem Sterbenden war es inzwischen gelungen, sich zu erheben; schwankend setzte er seinen Weg fort. Nach wie vor hielt er mit beiden Händen seinen Gürtel fest, doch seine Schritte waren noch schwerer geworden, so daß er von weitem wie ein Trunkenbold wirkte. Er näherte sich der Kirche am anderen Ende des Dorfplatzes. Der Wind rüttelte an der Kirchenglocke, die einen tiefen, trauervollen Ton von sich gab. Mit gesenktem Kopf folgte der Mann dem Klang der Glocke, strebte im Zickzack der Kirche zu. Die Dorfbewohner sahen dem Sterbenden schweigend hinterher.

Die Glocke läutete, und das bis zum Boden reichende Glokkenseil schwang im Wind hin und her. Der Glockenturm war etwa dreißig Meter hoch; an seiner Spitze befand sich ein Kreuz mit elektrischen Glühbirnen, das aber nicht erleuchtet war. Der Schlamm von der Straße hatte den gefliesten Kirchhof überschwemmt. Als der Mann den Kirchhof betrat, stürzte er zum zweiten Mal. Der Regen trug die Nelke mit sich fort, während er sich abermals aufzurappeln versuchte, jedoch auf den Fliesen ausglitt. Seine Versuche blieben vergebens, bis er schließlich unter größten Strapazen auf die Kirche zukroch und dabei eine Schlammspur hinter sich her zog. Da er dabei beide Hände benutzte, löste sich die unter den Gürtel gestopfte Jacke, und nun war es Blut, das seine Fährte kennzeichnete. Er erreichte das Portal und zog sich an den Griffen der Kirchentür empor.

»Hilfe«, flüsterte er.

Ein Hund kam kläffend auf ihn zugelaufen. Das Portal war abgeschlossen, und der Sterbende ließ die Türgriffe los; den Kopf gesenkt, begann er sich im Kreis zu bewegen, als würde er ein paar Tanzschritte einstudieren. Wieder glitt er aus, doch gelang es ihm diesmal, das Glockenseil zu ergreifen. Am Seil baumelnd, versuchte er sich erneut aufzurichten, während die Glocke bei jedem Ruck läutete. Er hielt sich mit aller Kraft fest, da seine Beine ihm nicht mehr gehorchten; verzweifelt verkrallte er sich in das Seil, und die Glocke läutete und läutete. Alle sahen zu. Männer und Frauen und Kinder, sie alle sahen von ihren Plätzen unter den Dächern schweigend zu.

»So helft mir doch, Freunde«, flehte der Mann wieder.

Doch niemand machte Anstalten, sich zu bewegen. Als er sich abwandte, sah er, daß ihm die Eingeweide aus dem Bauch hingen, über den eine klaffende, horizontal verlaufende Wunde verlief. Aber er versuchte nicht länger, ihr Herausquellen zu verhindern.

»Heilige Jungfrau Maria«, sagte er, so leise, daß er sich selbst kaum hören konnte. Er ließ das Glockenseil los, ging ein paar schleppende Schritte rückwärts in Richtung des Dorfplatzes und fiel in einen Pfuhl aus Schlamm und Blut.

II

»Misch den Rest der Aprikosen dazu«, sagte der Inhaber des Cafés zu seiner Schwester. »Dann merkt keiner was.«

Die Frau kratzte die Schimmelschicht mit einem Löffel aus dem Glas und rührte den Inhalt aus der großen Dose dazu. Dann drehte sie den Deckel auf das Glas und stellte es auf das Regal zu den anderen Gläsern zurück. Die Dose füllte sie zur Hälfte mit Wasser und ging auf den Hof des Cafés, wo ein kleiner Hund sie schwanzwedelnd erwartete.

»Quitten schmecken kein bißchen wie Aprikosen«, sagte sie, als sie zurückkam.

Sie war mittleren Alters und trug ein Kopftuch über ihrem freudlos grauen Haar.

»Ist nicht mein Fehler.« Ihr Bruder kratzte sich am Kopf. »Ich habe Aprikosen bestellt. Wir sagen einfach, es wäre eine exotische Mischung.«

Er schnitt ein Stück Pappe zurecht, schrieb APRIKOSEN – FRISCH EINGETROFFEN in großen Lettern darauf und stellte es gut sichtbar auf den Kühlschrank. Er war ein paar Jahre jünger als seine Schwester und hatte genau wie sie nie geheiratet. An diesem Morgen sortierten sie die Lieferung, die mit dem Zug gekommen war.

Es war der Tag des großen Fests. Schnüre mit Papierfähnchen spannten sich von der Platane auf dem Dorfplatz zu den ziegelgedeckten Dächern. Um den Baumstamm hatte man ein Kabel mit bunten Glühbirnen gewickelt, und auf dem Platz standen kreisförmig angeordnete Tische. Ein Mann betrat das Café und setzte sich.

»Bringen Sie mir einen Kaffee«, sagte er. »Zwei Stück Zucker.«

Er trug eine schwarze Hose, eine Weste und ein weißes Hemd ohne Krawatte. Der Inhaber brachte ihm den Kaffee.

»Sie sollten unsere glasierten Aprikosen dazu probieren«, riet er. »Sie sind heute morgen frisch reingekommen.«

Der Fremde nickte zustimmend. Doch als er gekostet hatte, zog er eine Grimasse.

»Das sind keine Aprikosen«, sagte er. »Das sind Quitten.«

Der Caféinhaber lief dunkelrot an. Er hob die Schultern und steckte die Hände in seine Schürzentaschen. Er wollte gerade etwas erwidern, als ihm der Kasten unter dem Tisch ins Auge fiel.

»Hab ich aus Österreich«, sagte der Fremde stolz. »Kommen Sie, ich zeig's Ihnen.«

In dem Kasten lag, eingebettet in rote Samtpolster, ein Akkordeon. Der Caféinhaber warf einen bewundernden Blick auf das kostbare Instrument.

»Wo ist denn die übrige Kapelle?« fragte er.

Der Akkordeonspieler schob den Teller mit den Quitten beiseite und spülte sich den Mund mit Kaffee aus.

»Die kommen nicht«, antwortete er. »Aber machen Sie sich keine Sorgen. So ein Akkordeon kann eine ganze Combo ersetzen.«

Seufzend nahm der Inhaber die Information zur Kenntnis. Er stellte den Teller mit den stehengelassenen Quitten auf sein Tablett und kehrte hinter den Tresen zurück. Aus dem Keller drang Lärm an seine Ohren.

»Schlechte Nachrichten, Schwester«, rief er durch die Falltür. »Die Kapelle kommt nicht.«

»Ohne Musik kannst du das Fest vergessen«, erwiderte sie aus dem Dunkel.

»Das Fest war die Gelegenheit, endlich mal wieder richtig Kasse zu machen«, sagte der Inhaber deprimiert. »Ohne Musik trinkt doch keiner was.«

Auf einem der Regale befand sich ein Radio, eingerahmt von einem Kalender und einem DDT-Zerstäuber. Er stellte es an und versuchte dann, den Empfang zu verbessern, indem er an dem Draht herumdrehte, der als Antenne diente. Schließlich verschwand das Knistern, und der Inhaber lehnte sich an den Tresen und hörte der Stimme aus dem Lautsprecher zu. Als die Sportnachrichten kamen, zog er einen Totoschein aus seiner Gesäßtasche. Ein paar Sekunden später zerriß er den Schein und warf die Papierfetzen in den Mülleimer. Aus dem Keller drang die Stimme seiner Schwester.

»Wie viele Richtige hattest du, Bruder?«

Er beugte sich abermals über die Falltür.

»Das einzige Mal, daß ich Glück im Leben hatte, war damals, als du diesen Verehrer abgewiesen hast«, rief er.

Viele Jahre zuvor hatte ein Vertreter für medizinische Lexika um die Hand seiner Schwester angehalten, doch die Verhandlungen um die Mitgift hatten sich derart hingezogen, daß sie schließlich die Geduld verloren und erklärt hatte, niemals heiraten zu wollen; ihre Ersparnisse hatte sie ihrem Bruder gegeben, der damit das einzige Café am Ort eröffnet hatte. Er hörte, wie sie aus den Tiefen des Kellers etwas erwiderte, schenkte ihren Worten aber keine Beachtung, da das Motorengeräusch eines näher kommenden Fahrzeugs an seine Ohren drang. Im selben Augenblick erschien ein staubbedeckter Jeep auf dem Dorfplatz und hielt im Schatten der Platane. Ein Polizist stieg aus und marschierte auf das Café zu, während er sich mit der Mütze den Staub von der Uniform klopfte.

»Kaffee ohne Zucker«, bestellte er, als er das Café betreten hatte. »Und drei Gläser Wasser.«

»Wegen der Wasserknappheit«, ließ der Inhaber den Beamten wissen, »können wir nur ein Glas pro Kaffee ausschenken.«

Seit einem Jahr hatte es nicht mehr geregnet, und das Aquädukt führte kein Wasser mehr. Bei Nacht pfiff der Wind durch die Brückenbögen und hielt die Menschen wach. Die Wünschelrutengänger hatten nichts ausrichten können, und das Dorf war nun komplett auf den einzigen Brunnen angewiesen, der Tag und Nacht von bewaffneten Männern bewacht wurde. Andernorts war die Lage noch schlimmer, in manchen Dörfern tatsächlich so arg, daß keine Taufen mehr abgehalten wurden, weil man das Wasser für das Taufbecken nicht mehr erübrigen konnte. »Die sehen aus wie die Dörrpflaumen«, hatte der Busfahrer neulich gesagt, der auf seiner Route in den betroffenen Orten hielt. »Das muß man selbst sehen, um es zu glauben.« Er hatte mit dem Bürgermeister an einem Tisch gesessen, ehe er in die Kreisstadt weitergefahren war. Der Bürgermeister hatte sich gefühlt, als wäre ihm ein Tausendfüßler unters Hemd gekrochen. Umgehend hatte er die Verwendung von Salz beim Kochen per amtlichem Dekret bis auf weiteres untersagt.

Der Polizist setzte sich und wiegte sich in seinem Stuhl hin und her. Der Stuhl knarzte, als würde er jeden Moment auseinanderbrechen. »Dann bringen Sie mir drei Tassen«, sagte er.

Der Bezirkspräfekt hatte dafür gesorgt, daß das Fest auch in diesem Jahr stattfand; es sollte das Ende der Erntezeit einläuten. Tatsache jedoch war, daß es in diesem Jahr absolut keinen Anlaß zum Feiern gab: Die Dürre hatte die gesamte Ernte zerstört. Auf den verdorrten Feldern lagen die ausgebleichten Gerippe von verdursteten Tieren, und das gesamte Tal wurde von Krähenschwärmen heimgesucht, die sich an verrottenden Kadavern gütlich taten. Der Präfekt hatte trotzdem angeordnet, daß die Tradition aufrechterhalten werden sollte.

Auf der gegenüberliegenden Seite des Platzes tünchte der Priester die Kirche unter Zuhilfenahme einer Rolle, die er an einem Besenstiel befestigt hatte. Aufgrund einer weiteren Anordnung des Präfekten hatten mit Ausnahme des Cafés alle anderen Läden am Tag des Festes geschlossen zu bleiben. Auf den Balkonen flatterten die Nationalflaggen. Es war ein ruhiger Morgen; die Leute waren zu Hause geblieben und bereiteten sich auf das Fest vor. Der Caféinhaber fragte den Polizisten, ob er den für das Fest abgestellten Polizeitrupp leiten würde. Das Dorf hatte zwar eine Polizeiwache, doch der Wachtmeister war krank geworden, ohne daß Ersatz geschickt worden war.

»Von wegen Truppe«, erwiderte er. »Ich bin allein hier.«

Der Inhaber nahm die drei leeren Gläser vom Tisch und ging in die Küche. Seine Schwester tauchte mit einem Hinterschinken und einem Nachttopf voller Eier aus dem Keller auf.

»Die Polizei läßt sich dieses Jahr auch nicht blicken«, sagte ihr Bruder.

Sie gab die Eier vorsichtig in einen Topf mit siedendem Wasser und begann, den Schinken aufzuschneiden.

»Das überrascht mich nicht«, erwiderte sie. »Das Fleisch und die Eier von hier, mehr hat sie doch sowieso noch nie an unserem Dorf interessiert.«

Ein Mädchen betrat das Café; sie trug ein Kleid aus Vorhangstoff. Es war Persa, die Tochter des Bürgermeisters – das einzige Kind im Dorf, das zur Schule ging. Jeden Morgen fuhr sie mit dem Bus in die Kreisstadt, gerüstet mit ihrem Ranzen, in dem sich ein blau eingebundenes Aufgabenheft und ein Buch mit Originaltexten der klassischen Literatur befand. Sie war eine begeisterte Leserin und hatte eine Vorliebe für die Tragödien, von denen sie einige im Theater in der Stadt gesehen hatte. Die antiken Komödien las sie ebenfalls, sah sie sich aber nie auf der Bühne an. Ihr Lehrer hatte sie gefragt, warum.

»Weil mich die hölzernen Phalli so zum Lachen bringen würden, daß mich die Platzanweiser sofort achtkantig hinauswerfen würden.«

Hinter einem Berg von mit Ei und Schinken belegten Sandwiches tauchte plötzlich ein Kopf auf.

»Hast du meinen Vater gesehen, Wal?« fragte das Mädchen.

Der Inhaber des Cafés lächelte sie freundlich an.

»Ganz der Vater«, erwiderte er. »Wenn einer von euch beiden mal Pause macht, sieht garantiert der andere vorbei.«

Der Wal überredete sie, bei ihm im Café auf ihren Vater zu warten. Draußen auf dem Platz bauten ein paar Gemeindearbeiter eine hölzerne Plattform auf. Das Fest sollte bei Sonnenuntergang beginnen. An der Außenwand des Cafés befand sich eine verdorrte Efeuranke. Kurz darauf erschien der Bürgermeister, ein kleiner Mann mit rundem Bauch und zufriedener Miene. In der Hand hielt er seinen Sonnenschirm; unter den Hut hatte er sich ein Taschentuch gesteckt, um seinen Nacken vor der Hitze zu schützen.

»Wo sind denn die Musiker?« fragte er.

Der Akkordeonspieler war eingeschlafen. Der Wal erklärte, daß der Rest der Kapelle nicht kommen würde. Der Bürgermeister runzelte enttäuscht die Stirn. Dann erblickte er seine Tochter. Plötzlich ergriff ihn leise Panik, da er fürchtete, daß sie seinen Plan durchschaut hatte – sein Vorhaben, am heutigen Festtag ihre Verlobung bekanntzugeben. Eines stand jedenfalls fest: Niemanden würde die Neuigkeit mehr überraschen als sie selbst.

Sie sollte den Schlachter heiraten, einen alternden Junggesellen, dessen überwältigendes Verlangen, einen Sohn zu zeugen, mit jedem Jahr noch mehr zunahm. Jeden Monat verschwand er für zwei Tage mit seinem Kühllaster unter dem Vorwand, Vieh einkaufen zu wollen, doch tatsächlich suchte er nach einer Braut. Er war ein Mann von durchaus zumutbarer Erscheinung; der wahre Grund für seinen Mißerfolg bestand in seiner geradezu zwanghaften Neigung, die Bauern permanent übers Ohr zu hauen. Während der Dürre, die für ihn ein Segen gewesen war, hatte sich sein Ruf noch verschlechtert; er hatte ein Vermögen gemacht, indem er das Vieh der Bauern aufgekauft hatte, als diese den Tieren kein Wasser mehr geben konnten.

»Er ist der einzige im ganzen Tal«, hatte der Wal einmal gesagt, »für den der Regen ein echtes Unglück wäre.«

Es würde eine Zweckehe werden, die buchstäblich aus der Not geboren war. Die anhaltende Dürre hatte die Felder des Bürgermeisters verwüstet, und seit dem Frühling hatte sich die Familie ziemlich nach der Decke strecken müssen.

»Ich mußte etwas unternehmen«, hatte sich der Bürgermeister gegenüber seiner Frau verteidigt. »Mein Einkommen allein reicht nicht für unseren Lebensunterhalt.«

»Wir hätten meine Familienerbstücke verkaufen können«, sagte seine Frau. »Aber du mußtest sie ja unbedingt gegen den Eichenschreibtisch für dein Büro eintauschen.«

Der Bürgermeister machte eine wegwerfende Geste. »Sollte ich meine Amtsgeschäfte etwa an einer Kommode verrichten?«

»Meine Mutter hat mir die Sachen zur Hochzeit geschenkt«, fuhr ihn seine Frau an. »Aber du bist ein Narr, wenn du glaubst, daß sich unsere Tochter so einfach deinen Machenschaften unterwirft. Sie ist so halsstarrig wie ein Maultier.«

Tatsächlich hatte der Bürgermeister ebenfalls Bedenken, was die bevorstehende Verlobung anging. Dennoch hoffte er, daß seine Tochter Verständnis für die Dringlichkeit der Lage haben würde. Bislang hatte er die Familie mit seinen Ersparnissen über Wasser halten können, doch wenn es die nächsten zwei Monate ebenfalls nicht regnete, würden sie nach einem weiteren Jahr ohne Ernte hungern müssen.

»Das wird sie nicht wagen. Ich werde es vor dem ganzen Dorf bekanntgeben«, sagte der Bürgermeister. »Selbst unsere Tochter besitzt so etwas wie Schamgefühl.«

»Mein Kind wird von seinem eigenen Vater dem Erntegott geopfert«, wehklagte seine Frau.

Nun, da er im Café Platz genommen hatte, entspannte sich der Bürgermeister. Seine Tochter hatte noch immer nicht die geringste Ahnung von der bevorstehenden Verlobung.

»Mutter sagt, du brauchst dir keine Gedanken mehr um das Eis zu machen«, sagte Persa, »weil das Fleisch sowieso verdorben ist. Letzte Nacht hat sie die Katze in der Eiskiste schlafen lassen. Sie sagt, sie hätte dich schon vor einer Woche gewarnt.«

Der Bürgermeister errötete. »Ich mußte mich mit dem Fest beschäftigen«, murmelte er. »Ich kann mich nicht um die Bürden meines Amtes drücken.«

»Und das Schlimmste ist«, fügte das Mädchen beiläufig hinzu, »daß es Kürbis zum Mittagessen gibt. Du weißt, daß du davon immer Blähungen bekommst.«

Der Bürgermeister biß sich auf die Unterlippe. Sein Widerwillen gegen Gemüse war ein peinliches Thema. In diesem Augenblick erhob sich der Polizist, schlug die Hacken zusammen und salutierte. Er gab dem Bürgermeister bekannt, daß es keine Polizeieskorte geben würde. Der Bürgermeister kaute an seinem Schnurrbart, während er die Neuigkeit verdaute.

»Aber mir wurde ein Trupp von sieben Männern versprochen«, protestierte er schwach. »Im Nachbardorf hat letztes Mal sogar die Polizeikapelle mit dem Susaphon aufgespielt.«

»Bei uns herrscht Personalmangel«, erwiderte der Polizist knapp. »Abgesehen davon wird Ihr Dorf in Kürze sowieso keine eigene Verwaltung mehr haben.«

Das entsprach den Tatsachen. Vor einem Jahr war ein Kartograph in einem Lastwagen vom Landwirtschaftsministerium gekommen; einer der Hinterreifen fehlte und war durch das Holzrad eines Marktkarrens ersetzt worden.

»Ich bin jetzt schon seit zwei Jahren auf Achse«, hatte er griesgrämig erklärt. »Bringen wir die Sache hinter uns. Ich habe noch das halbe Land zu vermessen.«

Er bat darum, in die Kirche gelassen zu werden, und eine Minute später stand er auch schon mit einem Fernglas auf dem Glockenturm. Doch erst als er wieder unten war und begann, seine Dreibeinstative und Teleskope zurück auf den Laster zu laden, kam dem Bürgermeister der Verdacht, daß irgend etwas schiefgelaufen war.

»Ich habe die Order, alle Ortschaften mit weniger als dreißig Häusern zu melden«, informierte ihn der Kartograph. »Sie sind gesetzlich verpflichtet, von ihrem Amt zurückzutreten. Für das Dorf ist dann künftig die Verwaltung der nächstgrößeren Stadt zuständig.«

»Aber Sie können doch nicht so einfach unser Dorf für nichtig erklären«, protestierte der Bürgermeister. »Und womit soll ich mein Geld verdienen?«

»Ich habe nur siebenundzwanzig bewohnte Häuser gezählt.«

»Das Erdbeben ist schuld. Außerdem ist der Steinmetz vor kurzem gestorben. Geben Sie uns einen Monat, und alles ist wieder beim alten.«

Der Kartograph hatte seine Ausrüstung verladen. Er kurbelte den Motor an; der Laster verspritzte Öl, als er knatternd zum Leben erwachte. Der Kartograph setzte sich hinter das Steuer.

»Ich bedaure. Da müssen Sie auf die nächste Landvermessung warten.«

Der Bürgermeister atmete erleichtert aus. »Und wann findet die statt?« fragte er.

»In fünfzig Jahren.«

Und das war's. Das Dorf war dazu verurteilt, der Vergessenheit anheimzufallen. Im Café nun umklammerte der Bürgermeister nervös den Griff seines Schirms und sah zu Boden.

»Wir sind Exilanten im eigenen Land«, murmelte er, während er sich an den Vorfall erinnerte.

Eine kleine, vor der Sonne vorbeiziehende Wolke warf ihren flüchtigen Schatten auf den Boden des Cafés. Der Wal ließ den Mop fallen und eilte mit dem Bürgermeister ans Fenster. Sie beobachteten die Wolke wie ein exotisches Raubtier. Nachdem sie aus ihrer Sicht entschwunden war, begab sich der Wal hinter den Tresen und trug etwas auf einer Kreidetafel ein, auf der in großen, an Kinderschrift gemahnenden Lettern WETTERBERICHT stand.

»Das sieht gar nicht so schlecht aus, Bürgermeister«, sagte er. »Im August hatten wir nur eine einzige Wolke, aber diesen Monat waren es schon vier, und bis zum Monatsende sind es noch zwei Wochen.«

Der Bürgermeister rieb sich den Schnäuzer; es waren die einzigen guten Nachrichten des Tages. Aber vielleicht war es auch einfach nur falscher Alarm. Im April hatten sie elf Wolken gezählt, doch hatte keine Regen mit sich gebracht. Einen Augenblick lang, während die Wolke über ihnen hing, war es dem Bürgermeister so vorgekommen, als wäre es unmerklich kühler geworden, doch nun spürte er nur noch seinen schweißgetränkten Hemdkragen. Ein paar Kakerlaken krabbelten den Tresen zu den Sandwiches hinauf. Der Wal verscheuchte sie mit dem Mop – einem Bündel Stoffetzen, das an einem gekrümmten Griff befestigt war.

»Und alles bloß wegen dem verrückten Wetter«, sagte er. »Normalerweise würden sie den Winter nicht überleben. Nach Insektenjahren müssen die schon weit über achtzig sein.«

Mit einer beiläufigen Geste zog der Polizist sein Pistolenhalfter zurecht. Die Luft roch nach Schweiß und Schuhwichse. Der Bürgermeister wischte sich mit dem Taschentuch über die Stirn und sah auf die Uhr; bis zur Bekanntgabe der Verlobung waren es noch einige Stunden. Plötzlich gähnte der Akkordeonspieler und schlug die Augen auf.

»Ruhen Sie sich aus, mein Guter«, sagte der Bürgermeister. »Es dauert noch, bis das Fest anfängt.« Er musterte sein Taschentuch, ehe er seiner Tochter einen traurigen Blick zuwarf. »Und je schneller es dieses Jahr vorbei ist, desto besser«, murmelte er.

III

Den Nachmittag über zogen mehr und mehr Wolken über das Dorf. Doch während die erste Wolke, die der Wal und der Bürgermeister gesichtet hatten, noch klein und weiß gewesen war, zogen seither immer größere und dunklere Wolken heran. Ein steter Wind aus Richtung des Bahnhofs führte den Gestank des dortigen Klos mit sich, wehte die vertrockneten gelben Efeublätter von den Ranken und verteilte sie wie Rundbriefe über den Dorfplatz, die leeren Tische und die hölzerne Plattform.

Jedes Jahr erhielt der Bürgermeister einen Umschlag von der Behörde, in dem sich die Rede befand, die er auf dem Fest zu halten hatte; schließlich bestand der wahre Grund für das Fest darin, den Bauern die Großtaten der Regierung bekanntzugeben. Die Rede war gerade noch rechtzeitig an ebendiesem Nachmittag mit dem Bus eingetroffen. Es würde die letzte seines Lebens sein. In der kommenden Woche würde er dem Bezirkspräfekten seine Rücktrittserklärung schicken, wie es das Gesetz verlangte.

»Das Befremdliche ist nicht, daß es sich immer noch um die gleiche Bekanntgebung wie vor fünf Jahren handelt«, sagte der Bürgermeister, nachdem er den wachsversiegelten Brief geöffnet hatte, »sondern daß sich die damals angekündigten Maßnahmen immer noch in der Planung befinden.«

Vor dem großen Spiegel im Wohnzimmer kämpfte er sich in seinen Frack und die dazu passende Hose.

»Dieser Anzug ist älter als die Bibel«, sagte seine Frau.

Es war sein Hochzeitsanzug, den der Bürgermeister bei allen offiziellen Angelegenheiten zu tragen pflegte. Er wurde von Sekunde zu Sekunde nervöser. Er versuchte, sich von der bevorstehenden Verlobung abzulenken.

»Erinnerst du dich, wie ich dich damals im Dunkeln von der Kirche nach Hause getragen habe?« fragte er seine Frau liebevoll und hielt den Atem an, bevor er die Hose zuknöpfte. »Inzwischen kann ich kaum noch den Löffel heben und brauche eine Lampe, um nachts den Donnerbalken zu finden.«

Seine Frau lächelte zum ersten Mal an diesem Tag.

»Macht doch nichts. Du bist noch immer der Mann meiner Träume.«

Der Bürgermeister begutachtete sich im Spiegel. In seiner Weste waren Löcher.

»Diese verdammten Motten«, sagte er. »Die würden sich sogar durch Eisen fressen. Nichts kann sie aufhalten.«

Seine Frau fischte ein weißes Kügelchen aus seiner Westentasche und roch daran.

»Du alter Narr«, sagte sie. »Ich habe dir doch gesagt, daß das Naphthalin in der Schachtel auf dem untersten Regal ist. Du hast den Biestern Pfefferminzdrops gegeben.«

In diesem Moment läutete es. Der Schlachter trug einen weißen Anzug mit einer roten Nelke am Revers und ein Hemd ohne Krawatte. Das Haar klebte ihm an der Stirn, und in der Hand hielt er einen Karabiner. Er sah gehetzt aus.

»Was machst du denn mit dem Gewehr?« fragte der Bürgermeister.

»Ich war als Wache am Brunnen eingeteilt.«

Das hatte der Bürgermeister ganz vergessen. Der Brunnen wurde rund um die Uhr beaufsichtigt, und alle Männer des Dorfes nahmen an der Wache teil. Der Schlachter hatte mit einem anderen Mann tauschen müssen, damit er auf das Fest gehen und seine Verlobung feiern konnte.

»Der Bastard«, grunzte der Schlachter. »Einen halben Hammel hat er dafür verlangt.«

Der Bürgermeister sah seinem zukünftigen Schwiegersohn in die fiebrigen Augen. Einmal mehr fragte er sich, ob er die richtige Entscheidung getroffen hatte. Doch nun war es zu spät, und er verscheuchte die unliebsamen Gedanken wie lästige Fliegen.

»Hier, mein Lieber«, sagte er. »Nimm ein Pfefferminz.«

»Hast du es ihr schon gesagt?«

Der Bürgermeister bedeutete ihm mit einer Handbewegung, still zu sein.

»Während des Festes«, flüsterte er, während er einen Blick über die Schulter warf. Dann fügte er hinzu, wenn auch äußerst unsicher, während er den Schlachter zur Tür brachte: »Das wird eine höchst angenehme Überraschung für sie sein.«

Der Schlachter begab sich zum Café, den Karabiner über die Schulter gelegt. Der Wal brachte ihm ein Glas und die Schnapsflasche. Der Polizist warf einen Blick auf das Gewehr und fragte den Schlachter, ob er dafür eine Genehmigung hätte. Der Schlachter erwiderte seinen Blick und griente wie ein Kind, das beim Stehlen erwischt worden war.

»Das ist kaputt«, log er. »Es hat meinem Vater gehört. Er hat den Lauf verstopft, nachdem meine Mutter ihm gedroht hatte, ihn umzubringen.«

Er griff nach einer zusammengerollten Zeitung, die auf dem Fensterbrett lag.

»Da wirst du keine neuen Nachrichten drin finden«, ließ ihn der Wal wissen. »Die wird nur als Fliegenklatsche benutzt.«

Und tatsächlich fiel die Zeitung auseinander, als der Schlachter in den vergilbten Seiten blätterte. Auf dem Platz wurden die Lampions entzündet, während sich die ersten Leute zum Fest einfanden. Dem Café gegenüber befand sich ein Schuppen mit einem handbeschrifteten Schild über der Tür, auf dem FRISIERSALON FÜR DEN FEINEN HERRN stand. Der Salon bestand nur aus einem Stuhl und einem ziemlich nutzlosen Spiegel, der während des Erdbebens zerbrochen war; daher stellte der Barbier den Stuhl des öfteren nach draußen, um sich direkt auf dem Platz um seine Kunden zu kümmern. Der Schlachter fuhr sich mit der Hand über die Stoppeln an seinem Kinn.

»Hol mir den Barbier«, forderte er den Wal auf.

Der Barbier war ein kleiner Mann mit der nervösen Angewohnheit, dauernd über seine Schultern zu sehen, als würde er von jemandem verfolgt. Außerdem war er der politische Widersacher des Bürgermeisters, wenn er auch bei den Wahlen nie mehr als fünf Stimmen erhielt, und daher bester Laune angesichts der bevorstehenden Abdankung seines Kontrahenten. Auf dem Garderobenständer hockte ein Hirtenstar. Er breitete ein Handtuch auf dem Tisch aus und legte seine Utensilien in einer Reihe nebeneinander. Einer der Kämme war zerbrochen; außerdem fehlten ihm fast alle Zähne. Der Schlachter griff nach dem Kamm.

»Der ist für kahle Kunden«, erklärte der Barbier und legte dem Schlachter ein Handtuch um den Nacken. Er rührte ein wenig Schaum an und verteilte ihn auf den Wangen des Schlachters, der den Kopf reckte und dem Rasiermesser die Kehle bot.

»Frauen haben mich gemieden wie die Pest«, sagte er nach einer Weile. »Aber ich habe nie aufgehört, daran zu glauben, daß irgendwo die Richtige auf mich wartet.«

»Sie sollten sich immer die Hände waschen, wenn Sie aus dem Schlachthaus kommen«, sagte der Barbier, ganz auf seine Arbeit konzentriert. »Frauen sind ganz versessen auf gepflegte Hände.«

»Und Schuhe«, fügte der Wal hinzu.

»Seltsam«, fuhr der Schlachter fort, »daß meine Braut die ganze Zeit viel näher war, als ich dachte.«

Der Barbier hielt auf halber Wange mit dem Rasiermesser inne. Er und der Wal tauschten einen Blick. Der Schlachter sah nach wie vor an die Decke.

»Ihr Vater hat mir die Hand drauf gegeben. Er meint, sie wäre verrückt nach mir, aber zu schüchtern, um es mir selbst zu sagen.«

Zuerst wollten sie ihm nicht glauben, da der Schlachter im Dorf nicht besonders beliebt war. Sie konnten sich niemanden vorstellen, der dem Schlachter die Hand seiner Tochter gegeben hätte. Doch sie wußten auch, daß die Dürre so manchen zur Verzweiflung getrieben hatte.

»Wer ist sie?« fragte der Wal.

»Das erfahrt ihr noch früh genug.«

Der Barbier tauchte das Rasiermesser in die Wasserschale und setzte seine Arbeit fort.

»Wer immer es sein mag«, sagte er, »ihre Familie muß vor Hunger schon die eigene Scheiße fressen.«

Es herrschte trübe Stimmung, als das Fest begann. Von der Plattform herab hielt der Priester einen kurzen Gottesdienst. Er wurde zweimal vom Getöse der Kirchenglocken unterbrochen, da der Glöckner schon den ganzen Tag kräftig gebechert und zwei Sprechpausen des Priesters für das Ende der Messe gehalten hatte.

»Das ist ein so schlechtes Omen«, sagte die Frau des Bürgermeisters, »daß es noch nicht mal irgendwo verzeichnet steht.«

Der Gottesdienst endete mit einer langen Fürbitte um Regen. Der Bürgermeister war sichtlich nervös. »Jetzt haben wir so inständig um Regen gebetet«, sagte er, »daß wir wahrscheinlich eine Arche bauen müssen, wenn es funktioniert.«

Schließlich erklomm der Bürgermeister die Stufen zur Plattform, um seine Abschiedsansprache zu halten. Niemand schenkte ihm Beachtung. Statt dessen sahen die Dorfbewohner gen Himmel, um anschließend die Blicke auf die Tische mit den frisch gerösteten Spanferkeln zu richten und diese ehrfürchtig zu begaffen.

»... und ich kann Ihnen allen versichern«, las der Bürgermeister vor, »daß wir noch vor Jahresfrist eine Antwort auf das Wasserversorgungsproblem finden werden!«

Die Menge spendete lustlos Beifall. Sie kannten das Ende der Rede in- und auswendig. Der Bürgermeister bat die Menge, sich zu erheben, und nickte dem Akkordeonspieler zu. Sobald der erste Ton erklang, brach allgemeines Gewieher los.

»Doch keinen Walzer!« sagte der Bürgermeister verdrossen. »Die Nationalhymne sollst du spielen!«

Der Akkordeonspieler gehorchte. Der Polizist erhob sich und führte die Hand zum militärischen Gruß an die Stirn. Oben auf der Plattform fühlte sich der Bürgermeister wie der Kapitän eines sinkenden Schiffs, während er seinen Blick über die Dorfbewohner schweifen ließ, die nach der langen Dürre nur noch als Schlafwandler durchs Leben gingen. Dann war die Nationalhymne vorüber. Der Moment war gekommen, die Verlobung bekanntzugeben.

»Meine verehrten Mitbürger«, sagte der zitternde Bürgermeister. »Darf ich kurz um eure Aufmerksamkeit bitten?«

Aus heiterem Himmel fiel ein Tropfen auf die amtliche Verlautbarung, die er immer noch in der Hand hielt. Der Bürgermeister warf einen verdutzten Blick auf das bekleckste Papier.

»Ich freue mich ...« Die nächsten Tropfen landeten auf dem Papier. »... euch ein ganz besonderes Ereignis bekanntgeben zu dürfen.« Doch die letzten Worte murmelte er nur noch, ehe er sich das Megaphon vor den Mund hielt, ohne noch eine Silbe über die Verlobung seiner Tochter zu verlieren. Statt dessen rief er: »Regen! Regen!«

Das war der Moment, den alle so fieberhaft herbeigesehnt hatten. Die Männer zogen ihre Hemden aus, und die Frauen rollten sich die Ärmel hoch; ihre Haut war so trocken, daß der Regen im ersten Augenblick wie Säure brannte. Innerhalb von Sekunden brach das Herbstgewitter los. Der Akkordeonspieler suchte Schutz unter der Platane, doch die Leute zerrten ihn zurück, weil sie Rumbas hören wollten, Tangos und Karnevalsmusik – egal was, Hauptsache, es war laut genug, um das Donnern des gottgesandten Unwetters zu übertönen. Überall auf dem Platz wurde getanzt.

Der Schlachter tanzte nicht mit.

Während er allein mitten unter den Menschen stand, fühlte er sich, als hätte ihm jemand eine Kuhglocke um den Hals gehängt. Der Regen durchnäßte sein Haar, und die schwarze Schuhcreme, mit der er seine grauen Schläfen zu färben pflegte, rann auf seinen weißen Anzug hinunter. Der Blick seiner gelben Augen erhob sich über die Tanzenden und über die roten Ziegeldächer, schweifte in Richtung all der Dörfer, wo die Frauen auf ihren Türschwellen ausspuckten, wann immer sie ihn sahen, und Kinder mit Steinen nach seinem Laster warfen. In diesem Moment faßte ihn der Bürgermeister an der Schulter. Er sagte, die Verlobung sei aufgelöst.

»Danke, daß Sie meiner Familie helfen wollten«, sagte der Bürgermeister. »Aber jetzt haben wir den Regen auf unserer Seite.«

»Wir haben uns die Hand drauf gegeben«, murmelte der Schlachter.

Der Bürgermeister zuckte nur mit den Schultern. Er wollte dem Schlachter gerade den Rücken zuwenden, als dieser aus der Starre der erfahrenen Demütigung erwachte.

»Versprochen ist versprochen, Bürgermeister«, sagte er. »Versprechen sind dazu da, eingehalten zu werden. Dieses Gewehr zum Beispiel«, fuhr er fort, während er den Karabiner von der Schulter nahm, »verspricht mir, Sie zur Hölle zu schicken, wenn ich abdrücke.« Er hob die Waffe und bleckte die Zähne. »Ich hoffe bloß, es bricht sein Wort nicht genauso dreist, wie Sie es getan haben.«

Er feuerte aus nächster Nähe. Der Knall hallte durch das Tal, und sein Echo vermischte sich mit der Musik und dem Gelächter der Dorfbewohner.

»Vater!« schrie Persa.

Der Schlachter lief in die nächste Seitenstraße. Der Bürgermeister lag rücklings im Schlamm, neben sich den Karabiner, den der Schlachter fallen gelassen hatte.

»Schande über mich«, sagte er mit schamrotem Gesicht.

Die Leute bildeten einen Kreis um ihn und reckten die Hälse. Einige Frauen schluchzten, doch der Bürgermeister konnte sie nicht mehr erkennen. Er lächelte den verblassenden Schatten zu. Die Leute sahen sich nach dem Polizisten um.

»Meine Pistole ist leer«, sagte der Polizist verlegen. »Bei Routineoperationen werden keine Patronen mehr ausgegeben.«

»Dieser Ort befördert mehr Leute ins Jenseits als manche Kriege«, seufzte der Bürgermeister.

Der Hund des Wals kam zum Bürgermeister gelaufen und leckte ihm die Hand. Der Bürgermeister streichelte seinen Kopf; dann kniete sich auch schon der Priester neben ihn.

»Gibt es irgend etwas, das du noch sagen willst, mein Sohn?« fragte er leise.

»Ja«, antwortete der Bürgermeister. »Ich vergebe allen, die bei der letzten Wahl nicht für mich gestimmt haben.«

Das waren seine letzten Worte. In einem der Spanferkel auf den Tischen steckte ein Tranchiermesser. Der Wal zog es heraus und wischte die schmierige Klinge an seiner Schürze ab. Ein Blitz zuckte über den Himmel. Die Leute schwiegen ebenso wie der Hund. Der Sturm peitschte den prasselnden Regen. Der Hund kroch unter die Plattform, während sich die Menge unter die Vorsprünge der Wellblechdächer rund um den Platz verzog und Persa und ihre Mutter mit dem Toten allein ließ. Der Regen fiel auf sie herab, auf die gedeckten Tische, die irdenen Teller, die Spanferkel, die niemand angerührt hatte, und die Schalen mit getrockneten Früchten. Der Boden verwandelte sich bereits in Schlamm, als der Wal den stillen, hell erleuchteten Platz verließ.

Das Opfer

Vater und Sohn hatten alles erledigt und wuschen die Messer in der Tränke ab. Die Sonne ging bereits unter. Das Schlachten hatte den ganzen Nachmittag gedauert. Sie reinigten das lange Schlachtermesser, dessen Klinge mit einer Schnur am Griff festgebunden war, dann das etwas kürzere Tranchiermesser. Beide Klingen waren schon etwas stumpf. Auf dem Wasser in der Tränke schwammen tote Fliegen. Als nächstes säuberte der Junge das Bajonett, das sein Großvater aus dem Krieg mitgebracht hatte; die Klinge war vorn gezackt, und am Ende des Griffs befand sich ein kleiner silberner Totenkopf. Der Junge wusch das Bajonett gründlich ab. Die Sonne spiegelte sich ein letztes Mal auf den Messern und im Wasser, ehe sie endgültig hinter den Bergen versank.

»Ich hole frisches Wasser«, sagte der Junge.

»Bist ein guter Junge.«

Der Junge legte die Messer auf den Tisch auf der Veranda, zog den Pfropf aus dem Abfluß der Tränke, machte sich zum Brunnen auf und kam mit einem frisch gefüllten Eimer zurück.

»Guter Junge«, sagte Dionysos. Er setzte sich in seinen Stuhl auf der von wildem Wein umrankten Veranda. Es war ein Schaukelstuhl, doch er schaukelte nicht; er saß still da und beobachtete seinen Sohn. Hinter den Bergen schwand das Tageslicht.

Der Junge kam seiner Arbeit gewissenhaft nach. Er schrubbte die Tränke mit der Stahlbürste aus, steckte den Pfropf wieder an seinen Platz und goß das Wasser hinein. Er pfiff dabei vor sich hin, als würden sie gerade erst mit der Arbeit beginnen. Dennoch war es bereits Abend, und sein Vater konnte ihn im Halbdunkel kaum noch erkennen.

»Mach mal Licht an, Sohn«, bat Dionysos, als der Junge die Tränke aufgefüllt hatte.

Der Junge ging ins Haus; kurz darauf ging die nackte Glühbirne an, die zwischen den Weinranken hing. Sofort schwirrten Moskitos und Mücken heran. Die der Größe nach aufgereihten drei Klingen auf dem Tisch glänzten im elektrischen Licht. Das Bajonett war am kürzesten; am Griff war noch ein wenig Blut, das auf das Wachstuch auf dem Tisch tropfte. Der Junge kam mit zwei Flaschen Bier zurück.

»Hier, Vater«, sagte er und setzte sich ebenfalls.

Er nahm einen großen Schluck und gab einen zufriedenen Seufzer von sich. Der Vater warf seinem Sohn einen Blick zu.

»Hat er dich verletzt?« fragte er.

»Ach, das ist nichts.«

Der Vater beugte sich vor. »Laß mich mal sehen.«

»Wirklich, halb so wild.« Der Junge krempelte den Ärmel herunter.

Beide trugen sie blutverschmierte alte Overalls; Kragen und Ärmel ihrer Hemden waren ebenfalls rot gesprenkelt. Dionysos sah seinen Jungen an.

»Wasch dir das Gesicht«, sagte er.

Der Junge fuhr sich mit der Hand übers Gesicht und warf einen Blick auf seine Finger. Auch an ihnen klebte Blut. Er stellte die Flasche neben die Messer und ging zur Tränke.

»Guter Junge«, sagte sein Vater.

Eine Schabe flog ins Licht, prallte gegen die Glühbirne und fiel auf den Tisch. Sie krabbelte über die Messer, ehe sie erneut abhob. Eine Zikade hatte zu zirpen begonnen, als der Junge zurückkam.

»Wir haben's erledigt«, sagte der Junge. »Es war nicht leicht, aber wir haben's erledigt, Vater.«

»Das haben wir.« Dionysos nahm einen Schluck Bier.

»Er hat sich gewehrt wie ein Berserker.«

Nicht allzuweit von ihnen erschienen zwei Lichtkegel im Dunkel. Der Junge leerte seine Flasche.

»Der Herr Nachbar«, sagte er. »Willst du noch eins, Vater?«

»Das ist nicht gut für dich.«

»Du siehst doch, wir kriegen Besuch. Ich bring noch eins mit.«

»Wußte ich gar nicht, daß du Bier trinkst«, sagte der Vater.

»Ich geh dann mal eben.«

»Für mich nichts mehr.« Der Vater nippte an seiner Flasche und wischte sich mit dem Handrücken über den Mund. »Dafür bist du noch viel zu jung«, sagte er und hob dabei die Stimme, damit ihn der Junge auch hören konnte.

Der Wagen fuhr vor. Es war ein alter Kleinlaster, dem Kotflügel und Heckscheibe fehlten. Ein Mann sprang heraus und klopfte sich den Staub von den Sachen. Schwerfällig erklomm er die Verandastufen.

»Solltest dir mal 'ne neue Mühle zulegen«, sagte der Vater.

Der Nachbar sah zu seinem Wagen.

»Der läuft bestens«, sagte er mit bescheidenem Lächeln und setzte sich. »Eher besorge ich mir 'ne neue Frau.«

Der Junge kam mit drei frischen Flaschen zurück und reichte dem Nachbarn eine. Der Blick des Nachbarn fiel auf die Messer.

»Er mußte weg, Nachbar«, sagte der Junge und nahm einen Schluck.

»Du hast ihn abgestochen?« fragte der Nachbar erstaunt.

»Wir«, antwortete der Junge. »Ich hab mitgeholfen. Stimmt's, Vater?«

»Bist ein guter Junge.«

»Alles in Ordnung mit dir?« fragte der Nachbar den Vater.

»Er mußte weg«, sagte der Junge.

Der Junge lehnte sich gegen das Geländer der Veranda und trank, den Daumen der anderen Hand in den Hosenbund gehakt. Er ließ seinen Blick über das Gelände schweifen, konnte aber nichts erkennen, da es inzwischen völlig dunkel geworden war. Er wandte sich an den Nachbarn.

»Er hat mich erwischt«, sagte er. »Willst du mal sehen?«

Der Junge krempelte seinen Ärmel hoch. Er hatte eine blutverkrustete Wunde am Unterarm.

»Siehst du?« sagte er. »Er wußte, daß wir ihm ans Leder wollten.«

Der Nachbar fuhr vorsichtig mit einem Finger über die Verletzung. Der Junge lächelte.

»Tut's noch sehr weh, Sohn?« fragte der Vater.

»Stärker als zwei ausgewachsene Männer«, sagte der Junge.

»Tut's noch weh?« fragte Dionysos erneut.

»Ein bißchen.«

»Jod hilft«, sagte der Nachbar.

»Ich spür bloß meine Muskeln.« Der Junge leerte die zweite Flasche. »Zäher Bursche. Ich hab versucht, ihn niederzuringen. Das hättest du mal sehen sollen.«

Der Nachbar schüttelte den Kopf und griff nach seinem Bier.

»Hat sich gewehrt wie ein Berserker«, sagte der Junge.

»Du trinkst zuviel, Sohn«, sagte Dionysos leise, während er hinaus ins Dunkel starrte.

Einen Moment lang war nur das Summen der Insekten zu vernehmen, die um die Glühbirne schwirrten. Der Junge nahm sich die dritte Flasche.

»Er war ein Zuchtbulle«, sagte er. »Er hatte keine Ahnung, was ihm blühte. Das haben die nicht im Blut. Die anderen glotzen einen bloß blöd an. Die wissen Bescheid. Eben weil sie's im Blut haben. Aber Zuchtbullen werden ja normalerweise nicht geschlachtet. Er dachte, ihm könnte nichts passieren.«

»Ein Prachtbulle«, sagte der Nachbar.

»Das ist jetzt auch egal«, sagte Dionysos.

»Er war ein Hereford-Rind«, sagte der Junge. »Vater mußte fünf Jahre sparen, bevor er ihn kaufen konnte.«

»Ist genauso egal«, sagte sein Vater.

»Kann ich irgendwas für dich tun, Dionysos?« fragte der Nachbar.

»Er hat uns kommen sehen«, sagte der Junge und nahm, durstig vom Reden, noch einen Schluck. »Aber er stand einfach bloß so da und starrte uns an. Dachte wohl, er würde schon mit uns fertig.« Er spuckte aus, ehe er fortfuhr. »Das Tranchiermesser machte ihm nichts aus. Mit dem Schlachtermesser hab ich ihm dann die Zunge abgesäbelt. Und das Biest hat sie einfach verschluckt.«

»Geh und zieh dir was Frisches an«, sagte sein Vater.

»Kaum zu glauben, was? Er hat seine eigene Zunge gefressen. Danach war er stinksauer. Da wußte er nämlich genau, was Sache war.«

»Verstehe«, sagte der Nachbar.

»Und in dem Moment hab ich mich an Großvaters Bajonett erinnert. Na ja, benutzt hatte ich's noch nie. Aber immer schön scharf gehalten. Hier, schau's dir mal an.«

Der Junge nahm das Bajonett vom Tisch und hielt es dem Nachbarn unter die Augen. Der silberne Totenschädel glänzte im Licht der Glühbirne.

»Ziemlich gut in Schuß«, sagte der Nachbar.

»Sieh dir die Klinge genau an.«

»Wie gesagt, gut in Schuß.«

»Hier, die Zacken. Normalerweise ist so was gar nicht erlaubt beim Militär.«

»Ja, stimmt.«

»Aber damals war eben Krieg«, erklärte der Junge. »Und im Krieg ist alles erlaubt.«

»Wo du recht hast, hast du recht.«

Der Junge hielt das Bajonett in beiden Händen. Der Nachbar sah zu Boden.

»Komm, zieh dich um«, sagte Dionysos müde.

»Wie ein Berserker«, sagte der Junge. »Verdammt großer Bulle. Der hatte Mumm.«

»Zieh dich um.«

»Wie ein Wolf hat er geheult, als ich ihm das Bajonett reingerammt habe. Da wußte er, was Sache war.«

Der Junge setzte die Flasche an den Mund. Aus dem Dunkel kam eine schwanzwedelnde Hündin angetrottet. Der Junge bückte sich und tätschelte ihr den Kopf.

»Gutes Mädchen«, sagte er. »Ich hab's ihm besorgt. Ich hab's ihm echt besorgt.«

Er wandte sich an seinen Vater. »Ich glaube, ich schnitz mir ein Kruzifix aus den Hörnern. Was meinst du, Vater?«

Dionysos sah zu Boden. Dann begann er zu weinen.

»Sie war mein ein und alles.«

»Ich fühle mit dir, Dionysos«, sagte der Nachbar.

»Sie war doch noch so klein.«

»Es muß furchtbar sein, was du jetzt durchmachst.« Der Nachbar legte eine Hand auf Dionysos' Schulter.

»Sie war mein ganzes Leben.«

Dionysos weinte. Seine Schultern zuckten, während er schluchzte. Der Junge biß sich auf die Lippen.

»Ich bin bei dir, Vater«, sagte der Junge.

»Bist ein guter Junge«, sagte der Vater schniefend.

»Ich fühle mit dir, Dionysos«, sagte der Nachbar wieder.

»Danke, mein Freund.« Dionysos wischte sich die Tränen am Hemd ab.

»Wenn du Geld brauchst, kann ich dir was leihen«, sagte der Nachbar verlegen.

»Ist jetzt auch egal.«

»Ich werde den Priester bitten, für dich zu sammeln.«

»Er mußte weg«, sagte der Junge. »Er hat meine Schwester umgebracht.«

Der Vater starrte wieder hinaus in die Dunkelheit. Die Haut um seine Augen war rot gefärbt von dem Blut an seinem Hemd.

»Er mußte weg, und das hab ich Vater auch gesagt«, sagte der Junge. »Er war ein Killer.«

»Mach den Kamin an, Sohn. Wir müssen unsere Sachen verbrennen. Die kann man nicht mehr waschen.«

»Wie ein Berserker, Nachbar. Ich hatte den Arm bis zum Ellbogen in seinem Rachen, und er hat sich immer noch gewehrt.«

»Zieh dich um, Sohn.«

»Das Blut war heiß. Ich wußte gar nicht, daß Blut so heiß ist. So heiß, daß es kochte, Nachbar.«

»Zieh dich um«, wiederholte Dionysos.

»Meine Schwester mochte ihn. Sie dachte, er könnte keiner Fliege was zuleide tun.«

Der Nachbar zuckte mit den Schultern. »Einem Tier kann man nie trauen.«

»Ich hab ihr gesagt, sie soll nicht zu nah an ihn rangehen. Sieh dir nur seine Augen an, hab ich gesagt. Das sind keine Engelsaugen, das hab ich gesagt.«

Der Nachbar nahm einen Schluck Bier. Die Flasche des Jungen war leer. Der Nachbar sah Dionysos an.

»Du hättest das Biest doch erschießen können. Mit deiner Flinte.«

»Wir haben keine Patronen im Haus«, sagte der Junge. »Ich hab überall nachgesehen.«

»Ich dachte, es wären welche da«, sagte Dionysos. »Ich benutze die Flinte ja kaum.«

Sein Sohn rieb sich die Nase.

»Nein«, beharrte er. »Ich schwör's, es waren keine da. Ich hab überall gesucht. Wir hatten bloß die Messer im Haus. Ich mußte es mit dem Messer tun.«

»Mit der Flinte wär's einfacher gewesen«, sagte Dionysos. Er sah den Jungen an. »Tut mir leid, daß du's allein erledigen mußtest, Sohn.«

»Das war richtig so, Vater. Mit dem Messer. Mit dem Gewehr wär's zu leicht gewesen.«

»Er war zu stark für mich. Ich bin zu alt. Tut mir leid.«

»Ich kümmere mich um dich, Vater. Um dich und den Hof.« Der Junge wandte sich an den Nachbarn. »Ich mach gerade 'nen Fernkurs in Buchhaltung. Ich kann das. Aber am liebsten bin ich draußen an der frischen Luft. Den Kurs mache ich bloß, weil ich muß, aber am liebsten bin ich hier draußen.«

Er wies ins Dunkel. Der Nachbar nickte.

»Er hat uns ein Vermögen gekostet«, fuhr der Junge fort, »aber er mußte weg. Er wußte genau, was er getan hat.«

»Er war ein Tier«, sagte der Nachbar.

»Er hat sie getötet und dann weitergegrast, als wäre überhaupt nichts passiert«, sagte der Junge.

Sein Vater fing wieder stumm zu weinen an. »Meine arme Kleine.«

Der Junge wollte einen Arm um seinen Vater legen, doch der alte Mann stieß ihn weg.

»Vater, ich liebe dich. Sag mir, was ich tun soll. Ich mache alles, was du willst.«

Dionysos schluchzte.

»Bist du stolz auf mich, Vater?« fragte der Junge.

»Es tut mir so leid für dich«, sagte der Nachbar.

»Als wir am Nachmittag aus der Stadt zurückkamen, dachte Vater erst, da läge ein totes Kalb.«

»Ich fühle mit dir, Dionysos.«

Das Blut auf dem Gesicht des Vaters zerrann in den Tränen. Der Nachbar sah zum Tisch, wo die Messer lagen.

»Da waren keine Patronen, nirgends. Das schwöre ich«, sagte der Junge, während er nervös die Hände aneinander rieb. »Ich mußte es mit den Messern tun. Ich hatte keine Wahl, das glaubst du mir doch, oder?«

Die Jäger im Winter

Wir hatten uns verirrt; das war der Grund, weshalb wir überhaupt in dem Dorf landeten. Wir waren bereits seit Stunden unterwegs, als uns das Unwetter einholte und wir die Kreuzung übersahen. So einen Sturm hatten wir noch nie erlebt. Der Schneefall war so stark, daß die Scheibenwischer nichts mehr ausrichten konnten und wir gerade noch die Motorhaube im Blick hatten. Alles war weiß. »Wir fahren durch die Wolken«, sagte unser Fahrer. Wie wahr. Die Wolken, schwer des Schnees, hatten sich tief auf die Berge herabgesenkt. »Hauptsache, wir fahren nicht auf irgendeinen Abhang zu.« Weil die Straße eine echte Buckelpiste war, konnten wir uns nicht mal sicher sein, ob wir uns überhaupt noch darauf befanden. Straßenbegrenzungspfeiler sahen wir auch keine mehr. Wir bekreuzigten uns, wir beteten, wir fuhren weiter.

Einige Zeit später begann der Weg abwärts zu führen; wir merkten es daran, daß uns die Ohren weh taten.

»Schalt runter«, sagten wir dem Fahrer. »Du fährst zu schnell.«

»Ich kann nicht anders. Wenn ich auf dem Eis bremse, verliere ich die Kontrolle über den Wagen.«

Unser Jeep war alt. Von den Türen blätterte der Rost, und das Reserverad war mit einem Seil auf der Motorhaube festgezurrt.

»Den nehmen wir«, hatten wir gesagt. »Wir wollen auf die Jagd.«

Das war einen Monat zuvor gewesen. Wir dachten, wir würden nach einer Woche zurück sein. Wir hatten keine Ahnung, daß sich die Jagd so lange hinziehen würde. Wir hatten versprochen, für den Wagen zu bezahlen, wenn wir erst das Geld für unsere Beute hatten. Der Jeep war groß genug für uns, die Waffen, die Zelte, den Proviant. Unseren Fang wollten wir auf dem Dach transportieren. Was wohl aus dem Mann geworden war, von dem wir den Wagen hatten? Als wir losfuhren, hatte er hinter uns hergewinkt. »Waidmannsheil«, rief er. »Bis bald!« Wir winkten zurück. Das war das Letzte, was wir von ihm gesehen hatten.

Doch die Pirsch war enttäuschend. Der Winter war warm, und die Hirsche waren hoch in die Berge gezogen, wo es weder Straßen noch Wege gab. Wir mußten den Jeep stehenlassen und einen tagelangen Fußmarsch auf uns nehmen. Und dann schlug das Wetter um. Zuerst kam Regen, dann glasharter Hagel und schließlich der Schnee. Wir hatten uns zurück zum Jeep aufgemacht, um uns in Sicherheit zu bringen, doch dann holte uns das Unwetter ein. Das war der Grund, weshalb wir überhaupt in dem Dorf landeten.

Wir hatten drei Karabiner, zwei doppelläufige Schrotflinten, fünf Messer und zwei Pistolen bei uns. Die Pistolen hatten wir zu unserem Schutz dabei. Wir hatten davon gehört, daß es in den Bergen Straßenräuber gab.

»Die schneiden euch die Finger einzeln ab«, hatte man uns gesagt.

»Wir sind bewaffnet«, hatten wir erwidert.

»Das sind Teufel. Kugeln können denen nichts anhaben.«

»Wir haben auch Messer dabei.«

»Mit denen schneiden sie euch höchstens die Augäpfel heraus.«

»Wir haben keine Angst.«

Wir hatten noch andere Geschichten über die Straßenräuber gehört, bekamen sie aber nie zu Gesicht. Wenn es sie je gegeben hatte, mußten sie sich andere Jagdgründe gesucht haben. Wir sahen nur Hirsche, machten aber keine Beute. Mächtige Hirsche gibt es dort oben, aber das Wetter machte uns einen Strich durch die Rechnung.

Als es aufklarte, erblickten wir das Tal. Wir hatten keine Ahnung, daß es dort ein Tal gab. Wir kamen von weither. Wir hatten uns auf die Jagd begeben. Wir waren heilfroh, dem Unwetter entkommen zu sein, und glücklich, als wir dort unten das Dorf erspähten. Die Häuser waren klein und weiß und sahen von oben wie Würfel aus; aus den Schornsteinen stieg Rauch auf. »Da kriegen wir sicher was zu essen«, sagten wir. »Haben wir ein Glück. Drück auf die Tube, Fahrer.«

Und dann geschah es.

Wir bogen gerade um eine Kurve, als unser Fahrer auf die Bremse trat. Der Jeep schleuderte und kam buchstäblich eine Handbreit vor dem Abgrund zum Stehen.

»Seht nur«, sagte der Fahrer.

Mitten auf der geteerten Straße erblickten wir zwei Pfauen. »Was machen die denn hier?« fragten wir uns. »Wie haben sie den Sturm überlebt?« Wir konnten es uns nicht erklären. Wir fuhren weiter. Aus dem Unterholz erhoben sich Falken und umkreisten unseren Jeep. Wir fuhren durch Schlaglöcher und tiefe Pfützen. Wir kamen an einer Ziegenherde vorbei. Wir hatten einen ziemlichen Zahn drauf. Wir sahen den Hund des Hirten erst, als es zu spät war. Wir hielten an und erschossen ihn, damit er nicht leiden mußte. Er hätte sowieso nicht überlebt. Wir entschuldigten uns bei dem Hirten; auch wenn es nur ein Hund war.

»Es tut uns leid«, sagten wir. »Wir kommen von weither.«

»Er war ein guter Hund.«

»Es tut uns leid. Wir sind müde und hungrig.«

»Kehrt zurück, wo ihr hergekommen seid.«

Er war ein alter Mann. Er war zornig. Er wollte uns mit seinem Stock schlagen. Wir feuerten in die Luft, um ihm Angst einzujagen.

Als es dämmerte, kamen wir unten im Dorf an. Auf den Straßen sahen wir mit Körben beladene Esel, im Café kartenspielende alte Männer. Die Laternen brannten nicht. Auf dem Dorfplatz biß sich ein Hund die Läuse aus dem Fell. Wir stellten den Wagen ab. Unter dem großen Baum auf dem Platz hatte sich eine Menge versammelt. Dort stand ein Laster, dessen Scheinwerfer ein Schild beleuchteten, auf dem GROSSE WANDERAUSSTELLUNG EXOTISCHER VÖGEL – NUR EINE HALBE DRACHME stand. Als uns die Leute erblickten, musterten sie uns schweigend.

»Wo können wir hier die Nacht verbringen?« fragten wir.

»Wer seid ihr?«

Wir sagten, daß wir hungrig und müde waren. »Und wir wollen mal wieder richtig einen hinter die Binde kippen«, sagten wir.

»Was macht ihr hier?«

Wir zeigten auf den Laster. »Taugt die Ausstellung was?«

»Da gibt's 'nen Papagei, der beide Strophen der Nationalhymne kann. Was wollt ihr hier?«

Wir sagten, wir wollten den Schausteller sehen. Er war in seinem Wagen und bemalte gerade einen Kakadu. »Einer der Unzertrennlichen ist gestorben«, erklärte er. »Und die Mistviecher singen nicht, wenn einer von ihnen tot ist.« Er machte einen letzten Pinselstrich und setzte den Kakadu zum Trocknen vor einen Ventilator, ehe er sich die Hände mit einem terpentingetränkten Tuch abwischte.

»Also?«

»Wir haben vorhin zwei Pfauen gesehen. Beinah wären wir wegen ihnen verunglückt.«

Er zuckte mit den Schultern. »Die gehören mir nicht. Das sind die Vögel der Toten.«

»Der Toten?«

»Der Toten. Die Pfauen leben auf dem Friedhof. Die Dorfbewohner geben ihnen Futter. Damit sie auf die Gräber ihrer Mütter scheißen«, witzelte er.

In einem Eisenkäfig saß eine mächtige Eule. Wir spielten mit ihr.

»Laßt sie in Ruhe!« brüllte uns der Schausteller an. »Sie mag keine Fremden. Wer seid ihr überhaupt?«

Einen Moment später entschuldigte er sich bei uns.

Wir beschlossen zu bleiben, weil uns die Leute sympathisch waren. Sie waren ehrliche Menschen, und wir waren froh, hier zu sein. Es gab sogar eine Pension, in der wir nach Zimmern fragten.

»Wie lange bleiben Sie denn?« fragte die Wirtin.

»Ein paar Tage. Bis der Jeep repariert ist und das Wetter wieder besser wird.«

»Morgen soll es schön werden. Was wollen Sie mit den Waffen?«

»Wir sind Jäger.«

»Die Tiere halten doch jetzt alle Winterschlaf.«

»Außer den Hirschen.«

Sie sah zum Fenster hinaus. »Morgen wird es schön. Der Himmel ist klar. Sehen Sie die Sterne?«

»Wir trauen den Sternen nicht.«

In jedem Zimmer hing ein Marienbild. Wir schliefen gut. Am nächsten Morgen wachten wir spät auf. Im Frühstücksraum roch es nach Tabak. Wir duckten uns unter dem überall herabhängenden Fliegenpapier und setzten uns. Die Wirtin hatte uns bemerkt, blätterte aber weiter in einem Buch, dem der Einband fehlte.

»Wenn man aus Büchern etwas lernen könnte«, sagten wir, »wären Bibliotheken nicht öffentlich zugänglich.«

»Die Zimmer sind reserviert«, sagte sie. »Ich bedaure, aber Sie können nicht bleiben.«

»Bringen Sie uns das Frühstück, gute Frau.«

»Ich hatte vergessen, daß heute abend Gäste kommen. Sie brauchen natürlich nichts zu bezahlen.«

»Wir haben Hunger, gute Frau.«

Wir hatten uns rasiert, wir trugen unsere Hüte, wir rochen nach Lavendel. Wir rauchten, während sie das Frühstück zubereitete. Wir aßen schweigend. Dann wollten wir wegen des Wagens in der Kreisstadt anrufen, doch das Telefon war tot.

»Das Telefonnetz ist gestern zusammengebrochen«, sagte die Frau. »Wir wissen nicht, wann es wieder funktioniert.«

»Wo finden wir denn den Bürgermeister?«

»Unser Ort hat keinen Bürgermeister.«

Wir gaben der Katze unsere Reste.

»Geben Sie ihr nichts«, sagte die Wirtin. »Sonst kümmert sie sich nicht mehr um die Ratten.«

»Gibt's hier eine Polizeiwache?«

»Die ist geschlossen. Der Gendarm ist im Krankenhaus.«

Wir gingen nach draußen. Es war ein schöner Tag. Wir einigten uns darauf, von nun an den Sternen zu trauen. Der Dorfgendarm hatte sich den Blinddarm herausnehmen lassen müssen, und der Bürgermeister war erschossen worden. Unser Fahrer versuchte den Wagen zu reparieren. Durch die vielen Schlaglöcher hatte sich die Achse verzogen. Wir mußten sie richten, sonst würden wir über kurz oder lang irgendwo liegenbleiben.

»Versucht es beim Schmied«, rieten uns die Dorfbewohner. »Der kann bestimmt helfen.«

»Danke.«

»Das ist eine Kleinigkeit«, sagte der Schmied. »Mit eurer Hilfe geht das ruck, zuck.«

Wir waren müde. Außerstande, ihm zu helfen.

»Ich frag jemand anderen«, sagte der Schmied. »Kein Problem.«

»Nehmen Sie sich ruhig Zeit«, sagten wir.

»Überhaupt kein Problem«, beharrte er.

»Wir haben's nicht eilig, Freund.«

»Nein, wirklich.«

»Wir bleiben noch ein Weilchen, Freund.«

»Selbstverständlich. Alles, was ihr wollt.«

Der eine brauchte dringend eine Rasur, der andere konnte einen frischen Haarschnitt vertragen. Deshalb gingen wir zum Barbier hinüber. Ein Mann mit Brillantine im Haar saß auf dem Frisierstuhl, als wir eintraten. Er bezahlte und ging. Der Barbier fegte den Boden; den Rücken hatte er der Tür zugewandt. »Nehmen Sie Platz.«

Dann drehte er sich zu uns.

»Wo kommt ihr her?« fragte er.

»Wir sind Jäger«, erklärten wir. »Wir haben uns während des Unwetters verirrt.«

»Welches Unwetter?«

Der Barbier trug ein weißes Hemd, eine Baumwollhose mit Hosenträgern und eine Schürze, die einst ein Bettlaken gewesen war. Außerdem trug er schwarze, auf Hochglanz polierte Schuhe mit weißem Oberleder.

»Die Straße über die Berge taugt höchstens für Ochsen«, sagten wir. »Hübsche Schuhe.«

»Wir sind arme Leute«, sagte er.

»Das sind wir auch, Barbier«, versicherten wir ihm.

Er war uns sympathisch. Die meisten Leute im Dorf waren nett und zuvorkommend. Auf dem Garderobenständer hockte eine Krähe. Der Vogel mochte uns nicht. Er war ein seltsamer Vogel.

»Das ist ein Hirtenstar«, sagte der Barbier. »Ich habe ihn vor einiger Zeit von einer Vogelhändlerin gekauft.«

Der Vogel konnte sprechen. »Hurensöhne«, sagte er. »Der Tag wird kommen.«

»Halt's Maul, Solon«, sagte der Barbier.

»Der Tag wird kommen!«

Wir sagten, wenn er dem Vogel das Sprechen beibringen könne, dann ja wohl auch Manieren. Der Barbier ließ seinen Blick über unsere Waffen gleiten. Zwei Gewehre lehnten an der Wand, die anderen hatten wir über die Knie gelegt. Es waren teure Gewehre. Sie waren nicht geladen, damit kein Unglück geschah. Wir ließen Vorsicht walten. Dennoch hatten sie einiges gekostet, und wir trauten der Frau in der Pension nicht.

Ein Mann erschien an der Tür; er zog ein Maultier hinter sich her. Er konnte uns nicht sehen, da wir im Dunkel saßen. Es war ein alter Mann; seine Hände zitterten.

»Du wolltest mir den Bart schneiden, Barbier.«

»Das geht jetzt nicht, Fanourio.«

»Ich sehe wie ein Halsabschneider aus, Barbier.«

»Tut mir leid, Fanourio.«

»Aber ich habe eine Verabredung. So kann ich da nun wirklich nicht aufkreuzen.«

»Der Barbier hat zu tun«, sagten wir. »Und mit Bart lebt sich's länger.«

Er verzog sich. Einer von uns saß auf dem Frisierstuhl, einem alten Stuhl, der aus zusammengeschweißten Bleirohren bestand. Wir fragten den Barbier danach.

»Der Schmied hat ihn gemacht«, sagte er. »Derselbe Mann, der euer Auto repariert.«

»Besser für ihn, wenn er sich mit der Achse geschickter anstellt«, sagten wir.

»Ganz bestimmt, Freunde.«

Es war ein angenehmer Morgen. Nach unserem Besuch beim Barbier wären wir gefahren, doch wir wußten, daß sich die Reparatur des Jeeps hinziehen würde. Außerdem waren Krähen auf dem Dorfplatz, die mit ihren Schnäbeln im Staub stocherten. Der Barbier sagte, das bedeute, daß das Unwetter noch nicht vorbei sei. Er sagte, so ein Unwetter sei heimtückisch wie eine Schlange. Ja, genau das sagte er: wie eine Schlange. Gerade hatte er den letzten von uns fertig rasiert.

»Nimm eine ordentliche Portion Kölnischwasser, Barbier. Unsere Gesichter sehen aus wie rohes Fleisch.«

»Selbstverständlich, Freunde.«

Wir erhoben uns, bereit zu gehen. »Dieses Rasiermesser gehörte einst einem Pascha, damals zu Zeiten der Ottomanen. Der Griff ist aus Elfenbein. Ich möchte es euch schenken, Freunde.«

»Paschas haben sich nicht rasiert«, sagten wir. »Sie trugen Bärte.«

Der Barbier reinigte die anderen Instrumente und trocknete sie an seiner Schürze ab.

»Meine Kämme gehörten einst Odalisken. Meine Scheren sind aus feinstem Silber. Ich schenke sie euch. Wo kommt ihr her?«

Wir sagten, wir seien Jäger.

»Beehren Sie mich bald wieder«, sagte er.

Den Köter knallten wir nicht einfach so zum Spaß ab. Als wir auf den Dorfplatz traten, stand er plötzlich vor uns, wedelte mit dem Schwanz und knurrte. Er hatte Schaum vorm Maul und schnappte nach unseren Beinen. Wir taten den Leuten bloß einen Gefallen. Wir stießen den Hund ein Weilchen mit unseren Gewehrläufen herum, ehe wir ihn erschossen. Wir reinigten die Läufe an unseren Hosen.

»Mörder«, sagte eine Frau.

»Der hatte die Tollwut. Sie können froh sein, daß er tot ist.«

»Mörder.«

Hätten wir dem Hund nicht den Kopf weggeschossen, hätten wir ihr den Schaum vor seinem Maul und die entzündete Zunge zeigen können. Wir erklärten es ihr ganz ruhig.

Später spuckte sie nach uns aus. »Ihr Schweine.«

»Wir fühlen uns, als hätten wir Schmirgelpapier im Mund.«

Der Kellner brachte uns die Getränke. Wir hatten uns in das Café gesetzt. Der Kellner war ein sanftmütiger Riese von Mensch.

Wir nahmen erst mal jeder drei Schnäpse. Der Riese schenkte uns nach.

»Das geht aufs Haus, Freunde.«

»Danke.«

»Woher kommt ihr eigentlich, Freunde?«

»Von weither.«

»Bei uns gibt's nichts zu holen.«

»Das sehen wir.«

»Was macht ihr hier?«

»Wir haben uns verirrt. Wegen des Unwetters.« Wir tranken noch mehr Schnaps. Alles aufs Haus. »Ihr seid sehr gastfreundlich hier«, sagten wir.

Eine Böe stieß die Tür auf.

»Ich habe bloß den Fernseher, das ist alles.«

Der Fernseher stand auf einem Regal. Ein ganz neues Gerät.

»Nicht mehr lange, und in jedem Haus gibt's einen«, sagten wir.

»Ihr könnt ihn haben.«

»Wieso?«

»Nehmt ihn mit. Er gehört euch.«

Eine Katze kam herein und miaute. Als wir ein Glas nach ihr warfen, rannte sie gleich wieder weg. »Du hast sie wohl nicht alle«, sagten wir. Dann machten wir uns wieder auf. Auf der anderen Straßenseite erblickten wir einen Mann auf Krücken, der gerade seine Veranda betrat; ein schiefer Vorbau, den irgendwelche Stümper errichtet haben mußten. Die Markise war ausgerollt und bauschte sich im aufkommenden Wind.

»Komm doch mal eben zu uns rüber, Freund«, riefen wir gegen den Wind.

»Einen Moment, Freunde.«

»Wir brauchen deine Hilfe.«

»Einen Moment.«

Anschließend fragten wir: »Wieso bist du nicht gekommen, als wir dich drum gebeten haben, Freund?«

»Es tut mir leid.«

Er stand auf und glättete seine Sachen, wischte sich das Blut von Nase und Lippen.

»Wo sind all die Leute hin?« fragten wir.

»Die sind zu Hause.«

»Hol sie her.«

»Ja.«

»Sie sollen hierherkommen – die Kinder und die Alten auch.«

»Ja.«

»Und sie sollen die Türen auflassen.«

»Ja.«

»Hast du uns verstanden, Freund?«

»Ja.«

Es schneite, als sie anrückten. Wir standen unter einem Vordach. Wir hielten die Waffen unter den Armen, um sie vor dem Schnee zu schützen. Der Wind hatte sich gelegt. Es schneite so friedlich wie zu Weihnachten. Wir trugen unsere Mäntel, Handschuhe, Hüte und Schals. Es war kalt.

»Das sind aber noch nicht alle«, sagten wir.

Sie sahen einander an. Ein paar alte Leute waren nicht gekommen.

»Sie können nicht gehen.«

»Dann tragt sie.«

»Was wollt ihr von uns?«

»Wir sind Jäger«, sagten wir.

»Was wollt ihr von uns?«

Sie standen nun bis zu den Knöcheln im Schnee. Nackt standen sie auf dem Dorfplatz, während es unablässig schneite. Hinter ihnen lagen ihre Kleider, ein großer Haufen Lumpen, der vorher ihre ausgemergelten Körper verhüllt hatte. Und wir fragten sie nochmals: »Werdet ihr irgend jemandem davon erzählen?«

»Nein. Niemandem.«

Es war wunderschön, den Schnee fallen zu sehen, ganz anders als während des Unwetters. Wir standen einfach da, sahen eine Weile zu und rieben uns die Hände. Dann machten sich zwei von uns in die Häuser auf. Die Dächer, die Bäume, die Elektrizitätsleitungen, alles war schneebedeckt. Die Luft war so dicht, daß wir uns fühlten, als hätten wir Watte in den Ohren.

»Was habt ihr mit uns vor?«

Wir rollten eine Blechtonne heran und machten ein Feuer mit ihren Sachen. Es wärmte uns, bis wir an der Reihe waren und uns in ihre Häuser aufmachten. Drinnen erwarteten uns warme Öfen, frisch zubereitetes Essen und Wein auf den Tischen. Sie waren arme Menschen, doch wünschten wir uns immer noch, nur ab und zu einmal in solchen Betten zu schlafen.

»Bitte, tut das nicht«, flehten die Mütter. »Die Mädchen sind doch noch ganz klein.«

Draußen war es kalt, doch in den Häusern loderten die Feuer in den Kaminen. Wir hatten keine Eile. Und die ganze Zeit standen sie zitternd und weinend im Schnee auf dem Dorfplatz.

»So, das war's«, sagten wir später.

Wir beluden den Jeep und fuhren ab. Wir brauchten Stunden, um die richtige Abzweigung für den Rückweg zu finden. Wie gesagt, wir hatten uns verirrt. Das war ja auch der Grund, weshalb wir überhaupt in dem Dorf landeten.

Angewandte Luftfahrtkunde

Nektarios stand vor der Metzgerei und zog ein Bündel Banknoten aus der Tasche. Einer der Scheine klebte an einem alten Kaugummi fest, wodurch das Innenfutter der Tasche mit herausgezogen wurde und eine Handvoll Münzen auf die Straße fiel. Nektarios starrte auf die Münzen, als handele es sich um Steine auf einem Damebrett, ehe er sich bückte, um sie aufzuheben. In der Metzgerei wandte sich der Lehrling um und sah durch das Schaufenster zu ihm heraus, während er das Hackmesser auf eine Kalbshaxe niedersausen ließ. Die Klinge zerteilte den Knochen und säbelte gleichzeitig ein kleines Stück vom Daumen des Lehrlings herunter.

Es war Mitte Dezember. Im Schaufenster der Metzgerei hingen ein paar ausgenommene Truthähne zwischen Plastikgirlanden und bunten Glühbirnen. Auf einem Schild stand: WENN IHNEN UNSERE TRUTHÄHNE ZU KLEIN SIND, KAUFEN SIE SICH BESSER GLEICH EINEN VOGEL STRAUSS ZUM FEST. Als es erneut zu regnen begann, begab sich Nektarios rasch in den Laden. Andere Kunden waren nicht zugegen. Der Lehrling lutschte an seinem Daumen.

»Hast du die Federn?« fragte Nektarios.

»Du bringst Unglück«, sagte der Junge und betrachtete seinen Daumen.

»Genau das Gegenteil. Die Zeichen stehen gut. Gerade erst sind mir sieben Münzen aus der Tasche gefallen.«

Der Junge sah ihn ausdruckslos an. Nektarios erklärte ihm die Sache.

»Kapierst du's nicht? Die Sieben Weisen Griechenlands, die Sieben Weltwunder ...«

»Mir hat das Hackmesser einen Wink gegeben«, unterbrach ihn der Junge. »Ein Zentimeter weiter links, und mein Daumen wäre Rattenfutter gewesen.«

Nektarios lehnte sich über den Tresen und warf einen Blick auf den blutenden Finger.

»Hab ich's mir doch gedacht!« verkündete er. »Zu lange Nägel. Wer dem Absonderlichen frönt, fällt allzubald dem Bösen anheim.«

Der Junge legte das Fleisch in die Auslage und wischte sich die Hände an der Schürze ab. Es war Ladenschluß. Er spülte das Hackmesser ab, ebenso wie den schweren Messingkessel und die Eisensäge, mit der schon so manche Rinderbrust zerteilt worden war. Schließlich reinigte er noch einen Satz Tranchiermesser mit schwarzen Griffen und hängte sie an die Wand.

»Der Chef meinte heute, daß ich mir 'nen Job als Messerwerfer im Zirkus suchen kann, wenn das Geschäft so weitergeht.«

»Da bräuchtest du ja 'nen Gehilfen, der aufpaßt, daß du nicht versehentlich Selbstmord begehst«, sagte Nektarios.

Beim Krämer gegenüber erlosch die Beleuchtung. Kurz darauf rasselten die Stahlrolläden herunter. Während der Junge die Tür abschloß, zählte Nektarios das Geld auf den Tresen.

»Im Schlachthaus kriege ich auf jeden Fall Arbeit«, sagte der Junge.

»Vergiß es. Die Leute hassen Schlachter.«

»Ich muß es ja keinem auf die Nase binden.«

»Das spielt keine Rolle. Nach einer Woche hast du rote Augen von all dem Blut.«

Nektarios zählte nochmals nach und steckte einen Geldschein zurück in die Tasche.

Der Junge hatte es gesehen. »Leg den wieder hin.«

»Wieso?«

»Saisonaufschlag.«

Im selben Augenblick, als Nektarios den Schein auf die Theke zurücklegte, schaltete sich die Kühlung ab. Draußen ließ der Busfahrer ein letztes Mal die Hupe ertönen – das Zeichen, daß er jeden Moment losfahren würde.

»Ich könnte auch Musiker werden«, sagte der Junge und strich das Geld in seine Schürze, ohne es nachzuzählen. »Ich hab früher Xylophon gespielt.«

»Na, klar. In der königlichen Blaskapelle.«

»Genau.«

Er verschwand durch die Hintertür und tauchte eine Minute später mit einem Jutesack über der Schulter wieder auf. Obwohl es ein großer, prall gefüllter Sack war, schien ihm die Last keine Mühe zu bereiten. Er stellte den Sack ab und grinste; seine gelben Eckzähne waren lang und scharf. Nektarios' Blick fiel abermals auf die dunklen Hände mit den langen Nägeln.

»Ein Sack Truthahnfedern«, sagte der Junge. »Wie abgemacht.«

»Du verwandelst dich in einen Hund«, sagte Nektarios. »Weil du zuviel rohes Fleisch ißt.«

»Eine warme Mahlzeit hab ich nicht mehr gehabt, seit meine Mutter mit diesem Dompteur durchgebrannt ist. Der machte so 'ne Trapeznummer mit Tigern.«

Nektarios kräuselte die Lippen. »Wirklich?«

»Jedenfalls hat das mein Vater in seinem letzten Brief geschrieben, bevor sein Tanker im Bermudadreieck verschollen ist.« Er bekreuzigte sich ehrerbietig. »Gott sei seiner Seele gnädig.«

»Letztes Mal hast du mir erzählt, du wärst in einem Waisenhaus für die Kinder hingerichteter Schurken aufgewachsen.«

»Das war mein Blutsbruder.«

Der Junge nahm die Schürze ab und hängte sie an einen Haken. Nektarios ergriff den Sack; zusammen verließen sie die Metzgerei durch die Hintertür. Sie waren erst ein paar Schritte weit gekommen, als es wieder zu regnen begann, und suchten Zuflucht unter dem nächsten Balkon. Nektarios zog seine Jacke aus und legte sie über den Sack. Er zitterte, als die Kälte durch sein Hemd drang, und seine Zähne klapperten wie bei einer Telegrammübertragung. Jedesmal, wenn der Regen aufzuhören schien, wollte er los und winkte dem Jungen, ihm zu folgen. Der Junge aber blieb an der Wand stehen und rauchte, die Hände in den Hosentaschen.

»Ich würde ja auch eine rauchen«, sagte Nektarios nach seinem vierten Fehlstart, »aber heute nacht brauche ich klare Luft in meinen Lungen.« Der Junge sah ihn an. »Außerdem habe ich seit zwei

Tagen nichts gegessen«, fuhr Nektarios fort. »Ich muß so leicht wie möglich sein.«

Sie starrten in den Regen hinaus. Als es schließlich zu regnen aufgehört hatte, war Nektarios' Haar klatschnaß, und das Hemd klebte an seiner Haut. Er war so mager, daß er den Eindruck erweckte, als würde er wie ein Papierschiffchen davontreiben, sollte er in das vorbeiströmende Wasser stürzen. Fröstelnd streifte er sich die Jacke über und nahm den Sack; dann machten sich die beiden wieder auf den Weg.

»Wetterberichte sind so zuverlässig wie Horoskope«, sagte der Junge, die Jacke über den Kopf gezogen.

»Wann bist du geboren?«

Der Junge sagte es ihm.

»Ein Skorpion«, sagte Nektarios nachdenklich. »Na, klar. Wer die verborgensten Motive der Menschen erkennt, neigt natürlich auch zu einem gewissen Zynismus.«

Der Junge zündete seine letzte Zigarette an und warf das leere Päckchen weg, das von den Wasserfluten fortgetrieben wurde. Eine Straßenlaterne warf einen Lichtkegel in den unablässig fallenden Regen. »Interessant«, bemerkte Nektarios, während er wie gebannt ins Licht spähte. »Sieht aus, als würde es Glühbirnen regnen.« Abrupt hielt er inne und setzte seine Last ab. »Verdammt!« erinnerte er sich. »Wir haben den Leim vergessen!«

Und um diese Zeit würden sie auch keinen mehr bekommen. Der Krämer hatte geschlossen. Der Bahnhofskiosk war zwar noch geöffnet, doch das einzige, was dort einem Eimer Leim am nächsten kam, waren die Gläser mit Thymianhonig. »Das könnte funktionieren«, sagte Nektarios. »Das Problem ist bloß, daß Honig Insekten anzieht. Ich glaube, wir sollten besser Wachs nehmen.«

Und da fiel ihnen die Kerzenmacherin ein. Hinter den heruntergezogenen Jalousien ihres Ladens drang Licht hervor, und sie klopften an die Tür. Die Kerzenmacherin öffnete und sah die beiden überrascht an.

»Wir sind zu einer Totenwache unterwegs«, log der Junge. »Wir bräuchten Kerzen.«

Die Frau musterte die beiden mit argwöhnischem Blick.

»Wer ist denn gestorben?«

»Anastasio.«

»Gott segne ihn. Menschen wie ihm haben wir es zu verdanken, daß wir unser Geschäft noch nicht schließen mußten.«

»Wir müssen uns beeilen«, sagte der Junge. »Sonst schläft die Witwe noch im Dunkeln ein.«

»Gibt's denn dort kein Licht?«

»Doch, doch.« Der Junge legte einen Arm um die Frau und sprach gedämpft weiter. »Aber der Verstorbene hatte einen schrecklichen Unfall mit dem Mähdrescher, verstehst du.«

»Der Arme!«

»Und weil sie nicht alle Teile von ihm finden konnten, haben sie ihn mit einem Unbekannten aus dem Leichenschauhaus in der Kreisstadt vertauscht.«

»Gott im Himmel!« stieß die Frau hervor und bekreuzigte sich.

Der Junge beruhigte sie.

»Solange das Licht nicht brennt, merkt die Witwe keinen Unterschied.«

Sie kauften ausreichend Begräbniskerzen und verließen eilig den Laden. Da sie aussahen, als wären sie zu einer Prozession unterwegs, blieben sie in der nächsten Gasse stehen und warfen die violetten Trauerschleifen und den Silberpapierschmuck weg, ehe sie ihren Weg fortsetzten. Um diese Zeit hielten sich nur einige wenige Männer im Billardsalon auf. Da die Pflastersteine im nassen Boden eingesunken waren, hatte sich eine tiefe Wasserlache in der Gasse gebildet. Nektarios überlegte. Schließlich zog er Schuhe und Socken aus, krempelte die Hosenbeine hoch und watete hindurch.

»Wo willst du hin?« fragte der Junge, während Nektarios sich die Schuhe wieder anzog.

»Wirst du bald sehen«, erwiderte Nektarios. Er schwieg eine Weile, ehe er erneut das Wort an den Jungen richtete. »Gib mir deine linke Hand.« Der Junge streckte die Hand aus; Nektarios ergriff sie und besah sich seine Handfläche, während sie weitergingen. »Ausgezeichnet«, sagte er. »Dein Merkurhügel besagt großes wissenschaftliches Interesse. Wußte ich's doch, daß du die richtige Hilfe für mich bist.«

Sie waren fast an ihrem Ziel angekommen. Auf dem Kirchhof

angelangt, setzte Nektarios den Sack ab und holte tief Luft. Plötzlich ging in dem Häuschen neben der Kirche Licht an; ein Mann mit einer Schlafhaube auf dem Kopf erschien im Fenster.

»Wer ist da?«

Pater Gerasimo stellte die Öllampe auf die Fensterbank und setzte seine Brille auf.

»Nur wir«, sagte Nektarios. »Wir wollten noch zum heiligen Timotheus beten, ehe wir nach Hause gehen.«

»Den Tag will ich noch erleben«, murmelte der Priester. Er wollte sich gerade wieder abwenden und ins Bett gehen, als ihm der Sack und die Kerzen ins Auge stachen. »Was habt ihr denn da bei euch?«

»Weihnachtsschmuck«, erklärte der Junge.

Pater Gerasimo musterte sie von seinem Fensterplatz aus, ehe er kopfschüttelnd die Läden schloß. Lautlos betraten Nektarios und der Junge die Kirche und erklommen die Stufen des Glockenturms.

Der Glockenstuhl war Nektarios' Werkstatt. Auf einer Werkbank lagen eine Metallsäge, ein Hobel und ein kleiner Holzhammer. Der Boden war mit Sägespänen übersät. Nektarios hatte seit Monaten hier gearbeitet. Der Junge schloß die Falltür hinter ihnen.

»Wieso hat eigentlich keiner was bemerkt?«

»Weil niemand hierherkommt. Der Glöckner hatte von einem Tag auf den anderen plötzlich Höhenangst«, sagte Nektarios. »Jetzt läutet er die Glocke mit dem Seil von unten aus. Gib mir die Kerzen.«

Nektarios machte Feuer unter einem Kessel und warf die Kerzen hinein. »Wenn der Priester wüßte, was wir hier tun«, sagte er. Er leuchtete in eine Ecke des Glockenturms. An der Wand standen mehrere Rahmen aus Holz, die mit einem gemusterten Stoff bespannt waren. »Das war Bettwäsche«, sagte Nektarios. »Sei vorsichtig.«

Erst als er alles auf der Werkbank arrangiert hatte, ergriff der Junge wieder das Wort. »Sieht wie ein Drachen aus.«

Von oben ähnelte die Apparatur einem Kreuz, ebenso lang wie breit; der Durchmesser entsprach den ausgebreiteten Armen eines

Mannes. Die Flügelrahmen waren mit Eisenscharnieren befestigt, und an beiden Seiten befand sich je ein Handgriff. Nahe dem oberen Ende der Konstruktion war ein Paar Hosenträger angenagelt.

»Das beste Gerät, das ich bislang gebaut habe«, erklärte Nektarios. »Ich habe mich eingehend mit der Anatomie von Vögeln und der Technik der frühen Eindecker beschäftigt.« Er berührte den einen Flügel. »Im Gegensatz zu einem Eindecker sind die Flügel nicht starr am Gerüst befestigt. Dadurch, daß sie beweglich sind, kann ich den Flug kontrollieren. Und weil ich sie unabhängig voneinander bewegen kann, brauche ich auch kein Steuerruder.« Die Scharniere quietschten, als er den Flügel anhob. »Das sind Türangeln. Nicht ganz leicht, aber ich habe einen Monat kein Fleisch mehr gegessen, um das auszugleichen.«

Der Junge sah ihm zu und biß sich auf die Lippe.

»Das war mein einziges Paar Hosenträger«, fuhr Nektarios fort. Er öffnete seine Jacke und zeigte dem Jungen, daß er seine Hose mit einem Seil gegürtet hatte. »Ganz schön dehnbar. Ich habe mich an ihnen eine Stunde lang vom Balkon hängen lassen.« Er klopfte dem Jungen auf die Schulter. »Bei der Konstruktion kann nichts schiefgehen. Ich habe alles doppelt und dreifach berechnet und austariert.«

Er nahm den Kessel mit dem geschmolzenen Wachs vom Feuer. »Trotzdem fehlt noch eine letzte Feinheit«, sagte er. »Die Truthahnfedern.« Er griff nach dem Sack, den sie den ganzen Abend mit sich herumgetragen hatten. »Nun denn«, wies er den Jungen an. »Tauch die Federkiele ins Wachs und kleb sie auf die Bespannung.« Er nahm eine Feder, tunkte sie kurz im Kessel ein und drückte sie so auf den straff gespannten Stoff, daß die Spitze zum hinteren Ende des Flugapparats hin ausgerichtet war. »Die Federn vermindern Strömungswirbel«, sagte er und prüfte, ob die Feder auch wirklich fest klebte.

»Dazu brauchen wir ja die ganze Nacht«, maulte der Junge.

»Du kriegst Stundenlohn.«

Sie begannen mit der Arbeit. Als es draußen allmählich zu dämmern begann, saßen sie auf dem Sofa und betrachteten das Fluggerät.

»Dann brauche ich's ja nur noch auszuprobieren«, sagte Nektarios.

»Gib mir besser erst mein Geld«, sagte der Junge.

Nektarios zückte seine Geldbörse und gab dem Jungen ein paar Scheine.

»Behalt den Rest«, sagte er. »Du hast dich als echter Skorpion erwiesen.«

Der große Moment war gekommen. Nektarios stieg auf das Sims und sah auf den Kirchhof hinaus, einen rechteckigen, von einer Reihe Zypressen gesäumten Platz; auf dem Zementboden standen Töpfe mit blühenden Geranien. Ein erster Lichtstreif zeigte sich am Horizont. Der Junge stand hinter Nektarios und rieb sich die Arme. Nachdem es die ganze Nacht über wieder und wieder geregnet hatte, sah nun alles nach einem klaren Tag aus. Es herrschte Windstille. Aus der Ferne erklang das Läuten von Schafsglocken. In einigen Häusern gingen die Lichter an.

Während ihn der Junge von hinten stützte, zog Nektarios die Schuhe aus und streifte die Haltegurte über die Schultern. Er justierte die Flügel und probierte sie aus; abgesehen davon, daß die Scharniere quietschten, funktionierten sie einwandfrei. »Die müssen dringend mal geölt werden«, instruierte er den Jungen. »Aber nicht jetzt. Erst einmal muß ich meine Bestimmung erfüllen.« Er holte mehrmals tief Luft, breitete die Arme aus und sprang.

Sein Aufschlag war so laut, daß er die Dorfbewohner aus den Häusern trieb. »Schon wieder Nektarios«, seufzten sie. »Hol mal einer den Doktor.« Sie entfernten die Holzsplitter von seinen Schultern, wischten ihm mit sauberen Tüchern das Blut vom Gesicht und flößten ihm Branntwein ein. Während sie auf den Doktor warteten, fingen sie an, die Einzelteile des Flugapparats zusammenzufügen. Sie kratzten sich an den Köpfen, voller Bewunderung für die technische Raffinesse der Maschine. Dann zeigte einer auf die Federn, und sie schüttelten allesamt die Köpfe.

»Was für ein Narr.« Ihre Stimmen verschmolzen zu einer einzigen, während sie auf den blutenden Nektarios blickten. »Wußte er denn nicht, daß Truthähne nicht fliegen können?«

Am ersten Tag der Fastenzeit

I

In dem Augenblick, als er den Blick hob, kam es dem Gefängnisdirektor so vor, als würde er ein geplündertes Mausoleum betreten. Statt Blumengirlanden an den Wänden gab es nur ein paar spinnwebverhangene Laubornamente aus Stuck unterhalb der Zimmerdecke. Von einem Nagel hing eine ausgediente Landkarte, deren Farben von der Sonne ausgeblichen waren; bestimmte Kreisstädte waren mit roten Nadeln gekennzeichnet. Hinter dem Schreibtisch hing die Nationalflagge, wenn auch nicht ordnungsgemäß an einer Fahnenstange, sondern an einem Garderobenständer, und auf dem Boden – dort, wo es während des Erdbebens vor drei Jahren hingefallen war – lag ein Porträt des Präsidenten in einem Scherbenhaufen. Das andere Ende des Raums wurde fast vollständig von einem Feldbett mit durchgelegener Matratze eingenommen; daneben stand ein noch warmer gußeiserner Herd samt eines akkurat arrangierten Stapels Brennholz. Der Gefängnisdirektor schloß die Tür hinter sich und knöpfte sich die Hose zu. Es war der erste Montag der Fastenzeit. Er blies die Wangen auf und rieb sich die Hände an der Hose trocken.

»Hauptsekretär!« brüllte er.

Ein junger Mann mit traurigen Augen trat ein und salutierte.

»Im Waschraum ist ein Handtuch fahnenflüchtig«, sagte der Gefängnisdirektor.

»Die Putzfrau wird es mitgenommen haben, Herr Direktor.«

Der Gefängnisdirektor musterte seinen Untergebenen mit argwöhnischem Blick. »Die Putzfrau ist doch vor drei Jahren gestorben, nicht wahr, Hauptsekretär?«

»Vor drei Jahren und sieben Monaten, Herr Direktor.«

»Also?«

»Wir haben inzwischen eine neue Zugehfrau. Sie kommt einmal die Woche.«

»Dann sollte sie zunächst ein sauberes Handtuch mitbringen, ehe sie das alte entfernt.«

»Ja, Herr Direktor.«

Der Hauptsekretär salutierte wieder und wandte sich zum Gehen.

»Hauptsekretär.«

»Herr Direktor?«

»Ein braunes Handtuch bitte, so wie vorher. Da sieht man den Schmutz nicht sofort. Das ist einfach hygienischer, verstanden?«

»Das Handtuch war weiß, Herr Direktor.«

Mit einer abrupten Handbewegung entließ der Direktor den Hauptsekretär. »Braun. Wegtreten.«

Eine Zeitlang betrachtete er die Landkarte an der Wand. Die Nadeln markierten die Stationen seiner dienstlichen Laufbahn, die in seiner jetzigen Bestallung vor vielen Jahren ihren Höhepunkt erfahren hatte. Seither hatte er fast sein gesamtes Haar verloren, abgesehen von ein paar grauen Büscheln an den Seiten, die seinen Kopf wie ein staubiger Lorbeerkranz umgaben, während seiner Karriere im gleichen Zeitraum langsam aber sicher der Saft ausgegangen war. Die Flügeltüren zum Balkon standen offen, und die leichte Brise führte den Geruch gekochter Okraschoten mit sich; im Speisesaal auf der anderen Seite des Hofs wurde das Mittagessen ausgegeben. Der Schatten des Wachturms war über das Büro des Direktors gefallen. Der Gefängnisdirektor knipste das Licht an, setzte sich und rückte den Stuhl vor seine alte Remington-Schreibmaschine. Er spannte einen Briefbogen nebst Durchschlagpapier unter der gummierten Walze ein und zündete sich eine Zigarette an.

Er hatte kaum etwas geschrieben, als er zu fluchen anfing.

»Hauptsekretär!«

Die Tür öffnete sich wieder.

»Das Ölkännchen«, sagte der Gefängnisdirektor. »Im Gefecht verschollen.«

Auf seinem Tisch befanden sich Stapel unerledigter Korrespondenz, ein Kästchen mit Briefmarken, Bleistifte mit abgebrochenen Minen, ein leeres Tintenfläschchen, das silbern gerahmte Schwarzweißfoto eines betagten Paares und ein Ventilator, der bei jeder Umdrehung weitere Papiere über den Boden verteilte. An der Wand hing ein Juradiplom. Der Hauptsekretär durchforstete den Raum, bis er das Ölkännchen schließlich hinter dem steckengebliebenen Rollverschluß eines ausrangierten Sekretärs fand. Er reichte es seinem Vorgesetzten und klopfte sich den Staub von den Knien.

»Wegtreten«, sagte der Gefängnisdirektor.

Als er die Schreibmaschine geölt hatte, war es mit seinem Arbeitseifer auch schon vorbei. Er rollte auf seinem Stuhl ans andere Ende des Schreibtischs und nahm das schwarzweiße Foto in die Hand. Er hauchte über den silbernen Rahmen, polierte ihn mit dem Ärmelsaum, stellte das Bild ehrerbietig zurück und begab sich zum Balkon. Der Balkon ging auf den Gefängnishof hinaus, einen großen, ungepflasterten Platz, der auf drei Seiten von Gebäuden begrenzt wurde, während die vierte aus einer mit Stacheldraht und Glasscherben gesicherten Betonmauer bestand. In dem Moment, als der Direktor auf den Balkon trat, warf der Posten auf dem Wachturm seine Zigarette weg, schlang das Gewehr über die Schulter und nahm Haltung an. Die Flagge an seinem Verschlag war nicht gehißt – der Direktor nahm sich vor, ihm dafür später eine Rüge zu erteilen. Der Speisesaal befand sich in einem einstökkigen Gebäude mit einem Ziegeldach, einem Blechschornstein und einer Zeile Fenster ohne Scheiben. Drinnen saßen die Häftlinge in Reihen nebeneinander und aßen schweigend, während zwei mit Karabinern bewaffnete Aufseher an der Tür lehnten. Neben dem Verwaltungstrakt gab es noch zwei weitere, von langen Korridoren durchzogene Gebäude, die die Zellen beherbergten. In den Bergen lagen die zur Anstalt gehörenden Minen, und nicht weit entfernt lag eine talwärts führende Gleisstrecke. Der Direktor wandte sich ab und trat wieder in sein Büro. Er hatte sich gerade seufzend auf seinem Stuhl niedergelassen, als es an der Tür klopfte.

»Was gibt's?« brüllte er.

Die Tür öffnete sich.

»Er ist da, Herr Direktor«, sagte der Hauptsekretär.

Der Direktor versuchte sich zu erinnern. »Ja, natürlich«, sagte er schließlich. »Bringen Sie ihn herein.«

Der Hauptsekretär wandte sich ab und kehrte kurz darauf mit einem Häftling zurück. Es handelte sich um einen großen Mann, der die Ärmel bis über die Ellbogen hochgekrempelt hatte; er atmete schwer vom Treppensteigen. Er hatte die Hände in den Taschen, Tätowierungen auf beiden Unterarmen und einen Ausdruck tiefen Mißtrauens im Gesicht. Der Hauptsekretär stand hinter ihm, in der einen Hand eine Busuki, in der anderen eine Eisensäge. Der Direktor nahm das Instrument entgegen und nickte zufrieden. Er ging auf und ab, wobei er weniger nachdenklich als müde und geschlagen wirkte – er sah aus wie jemand, der auf einen verspäteten Bus wartet.

»Bist du mit den Werken Beethovens vertraut, Velisario?« fragte er.

Der Häftling kratzte sich die unrasierten Wangen. »Wer?«

»Ludwig van Beethoven. Der größte Komponist aller Zeiten.«

Der Häftling zuckte mit den Schultern.

»Wie auch immer«, sagte der Gefängnisdirektor. »Laß uns mal sehen, was du kannst.«

»Was ich kann?«

»Spiel etwas.«

Er reichte dem Häftling die Busuki. Der Hüne zögerte einen Moment, ehe er die Hände aus den Taschen zog und das Instrument wie eine Porzellanfigur entgegennahm.

»Hast du ein Plektrum?« fragte der Gefängnisdirektor.

»Ein was?«

»Ein … vergiß es. Spiel.«

Velisario war ein Maurer, der wegen fahrlässiger Tötung zu drei Jahren verurteilt worden war. Während des damaligen Erdbebens war ein Mann unter den Trümmern eines einstürzenden Schornsteins begraben worden; die Ermittlungen hatten ergeben, daß bei der Arbeit gepfuscht worden war. Ein stümperhafter Klang ertönte, als er mit dem Daumen über die Saiten strich.

»Tut mir leid, Herr Direktor«, murmelte er. »Bin aus der Übung.«

»Aber nicht doch, Velisario. Das liegt an der Akustik. Ich denke, wir sollten sie ein bißchen verbessern.«

Er schnippte mit den Fingern, worauf ihm der Hauptsekretär die Säge reichte. Er beförderte die Busuki auf seinen Schreibtisch und sägte den Korpus auseinander. Unter dem Resonanzboden waren eine Reihe kleiner Papierpäckchen versteckt.

»Haschisch«, stellte der Gefängnisdirektor fest. »Zwei Wochen Einzelhaft.«

Der Hauptsekretär schlug die Hacken zusammen, während der Häftling ein unfreundliches Knurren von sich gab.

»Und das Abendessen wird auch gestrichen«, korrigierte der Gefängnisdirektor seine Order. »Verstanden?«

»Wie Sie wünschen, Herr Direktor«, erwiderte der Hauptsekretär, ehe er den Häftling nach draußen führte.

Der Gefängnisdirektor massierte seine Augenbrauen. Er hatte sie sich schon seit längerem nicht mehr gestutzt. Er trug auch einen Bart, den er jeden dritten Monat wieder entfernte – worauf er es jedesmal unweigerlich bereute, ihn abrasiert zu haben, und sich einen neuen wachsen ließ. Er hatte seiner Kahlköpfigkeit damit entgegenzuwirken versucht, indem er das übriggebliebene Haar an den Seiten wachsen ließ und schließlich über seine Glatze kämmte, doch war ihm das Ergebnis peinlich gewesen. Was seine sonstige Erscheinung betraf, wollte seine Kleidung meist weder zu seinem Trauerschlips noch in die nüchterne Umgebung der Anstalt passen. Im Winter trug er einen grasgrünen Dreiteiler, türkisfarbene Seidenhemden mit Button-Down-Kragen und handgenähte Schuhe mit rechteckigen Spitzen, während er seine Glatze unter einer Fellmütze verbarg; im Sommer warf er sich in eines seiner beiden Leinenjacketts, ein gestreiftes Hemd, eine cremefarbene Hose und zweifarbige Wildledermokassins. Seine Sachen waren immer frisch gebügelt; eine Aufgabe, die er seit jeher selbst übernahm, da sie ihm das Gefühl vermittelte, daß er sich damit etwas Gutes tat. Sein Äußeres hatte unter den Wärtern schon häufig für hochgezogene Brauen gesorgt, wie ihm durchaus aufgefallen war.

Diesmal klopfte sein Adjutant nicht an. Er öffnete vorsichtig die Tür und spähte herein.

»Sie sind eine echte Plage, Hauptsekretär«, sagte der Gefängnisdirektor. »Schlimmer als eine Schmeißfliege.«

»Ich wollte noch einmal mit Ihnen über meine Versetzung reden, Herr Direktor.«

»Welche Versetzung?«

Der Hauptsekretär senkte den Blick. »Meine Versetzung, Herr Direktor.«

Sein Vorgesetzter erinnerte sich.

»Ja, richtig. Was ist damit?«

»Heute ist der letzte Tag, Herr Direktor.«

Der Gefängnisdirektor ließ sich in seinen Stuhl zurücksinken und setzte die Miene eines besorgten Vaters auf. Der junge Mann stand in der Mitte des Büros. Er hatte seine Kappe sorgfältig aufgesetzt; die Knöpfe seiner Uniform und seine Stiefel glänzten, und er war sogar rasiert – eine Gepflogenheit, der von seinen Kollegen kein einziger nachkam. Bis zu dem Tag, an dem er um seine Versetzung nachgesucht hatte, war er dem Direktor nicht weiter groß aufgefallen. Nervös spannte er ein Blatt Papier in die Schreibmaschine.

»Wieso sind Sie überhaupt in den Vollzugsdienst eingetreten, Hauptsekretär?«

Der Hauptsekretär hatte noch nicht geantwortet, als der Direktor die nächste Frage stellte.

»Was denken Sie so über das Leben hier drinnen, mein Sohn?«

»Ist auch nicht viel anders als Feldarbeit.«

Der Gefängnisdirektor ging nicht auf den spontanen Kommentar ein; er wußte, daß sein Personal durch die Bank resigniert hatte. Tatsächlich kamen in letzter Zeit zunehmend ähnliche Gefühle in ihm hoch; daher hoffte er insgeheim auf eine Stelle im Ministerium. Er setzte seine Brille auf und begann mit dem Empfehlungsschreiben, ohne dabei auch nur eine Sekunde nachdenken zu müssen.

»Für seinen Beruf muß man auch Opfer bringen, Hauptsekretär«, sagte er, ohne von der Schreibmaschine aufzusehen.

»Meine Familie braucht mich, Herr Direktor.«

»Geht's um eine Frauengeschichte?«

Der Hauptsekretär errötete. »Nein. Mein Vater, Herr Direktor. Es geht ihm nicht gut.«

Sie schwiegen; nur das Geräusch der Schreibmaschine war zu hören. Plötzlich meinte der junge Mann, sich betreffs der Mutmaßung des Direktors rechtfertigen zu müssen. »Wie könnte ich, Herr Direktor? Hier, so weit weg von allem ...«

Der Gefängnisdirektor nickte, während er weitertippte. »Sie sagen es. Weit, weit weg.«

Der Schatten des Wachturms war weitergerückt, und die Sonne schien wieder in das Büro, ließ den Staub auf dem Schreibtisch, den Stühlen und den Aktenschränken schimmern. Unter den Möbeln lagen alte Zeitungen und Fallen mit verdorbenem Käse, den die Mäuse nie anrührten. Von draußen drang Lärm herein; das Mittagessen war vorüber, und die Häftlinge strömten auf den Hof, lungerten in Gruppen zu zweit oder dritt herum, während einige sich einen Fußball zukickten, in dem fast keine Luft mehr war. Der Posten auf dem Wachturm hatte ihnen den Rücken zugewandt und rauchte. Im Büro des Direktors dachte der junge Hauptsekretär an dem Tag, an dem sich die Tore der Anstalt endlich hinter ihm schließen würden, mit einer Inbrunst, als wäre er eine Geisel, die den Moment ihrer Freilassung herbeisehnte.

»Fertig.« Der Gefängnisdirektor unterschrieb das Papier und reichte es dem Hauptsekretär. Er warf einen Blick auf seine Uhr. »In einer halben Stunde können Sie dann Aristo vorbeibringen.«

Der Hauptsekretär salutierte und ging. Der Gefängnisdirektor griff nach einer Packung Zigaretten. Er rollte auf seinem Stuhl zum Balkon und ließ sich die Knochen von der Sonne wärmen. Er zog ein paarmal an seiner Zigarette, ehe er einen Seufzer ausstieß.

»Die Wachen brennen noch mehr auf ihre Entlassung als die Gefangenen«, sagte er.

Nach langem, unruhigem Schlaf war er am Morgen mit einem Gefühl der Trauer erwacht. Als er zwischendurch mitten in der Nacht hochgeschreckt war, hatte er im Dunkel etwas gesehen, was er im ersten Moment für den Geist seines toten Vaters gehalten hatte, doch obwohl ihm einen Augenblick später aufging, daß es sich nur um den Garderobenständer mit der Flagge handelte, zitterte er so sehr, daß er den Ofen anmachen mußte und sich in den Mantel seines Adjutanten hüllte, den er im Vorzimmer fand. Bald darauf, während eines kurzen, aber tiefen Schlafs, hatte er plötzlich die Sirene gehört. Als er aus dem Bett gesprungen und von Panik erfüllt zum Fenster gelaufen war, hatte er draußen die Gefangenen durch das offene Tor flüchten sehen, und seine Aufseher hinterdrein. Der Alptraum war so realistisch gewesen, daß er am Morgen zuallererst auf den Balkon hinausgestürzt war, um sich zu überzeugen, ob die kugelsicheren Torflügel auch wirklich fest verschlossen waren.

Schuld an seinen endlosen nächtlichen Qualen war hauptsächlich das Koffein, das ihn schließlich tablettenabhängig gemacht hatte. Manche seiner Pillen nahm er gegen die Schlaflosigkeit, andere wiederum gegen die Alpträume, und ein paar schlicht deshalb, weil sie ihm gut schmeckten.

Nach seiner Verabschiedung aus der Armee – sie hatten ihn nach dem Studium eingezogen – war er in den Vollzugsdienst eingetreten. Bald darauf, als er stellvertretender Direktor einer Besserungsanstalt für Jugendliche geworden war, begannen sich seine Talente zu zeigen. Jeden Morgen ließ er die Insassen zum Frühsport antreten, egal, welche Witterung gerade herrschte (bei Regen stand ein Aufseher mit Schirm hinter ihm), hielt nach dem Mittagessen Bibelstunden im Speisesaal, wobei er die verlotterten Burschen mit drohend ausgestrecktem Zeigefinger zurechtwies, und an den Abenden dirigierte er den Anstaltschor zu frommen Liedern, die er höchstpersönlich komponiert hatte. Sein unermüdlicher Einsatz war schnell belohnt worden. Seine Beförderungen hatten sich zu einer ziellosen Reise ausgewachsen; er wurde an ewig weit von der Hauptstadt entfernte Orte versetzt und auf Posten gehievt, die keiner seiner Kollegen antreten wollte. Doch kaum hatte er sich irgendwo langsam eingerichtet, wurde er auch schon wieder abberufen, um andere Aufgaben am entgegengesetzten Ende des Landes zu übernehmen. Er hatte verschiedensten Vollzugsanstalten vorgestanden und zuletzt ein Straflager für politische Dissidenten geleitet, das in seinem Lebenslauf allerdings keine Erwähnung fand, da die Regierung nicht nur die Existenz besagten Straflagers bestritt, sondern auch das Vorhandensein der Insel, auf der es sich befand. So kam es, daß sein Ruf immer noch nicht bis in die Hauptstadt vorgedrungen war, während das Bronzekreuz für herausragende Verdienste um die Nation für den Gefängnisdirektor – wie im übrigen auch für viele seiner dösenden Kollegen im Vollzugsdienst – mit den Jahren die Dimension eines Wahnbilds angenommen hatte.

Auf dem Hof war mittlerweile ein Fußballspiel in Gang gekommen. Durch die Streben des Balkongeländers beobachtete der Gefängnisdirektor die mit nackter Brust spielenden Insassen, die das mit Kalkstein markierte Spielfeld entlangrannten; ein Gefühl der Verlegenheit kam in ihm auf, als würde er durch ein Schlüsselloch spionieren. Während er ihnen zusah, schlief er allmählich auf seinem Stuhl ein; als er die Augen wieder öffnete, war der Hof verlassen. Er wandte sich abrupt um, und als seine Augen sich auf das Dunkel in seinem Büro eingestellt hatten, sah er die Umrisse eines Mannes, der dort stand.

Aristo, die Daumen in die Hosentaschen gehakt, trat nervös von einem Bein aufs andere.

»Herr Direktor«, grüßte er.

»Bin gleich bei dir, Aristo.«

Die rostigen Rollen unter seinem Stuhl quietschten, als er sich abstieß und über den Holzboden zum Schreibtisch gleiten ließ – wenn auch nicht auf dem kürzesten Weg, da er auf die aus den Holzdielen ragenden Nägel achten mußte.

»Hauptsekretär!« brüllte er, als er endlich hinter seinem Tisch angelangt war.

Der junge Mann erschien postwendend in der Tür.

»Tasse«, sagte der Gefängnisdirektor. »Bodenpersonal zum Auftanken.«

Einen Augenblick später kam der Hauptsekretär mit der Kaffeekanne zurück und füllte die leere Tasse auf. Der Gefängnisdirektor nahm einen Schluck. »Wegtreten.« Er lehnte sich zurück und musterte den Häftling mit einer Miene, die sein Gegenüber einschüchtern sollte. Gleichmütig erwiderte Aristo seinen Blick.

»Nun denn«, sagte der Gefängnisdirektor. »Es geht also um den Gedenkgottesdienst zu Ehren deiner Mutter.«

Aristo trug eine Hose, deren Beine gerade so eben bis zu seinen

Knöcheln reichten, und ein T-Shirt mit Löchern in den Achselhöhlen; es gab keine Einheitskleidung in der Anstalt – die Häftlinge trugen entweder die Kleidung, in der sie angekommen waren, oder Sachen, die ihnen Verwandte geschickt hatten. Er hatte einen schmalen Schnäuzer, in alle Richtungen abstehendes, pechschwarzes Haar und eine spitze Nase; das Weiß seiner Augen war von einer Hepatitis gelb geworden, was ihn leicht hinterhältig dreinblicken ließ. Obwohl er mittlerweile wiederhergestellt war von der Krankheit, mit der er sich kurz nach seinem Eintreffen im Vollzug angesteckt hatte, mußte er auf Anordnung des Direktors noch nicht wieder in den Minen arbeiten. Er kratzte sich an der Wange und hakte den Daumen wieder in seine Hosentasche. Er hatte eine seltsame Art, seine ruderartigen Arme zu bewegen, die er sonst so nah am Körper hielt, als würde er sich in einer engen Telefonzelle befinden. Seine Kleidung war schweißdurchtränkt nach dem Fußballspiel.

»So ist es, Herr Direktor.«

»Und der findet morgen statt?«

»Ja.«

»Verstehe.« Der Gefängnisdirektor nickte. »Wann ist sie denn gestorben?«

»Vor einem Jahr, Herr Direktor.«

»Vor so kurzem erst? Mein Beileid.«

»Vielen Dank.«

»Und wie alt war sie?«

»Einundachtzig, Herr Direktor.«

»Einundachtzig«, wiederholte der Gefängnisdirektor nachdenklich. »Ein gutes Alter. Lebt dein Vater noch?«

»Hab ihn nie kennengelernt«, sagte der Häftling.

»Eine Schande. Jetzt verstehe ich, weshalb du hier bist.«

»Ja, Herr Direktor.«

»Hast du eine Frau, Aristo?« fragte der Gefängnisdirektor aus heiterem Himmel. Er tat so, als würde er nach den richtigen Worten suchen. »Gibt es eine Frau da draußen, die dich schon zu Tränen rührt, wenn du bloß an sie denkst?«

Der Häftling steckte verlegen die Hände in die Taschen. »Nein, Herr Direktor«, sagte er.

»Habe ich mir gedacht. Du bist einfach zu häufig bei uns – für Beziehungen bleibt da ja keine Zeit mehr.«

»Ja, so ist das wohl.«

Fliegen umschwirrten die von der Kaffeetasse aufsteigenden Schwaden. Während der Gefängnisdirektor geschlafen hatte, war die Nachmittagsschicht zu den Minen aufgebrochen; die übrigen Häftlinge befanden sich wieder in ihren Zellen, nur die Putzkolonne nicht. Aristo hörte, wie sie unten in der Küche das Blechgeschirr mit Stahlbürsten schrubbten; es klang ein bißchen wie das Zirpen der Zikaden. Der Gefängnisdirektor schwieg einen Augenblick und musterte ihn mit einem Blick, aus dem Härte sprach – oder Verachtung.

»Beziehungen sind sehr wichtig, Aristo«, sagte er dann. »Glaubst du nicht?«

Der Häftling verzog nur die Lippen.

»Da liegst du falsch, Aristo«, sagte der Gefängnisdirektor. »Sieh dir mal das hier an.« Er griff nach dem gerahmten Foto auf seinem Tisch. »Das sind meine Eltern.«

Der Häftling warf einen gleichgültigen Blick auf das Bild.

»Bevor sie gestorben sind, habe ich mich nie allein gefühlt. Selbst wenn ich sie monatelang nicht gesehen habe.«

Schweigend betrachtete der Gefängnisdirektor das Foto: ein auf einem Stuhl sitzender, x-beiniger Mann mit einem Schnauzbart, hinter dem eine Frau mit Kopftuch stand, die eine Hand auf seine Schulter gelegt hatte. Sie sahen streng und unnachgiebig drein, den Blick nach oben gerichtet. Der Gefängnisdirektor stellte das Bild auf den Schreibtisch zurück und sah auf seine Uhr.

»Morgen um drei bist du wieder hier, Aristo.«

»Gewiß, Herr Direktor.«

Der Gefängnisdirektor kniff die Lippen zusammen und faßte den Häftling scharf ins Auge.

»Fünfzehn Uhr. Morgen.«

»Ja, Herr Direktor.«

»Wenn du um eine Minute nach drei nicht hier bist«, sagte er und wies vage aus der Balkontür, »lasse ich die Hunde los, und wenn sie dich gepackt haben, zerquetsche ich dich wie eine Laus. Verstanden?«

Aristo nickte einsichtig.

»Und jetzt geh. Frohe Fastentage.«

Doch der Häftling stand wie angewurzelt vor ihm. »Herr Direktor«, sagte er. »Ich habe keinen Anzug für den Gottesdienst.«

Der Gefängnisdirektor kaute an seinem Schnurrbart; eine Ewigkeit schien zu vergehen, während er sein Gegenüber fixierte. Dann sprang er plötzlich auf und marschierte zu einem Schrank auf der anderen Seite des Raums. Er versuchte ihn zu öffnen, doch der Schrank war verschlossen. Verdrossen durchsuchte er nacheinander alle Schreibtischschubladen, ehe er entnervt aufgab.

»Hauptsekretär!« brüllte er.

Der Gerufene mußte die Schranktür schließlich mit dem Kolben seiner Schrotflinte einschlagen. Nachdem er die kaputten Einlegeböden und die scharfen Holzsplitter weggeräumt hatte, nahm er mit dem Gewehr Haltung an und salutierte.

»Sehr gut, Hauptsekretär«, sagte der Gefängnisdirektor.

An der Kleiderstange hingen mehrere dunkle Anzüge. Der Gefängnisdirektor besah sich ein paar, ohne sie herauszunehmen, ehe er schließlich zu einer Entscheidung kam. Der Zellophanschutz beherbergte einen dunkelblauen Anzug aus Kaschmirwolle und Leinen mit Fischgrätenmuster, obendrein in bestem Zustand. Er nahm den Anzug am Kleiderbügel heraus. »Er gehörte meinem Vater«, erklärte er. Der Häftling nickte, während der Hauptsekretär mit stummem Neid zusah. »Er hat ihn nur einmal getragen – bei seiner goldenen Hochzeit.« Er fuhr mit den Fingern über das Revers. »Ein paar Tage später ist er gestorben.«

»Ist das denn überhaupt meine Größe, Herr Direktor?« fragte der Häftling.

»Mein Vater – Gott sei seiner Seele gnädig – war um einiges größer als ich. Probier ihn einfach an.«

Er reichte dem Häftling das Jackett. Es war von feinster Qualität, wenn auch lange aus der Mode, weshalb ihm etwas leicht Unheimliches anhaftete. Der Häftling knöpfte es auf und schlüpfte hinein; die Ärmel waren zu kurz.

»Paßt wie angegossen«, sagte der Gefängnisdirektor und wischte ein paar Stäubchen von den Schultern. »So, hier wären die Weste und die Hose.«

Der Häftling zog sich die Sachen über. Die Hose war ebenfalls zu kurz, obwohl der Tote einen Wanst wie ein Pferd gehabt haben mußte. Der Gefängnisdirektor rieb sich das Kinn, wühlte im Schrank herum und förderte einen Gürtel zutage. Dabei stieß er auch auf ein weißes Baumwollhemd und ein Paar brauner Schuhe, die dem Häftling perfekt paßten, nachdem er sie mit ein paar Lagen Schreibmaschinenpapier ausgestopft hatte.

»Du kannst die Sachen behalten«, sagte er. »Aber gib gut auf sie acht. Es sind Familienstücke.«

»Wie auf meinen Augapfel, Herr Direktor.«

»Geh jetzt.«

Der Häftling wandte sich ab, um an der Tür innezuhalten, als der Gefängnisdirektor ihn abermals ansprach.

»Aristo.«

»Herr Direktor?«

Der Gefängnisdirektor hob bedächtig die Hand. »Wie eine Laus, Aristo«, sagte er leise, während er Daumen und Zeigefinger aneinander rieb. »Vergiß das nicht.«

II

Als das Erdbeben über das Arbeitslager hereingebrochen war, hatte sich die Erde geöffnet und ein Wachhäuschen verschluckt (der Posten war gerade noch rechtzeitig erwacht und um sein Leben gerannt), sechzig Meter des Stacheldrahts, mit dem das Gelände gesichert war, den Wassercontainer, den Hühnerstall inklusive aller Hühner und die gepanzerte Klapperkiste, mit der die Gefangenen hin und zurück transportiert wurden. Zehn Minuten später war das Ziegeldach des Sträflingsblocks eingestürzt, und kurz darauf hatten sich auch die Wände in einen Schutthaufen verwandelt, während Häftlinge und Wachen entsetzt zugesehen und sich zitternd aneinander festgehalten hatten. Am Abend mußten die Kettensträflinge die gesamten dreißig Kilometer zu Fuß zurück zum Gefängnis laufen, dessen Betonbauten das Erdbeben unbeschadet überstanden hatten.

»Schnauze halten!« hatten die Wachen während des Marschs nochmals und nochmals wiederholt. »Ist ja nur eine Interimslösung.«

Nun, drei Jahre später, wurden die jungen Missetäter, die im Straflager schuften mußten, weiterhin jeden Abend in die Anstalt verfrachtet, wo sie – abgesehen davon, daß sie in einem separaten Block untergebracht waren – die gleiche Behandlung erfuhren wie die Schwerverbrecher. Sie aßen zusammen mit allen anderen, arbeiteten schichtweise in den Minen, durften nur einmal im Monat Besuch empfangen, und Hafturlaub stand absolut außer Frage.

Aristo mußte zwei Jahre wegen Diebstahls absitzen. Es war nicht sein erster Aufenthalt im Kittchen – schon im frühen Alter hatte er sich zu Übeltaten hinreißen lassen, mit einer Begeisterung, die in keinem Verhältnis zu ihrer Ausbeute stand. Mit gerade mal elf Jahren hatte er dem Postboten sein Fahrrad gestohlen, und bereits damals war er dem langen Arm des Gesetzes nicht entwischt – obwohl er bei jenem ersten Mal mit einer Verwarnung davongekommen war –, ebensowenig wie dem Ledergürtel seiner Mutter, der sich als entschieden schmerzhafter erwiesen hatte. Doch erwies sich jede Strafe als zwecklos. Ein Jahr später überraschte ihn ein Polizist zu nachtschlafender Zeit, als er mit der Ikone des heiligen Polycarp, die schon so manches Wunder bewirkt hatte, unter dem einen und einer silbernen Öllampe unter dem anderen Arm aus der Kirche kam; Aristo hatte bloß gemurmelt, daß er mit den Sachen nach Hause wollte, um seine Mutter von ihrer Schlaflosigkeit zu kurieren. Den Jungen am Schlafittchen, hatte sich der Polizist nicht einmal die Mühe gemacht, die Stufen zur Veranda zu erklimmen, als das Schnarchen einer Frau durch die offenen Fenster an seine Ohren drang; er machte auf der Stelle kehrt und brachte Aristo aufs Revier, wo der junge Galgenvogel die nächsten zwei Tage in einer Zelle verbringen durfte.

Später hatte Aristo seiner Heimatstadt den Rücken gekehrt und sich in ländliche Gefilde verzogen. Doch wo immer er auch hinkam, fand er nur Dörfer mit weißgetünchten und ziegelbedachten Häusern vor, Hühnerställe aus verrostetem Wellblech, kleine Gemüsegärten und Kirchen mit defekten Glocken. Seine mitleiderregende Beute bestand aus verbogenen Kerzenhaltern, gefärbten Schafshäuten, die als Leopardenfelle durchgehen sollten, Broschen, die nach Silber aussahen, aber aus poliertem Aluminium waren, und Halsketten mit aufgefädelten Plastikperlen.

»Eigentlich bin ich gar kein Dieb, Herr Richter«, pflegte er zu sagen, wenn er vor Gericht stand. »Im Grunde bin ich ein Lumpensammler.«

Da seine Beute so gut wie immer von minderem Wert war, kam er meist mit einer geringfügigen Strafe davon.

Seine nicht gerade berauschenden Erfolge hatten seinen Feuereifer dennoch in keiner Weise gebremst. In diesem kleinen Land, in dem sich Nachrichten mündlich schneller verbreiteten als per Telegramm, blieb Aristo keine andere Wahl, als zum Meister der Verkleidung zu werden. Er staffierte sich mit protzigen Ringen und Halsketten aus, trug falsche Goldzähne und rieb sich das Gesicht mit Schuhcreme ein, wenn er einen Zigeuner mimte; er besaß eine Infanterieuniform mit Ordensbändern an der Brust, die er anzog, wenn er sich als Korea-Veteran ausgab, und die Drehorgel, die er an einem Busbahnhof entwendet hatte, erlaubte es ihm, als unverdächtiger fahrender Musikant durch die Lande zu reisen, was sein bevorzugtes Deckmäntelchen war.

Sein letztes Opfer war eine gewisse Stella gewesen – eine übergeschnappte alte Jungfer, die sich selbstzufrieden in ihrem täglichen Einerlei eingerichtet hatte, wenn auch nicht aus einem wirklichen Hang zur Einsamkeit heraus, sondern weil sie schlicht und einfach keinen Mut besaß, der Welt die Stirn zu bieten. Es war eine Kleinigkeit gewesen, sie um ihren Schmuck zu prellen, und er war baß erstaunt gewesen angesichts der Beute: Er brauchte nur einen kurzen Blick zu riskieren, um zu wissen, daß es sich bei den Rubinen und violetten Amethysten um echte Steine handelte, daß die schweren Armreifen nicht vergoldet waren, sondern aus 24karätigem Gold bestanden, und seine Mutter sollte verflucht sein, wenn die weißen Perlen an den schier endlos langen Ketten nicht den Duft des Ozeans atmeten. Es war sein bis dahin bedeutendster Raubzug. Und er wäre auch ungestraft davongekommen, hätte es nicht diesen Priester gegeben. Er hatte nicht nur seine kostbare Beute verloren und sich kurz darauf im Kittchen wiedergefunden, sondern sich dort auch noch mit Hepatitis angesteckt. Sechs volle Monate hatte die Sense des Knochenmannes über seinem Kopf geschwebt, und bis zum heutigen Tag war er die Gelbsucht nicht richtig losgeworden.

Der Priester hieß Pater Gerasimo, wie er erfahren hatte.

Elf Monate und sieben Tage waren verstrichen, als Aristo den Gefängnisdirektor aufgesucht und um einen dreitägigen Hafturlaub gebeten hatte.

»Was, Aristo?«

»Aufgrund meiner guten Führung, Herr Direktor.«

»Da würde ich eher russisches Roulette spielen.«

»Es handelt sich um eine wichtige persönliche Angelegenheit, Herr Direktor.«

Der Gefängnisdirektor hatte seine Brille abgenommen. »Und die wäre?«

Aristo hatte ihm die Sache mit dem Gedenkgottesdienst erklärt. Der Gefängnisdirektor putzte die Brille mit seinem Taschentuch und prüfte die Gläser im Gegenlicht, als handele es sich um Juwelen. »Die drei Tage kannst du dir gleich aus dem Kopf schlagen, Aristo. Ein Tag vielleicht. Ich werde darüber nachdenken. Und jetzt geh.«

Die Zelle war ein umfunktionierter Korridor. Auf beiden Seiten befanden sich fünfzehn dicht an die Wand gerückte, mit mottenzerfressenen Decken und Kissen ausgestattete Betten, zwischen denen kaum Platz war. Über den Betten hingen Kreuze und Heiligenbilder, Plakate mit nackten Frauen, Kalender und Fotos von Freundinnen und Kindern. Der Boden war gefliest und wurde einmal pro Woche von der Putzkolonne gewischt; die Türen an den beiden Enden des Raums waren mit Eisenstäben vergittert, ebenso wie die Fenster. Aristo trug den geliehenen Anzug und transportierte seine alten Sachen auf der Schulter; er ging geradewegs zu seiner Pritsche und ließ sich mit einem tiefen Seufzer darauf fallen. Er rieb sich den Nacken, seine Arme und Schenkel, die steif vom Fußballspielen waren.

»Ich fühle mich, als hätte ich zehn Stunden in den Minen geschuftet«, verkündete er, obwohl er aufgrund seiner Krankheit nie zur Zwangsarbeit herangezogen worden war. »Ich glaube, mein Zustand ist mittlerweile chronisch geworden.«

Der Mann im Bett nebenan hatte keine Ahnung, was er meinte. »Ist ja übel, Aristo«, sagte er und nickte mitfühlend. Sein Name war Manouso. »Kann man nur hoffen, daß es nicht so bleibt.«

»In meinem Magen rumort es, als wäre 'ne Schlange drin«, jammerte Aristo weiter.

»Willst du 'nen Zwieback?« fragte der andere. »Ich hab welchen aus der Küche geklaut.«

»Vogelfutter«, sagte Aristo mit angewiderter Miene. Er zog ein zerdrücktes Päckchen Zigaretten aus seiner alten Hose, ehe er sie zusammen mit den anderen Sachen auf den Boden fallen ließ. Er rauchte, den Blick zur Decke gerichtet, wo Mörtelstalaktiten wie Fledermäuse zwischen den Spinnweben hingen. Kühl und still war es in der Zelle – die Atmosphäre erinnerte ihn an ein Café, wo man in Ruhe den Nachmittag verstreichen ließ. Der andere Häftling setzte sich auf. Er trug eine kurze Hose und ein verdrecktes Unterhemd.

»Hier, das ist echt gut«, sagte er. »Willst du's lesen, wenn ich fertig bin, Aristo?«

Er hielt einen zerfledderten Comic in der Hand. Der Titel lautete: *Donald Duck und der Geheimschatz der Konquistadoren.*

»Du verschwendest deine Zeit, Manouso. Du solltest dir lieber mal das Lexikon vornehmen.«

Unter Aristos Bett sammelte ein ledergebundener Wälzer Staub an. Es handelte sich um eine einbändige Weltenzyklopädie, die dem Gefängnis von einer christlichen Organisation gespendet worden war. Den Dünndruckseiten des Lexikons hatte Aristo entnommen, was er über Gelbsucht wußte.

Manouso bekam rote Ohren; er war Analphabet, auch wenn er das nie im Leben zugegeben hätte.

»Würde ich auch, wenn ich bloß meine Brille hätte.« Er beeilte sich, das Thema zu wechseln. »Woher hast du denn den Anzug, Kumpel?«

Aristo erklärte, den Anzug hätte ihm der Gefängnisdirektor geschenkt. Er hob den Kopf und sah sich um. »Wo ist Velisario?«

»Einzelhaft«, sagte der andere gleichmütig. »Was meinst du mit Geschenk?«

»Imbeziler Sturkopf«, sagte Aristo über den Abwesenden. »Für wie lange?«

»Imbe-was?« Manouso rieb sich die Augenbrauen. »Zwei Wochen.«

»Ich habe ihm gleich gesagt, er soll 'ne Geige nehmen.«

»Aber in eine Busuki paßt einfach mehr rein, Aristo.«

»Lieber den Spatz in der Hand«, sagte Aristo.

Nun war Manouso völlig verwirrt. »Was für 'n Vogel? Ich sagte Busuki.«

Aristo blies die Wangen auf. »Stimmt, in eine Geige paßt weniger rein, aber so wären sie ihm nie auf die Schliche gekommen. Eine Geige hört sich selbst in der Hand eines Maestros wie ein stranguliertes Hühnchen an.«

»Wer ist denn Maestro?« fragte Manouso.

Aristo blies einen Ring und sah zu, wie er nach oben stieg. »Du kennst ihn sowieso nicht. Er ist Italiener.«

Manouso griff nach einem Perlenkranz und dachte an Italien, während er damit zu spielen begann. Doch war sein Geist zu schwach, um eine solche Reise zu unternehmen. Er war ein Bauer, der wegen zweier Delikte – Hausfriedensbruch und Sachbeschädigung – ein Jahr absitzen mußte, weil er dem Esel seines Nachbarn die Zunge herausgeschnitten hatte.

»Das hättest du mal hören sollen, Aristo.« Ihr vorhergehendes Gespräch hatte er bereits wieder vergessen. »Das Schreien von diesem Esel war schlimmer, als würde einen 'ne Biene ins Gehirn stechen.«

Gegenüber von ihnen dösten die anderen in ihren Betten, spielten Karten oder lasen schweigend in Zeitschriften. In der Luft hing der Gestank von Schweiß und ungewaschenen Füßen.

»Wenigstens hat man's schön ruhig hier«, fügte Manouso hinzu. Dann streckte er die Hand aus und befühlte den Stoff von Aristos Anzug mit geschlossenen Augen, als würde er eine Katze streicheln. »Erste Klasse«, sagte er. »Allererste Klasse.«

Er griff nach Aristos Revers, um das Anzugfutter zu begutachten, das aus karminroter Seide war.

»Genau der gleiche Stoff, mit dem der Sarg meines Onkels ausgeschlagen war«, sagte Manouso ernst. »Glänzend rot. Allererste Klasse, Aristo.«

Er ließ den Anzug los. Draußen auf dem Turm fand gerade ein Wachwechsel statt. Der abgelöste Posten übergab dem anderen seine Munition und marschierte über den Hof zur Unterkunft der Wachen. Als er an einer im Staub scharrenden Krähe vorbeikam, stampfte er mit dem Fuß auf, und der Vogel flog davon.

»Wie lange darfst du weg, Aristo?« fragte Manouso.

Aristo grinste verschlagen. »Vierundzwanzig Stunden.«

Manouso faßte unter sein Hemd und kratzte sich am Rücken. Matratzen, Decken und Kissen waren von Läusen befallen, und egal, wie oft die Zellen entseucht wurden, es kamen immer wieder neue Läuse. Manouso führte die Hand nah an sein Gesicht, bleckte angewidert die Zähne und zerquetschte das Insekt zwischen seinen Fingerspitzen.

»Nicht zu fassen, daß sie dich rauslassen. Hafturlaub hat hier noch nie einer bekommen – von deinem Anzug ganz zu schweigen.«

Aristo grinste selbstgefällig. An der Wand über Manousos Pritsche hing ein primitives, aus Olivenbaumrinde geschnitztes Kreuz. Mit einem Stück Angelschnur war ein blaues Amulett gegen den bösen Blick daran befestigt.

»Und wann machst du dich auf die Socken, Aristo?«

Manouso trug eine Uhr. Aristo griff nach seinem Handgelenk und sah nach der Uhrzeit. »In einer Stunde.«

Die Wand über Aristos Bett war mit Fußballbildern vollgepflastert. Ein Foto von einer Mannschaft in grünweißen Trikots hing dort, eine Reihe von Schwarzweißfotos, auf denen Spieler zu sehen waren, ein fadenscheiniger Vereinsschal, den er quer an die Wand gepinnt hatte. Die Dekoration gab der Bettstatt einen gewissen häuslichen Anstrich. Aristo tastete nach seinen Zigaretten.

»Der Direktor beobachtet euch immer, wenn ihr auf dem Hof spielt«, sagte Manouso leise. »Der verpaßt nie ein Spiel. Ich glaube, der steht auf Fußball.«

Aristo beachtete ihn nicht. Manouso musterte seine neuen

Schuhe und schüttelte den Kopf. »Vierundzwanzig Stunden.« Seine Stimme klang düster. »Obwohl ich zum ersten Mal im Bau bin, lassen sie mich nicht mal für 'ne Stunde raus. Weil der Direktor glaubt, ich wäre 'ne Gefahr für die Öffentlichkeit.« Er begann sich wieder zu kratzen und fragte beiläufig: »Wie alt war deine Mutter eigentlich, Aristo?«

Aristo zündete sich eine Zigarette an, während er sich zu erinnern versuchte, was er dem Direktor erzählt hatte. »Dreiundachtzig«, riet er aufs Geratewohl.

Es war Zeit, sich bereitzumachen. Er trat seine Zigarette auf dem Boden aus, nahm ein altes Tischtuch von der Fensterbank, wo er es zum Trocknen hingelegt hatte, und breitete es auf der Pritsche aus. Aus einer Schuhschachtel förderte er einen Rasierer, einen Rasierpinsel, einen Plastikkamm und ein frisches Päckchen Zigaretten zutage. Während er ihm zusah, zerquetschte Manouso die nächste Laus und wischte sich die Finger an der Hose ab.

»Du gehst doch gar nicht zu 'nem Gedenkgottesdienst«, flüsterte er kaum hörbar.

Aristo verzog die Lippen zu einem Lächeln. Damit hatte er alles beisammen, was er brauchte. Er raffte das Tischtuch zusammen und zog die Schnürbänder aus seinen alten Schuhen. Er knotete die Bänder zusammen und wickelte sie zweimal um das Tischtuch.

»Hmm?«

»Du willst doch bloß mit diesem Priester abrechnen.«

Aristo hob seine Matratze hoch. Ein ganzer Haufen Kakerlaken machte sich eilig in alle Richtungen davon. Er griff in ein Loch in der Matratze, zog ein pralles Bündel Banknoten hervor – seine gesamten Ersparnisse – und steckte es ein. Dann öffnete er ein Brillantinedöschen, nahm sich eine überreichliche Menge heraus und strich sich das Haar mit den Fingern zurück, bis er fühlte, daß es ganz flach am Kopf lag – Spiegel waren in den Zellen nicht erlaubt. Was noch an seinen Fingern war, schmierte er sich in seinen Schnäuzer.

»Was für ein Priester?«

»Der Priester, der dich hier reingebracht hat, Aristo.«

Aristo gab ein halbherziges, nervöses Lachen von sich. Er sah sich in alle Richtungen um und sagte: »Du bringst mich noch in Teufels Küche, Kumpel.«

»Ich mach mir bloß Sorgen um dich, Aristo.«

»Danke, Kumpel.«

Manouso senkte verlegen den Kopf. »Nicht, daß du noch irgendeine Blödheit anstellst.«

»Der Blödian bist du«, sagte Aristo. »Du reißt hier das Maul auf wie ein Krokodil.« Er legte sein Bündel beiseite. »Weißt du, wie ein Krokodil aussieht, Manouso?«

Manouso hielt weiter den Kopf gesenkt, zuckte mit den Schultern und kratzte sich die Stelle, wo ihn die Läuse quälten.

»Hast du mal 'nen Tarzan-Film gesehen, Manouso?«

Manouso sagte, das hätte er.

»Erinnerst du dich an die Biester, die immer im Fluß rumschwimmen?«

Natürlich erinnerte sich Manouso. »Im Wasser«, sagte er. »So wie 'ne Eidechse, stimmt's?«

»Ein Reptil, ganz genau«, sagte Aristo. Der Gelbstich war fast völlig aus seinen Augen gewichen; sein Blick war weiß und entschlossen. »Ein amphibisches Reptil.«

Manouso nickte. Wenn er über irgend etwas Bescheid wußte, dann waren es Tarzan-Filme; er hatte sie alle Dutzende von Malen gesehen. Während er über Tarzan und die Krokodile nachdachte, warf Aristo das Bündel über die Schulter und machte sich auf zur Tür.

Manouso sah ihm hinterher.

»Und in jedem der Filme sticht Tarzan eins ab«, sagte Aristo mit Lehrerstimme und klopfte mit den Knöcheln gegen die Gitterstäbe.

Hinter ihm hob Manouso abermals die Schultern und kratzte sich. Er war knallrot geworden.

»Das ist 'n echt feiner Anzug, den du da trägst, Aristo«, sagte er schließlich, als die schwere Tür geöffnet wurde. »Ein echt feiner Anzug, Kumpel.«

III

Stella, die Frau, die ihr gesamtes Vermögen an den fahrenden Musikanten verloren hatte, besaß eine kleine Pension, kaum eine Stunde Fahrzeit vom Gefängnis entfernt. Da der Bus inzwischen auch durch das Dorf kam, stellte die Pension einen der wenigen Betriebe dar, die inmitten bitterer Armut einen bescheidenen Profit abwarfen. Darüber hinaus verdoppelte der zum Haus gehörende Gemüsegarten ihr Einkommen, das meist fast komplett unter die Matratze wanderte, da sie weder verheiratet war noch Kinder oder nähere Verwandte hatte. Jeden zweiten Monat hing Stella das Schild mit der Aufschrift »Geschlossen« vor die Tür und fuhr in die Kreisstadt, wo sie dann zwei Tage blieb, ehe sie mit einem kleinen Schatz in ihrer Plastikhandtasche wieder zurückkehrte. Niemand wußte etwas davon; sie hatte ihren Nachbarn erzählt, bei ihren Stippvisiten in die Kreisstadt erfülle sie lediglich ein Gelübde ihrer verstorbenen Mutter. Die Lügengeschichte, die sie ihnen auftischte, war folgende: Nach dem Tod ihres Gatten hatte Stellas Mutter flehentlich darum gebetet, ihm so schnell wie möglich und ohne Schmerzen nachfolgen zu dürfen, wobei sie schwor, daß dem Herrn dafür sechsmal im Jahr eine mannshohe Wachskerze in der Kathedrale der Kreisstadt entzündet werden würde.

»Und wieso bleibst du dann über Nacht?« hatten die Dorfbewohner stirnrunzelnd gefragt.

»Weil ich dann die Gelegenheit habe«, hatte sie geantwortet, »endlich mal wieder ins Kino zu gehen.«

Und weil ihr klar war, daß die Leute das nicht vergessen würden, kaufte sie immer ein Filmprogramm in dem Kino, das gleich um die Ecke ihres Hotels lag. Filme sah sie sich nie an; die bewegten Bilder machten sie seekrank.

Einen Tag vor Aristos Erscheinen in der Pension war Stella gerade erst wieder aus der Kreisstadt zurückgekommen. In ihrer Handtasche befand sich ein Paar antiker Ohrringe, bei deren Steinen, wie der Juwelier hartnäckig ausgeführt hatte, es sich um nichts Geringeres als die versteinerten Tränen von Engeln handelte, sowie ein Filmprogramm von *Atomspinnen aus dem All greifen an*, um ihre Nachbarn wie gewöhnlich hinters Licht zu führen.

»Wir leben hier wie die Tiere«, hatten sie geseufzt, als sie die Inhaltsangabe des Films ein weiteres Mal gelesen hatten. »Die Zivilisation fängt eben erst in der Stadt an.«

Unter dem Deckmantel des fahrenden Musikanten hatte ihr Aristo auch jene Ohrringe gestohlen. Er verließ die Pension durch ihr Schlafzimmerfenster, das auf die Rückseite des Hauses hinausging. Doch wie es der unglückliche Zufall so wollte, war Pater Gerasimo an jenem Nachmittag ebenfalls unterwegs gewesen. Davon überzeugt, daß Stella tief und fest schlief, war er in ihren Garten eingedrungen, um ein paar Blütenzweige von ihrer Azalee abzuschneiden, mit denen er die Vasen in der Sakristei bestücken wollte. Mit der Schere und den Blumen in Händen stand der Priester unvermittelt vor dem Dieb, während er im selben Augenblick einem unlösbaren Dilemma ins Auge sah: Sollte er Alarm schlagen und damit gleichzeitig all jenen eine Unziemlichkeit eingestehen, denen er unablässig predigte, unter keinen Umständen vom Pfad der Tugend abzuweichen? Er entschied sich dagegen und sah schweigend zu, wie ihm der Dieb zuzwinkerte und sich unbehelligt davonmachte.

Von Stellas Pension war Aristo zum Bahnhof gelaufen. Zu jener Tageszeit hielt sich dort nur der Bahnwärter auf, der eine kurze Hose, ein offenes Hemd, das seinen Bauch entblößte, und ein paar Gummisandalen trug. Er saß im Schatten auf einer Bank unter der Bahnhofsuhr, Mütze und Signalflagge neben sich, kratzte sich an der Brust und starrte mit glasigen Augen über das einzige Gleis in die Ferne hinaus. Aristo trat auf ihn zu, den Kasten mit der Drehorgel in der einen, sein zum Bündel umfunktioniertes Tischtuch in der anderen Hand.

»Guten Tag«, sagte er.

Der Bahnwärter fuhr herum. »Was wollen Sie?« schnauzte er.

Aristo stellte sein Gepäck ab und gab einen tiefen Seufzer von sich, als wäre er schon endlos lange unterwegs. »Eine Fahrkarte für den nächsten Zug, bitte.«

Murrend murmelte der Bahnwärter etwas von wegen Ruhestörung in seinen Bart. Dennoch bequemte er sich, seine Badeschlappen zum Schalter zu bewegen, wo er eine handbeschriftete Tafel vom Haken nahm und sich hinter den Tresen begab.

»Reiseziel?« fragte er dumpf.

Aristo zuckte mit den Schultern. »In die Hauptstadt«, erwiderte er spontan.

»Bezirkshauptstadt oder Landeshauptstadt?« fragte der Bahnwärter verdrossen.

Aristo fragte nach dem Preisunterschied.

»Einfach oder mit Rückfahrkarte?«

Es handelte sich um eine einfache Fahrt.

»Erster oder zweiter Klasse?«

Aristo bat um eine Fahrkarte zweiter Klasse. Der Bahnwärter fuhr mit dem Finger über die Tafel und gab ihm den Preis kund, wobei er heimlich eine halbe Drachme als Entschädigung für die nachmittägliche Ruhestörung einrechnete. Aristo griff in seine Tasche und gab ihm das Geld.

»Bezirkshauptstadt einfach«, bestätigte der Bahnwärter, als er das Geld gezählt hatte.

»Wann geht der Zug?« fragte Aristo.

Der Bahnwärter warf einen Blick auf seine Uhr und konsultierte den Fahrplan.

»17:03 Uhr«, sagte er. »So in etwa. Der Eilzug, der an der Strafanstalt vorbeifährt.«

Auf der Bahnhofsuhr war es bereits fast Viertel vor fünf. Aristo nickte zufrieden und sah die Straße mit den blühenden Tamarisken hinunter, die er entlanggekommen war. Es war der einzige Weg ins Dorf, und weit und breit war niemand zu sehen. Der Bahnwärter begab sich zurück auf den Bahnsteig, schlug mit der Mütze nach einer zirpenden Zikade an der Wand und ließ sich wieder auf die Bank sacken. Im Nu war er eingeschlafen.

Wäre der Zug pünktlich eingetroffen, hätte Aristo sein Quartier im besten Hotel der Stadt statt in einer flohverseuchten Zelle aufschlagen können. Doch vergingen eine ganze Stunde und weitere fünfzehn Minuten, ehe er endlich ein Pfeifen hörte und Rauch in der Ferne sah. Er hatte gerade sein Bündel ergriffen und sich den Kasten mit der Drehorgel über die Schulter geschwungen, als hinter ihm eine Stimme an sein Ohr drang: »Da! Das ist er!«

Der verdammte Priester. Nachdem er die Azaleenzweige in den Vasen der Sakristei arrangiert hatte, war er zur Polizei gelaufen. Neben ihm stand ein nervöser Beamter mit einem Revolver in der Hand. Aristo ging langsam in Richtung des Gleises. Wenn er kurz vor dem Zug über die Schienen lief, konnte er vielleicht entkommen, dachte er.

»Halt!« rief der Polizist. »Im Namen des Gesetzes!«

Aristo machte noch einen Schritt, ehe er hörte, wie der Hahn der Waffe gespannt wurde.

»Die ist geladen«, gab der Polizist mit bebender Stimme kund.

Aristo lauschte dem Zischen der Dampflok, die immer noch zu weit entfernt war. Er ließ seine Habseligkeiten auf den Bahnsteig fallen und drehte sich mit erhobenen Händen um. Der Priester kam eilig herbei und schleifte Aristos Gepäck zu dem Polizisten. Gleichzeitig ließ der Lärm des einfahrenden Zuges den Bahnwärter erwachen. Er setzte sich verdutzt auf und knöpfte sein Hemd zu. »Was ist denn hier los?« fragte er.

Der Priester erklärte, daß er beim Kamillepflücken zufällig einen Dieb ertappt habe; ja, das sei der Täter. Während der Priester weiterredete, durchsuchte der Polizist das Bündel, während er die Waffe weiter auf den Fremden gerichtet hielt.

»Sieh mal einer an«, sagte er, eine silberne Brosche in der Hand. »Was haben wir denn da?«

»Eine diebische Elster«, erwiderte der Priester eifrig. »Wir haben eine diebische Elster gefangen. Was habe ich Ihnen gesagt, Wachtmeister? Eine kleine diebische Elster.« Mit triumphierendem Lächeln strich er sich über die Barthaare unter seinem Kinn und bückte sich, um die gestohlenen Sachen selbst in Augenschein zu nehmen. »Schau, schau, was unser kleiner Vogel sich da zusammenstibitzt hat«, sagte er. »Das ist ja ein echter Piratenschatz.«

»Die Sachen gehören meiner Frau«, sagte der Fremde.

»Seiner Frau«, wiederholte der Priester, während der Polizist ungläubig griente.

In diesem Augenblick fuhr der Zug in den Bahnhof ein. Als er gehalten hatte, lehnte sich der Lokführer aus seiner Kabine und musterte die Versammelten auf dem Bahnsteig.

»Was gibt's denn, Freunde?«

Der Priester hob die Stimme, um gegen den Lärm der Lokomotive anzukommen. »Wir haben einen Verbrecher gefaßt.«

»Was hat er denn getan?«

»Das ist doch bloß ein Mißverständnis«, sagte Aristo.

»Ein Verbrechen«, beharrte der Priester. »Was meinen Sie, Wachtmeister?«

»Ich wollte nur zum Pfandleiher damit«, murmelte Aristo. »Deshalb sind mir die Sachen ja überhaupt anvertraut worden.«

»Anvertraut? Von wem denn?« fragte der Lokführer.

»Ich stelle hier die Fragen«, sagte der Polizist.

»Werden Sie ihn wegen der Tat zur Rechenschaft ziehen, Wachtmeister?« fragte der Priester.

»Das ist Angelegenheit des Staatsanwalts«, erklärte der Polizist. »Ich nehme nur die Verhaftungen vor.«

»Aber er wird dafür ja wohl hinter Gitter wandern.«

»Würde mich nicht überraschen«, sagte der Polizist. »Vorsicht mit den Beweismitteln, Pater.«

»Ich verwette meinen Bart, daß er landesweit gesucht wird.«

»Das würde mich ebenfalls nicht überraschen.«

»Ist er gefährlich?« fragte der Lokführer.

»Ein Staatsfeind ist er«, erwiderte der Priester.

»Würde mich nicht überraschen«, sagte der Polizist.

Er zog ein kurzes Seil aus der Tasche. Der Revolver zitterte in seiner Hand.

»Fesseln Sie ihn, Pater. Richtig fest. Gut möglich, daß er mir die Gehaltserhöhung einträgt, von der ich schon so lange träume.«

»Bestimmt«, sagte der Priester. »Und Sie haben sich jede einzelne Drachme verdient.« Er zögerte einen Moment. »Glauben Sie, es gibt vielleicht eine Belohnung, Wachtmeister?«

»Ja, gibt's 'ne Belohnung?« fragte der Lokführer.

»Würde mich nicht überraschen, Pater.«

»Für meine Mithilfe an der Lösung des Falls?«

»Ja, Pater.«

Penibel fesselte der Priester dem Fremden die Hände auf den Rücken. »Die Kirche bedarf auch der kleinsten Münze, mein Sohn.«

»Selbstverständlich. Vielen Dank, Pater«, sagte der Polizist. »Und jetzt lassen Sie uns gehen.«

Die Sonne war bereits untergegangen, als sie an Stellas Tür klopften. Sie hatte den ganzen Nachmittag verschlafen und beim Aufwachen am Abend festgestellt, daß sie von den grauenhaften Alpträumen geheilt war, die sie jahrelang gequält hatten. Sie feierte das Ereignis, indem sie sich ausgiebig die teppichlangen Haare wusch, bürstete und kämmte und schließlich mit einer weißen Kamelie hinter dem Ohr schmückte. Als sie die Tür öffnete, spitzte der Priester die Lippen, während er von einer Sekunde auf die andere vergaß, warum sie überhaupt hierhergekommen waren.

»Für die Frau aber eine Ehre ist, lange Haare zu tragen«, deklamierte er. *»Denn der Frau ist das Haar als Hülle gegeben.«* Er hob den Zeigefinger, um die Sünde der Eitelkeit noch ein wenig mehr hervorzuheben.

»Wir sind hier, um in einem Diebstahl zu ermitteln, Pater«, unterbrach ihn der Polizist.

Der Priester gab zurück, daß das Wort der Bibel nie zur unrechten Zeit gesprochen werden könne, er sich aber den weltlichen Gesetzen selbstverständlich fügen würde. Der Polizist dankte ihm und wandte sich an Stella.

»Es geht um eine ernste Angelegenheit«, begann er, während er Notizbuch und Bleistift zückte. »Die Sache ist amtlich. Ist Ihnen die Person bekannt, die sich in unserem Gewahrsam befindet?«

Sie nickte. Der Polizist leckte über die Spitze des Bleistifts und schrieb das nieder. »Können Sie das näher erläutern?«

Noch Monate nach jenem Abend konnte sich Stella nicht erklären, was sich in ihrem Kopf abgespielt hatte, während sie dort auf der Schwelle ihres Häuschens stand. Sie sah den Fremden mit dem schmucken Oberlippenbart an, sah sein sorgfältig gekämmtes Haar und in seine Augen, die noch weißer waren als das Porzellanservice, das sie einst beinahe gekauft hätte, und in jenem Augenblick vergab sie ihm von ganzem Herzen. Sie schwieg einige Sekunden lang, weil ihr keine glaubwürdige Lüge einfiel, mit der sie ihn vor seinem Schicksal hätte bewahren können.

»Nun?« sagte der Polizist.

Plötzlich erinnerte sich Stella an einen Satz aus der Inhaltsangabe von *Eine Kugel für den stummen Inspektor, Teil II: Tag der Rache.* »Ich kann nur sagen«, verkündete sie, »daß er ein Spuk aus meiner dunkelsten Vergangenheit ist.«

Der Priester legte unvermittelt die Hand vor den Mund, während ihm die Augen aus den Höhlen traten. Der Polizist biß auf seinem Bleistift herum und sah die ältliche Frau ungläubig an.

»Das kann ich nicht als Aussage aufnehmen«, sagte er. »Sie müßten schon ein wenig konkreter werden.«

»Sagen Sie ihm, daß Sie mir die Juwelen gegeben haben, damit ich meine Spielschulden bezahlen kann«, mischte sich Aristo ein. »Sagen Sie ihm, daß wir ein Paar sind. Sagen Sie ...«

Der Polizist schlug ihm mit dem Notizbuch ins Gesicht, um ihn zum Schweigen zu bringen.

»Das ist die Wahrheit«, sagte Stella mit leiser Stimme.

»Das hier ist Babylon!« rief der Priester und schüttelte verzweifelt den Kopf. *»Die Mutter der Hurerei und aller Greuel auf Erden.«*

Die Frau senkte den Kopf, als wäre die Last der Schande zu schwer für sie geworden – was den Priester nur noch mehr anspornte.

»Jetzt paktieren selbst schon alte Jungfern mit dem Teufel!« Er verlor die Fassung. »Hast du Unzucht getrieben, Weib? Steh mir Rede und Antwort!«

Ihr Schweigen bestätigte alle Fragen, die er ihr stellte. Schließlich schüttelte der Priester den Kopf und sagte voller Verachtung: »Bald wird es nicht mehr genug Namen in unserer Sprache geben, um all die Bastarde unseres Dorfes zu benennen.«

Der Polizist spürte, wie er langsam Kopfschmerzen bekam, und mischte sich ein. Das Hirngespinst einer bejubelten Verhaftung hatte sich in Luft aufgelöst, und an eine Gehaltserhöhung war damit auch nicht mehr zu denken. Er wandte sich an Stella.

»Ich gehe also davon aus, daß Sie gegen den Mann nichts vorzubringen haben.«

»Das ist korrekt.«

Aristo verlangte, freigelassen zu werden. Entmutigt steckte der Polizist sein Notizbuch in die Tasche und begann, die Fessel loszumachen. Doch der Priester hatte nicht vor, so schnell aufzugeben.

»Einen Moment noch«, sagte er. »Im Namen Gottes.«

Er ging auf die Knie und durchwühlte das Gepäck des Fremden, und kurz darauf trug seine fanatische Suche auch Früchte: Unter dem Mechanismus des Leierkastens fand er fünf Dosen Aprikosenkompott, die Aristo dem Krämer gestohlen hatte.

»Aha!« Sein Gesicht glühte vor Begeisterung. »Ich verwette meine geheiligte Stola, daß das keine Musik aus der Konserve ist, Wachtmeister.«

Es handelte sich lediglich um ein Bagatelldelikt, doch wurde Aristo zur Höchststrafe von zwei Jahren verurteilt, als der Richter herausfand, daß die letzte Verhaftung des Angeklagten erst elf Monate zurücklag.

Pater Gerasimo hatte vor Gericht als Zeuge ausgesagt; daher kannte Aristo seinen Namen.

IV

Aristo ging über das improvisierte Fußballfeld zum Gefängnistor, während er versuchte, nicht länger an die Umstände seiner Verhaftung zu denken; doch seine Erinnerung war wie ein streunender Hund, den man nicht mehr abschütteln konnte, wenn man ihn erst einmal gestreichelt hatte. Wütend trat er einen Stein gegen eines der Benzinfässer, die als Torpfosten dienten; das Metall gab ein dumpfes Dröhnen von sich. Der Erdboden war völlig zertreten, und überall lagen Steine herum, deren Nachmittagsschatten sie auf den ersten Blick wie Ratten aussehen ließen. Zufrieden lauschte Aristo dem Knirschen seiner neuen Lederschuhe, während er über den völlig verlassenen Hof schlenderte. Der bewaffnete Posten auf dem Wachturm stand mit dem Rücken zur Sonne und wirkte so dünn wie ein Fahnenmast. Als er die Augen öffnete und Aristo sah, nahm er abrupt Haltung an – bis er merkte, daß der Mann im blauen Anzug nicht der Direktor war, weshalb er von neuem zu dösen begann. Aristo schwitzte und schnappte nach Luft. Er wischte sich mit dem Handrücken über die Stirn und rieb sich anschließend die feuchte Hand an seinem Tischtuchbündel trocken.

Er hatte gerade die Mittellinie des Fußballfelds erreicht, als er plötzlich einen stechenden Schmerz in der Leber spürte. Obwohl ihn der Schmerz nicht wirklich überraschte – es handelte sich um Nachwirkungen der Hepatitis –, nahm ihm die Kolik dennoch seinen gesamten Optimismus. Er griff unter die Kaschmirweste und rieb sich den leeren Magen. Er ging weiter, wich dabei den Löchern im Boden und den Steinen aus, während er Kontrolle über den Schmerz zu erlangen versuchte, und noch ehe er die Torlinie überschritt, hatte er den Priester vergessen. Statt dessen dachte er an die Frau. Durch das Fernglas seiner Erinnerung sah er Stella, wie sie als Zeugin der Verteidigung vor Gericht ausgesagt hatte, in einem mit künstlichen Alpenveilchen dekorierten Kleid, geschneidert aus dem rosafarbenen Moskitobaldachin über ihrem Bett, den sie nun nicht mehr benötigte. Der Richter hatte die Stirn gerunzelt: Ihr Aufzug sei höchst unpassend, um damit vor Gericht zu erscheinen; sie sei hier schließlich nicht beim Karneval; er könne sie wegen Mißachtung des Gerichts zur Verantwortung ziehen. Der Stenograph hatte sich ein Grinsen nicht verkneifen können. Der Verteidiger hatte sich auf die Unterlippe gebissen und zögerlich Protest angemeldet, war aber ebenfalls zurechtgewiesen worden.

Auf dem Stacheldraht auf der Gefängnismauer saßen Spatzen. Aristo griff in seine Tasche und zog eines der Veilchen hervor, mit denen das Moskitonetz geschmückt gewesen war. Er hielt die zerdrückte künstliche Blume in seiner Hand, als wäre sie ein Schmetterling; ein Hauch von Verlegenheit trat auf seine Miene, als er sie flüchtig betrachtete. Doch war der Anblick genug, um ihn abermals in seinem Entschluß zu bestärken – er würde seinen Plan in die Tat umsetzen.

Die Flügeltüren auf dem Balkon des Verwaltungsgebäudes waren geschlossen. Hinter der einen Scheibe konnte er einen reglosen Schatten erkennen: War es der Direktor oder der Garderobenständer? Dann war Aristo am Tor angekommen. Eine Wache saß im Schatten auf einer leeren Obstkiste und spielte mit einem Kranz bernsteinfarbener Perlen. Der verdrossene Blick seiner blauen Augen verweilte einen Moment lang auf Aristos Pomadefrisur, ehe er den Anzug mit hochgezogenen Augenbrauen musterte.

»He, großer Casanova«, sagte er, »wo hast du denn den aufgetrieben? Hm?«

Aristo setzte sein Bündel ab und knöpfte sein Jackett zu. Sein nach Rosen duftendes Haar glänzte in der Sonne.

»Der gehört mir«, erwiderte er.

Der Wachposten gab ein höhnisches Schnauben von sich. »Du kannst dir doch nicht mal die Klamotten einer Vogelscheuche leisten, Casanova«, sagte er gedehnt und ließ den Perlenkranz durch seine Finger gleiten. »Ich kann nur hoffen, daß du vorher gefragt hast, ob du ihn dir ausleihen darfst. Der ist doch geborgt, oder? Von wem, wenn ich fragen darf, Casanova?«

Aristo grinste beschwichtigend. »Ein Geschenk vom Direktor. Er wird das bestätigen.«

Der Posten mit den blauen Augen schwieg, während er gleichzeitig aufhörte, mit dem Perlenkranz zu spielen. Er sah den Häftling einen Augenblick lang an, begutachtete ihn von seinem Jakkett über die Hose mit den messerscharfen Bügelfalten bis hin zu den teuren Schuhen. An der Wand hinter ihm befand sich ein Bakelit-Telefon ohne Wählscheibe. Er nahm den schweren Hörer ab, drückte ein paarmal auf die Gabel und sagte etwas. Als er wieder aufhängte, hatte sich sein mürrischer Gesichtsausdruck in Feindseligkeit verwandelt.

»Genehmigung«, bellte er.

Das Dokument war in Ordnung. Es war vom Direktor unterzeichnet und trug zwei Stempel, einen über dem Foto des Häftlings sowie einen weiteren am unteren Ende des Blatts. Der Posten gab Aristo die Genehmigung zurück, spuckte ihm aber unvermittelt zwischen die Schuhe.

»Um einen einzigen Tag Urlaub zu kriegen, mußte ich mir den großen Zeh mit dem Gewehrkolben brechen«, sagte er. »Während du einfach bloß ein bißchen Fußball in der Sonne spielen brauchst, Casanova.« Er leckte sich anzüglich über die Lippen. »Oder mußtest du noch was anderes dafür tun, hm? Na, was hast du dafür getan, Casanova? Komm schon, raus damit.«

Aristo sah ihn nur verächtlich an.

Der Posten klopfte an das Stahltor, das von einem Wachposten auf der anderen Seite geöffnet wurde, der sich breitbeinig vor ihnen aufbaute. Er bekleidete denselben Rang wie der andere, war aber im Gegensatz zu diesem neu bei der Truppe.

»Was gibt's?« Er legte instinktiv die Hand an den Revolver.

»Der feine Herr darf passieren«, sagte der Posten mit den blauen Augen.

Der andere musterte den Häftling. »Wieso das?«

»Der Herr hat sich Urlaub genommen.«

»Urlaub?«

»Das Klima hier ist schlecht für seine Gesundheit. Sieh dir mal seine Augen an.«

»Stimmt irgendwas nicht mit seinen Augen?«

»Gelb wie Eidotter. Siehst du's nicht?«

Aristo wandte wütend den Blick ab. Der zweite Posten trat einen Schritt zurück.

»Hat er Gelbfieber?«

»Nee. Nur Pisse statt Tränen in den Augen.«

»Was hast du gesagt?«

»Laß ihn raus.«

»Ich dachte, hier gibt's nie Hafturlaub, egal für welchen Häftling.«

»Tja, der feine Herr hier wird noch Geschichte machen.«

»Hat er eine Genehmigung?«

Der andere nickte nachdrücklich. »Ich hab's persönlich überprüft.«

»Damit hast du deine Befugnisse überschritten. Nur der diensthabende Posten darf Genehmigungen für gültig erklären.«

»Laß ihn einfach durch«, sagte der andere.

»Ich lasse hier niemanden ohne beglaubigte Papiere durch«, gab der andere zurück. »Ich bin der Diensthabende hier.«

Der Posten mit den blauen Augen nahm Aristo das Dokument aus der Hand und reichte es seinem Kollegen, der einen argwöhnischen Blick darauf warf.

»Die Papiere müssen in Ordnung sein«, richtete der zweite Posten entschuldigend das Wort an den ersten. »Das muß alles den Dienstweg gehen. Das ist dir doch hoffentlich bekannt.«

Schweigend begutachtete er die Genehmigung. Als er sie schließlich für echt befunden hatte, sah er auf seine Uhr, unterzeichnete das Papier, gab es Aristo zurück und trat beiseite, um den Häftling durchzulassen. Dann fiel das Tor donnernd hinter Aristo zu, ehe der Wachmann den schweren Riegel vorschob und wieder abschloß.

Von seinem Platz hinter dem Fenster sah der Gefängnisdirektor zu, wie Aristo den Weg zur Landstraße hinunterging, bis er endgültig aus seinem Blick entschwunden war. Das Gefängnis lag auf einem niedrigen, zimtfarbenen Hügel, der im Regen der Jahrtausende die Form eines Schneckenhauses angenommen hatte. Die an den Weg anschließende Landstraße war erst kürzlich geteert worden, doch der Asphalt endete nach zehn Kilometern an der Stelle, wo dem Bauunternehmer das Material ausgegangen war. Ab dort war die Landstraße nur noch eine holprige Piste aus Lehm und Staub, die vom Busverkehr jeden Tag aufs neue geebnet wurde.

Der Gefängnisdirektor lehnte sich an den Rahmen der Balkontür, kaute an seinem Schnäuzer und schmeckte den Teer der Zigaretten auf seinen Barthaaren. Er wünschte sich, einfach im Bett liegen und bis zum nächsten Tag schlafen zu können. Sein Nacken war steif; jedesmal, wenn er einatmete, drang ein tiefes Rasseln aus seiner Brust, und er hatte Hunger. Er zündete sich eine Zigarette an. Während er über Aristo nachdachte, trat ein dunkelroter Schimmer auf seine Wangen, als könnte jemand seine Gedanken hören. Plötzlich wurde die Tür geöffnet. Erschrocken ließ der Gefängnisdirektor die Zigarette fallen.

»Der Häftling hat das Gelände verlassen, Herr Direktor«, meldete der Hauptsekretär.

Der Gefängnisdirektor spürte, wie sein Herz gegen sein Brustbein pochte. »Sehr gut«, sagte er.

Der Hauptsekretär blickte seinen Vorgesetzten neugierig an. »Ein anderer Häftling möchte Sie gern kurz sprechen, Herr Direktor.«

»Wer?«

»Manouso. Ein äußerst gefährlicher Krimineller.«

Der Gefängnisdirektor zog eine mißmutige Miene. Er wußte

sehr wohl, von wem die Rede war; seit dem Tag, als er hierhergekommen war, hatte der Kerl unermüdlich um Hafturlaub gebeten.

»Später«, sagte er und versuchte, mit einem seiner üblichen Kommandos zur Tagesordnung überzugehen. »Wegtreten.«

Erst als er das Schloß hinter sich zuschnappen hörte, begann der Gefängnisdirektor wieder zu atmen. Verärgert über sich selbst, daß er die Tür zu seiner Seele derart sperrangelweit hatte offenstehen lassen, ging er in seinem Büro auf und ab, ohne die Zigarette aus dem Mund zu nehmen. Allmählich schlug sein Herz wieder langsamer, während erneut tiefe Schwermut Besitz von ihm ergriff. Er fühlte sich wie ein schiffbrüchiger Kapitän, der die Überreste seines Kahns an sich vorbeitreiben sah, während sein Blick über die ausgediente Landkarte, die Flagge auf dem Garderobenständer, das kaputte Bild des Präsidenten auf dem Boden und die schwere Schreibmaschine schweifte. Durch die Wand hörte er, wie sein Adjutant im Vorzimmer etwas tippte. Erneut kam ihm Aristo in den Sinn, während verschiedenste Gefühle sich wie Würgeschlangen um seine Seele legten, erst Selbstverachtung, dann Hoffnungslosigkeit. Schließlich schlief er auf seinem Stuhl ein.

An diesem Nachmittag suchte ihn ein grauenhafter Alptraum heim. Wegen seiner Schmerzen in der Brust suchte er den Doktor im nicht weit entfernten Dorf auf. Dr. Panteleon bat ihn, sich hinter den Röntgenschirm zu begeben, und nach einem kurzen Blick stellte er auch schon seine Diagnose. »Sie haben kein Herz, Herr Direktor«, sagte er nüchtern. Unter Zuhilfenahme eines Spiegels ließ er den Direktor selbst einen Blick auf den Röntgenschirm werfen, und in diesem Augenblick sah er es mit eigenen Augen: An der Stelle, wo sein Herz hätte sein sollen, hing ein von einem Band baumelnder Orden – das Bronzekreuz für herausragende Verdienste um die Nation.

Jäh erwachte der Gefängnisdirektor, eilte zum Balkon und übergab sich über das Geländer. Anschließend trank er die Neige des kalt gewordenen Kaffees, doch auch damit ließ sich seine innere Unruhe nicht eindämmen. Er wußte nicht, wie lange er geschlafen hatte. Immerhin war es draußen noch hell.

»Hauptsekretär!« brüllte er.

Der Hauptsekretär trat ein.

»Manouso«, sagte der Gefängnisdirektor.

»Er ist immer noch hier. Er sagt, es sei dringend, Herr Direktor.«

»Schicken Sie ihn herein.«

Manouso trat ein, ein demütiges Lächeln auf den Lippen, und rieb sich die Hände. Er war völlig anderer Stimmung als der Mann hinter dem Schreibtisch. Der Gefängnisdirektor seufzte.

»Schöner Tag heute«, sagte der Häftling höflich. »Der erste Tag der Fastenzeit.«

Der Gefängnisdirektor sank in seinen Stuhl zurück. »Beeil dich. Ich habe zu tun.«

Der Häftling zögerte. Er hatte noch nichts gesagt, als der Gefängnisdirektor erneut das Wort an ihn richtete.

»Meine Antwort lautet nein. Ich kann nicht zulassen, daß ein Halsabschneider frei auf der Straße herumläuft, solange er kein Einsehen zeigt, daß er hier zu recht festgehalten wird.«

Manouso ließ die freundliche Maske fallen.

»Ich bin kein Mörder. Es war bloß ein Esel, Herr Direktor«, protestierte er. »Sein Schreien war schlimmer, als würde einem 'ne Biene ins Gehirn stechen. Wenn Sie das selbst ...«

»Nein.«

Der Häftling ließ sich auf den nächsten Stuhl fallen, ohne vorher um Erlaubnis zu fragen; der Gefängnisdirektor zog eine Augenbraue hoch, sagte aber nichts.

»Ich ersticke hier noch, Herr Direktor«, sagte Manouso, während ihm Tränen in die Augen schossen.

»Schön. Genau darum geht es nämlich.«

Da die Flügeltüren zum Balkon geschlossen waren, verbreitete sich der Geruch von Manousos Schweiß in Windeseile im Raum. Der Gestank deprimierte den Gefängnisdirektor nur noch mehr. Er rümpfte die Nase, öffnete die Balkontür und atmete ein paarmal tief ein, als würde er eine Frühsportübung machen. Hinter ihm kniff Manouso die Augen zusammen.

»Hier stinkt's«, sagte er böse. »Andere Gefangene kommen nicht nur raus, sondern kriegen auch noch 'nen Anzug geschenkt.«

Der Gefängnisdirektor wandte den Kopf; niemand hatte je gewagt, seine Entscheidungen in Frage zu stellen. Er öffnete den Mund, um nach dem Hauptsekretär zu rufen, stellte aber im selben Moment überrascht fest, daß er eher erschöpft als verärgert war.

»Das Gespräch ist beendet«, sagte er. Dann fügte er fast flehentlich hinzu: »Geh.«

»Ich könnte Ihnen von großem Nutzen sein, Herr Direktor«, sagte der Häftling mit ernster Stimme.

»Geh jetzt – es sei denn, du willst die gesamte Fastenzeit in Einzelhaft verbringen.«

»Ich könnte Sie vor einer ziemlich peinlichen Sache bewahren, Herr Direktor. Sie haben einen Fehler gemacht.«

»Hauptsekretär!« brüllte der Gefängnisdirektor. »Alarmstufe rot!«

Sein Adjutant stürzte ins Zimmer, einen Holzknüppel in der Hand. Sogleich stieß er den Häftling gegen die nächste Wand und hielt ihn fest.

»Er hat Sie an der Nase herumgeführt, Herr Direktor!« kreischte Manouso, während der Knüppel an seiner Kehle ihm die Luft abschnürte. »Aristo geht gar nicht zu einem Gedenkgottesdienst.« Er schluckte schwer. »Aber da, wo er hingeht, gibt's wahrscheinlich 'ne Beerdigung, wenn er wieder fort ist!«

Die Bremsen quietschten, als der Bus langsamer wurde. Aristo streckte weiter den Daumen wie ein Anhalter aus, bis der Bus ganz zum Stehen kam. Zu seinen Füßen befand sich sein Bündel. Instinktiv führte er die Hände zum Kragen, um die Krawatte zu richten; erst jetzt merkte er, daß er vergessen hatte, den Gefängnisdirektor nach einem Schlips zu fragen. Irritiert öffnete er die obersten Knöpfe des gestärkten Hemdes; nur Bauern trugen ein Hemd ohne Krawatte. Dann trat er an die offene Bustür und grinste. Der Fahrer sah ihn feindselig an; es war offensichtlich, daß sein Fahrgast aus der Strafanstalt kam. Aristo bat um eine Fahrkarte ins nächste Dorf. Der Fahrer nannte ihm den Preis.

Viel zu teuer für eine so kurze Fahrt, dachte Aristo. Er würde sein Erspartes noch brauchen.

»Für ein Kirmeskarussell gibt man mehr aus«, sagte der Busfahrer.

Aristo bat um einen Nachlaß. Er sagte, er sei Soldat und habe Heimaturlaub erhalten, um seine Mutter besuchen zu können, aber leider habe er seine Unterlagen auf der Stube liegenlassen. Der Busfahrer feixte.

»Wer so 'nen Anzug hat, kann sich normalerweise ein Taxi leisten«, gab er zurück. »Aber vielleicht hast du das Geld ja verloren, weil Löcher in den Taschen sind, Freundchen.«

Er machte Aristo die Tür vor der Nase zu und ließ den Motor aufheulen. Aristo brüllte ein paar Flüche, doch seine Stimme wurde vom Lärm des Motors und dem knatternden Auspuff übertönt. Er trat auf die Straße und sandte dem Bus eine obszöne Geste hinterher. Dann bemerkte er, daß er in ein schlammgefülltes Schlagloch getappt war.

Er schirmte die Augen mit der Hand ab und ließ den Blick über die Umgebung schweifen. Nicht weit entfernt erblickte er eine Müllkippe, wo ein Bagger Abfall umschichtete. Eine Windböe erfaßte ihn mit einem leisen Sausen, wirbelte Staub auf und rüttelte an den ordentlich aufgereihten Bäumen in einem Olivenhain. Er schloß die Augen, bis der Windstoß vorbei war; der Gestank verfaulenden Unrats hing in der Luft. Das Schild an der Bushaltestelle knarrte an seiner Stange, und eine Krähe mit staubigen Flügeln landete ein paar Meter entfernt und pickte nach etwas auf dem Boden. Dann sah er, wie sich ein weiteres Gefährt näherte.

Es war ein Müllwagen. Außer dem Fahrer sah er noch einen zweiten Mann, der am hinteren Ende des Wagens stand und sich dort festhielt; wegen der Erschütterungen durch die Schlaglöcher fiel er fast von seinem Trittbrett, doch der Mann am Steuer fuhr deshalb nicht langsamer. Hoffnung keimte in Aristo auf, während er den Müllwagen näher kommen sah. Just in dem Augenblick, als er die Hand hob, hörte er, wie der Motor ein ersticktes Geräusch von sich gab und erstarb. Der Müllwagen rollte noch ein paar Meter und kam neben Aristo zum Stehen. Der Fahrer sprang aus der Kabine, öffnete die Motorhaube und kratzte sich die Wange, während er den Motor inspizierte. Auch er trug einen stinkenden Overall und Gummistiefel. Aristo gesellte sich zu ihm und warf ebenfalls einen Blick auf den Motorblock. Der Fahrer ignorierte ihn; beide standen sie da und starrten mit ausdruckslosen Mienen unter die Motorhaube. Der Fahrer zündete sich eine Zigarette an und stierte weiter, ohne etwas zu unternehmen.

Der Mann am hinteren Ende des Wagens meldete sich. »Gibt's ein Problem, Chef?«

»Die Karre ist tot«, sagte der Fahrer. »Da tut sich gar nichts mehr.«

»Gar nichts mehr«, wiederholte der andere. Zufrieden mit der Diagnose, hockte er sich auf das Trittbrett.

Wie es der Zufall so wollte, hatte Aristo vor nicht allzu langer Zeit im Gefängnis einen illustrierten Artikel über Autoreparaturen gelesen. Er war in der Weltenzyklopädie darüber gestolpert.

»Ich würde mir mal den Ansaugtrakt anschauen«, schlug er vor. »Bei manchen Wagen sind die enger als eine Hühnergurgel.«

Der Fahrer warf ihm einen finsteren Seitenblick zu. »Als 'ne Hühnergurgel, ja?«

»Hast du 'n Huhn überfahren, Chef?« meldete sich der andere Müllmann.

»Kann sein, daß durch den Sturm was reingeraten ist«, fuhr Aristo fort.

Der Fahrer starrte mißgelaunt auf den ölverschmierten Motorblock.

»Sicher?« fragte er.

»Ich würde meine Hand eher in 'nen Hochofen stecken«, ertönte die Stimme des anderen. Träge fügte er hinzu: »Laß uns warten, bis jemand vorbeikommt.«

»Enge Schläuche machen bei vielen älteren Autos Ärger«, erklärte Aristo.

»Das hier ist ein Müllwagen, Junge«, sagte der von hinten.

»Und da bist du dir sicher?« beharrte der Fahrer. »So sicher, wie auf den Tag die Nacht folgt?«

Aristo hob die Schultern. »Es ist ziemlich wahrscheinlich.«

»Er ist sich eben doch nicht sicher, Chef«, ließ sich der andere vernehmen.

Schließlich machte sich Aristo selbst daran, den Schaden zu beheben. Als er fertig war, hatte er Dreck unter den Fingernägeln und einen Ölfleck auf dem vorher blütenweißen Hemdsärmel. Immerhin hatte er sich so die Mitfahrt verdient. Er warf den Schraubenzieher in den Fond und nahm mit neuer Zuversicht neben dem Fahrer Platz. Vom Rückspiegel hingen ein Kruzifix und eine Blechbimmel.

Der Fahrer erzählte Aristo, daß sie für eine Firma arbeiteten, die Müll von den Dörfern zur Müllkippe transportierte.

»Abholung, Transport, Entsorgung«, sagte er. »Wir übernehmen alles. Manchmal macht die Arbeit sogar Spaß – aber meistens ist es einfach nur stinklangweilig.« Er seufzte. »Jeden Tag dasselbe.« Dann stach ihm Aristos Anzug ins Auge. Er streckte die Hand aus und befühlte den Stoff. Seine schmierigen Finger hinterließen einen Schmutzfleck auf der Weste. »Kaschmir«, sagte er schließlich und legte die Hand wieder ans Steuer. »Teuer?«

Mit saurer Miene betrachtete Aristo den Fleck.

»Hat ein Vermögen gekostet«, erwiderte er.

»Wieso auch nicht?« Der Fahrer nickte. »Sein Geld kann man ja nicht mit ins Grab nehmen.«

Aristo rieb mit dem Daumen über den Fleck. Vergebens – es nützte alles nichts. »Es ist unerläßlich für einen Mann, wenigstens einen guten und frisch gebügelten Anzug zu besitzen«, sagte er.

»Selbstredend. Eine gepflegte Erscheinung ist fast so wichtig wie der rechte Glaube.«

Vor ihnen lief ein Fuchs über die Straße. Der Müllwagen war so langsam, daß das Tier ihm so gut wie keine Beachtung schenkte, sondern einfach gemächlich weitertrottete, ehe es im Gestrüpp auf der anderen Straßenseite verschwand.

»Verdammtes Mistvieh«, rief der zweite Müllmann von hinten. »Da gehen sieben Drachmen fünfzig flöten, Chef.«

Aristo sah den Fahrer irritiert an.

»Der Fuchs ist ein erbarmungsloser Räuber, mein Freund«, erklärte der Fahrer. »Die Regierung hat einen Preis auf seinen Kopf ausgesetzt.«

Aristo schloß die Augen und lehnte den Kopf an die Tür. Bald träumte er von Stellas Juwelen. Die Schmuckstücke waren ihm so schnell durch die Finger geglitten wie fließend Wasser, doch hatte er jedes einzelne Kleinod detailgenau vor Augen. Sie hatte einen kleinen Schatz zusammengehortet. Aristo lächelte im Schlaf und wanderte im Traum durch die Zimmer der Pension zum Garten. Doch als er auf die Veranda trat, erkannte er, daß die Tomaten, die Kürbisse, jeder Topf mit Minze und Basilikum, selbst die wilden Trauben und die Palme nicht echt, sondern nur Attrappen aus rosafarbenem Netzstoff waren. Ein Kribbeln ging ihm durch Mark und Bein, als er jäh aus dem Schlaf schreckte. Er dachte, sie wären am Ziel angekommen, doch der Fahrer hielt nur vor einem Café am Straßenrand.

»Ich hoffe, du hast's nicht eilig, mein Freund«, sagte er.

Nicht weit entfernt lag ein Friedhof; hohes Unkraut wucherte um die aus Lattenholz gezimmerten Kreuze. Der Acker könnte ohne weiteres auch als Weinberg durchgehen, dachte Aristo und stieg aus, um erst einmal ausgiebig die Beine zu strecken.

»Alles bestens«, sagte er beiläufig. »Es erwartet mich ja keiner.«

V

Die Ellbogen auf den Mahagonitresen gestemmt, betrachtete der Pfandleiher sein Spiegelbild in der Auslagevitrine, während er sich mit geradezu chirurgischer Präzision in der Nase bohrte. In der Auslage unter ihm befanden sich in Reihen arrangierte Schmuckstücke auf rotem Samt, jedes mit einem kleinen Zettel ausgestattet, auf dem »Preis auf Anfrage« stand. Der Pfandleiher langweilte sich; seit Tagen schon war niemand mehr vorbeigekommen, und daher hatte er auch am ersten Tag der Fastenzeit geöffnet, obwohl es sich um einen staatlichen Feiertag handelte. Dennoch war er guter Stimmung, da er dank des Karnevals fast alle Gewänder losgeworden war, die er bei der Schließung des Theaters in der Kreisstadt erstanden hatte. Die einzigen übriggebliebenen Sachen auf dem Kleiderständer waren ein Pierrot-Kostüm aus Satin mit riesigen Knöpfen, die dazugehörige, weit ausgestellte Hose und der mit Seide bezogene Spitzhut, und natürlich das weiße Marie-Antoinette-Kleid plus Zubehör, einer zusammenklappbaren Guillotine aus Korkholz und dem Polyesterkopf mit federbetriebenem Mechanismus.

Der Pfandleiher blies zufrieden die Backen auf. Die Theaterkostüme zu erwerben war eine gute Idee gewesen, doch zunächst hatte ihn der Kauf beinahe ruiniert. Mehrmals hatte er die Jalousien vorgezogen und die Tür abgeschlossen, als der Gerichtsvollzieher mit dem Pfändungsbescheid in der Mappe ihn aufsuchen wollte. Der Pfandleiher bekam jetzt noch eine Gänsehaut, wenn er daran dachte. Doch der Karneval hatte alles zum Guten gewandt. Er rieb sich die Hände und erneuerte sein Gelübde, einen silbernen Leuchter für den Altar des heiligen Timotheus zu stiften.

Durch die Tür drang ein übler Geruch herein. Seit dem Morgen nach dem Karneval war die Straße mit Abfall übersät: Konfetti und Papiergirlanden lagen im getrockneten Schlamm, Trillerpfeifen aus Plastik und kaputte Masken, verfaulendes Obst und abgenagte Hühnerknochen. Die Dorfbewohner hatten vergeblich auf den Müllwagen gewartet, über eine Woche lang, während der unablässig fallende Regen die Reste der Karnevalsdekoration dem Straßenmatsch überantwortet hatte. Heute morgen – viel zu spät – war endlich wieder die Sonne herausgekommen. Der Pfandleiher hörte das Motorengeräusch eines Lasters, hob abwesend den Blick – und schreckte auf. Im Laden stand ein Kunde. Der Pfandleiher zog den Finger aus der Nase und wischte ihn an seiner Hose ab. Aristo besah sich gerade das Pierrotkostüm.

»Es ist aus Seide«, sagte der Pfandleiher. »Ein ganz edler Stoff, mein Herr. Fühlen Sie nur mal.«

Aristo rührte keinen Finger. Er wandte sich dem Marie-Antoinette-Kleid zu.

»Baumwolle«, sagte Aristo. »Sind das die einzigen Klamotten, die Sie haben?«

»Wären Sie nur eine Woche früher gekommen«, sagte der Pfandleiher und begann, an den Fingern abzuzählen. »Da hatte ich einen Gorilla, einen Sensenmann, zwei komplette Rüstungen, einen Dracu...«

»Gibt's in diesem Saftladen auch richtige Kleider?«

Der Pfandleiher zog die Stirn in Falten. »Das sind leider die einzigen – aber ich mache Ihnen einen guten Preis.«

Das Marie-Antoinette-Kostüm war teuer.

»Karneval ist erst wieder nächstes Jahr«, sagte Aristo.

»Und? Ein französisches Königinnenkleid kommt nie aus der Mode.«

Aristo klopfte einen Moment lang nachdenklich mit den Fingern auf den Tresen. »Packen Sie's ein«, entschied er sich dann. »Aber lassen Sie das Zubehör weg.«

Der Pfandleiher lächelte triumphierend und zog einen Bogen Packpapier unter dem Tresen hervor. Mit hinter dem Rücken verschränkten Armen schlenderte Aristo durch den Laden, um dann und wann zu verweilen und irgendwelchen Plunder näher ins Auge zu nehmen. Hinter seinem Rücken bewunderte der Pfandleiher seinen edlen Anzug, ehe er bemerkte, daß sein Kunde zwar ein gut geschnittenes Profil besaß, sein Gesicht aber sonst fahl und ausgezehrt war.

»Wir verkaufen auch erstklassige Arzneien«, sagte er. »Mit Zulassung des Königs – vor seiner Verabschiedung ins Exil, versteht sich. Wir empfehlen insbesondere einen Sirup mit Edelweißextrakt, der besonders gut bei ansteckenden Krankheiten wirkt. Ich habe nur noch ein Fläschchen da. Es kostet eine Drachme fünfundzwanzig.«

Aristo gab keine Antwort. Er trat vor eine alte Standuhr.

»Ein vortrefflicher Chronometer«, sagte der Pfandleiher, der sich damit abmühte, die walbeinernen Unterrockstützen in das Packpapier einzuschlagen. »Geht auf die Minute genau.«

Im Vergleich mit der batteriebetriebenen Uhr hinter dem Tresen ging das antike Stück allerdings eine Stunde nach.

»Die habe ich gerade aus dem Ausland geliefert bekommen«, improvisierte der Pfandleiher. »Das ist noch Pariser Zeit.«

Aristo ging zu einer Wandvitrine mit Pistolen hinüber.

»Tatsache ist«, bluffte der Pfandleiher, »daß sich erst zehn Minuten vor Ihrem Eintreffen ein anderer Herr für genau diese Standuhr interessiert hat.«

»Tatsächlich?« murmelte Aristo geistesabwesend.

»Er stand genau da, wo Sie jetzt stehen. Er hat gesagt, er würde am Aschermittwoch wiederkommen.«

Aristo erstarrte. »Was für einen Tag haben wir heute?« fragte er.

Der Pfandleiher nahm das Band aus dem Mund, mit dem er gerade das Kleid verschnürte. »Montag«, sagte er.

Aristo schnippte mit den Fingern. »Es ist Fastenzeit!« rief er. »Wie konnte ich das bloß vergessen!«

»Der erste Tag der Fastenzeit«, bestätigte der Pfandleiher. »Ja. Wir fasten bis Ostern.«

»Verdammt«, sagte Aristo gedankenverloren.

Der Pfandleiher zuckte mit den Schultern. »Ist doch bloß einmal im Jahr, mein Freund, und gerade mal vierzig Tage. Davon geht die Welt nicht unter.«

Aristo rührte sich nicht; es schien, als würde ihn die Last seiner Gedanken lähmen. Er sah sich um, und erneut fiel sein Blick auf die billige Wandvitrine und das Messingschildchen mit der Aufschrift »Historische Feuerwaffen«. Hinter der Glasscheibe befanden sich eine Pistole mit Steinschloß und einem kaputten, edelsteinbesetzten Griff, ein rostiger Revolver ohne Hahn und daneben eine flache Halbautomatik. Aristo lächelte.

»Die Vitrine würde sich bestimmt gut auf Ihrem Kaminsims machen«, sagte der Pfandleiher.

Aristo wies auf die flache Pistole.

»Das ist eine Luger«, sagte der Pfandleiher. »Sie hat früher dem Schlachter gehört. Damit ist er so manchem Vieh an den Kragen gegangen. Ich habe sie aber funktionsuntüchtig gemacht.«

»Was soll sie kosten?«

Der Pfandleiher sammelte die Mottenkugeln auf, die aus dem Marie-Antoinette-Kostüm gefallen waren, und gab sie in ein Glas mit der Aufschrift »Hustenpastillen«. Schließlich kam er zu einer Entscheidung.

»Die eine allein kann ich Ihnen nicht verkaufen. Die drei gehören zusammen, und schließlich kann ich ja nicht so einfach eine aus ihrem historischen Kontext reißen, verstehen Sie.«

»Aus ihrem historischen Kontext«, wiederholte Aristo, während er den Pfandleiher leicht erstaunt ansah.

»Genau.«

Aristo hatte kein Geld mehr. Es blieb nur eine Möglichkeit. »Sie können meine Weste dafür haben«, sagte er.

»Das schmutzige Ding?«

»Sie können sie in die Reinigung geben. Wahrscheinlich ist sie mehr wert als der gesamte Krempel in ihrer Hütte.«

Der Pfandleiher kam hinter dem Tresen hervor und betastete den Stoff.

»Exquisites Material«, räumte er ein. »Aber was soll ich mit einer Weste ohne Anzug?«

»Kartenhaie reißen sich um solche Westen«, sagte Aristo. »In Filmen haben sie immer solche Westen an, und ein Jackett tragen sie nie darüber.«

Der Pfandleiher dachte darüber nach, während ihm das Wasser im Mund zusammenlief.

»Keine schlechte Idee, mein Freund«, sagte er.

Aristo zog seine Weste aus, während der Pfandleiher die Vitrine mit den Pistolen von der Wand nahm und zu seinem Kunden trug. Ohne ihn vorzuwarnen, schmetterte Aristo den Schaukasten auf den Boden, trat noch einmal darauf, griff nach der funktionsuntüchtigen Luger und verstaute sie in seiner Brusttasche. Dann nahm er das Bündel mit seinen Habseligkeiten auf, schnappte sich das verpackte Theaterkostüm und verließ den Laden, ohne ein Wort des Abschieds zu verlieren.

»Frohe Fastenzeit!« rief ihm der Pfandleiher hinterher, während er sich bereits aufmachte, den Besen zu holen. »Vergessen Sie nicht, daß die Fastenzeit bloß vierzig Tage dauert. Das kann ein gestandener Mann schon aushalten – und gut für die Seele ist es obendrein.«

An der Mauer des Polizeireviers lehnte ein Motorrad. Beide Reifen waren platt; der Scheinwerfer hing an den elektrischen Kabeln herunter, und der Auspuff war defekt. Vor dem Motorrad kniete ein Uniformierter, einen Werkzeugkasten neben sich. Obwohl er seinen Rücken der Straße zugewandt hatte, erkannte Aristo ihn sofort: Es war der Wachtmeister, der ihn knapp ein Jahr zuvor verhaftet hatte. Plötzlich verspürte er einen bitteren Geschmack im Mund; er hob das in Manilapapier verpackte Kostüm, so daß es sein Gesicht verbarg. Nur eine Sekunde später wandte sich der Polizist nach ihm um.

»Vorsicht, mein Bester!« rief er über die Straße. »Passen Sie auf, daß Sie nicht stolpern!«

Mitten auf der Straße lag eine kaputte Kesselpauke, zurückgelassen von der Bläserkapelle, die hier den gesamten Karnevalssonntag hindurch aufgespielt hatte. Aristo winkte einen Dankesgruß in Richtung des Polizisten, machte einen Bogen um die Pauke und verschwand eilig in den Schatten der nächsten Gasse. Er warf noch einen Blick zurück, ehe er direkt zu Stellas Pension ging.

Langsam schwand das Tageslicht. In ihrer Pension sammelte Stella das Bettzeug ein, das sie zum Lüften auf die Fensterbänke gelegt hatte. Sie faltete die Decken und Laken zusammen, klopfte dann die Kissen aus, die kalt von der Abendbrise waren, und schloß schließlich die Fenster. In den Zimmern lagen die nackten Matratzen auf den Bettgestellen. Sie waren alt und durchgelegen und wiesen allesamt reichlich Löcher auf, aus denen grobe Wolle quoll. Stella pfiff vor sich hin und machte die Betten. Sie betätigte die Handpumpe an der Spüle und füllte die Kaffeekanne und einen großen Kessel mit Wasser. Die Behälter mit Kaffee und Zukker standen gleich neben dem Ofen, rechts und links von einer abgegriffenen Dose mit Ceylon-Tee. Die Streichholzschachtel war leer; Stella stellte sich auf die Zehenspitzen und griff nach der Großpackung, die oben auf dem Küchenschrank lag. Während sie darauf wartete, daß das Wasser zu kochen begann, trank sie zwei Tassen Kaffee, stellte die Tasse auf den Unterteller, nahm sich vor, später noch im Kaffeesatz zu lesen, und weichte eine Portion Fava-Bohnen in einer Schüssel ein. Sie kam ihren häuslichen Pflichten in bester Laune nach. Eine Fliege landete auf einem Streifen Insektenpapier, der von der Decke herabhing. Gebannt sah Stella dem Todeskampf der Fliege zu, während sie sich die Nägel feilte; anschließend raffte sie ihr Haar zu einem Dutt zusammen, ehe sie sich ein großes Handtuch um den Kopf wickelte. Das Bad bot gerade genug Platz für das Waschbecken, die Toilette, den Badezuber und die Wasserkanne aus Plastik. Während sie in der Wanne saß und sich mit dem Wasser aus der Kanne übergoß, hörte sie plötzlich, wie es vorn an der Eingangstür klopfte.

Im selben Moment, als Stella Aristo die Tür öffnete, löste sich das um ihr Haar geschlungene Handtuch, und eine rabenschwarze Mähne umrahmte mit einem Mal ihre erröteten Wangen.

Aristo räusperte sich.

»Ich muß mich hinsetzen«, sagte er. »Der Mond hat nicht so viele Krater wie meine Füße Blasen.«

Durch die offene Tür surrten Fliegen. Immer noch tropfnaß unter ihrem Kleid, griff Stella mit zitternder Hand nach der Fliegenklatsche.

»Ist dir schon mal aufgefallen, daß Fliegen nie denselben Weg hinaus nehmen, auf dem sie hereingekommen sind?« fragte sie, ebenso verlegen wie er.

Einige Minuten lang jagte sie den Fliegen hinterher, ehe sie merkte, daß sie ihn noch hereinbitten mußte, da er immer noch wie angewurzelt auf der Schwelle stand. Aristo ließ sich auf einen Stuhl fallen und stellte das mitgebrachte Paket unter den Küchentisch.

»Du trägst ja einen Anzug«, sagte Stella.

Aristo streckte die Arme aus. »Die Ärmel sind zu kurz.«

Er seufzte unwillkürlich, während er den Blick durch den Raum schweifen ließ. Über ihm schwirrten Dutzende von Fliegen, um alle naselang am Fliegenpapier klebenzubleiben. Stella ergriff abermals das Wort.

»Männer sind heutzutage eben größer als früher«, sagte sie.

Sie schwiegen wieder. Es waren erneut einige Minuten vergangen, als sie plötzlich das Paket unter dem Tisch bemerkte. Aristo sah sie an.

»Das ist für dich«, sagte er.

Das Paket mit dem Marie-Antoinette-Kostüm roch nach Naphthalin.

»Für mich?« Stella berührte das Papier.

Aristo holte tief Luft und sagte ihr, was sich in dem Paket befand.

»Du kannst ja schließlich nicht ohne Hochzeitskleid heiraten.«

Seit Aristos Verhaftung hatte Stella immer wieder an seine Verurteilung und an die Karte denken müssen, die er ihr zu Weihnachten geschickt hatte. Mit der Karte hatte er um ihre Hand angehalten, und sie hatte nur ein Wort zurückgeschrieben: *Ja.*

»Aber es ist doch Fastenzeit«, murmelte sie.

Aristo bekam rote Ohren, und er nickte. Es war ihm gelungen, sich einen Anzug und der Braut ein weißes Kleid zu verschaffen, und Stella würde zwei Ringe aus ihrem Schmuckkästchen beisteuern, doch in all der Aufregung hatte er schlicht vergessen, daß während der Fastenzeit keine Eheschließungen stattfanden. Erst im Geschäft des Pfandleihers hatte er sich daran erinnert. Es war ein entscheidender Moment gewesen, da Aristo nur zu genau wußte, daß ihm der Gefängnisdirektor niemals einen weiteren Hafturlaub bewilligen würde. Doch er konnte nicht bis zu seiner Entlassung warten, und in der Pfandleihe war er aus heiterem Himmel auf die Lösung seines Problems gestoßen. Mit einem bösen Grinsen zog er die Pistole aus der Brusttasche. Stella wich zurück.

»Keine Angst«, sagte er. »Selbst ein Staubwedel ist gefährlicher.«

Doch Stella weigerte sich, die Waffe anzufassen.

»Frauen«, seufzte Aristo. »Sie fürchten sich sogar vor ihrem eigenen Schatten.«

Schließlich überzeugte er sie, und Stella ging in den Garten, um sich einen Hochzeitsstrauß aus Gardenien zu binden.

Nicht weit entfernt zog Pater Gerasimo die Vorhänge vor seinem Fenster auseinander und beobachtete die beiden Männer, die den Abfall von der Straße auf den Müllwagen schaufelten. Der schmutzige Karnevalsschmuck erinnerte ihn an die biblische Geschichte von Moses und dem goldenen Kalb.

»Ach, das Volk hat eine große Sünde getan«, zitierte er, *»und sie haben sich goldene Götter gemacht.«*

Während der vergangenen Woche hatte sich seine Stimmung allmählich wieder gebessert, nachdem ihn die heidnischen Rituale des Karnevals in abgrundtiefe Verzweiflung gestürzt hatten; doch nun sah er frohgemut dem Osterfest entgegen, dem höchsten christlichen Feiertag, an dem sich seine geistliche Berufung endlich wieder voll entfalten durfte. Seine Vorfreude war so groß, daß er den Besuch vor seiner Tür erst bemerkte, als der Türklopfer zum dritten Mal gegen das Holz schlug.

»Gepriesen sei der Herr!« jubelte er, als er die Tür öffnete. »Das ... das ist ja ...«

»Die diebische Elster«, beendete Aristo den Satz für ihn.

Hinter ihm stand Stella in ihrem leuchtend weißen Kleid. Sie sah genauso entschlossen aus wie Aristo.

»Lassen Sie uns zur Kirche gehen, Priester«, sagte Aristo. »Sie werden heute einer Ehe Ihren Segen geben.«

Pater Gerasimo lachte nervös. »Ihr seid wohl nicht ganz bei Trost«, sagte er. »Die Fastentage sind eine Zeit der Entbehrung und der Sühne, nicht der Fleischeslust.«

»Er hat Hafturlaub bekommen, damit wir heiraten können«, erklärte Stella. »Es geht nur heute, sonst müssen wir ein weiteres Jahr warten.«

Der Priester schüttelte energisch den Kopf.

»Er hat sich extra einen Anzug geliehen, Pater«, bestürmte sie ihn.

»Zuerst einmal wirst du deine Strafe absitzen«, sagte Pater Gerasimo unnachgiebig. »Dann wirst du deine Sünden beichten und die Bibel lesen. Wenn dann noch ein paar Jahre ins Land gezogen sind, werde ich vielleicht darüber nachdenken, dich zu trauen.«

Es war der richtige Augenblick für Aristo, die Überredungskünste seiner Pistole anzuwenden. Pater Gerasimo starrte auf den Lauf der Luger. An das Leben nach dem Tod zu glauben, war die eine Seite der Medaille, dachte er. Die andere, sich dem Sensenmann ohne Umschweife in die Arme zu werfen.

»Laß mich meine Stola holen, mein Sohn«, sagte er glattzüngig und wandte sich ab, um in seine Schlafkammer zu gehen, durch deren Fenster er die Flucht ergreifen wollte. »Es soll ja alles seine Ordnung haben.«

Sein Plan war zu durchschaubar, um damit einen Berufsbetrüger hinters Licht zu führen. Aristo hob die Pistole. »Wenn Sie die Tür öffnen, Priester«, sagte er, und seine Drohung klang äußerst überzeugend, »garantiere ich Ihnen, daß dahinter gleich der Himmel liegt.«

Fünf Schatten regten sich hinter der großen Platane. Einer war der des Dorfpolizisten, während die anderen zu den Männern aus dem Gefängnis gehörten: dem Gefängnisdirektor, dem Hauptsekretär, Manouso und dem Posten mit den blauen Augen, der eine nagelneue Maschinenpistole in den Händen hielt. Nachdem in Pater Gerasimos Haus niemand zugegen gewesen war, hatte sie der Polizist zur Kirche geführt, wo sie Aristo schließlich entdeckt hatten.

»Er ist bewaffnet!« sagte der Hauptsekretär. »In Deckung!«

Die Männer duckten sich hinter dem breiten Stamm. Der Wachposten mit der Maschinenpistole hakte seinen Finger nervös in den Abzug. »Bronzekreuz?« richtete er das Wort an den Gefängnisdirektor. »Die nageln Sie höchstens an eines aus Holz, wenn hier was passiert.«

»Wache!« ermahnte ihn der Hauptsekretär.

»Er hat den Hafturlaub doch genehmigt, oder?«

Aristo stand in der Kirchentür. Ungeniert hielt er die Pistole in der Hand. Auf den Zweigen der Platane hatte sich ein zwitschernder Schwarm von Sperlingen versammelt. Die Männer hielten den Atem an.

»Herr Direktor?« Der Hauptsekretär wollte wissen, wie es weitergehen sollte.

Der Gefängnisdirektor gebot ihm mit erhobener Hand zu schweigen. Doch dann erschien Stella auf der Schwelle des Portals; mit einem Mal fühlte sich der Gefängnisdirektor wie ein Ehemann, der zu Hause einen Fremden in seinem Schlafanzug vorfindet.

»Eine … eine Frau«, brachte er hervor.

»Wieso trägt sie denn ein Karnevalskostüm?« fragte der Wachposten mit den blauen Augen.

Der Gefängnisdirektor verspürte einen stechenden Schmerz in der Brust. »Das … das sieht wie ein Hochzeitskleid aus. Sie ist … seine Braut.«

»In einer Minute ist sie seine Witwe«, sagte der Wachposten und brachte die Maschinenpistole in Anschlag.

»Lassen wir ihm wenigstens die Chance, sich zu ergeben«, sagte der Hauptsekretär.

»Wozu?« flüsterte der Wachposten. »Das macht er nie im Leben. Schließlich hat er den Priester umgelegt.«

Der Hauptsekretär versuchte, einen kühlen Kopf zu bewahren,

und wischte sich mit dem Handrücken den Schweiß von der Stirn. »Das wissen wir doch gar nicht.«

Vor dem Kirchenportal küßten sich Aristo und Stella. Im Licht der sinkenden Sonne hatte ihr weißes Theaterkostüm einen honigfarbenen Ton angenommen.

»Er liebt sie nicht«, murmelte der Gefängnisdirektor. »Das ist einfach unmöglich.« Der Schmerz in seiner Brust wurde schlimmer.

»Wieso kommt Pater Gerasimo nicht heraus?« fragte der Dorfpolizist.

Sie konnten nicht ahnen, daß sich der Priester nach der Trauungszeremonie in der Sakristei eingeschlossen hatte.

»Er hat ihn umgelegt«, sagte Manouso im Brustton der Überzeugung. »Man muß ihm bloß ins Gesicht sehen, um das zu wissen.«

Der Wachposten spähte über die niedrige Einfriedung aus Stein, die sich um den Stamm der Platane zog. »Schaut euch das Pißgesicht an«, sagte er. »Wie dreist der Bursche grinst.«

»Wo ist Pater Gerasimo?« fragte der Dorfpolizist erneut.

Der Gefängnisdirektor senkte den Kopf und verbannte die anderen Männer einen Moment lang aus seinen Gedanken. Stumm drangen die selbstmitleidigen Worte über seine Lippen: »Ich habe ihm doch sogar den Anzug meines Vaters geschenkt.« Der Schmerz in seiner Brust war so stark, als würde ihm das Herz aus dem Leib gerissen, und mit einem Mal erinnerte er sich an den Traum, den er erst vor kurzem gehabt hatte. Er hob den Blick. »Was hat er mit der Weste gemacht?« fragte er sich benommen. »Er hat die Weste meines toten Vaters verloren – oder vielleicht auch verkauft.«

»Wir sollten noch abwarten«, sagte der Hauptsekretär.

»Und wozu soll das gut sein?« fragte der Wachposten mit der Maschinenpistole. »Wir wollten ihm doch eine Überraschung bereiten.«

»Armer Pater Gerasimo«, sagte der Dorfpolizist traurig. »So übel war er gar nicht.«

»Herr Direktor?« fragte der Hauptsekretär.

»Ein kleines Zucken meines Fingers, und unser großer Casanova hat mehr Löcher als ein Schweizer Käse.« Der Wachposten war zum Äußersten entschlossen.

»Leise«, flüsterte Manouso. »Sonst wird das nichts mit der Überraschung.«

Der Wachposten spähte abermals hinter dem Baum hervor. »Er trägt ja nicht mal Weste oder Krawatte. Ein echter Kavalier würde nicht ohne Krawatte zu seiner Hochzeit kommen.«

»Was?« fragte der Hauptsekretär.

»Aber der Richter wird ihm schon noch 'ne Krawatte verpassen«, ergänzte der Wachposten. »Eine aus Hanf.«

»Eine Krawatte aus Hanf?« Manouso kratzte sich am Kopf. »Ja, klar.« Er kicherte. »Eine Krawatte aus Hanf! Ho, ho! Das ist ...«

»Halt den Rand!« befahl der Hauptsekretär.

»Ist doch wahr«, verteidigte der Wachposten den Häftling. »Für den Hals von unserem Casanova wird's verdammt eng, egal, ob er sich ergibt oder nicht.«

»Herr Direktor?« fragte der Hauptsekretär.

Doch der Gefängnisdirektor antwortete nicht.

Der Wachposten mit den blauen Augen schob die Kappe in den Nacken und visierte sein Ziel an.

»Auf Ihr Zeichen, Herr Direktor«, flüsterte er und leckte sich die Lippen.

Der Dorfpolizist steckte sich die zitternden Finger in die Ohren. Aristo nahm Stella an der Hand und wandte sich zum Dorfplatz. In der anderen Hand hielt er die unbrauchbare Pistole.

»Schieß«, zischte Manouso.

»Herr Direktor?« fragte der Hauptsekretär angespannt.

»Sie kommen genau auf uns zu«, flüsterte der Dorfpolizist.

Der Hauptsekretär zog seinen Revolver aus dem Holster. »Herr Direktor?«

Er drehte sich zu seinem Vorgesetzten, der den Kopf in den Händen vergraben hatte und bittere Tränen vergoß. Unsicher legte der Hauptsekretär dem Gefängnisdirektor die Hand auf die Schulter. Der Wachposten mit den blauen Augen zielte genau auf Aristo.

»Auf Ihr Zeichen, Herr Direktor.« Es klang fast flehentlich; seine Stimme zitterte vor Ungeduld. »Er kann uns jede Sekunde bemerken.«

Doch wieder erhielt er keine Antwort. Mit gemächlichen, sorglosen Schritten kam Aristo über den Dorfplatz auf sie zu. Er trug eine künstliche Blume im Knopfloch und wedelte achtlos mit der Pistole. Der Wachposten wandte sich um und warf einen verwirrten Blick auf den Gefängnisdirektor.

»Hauptsekretär?« fragte er hilflos.

»Schieß«, erwiderte Manouso statt dessen.

Die Legende von Atlantis

Die Zusammenkunft endete damit, daß der Präfekt mit der Faust auf den Konferenztisch schlug, so hart, daß dabei der Kristalldekanter umfiel und sich die Neige des Sherrys über die offiziellen Unterlagen und die Landvermessungskarten ergoß; ein Rinnsal bernsteinfarbenen Weins floß über die Krawatte, die wie eine zusammengerollte Schlange auf der blankpolierten Tischplatte lag. Der Schlips war aus blauer Seide, mit gelben, diagonal verlaufenden Streifen; der Präfekt hatte ihn eine Stunde zuvor abgenommen, als es bei der Unterredung einmal mehr äußerst hitzig zugegangen war.

»Das war meine Lieblingskrawatte«, zeterte der Präfekt, während sich die teure Seide mit Sherry vollsog. Mühsam erlangte er seine Selbstbeherrschung wieder, stand auf und zischte durch die zusammengebissenen Zähne: »Ihr Idioten … dafür werdet ihr bezahlen!«

Die drei Mitglieder der Dorfdelegation am anderen Ende des Tisches nahmen das Ende der Anhörung mit jämmerlichen Mienen zur Kenntnis; sie hatten auf ganzer Linie versagt. Ihr weinbeflecktes, von allen Dorfbewohnern unterzeichnetes Gesuch flog in den Papierkorb, und ihre Präsente – eine Korbflasche mit selbstgebranntem Schnaps und ein Hartkäse von der Größe eines Traktorrads – konnten sie auch wieder mitnehmen, wie ihnen gesagt wurde. Der Sekretär öffnete die Tür und verbeugte sich vor seinem Vorgesetzten. Bevor er den nach Schweiß stinkenden Raum verließ, wandte sich der Präfekt noch einmal um, um seinen Besuchern den verbalen Todesstoß zu versetzen.

»Ihr habt sieben Tage. Das war's.«

Noch ehe die drei Dorfbewohner ihre Hüte aufgesetzt hatten, waren er und seine Berater auch schon in den gewölbeartigen Korridoren des Kreisverwaltungsgebäudes verschwunden.

»Scheißkerl«, sagte der Krämer.

Seine Bemerkung hallte durch den leeren Raum. An den Wänden hing eine Reihe gerahmter Plakate, auf denen die Großtaten der derzeitigen Regierung abgebildet waren: eine schmale Teerstraße, die durch eine gesprengte Felsschlucht führte, eine Betonbrücke über einem ausgetrockneten Flußbett, ein Provinzflughafen, dessen Terminal aus einer fahrbaren, von Blumentöpfen gesäumten Baracke bestand. Den letzten Platz nahm ein leerer Rahmen ein, an dem »Wasserkrafttalsperre« stand. Der Bahnwärter betrachtete den leeren Rahmen, als sei er auf das Porträt eines verstorbenen Verwandten gestoßen.

Er seufzte. »Es ist vorbei, Leute. In einer Woche geht es uns schlechter als den Zigeunern.«

Seine Gefährten nickten, während über ihnen Fliegen schwirrten, die den Käse gerochen hatten. Durch das offene Fenster drangen Abgasschwaden herein; der Lärm der vorbeibrausenden Busse ließ die Jalousien erzittern. Die Hände auf dem Rücken verschränkt, gingen die Männer hinter dem schweren Konferenztisch auf und ab; es graute ihnen davor, zurückzufahren und den anderen Dorfbewohnern von ihrer Niederlage zu berichten.

Sie hatten die Aufgabe nicht aus freien Stücken übernommen. Nachdem das Gesuch von allen unterschrieben worden war – inklusive der Verstorbenen auf dem Friedhof, für die ihre Nachkommen unterzeichnet hatten –, hatte jeder seinen Namen auf ein Stück Papier geschrieben und dieses dann in einen leeren Feta-Behälter gesteckt, der ordentlich geschüttelt wurde, bevor Pater Gerasimo die drei Lose zog.

»Scheiße«, murmelte der Krämer in seinen Bart. »Dreimal dampfende Eselscheiße.«

»Mist«, sagte der Bahnwärter. »Gottverdammter Mist.«

»Sauerei«, murrte der Tavernenwirt. »Verfluchte Sauerei.«

Die anderen hatten erleichterte Seufzer von sich gegeben.

»Schweigt, ihr Gotteslästerer«, hatte Pater Gerasimo die drei

Auserwählten zurechtgewiesen. »Tragt euer Kreuz, wie es der Erlöser getan hat.«

Und so waren sie in die Kreisstadt gefahren, bewaffnet mit Branntwein und Käse, um den launischen Präfekten gnädig zu stimmen. Nun, da sie um den Konferenztisch herumschlichen, erinnerten sich die drei Männer an jenen Tag vor einigen Jahren, als die Bauinspektoren ins Dorf gekommen waren und verkündet hatten, daß am anderen Ende des Tals ein Staudamm entstehen würde. Zunächst hatten die Dorfbewohner die Bekanntmachung völlig mißverstanden.

»Na, das ist doch gut fürs Geschäft«, sagte der Tavernenwirt. »All die Touristen, die dann kommen, um den Staudamm zu fotografieren.«

Die Bauinspektoren lachten schallend. »Das ist schon richtig«, sagten sie. »Da gibt's nur ein kleines Problem. Denn wenn die Touristen kommen, hat euer Dorf die Lage von Atlantis.«

Doch jahrelang hatte sich nichts getan. Die einzige Erinnerung an jene makabre Begebenheit war ein Blechschild mit der Aufschrift »Staudamm – Baldiger Baubeginn«. Nach und nach verwitterte das Schild, die Farbe blätterte ab, das Blech rostete, und nachdem ein paar Dorfbewohner mit ihren Gewehren darauf geschossen hatten, sah das Schild noch trostloser aus. Doch dann, als alle den Staudamm längst vergessen hatten, waren eines Tages die Bulldozer angerückt.

Zwei Jahre hatten die Bauarbeiten gedauert; dann hatten die Ingenieure mit dem Bau des Wasserkraftwerks begonnen. In den vergangenen acht Monaten waren dann zwei Flüsse in das Tal umgeleitet worden. Das Bauunternehmen war eine deutsche Firma.

»Am Freitag um Punkt sechs Uhr morgens werden die Ingenieure die Dämme sprengen und das Tal fluten«, hatte das Ultimatum des Präfekten gelautet. »Alles läuft genau nach Zeitplan. Und das war meine letzte Warnung.«

Da die Dorfbewohner sich derart stur gestellt hatten, bedeutete dies, daß ihnen nun lediglich noch eine Woche zur Umsiedlung in das ihnen zugewiesene Gebiet blieb – einen kargen, öden Landstrich, der etwa hundertfünfzig Kilometer entfernt lag. Auf alle

Anträge, in eine bessere Gegend evakuiert und in Häusern statt vorübergehend in Armeezelten untergebracht zu werden, hatten sie nur nebulöse Versprechungen erhalten; das Projekt vor der Wahl fertigzustellen, hatte oberste Priorität. Die Stimmung der drei Abgesandten besserte sich keineswegs, so oft sie den Konferenztisch auch umkreisten.

»Wir werden hungern«, sagte der Tavernenwirt. »Schlicht und einfach hungern. Ohne gutes Ackerland sind wir dem Verderben geweiht.«

Der Bahnwärter zuckte mit den Schultern. Seine Uniform war frisch gebügelt und gebürstet, und die abgerissenen Knöpfe waren wieder an ihrem Platz. Seine Mütze war mit Zeitungspapier ausgestopft, und sein Abzeichen blinkte nur so, nachdem es am Abend zuvor zwanzig Minuten in heißem Essig gekocht worden war. Seine Frau hatte keine Mühen gescheut, damit ihr Mann auf seiner so überaus wichtigen Mission keinen schlechten Eindruck hinterließ.

»Die Bauern kriegen bestimmt eine Entschädigung«, sagte er.

Der Tavernenwirt konnte mit solchem Optimismus nichts anfangen.

»Letztlich ist das doch nichts anderes, als würde man seinen Herd gegen einen gebratenen Hammel eintauschen. Eine Zeitlang hat man zu essen, aber früher oder später hat man das Fleisch verzehrt. Und dann hat man nur noch Bohnen, kann sie aber nicht mehr kochen.«

»Stimmt«, sagte der Bahnwärter. »Aber die Bauern kriegen wenigstens noch ein paar warme Mahlzeiten, während mir sogar noch die Pension gekürzt wird, weil ich vorzeitig in den Ruhestand gehe. Um mal bei deinem Beispiel zu bleiben: Für meinen Herd geben die mir nicht mal 'nen Hammel, sondern von vornherein bloß die Bohnen.«

Der Tavernenwirt blies die Wangen auf.

»Wenn nur der Bürgermeister noch leben würde«, sagte er nachdenklich.

Die drei Kameraden nickten in einvernehmlicher Trauer; die Welt hatte sich in ein gigantisches Meer der Ungerechtigkeit verwandelt, auf dem ihr Dorf wie ein Floß trieb, das sich langsam in seine Bestandteile auflöste. Mittlerweile stank es im Raum durchdringend nach Abfall. Der Krämer ging zum Fenster und ließ seinen Blick über die Betonwüste schweifen. Ein Müllwagen kam die Straße hinauf und hielt alle paar Meter, während die Müllmänner neue Tonnen herankarrten. Plötzlich traten die Augen des Krämers aus den Höhlen.

»Die Deutschen!« geiferte er. »Die übernehmen das ganze Land!«

Auf der anderen Straßenseite, wo einst der Laden eines Kollegen gewesen war, hatte er ein Schild mit der Aufschrift »Delikatessen« entdeckt. Hastig trat er vom Fenster weg, als er sich vorstellte, daß dort im Laden ein Mann mit gewaltigem Schnauzbart, fleckiger Schürze und Pickelhaube hinter der Theke stand und mit siegessicherem Lächeln einen Schinken zerlegte. Der Gedanke deprimierte ihn nur noch mehr. In einer Ecke des Konferenzraums stand ein mit Sand gefüllter Behelfsascher. Im selben Moment, als der Krämer hineinspuckte, reute ihn auch schon sein ungebührliches Verhalten; er trat gegen das Blechgefäß, das quer durch den Raum rollte und eine Spur aus Sand und Zigarettenstummeln hinterließ. Der Bahnwärter sah auf seine Uhr.

»Wir müssen los«, sagte er ratlos. »Sonst verpassen wir noch den Bus.«

Sie waren bereits an der Tür, als der Tavernenwirt umkehrte, die Krawatte des Präfekten vom Konferenztisch nahm und mit einem feisten Grinsen einsteckte. Dann marschierten die drei Delegierten durch die langen Behördenkorridore, eine Wendeltreppe aus Marmor hinunter und durch das kühle Foyer mit den Holzbänken hinaus in den heiteren Sonnenschein des Septembernachmittags.

Betretenes Schweigen herrschte zwischen ihnen, als sie im Bus Platz genommen hatten. Sie saßen in der letzten Reihe, taten sich heißhungrig am Käse gütlich und ließen die Korbflasche herumgehen. Zwischendurch sahen sie aus dem Fenster. Über die Wälder von Fernsehantennen auf den Dächern der zweistöckigen Betonhäuser erhoben sich riesige Reklametafeln; von den Balkongeländern hing Wäsche, die in der Sonne trocknete. Als der Bus die Stadtgrenze erreichte, sahen sie von weitem die Baustelle, Planierraupen, die die Erde ebneten, wo Olivenhaine gewesen waren; die Bäume lagen am Straßenrand. Staub wirbelte auf, als mit Sand und Kies beladene Kipplaster den Bus überholten; der Schaffner bat die Fahrgäste, die Fenster zu schließen. Lange Zeit gab es draußen nichts zu sehen außer endlosen Reihen entwurzelter Bäume, und schließlich beschlugen die Fenster durch den Schweißdunst der Passagiere. Der Fortschritt hielt Einzug im Land wie eine Besatzungsarmee. Die drei Delegierten ließen die Schnapsflasche kreisen.

Sie hatten einen Großteil des Käses verzehrt, als sie im Dorf ankamen; schnell tranken sie noch die letzten Tropfen Schnaps. Vor dem Café hatte sich das ganze Dorf versammelt; man wartete schon seit zwei Stunden auf den überfälligen Bus. Als die Hupe erklang, ging ein Ruck durch die Menge. Die Delegierten waren allerdings zu betrunken, um noch stehen zu können; vom Café wurden Stühle herbeigebracht, während die drei nacheinander hinter der großen Platane verschwanden, um zu urinieren, bevor sie sich schließlich im Schatten des Baumes niederließen und um Wasser baten. Erst als jeder drei große Gläser getrunken hatte, berichteten sie von ihrem Treffen mit dem Präfekten.

Zunächst zeigten die Umstehenden keinerlei Regung. Doch ihre Gefühle befanden sich in einem so heiklen Gleichgewicht, daß plötzlich bei allen die Dämme brachen, als der erste zu weinen begann. Bald schwamm der ganze Dorfplatz in Tränen. Animiert vom allgegenwärtigen Schluchzen, begannen auch die Hunde zu heulen und verschreckten die Schafe, die am Dorfrand grasten. Die Sonne sank bereits, als das Wehklagen schließlich endete. Und dann fingen die Häuser an zu bluten. Von den Balkonen, den Veranden und den Fensterbänken tropfte eine rote Flüssigkeit über die weißen Hauswände, als wäre eine alte Wunde aufgebrochen; nur das langsam verfallende Rathaus mit seinen verrammelten Fensterläden war davon nicht in Mitleidenschaft gezogen.

Natürlich handelte es sich nicht um Blut, sondern um die Spuren eines Trankopfers; in ihrer Verzweiflung hatten sich die Dorfbewohner an den alten Brauch erinnert.

»Ihr vergeudet euren Wein«, rief Pater Gerasimo. »Eure Heidengötter können euch auch nicht helfen.«

Die Dorfbewohner schenkten ihm so gut wie keine Beachtung. Allerdings tranken sie nun erst von dem Wein, bevor sie den Rest über die Wände gossen; sie hörten nicht auf, ehe der weiße Verputz überall rot wie Blut war. Als sie fertig waren, roch es in den Straßen so stark nach Alkohol, daß man vom bloßen Einatmen betrunken wurde. Im Zwielicht der Dämmerung wirkte das Dorf, als sei es komplett zur Hölle gefahren. Nun wurde es Zeit, die Schuldigen beim Namen zu nennen.

»Selbst mein Hirtenstar hätte sich besser eingesetzt für unsere Belange!« Der Barbier wischte sich das tränennasse Gesicht.

Der Krämer hatte einen Schluckauf von all dem Schnaps und Wein. »Mehr war einfach nicht zu machen!«

Der Tavernenwirt rülpste und stärkte seinem Kameraden den Rücken, als er sich daran erinnerte, was ihnen der Präfekt am Nachmittag gesagt hatte. »Der Staudamm ist eine Sache von nationaler Bedeutung.«

»Genau«, fügte der Krämer hinzu und zitierte weiter: »Das Kraftwerk ist eine Speiche im Rad des Fortschritts.«

Zacharias der Anwalt rieb sich das Kinn. »Aber wie können sie das Tal fluten, solange der Zug noch fährt?«

Der Bahnwärter rutschte nervös auf seinem Stuhl herum.

»Na ja«, sagte er, »der Zugverkehr ist seit letzter Woche eingestellt.«

»Vorgestern hast du mir noch gesagt, ich hätte den Zug verpaßt!« mischte sich der Barbier ein. »Du selbst hast mir noch die Fahrkarte verkauft!«

Der Bahnwärter war schamrot geworden. Seine Frau trat neben ihn und ergriff seine Hand.

»Ich muß ja schließlich auch von irgendwas leben«, entschuldigte sich der Bahnwärter. »Unser Bahnhof ist schon seit längerem überflüssig geworden. Die Diesellokomotive braucht eben nicht jede halbe Stunde frisches Wasser – so wie der alte Dampfkessel.«

»Aber was ist, wenn jemand von uns in die Stadt muß?«

»Es gibt ja immer noch den Bus. Die Größe unseres Dorfs rechtfertigt keinen eigenen Bahnhof.«

Schweigen. Der Bahnwärter setzte seine Mütze ab; seine Frau

strich ihm zärtlich über das schüttere Haar, während er das Zeitungspapier aus der Mütze nahm.

»Aber das Ganze hat sich ja sowieso erledigt.« Der Bahnwärter seufzte resigniert, ehe er sich an den Cafébesitzer wandte. »Sei so nett und bring mir eine Tasse Kaffee. Mit zwei gehäuften Löffeln Zucker, bitte.«

Als der Wal vor dem Gasherd stand und über den Fortschritt nachdachte, gab er statt dessen vier Löffel Zucker hinein. Dann begab er sich mit dem Tablett nach draußen.

»Der Bahnwärter hat recht«, sagte er. »Den Fortschritt kann keiner aufhalten. Da wär's einfacher, 'ne Dampfwalze mit bloßen Händen zu stoppen.«

Der Bahnwärter kostete seinen Kaffee und spuckte aus.

»Selbst der Wal hat's kapiert«, sagte er. »Es ist sinnlos, weiter drüber zu reden.«

Sie nickten mutlos, als Maroula die Näherin vortrat. Sie holte so tief Luft, daß sie dabei größer zu werden schien. »Für mich stand es sowieso von vornherein fest«, sagte sie. »Ich werde mich jedenfalls nirgendwohin umsiedeln lassen.«

Ihr einziger Besitz von Wert war eine Nähmaschine, deren Antriebsriemen kurz vor dem Reißen stand; sie wußte nicht einmal, woher sie kam, und hatte immer wieder vergeblich nach ihren Eltern gesucht. Sie hatte nichts zu verlieren und keinen Menschen auf der Welt, der ihr eine Träne nachweinen würde.

»Wir sollten hierbleiben und uns mit Zähnen und Klauen gegen die Umsiedlung wehren«, sagte Maroula. »Bis sie uns Land geben, von dem wir uns ernähren können. Und Häuser müssen sie uns auch bauen.«

Es dauerte nicht lange, bis sich alle einig waren – zum ersten Mal in der Geschichte des Dorfs. Und noch bevor die Sterne am Himmel strahlten, hatte der Bahnwärter bereits ihren Entschluß an die Kreisverwaltung telegraphiert, während die Dorfbewohner, eingehüllt in einen wärmenden Alkoholnebel, nach Hause gingen – fest davon überzeugt, daß ihnen der Präfekt schon morgen antworten würde.

»Alle raus auf die Straße!«

Sie sahen den Sprecher zwar nicht, doch der Befehlston der Stimme reichte aus, um sie aus den Betten und in ihren Nachtgewändern auf die Straße zu treiben. Der Tag war gerade erst angebrochen; die Nacht hing noch in der Luft, und auf den Blättern der Bäume lag Tau. Die Dorfbewohner, angetan mit ihren geflickten Nachthemden, rieben sich die Arme und traten von einem Bein aufs andere; sie waren barfuß und die Pflastersteine unter ihnen eisig kalt. Die kleinen Kinder weinten. Sie rieben sich die Augen und sahen, daß sie von einer Schar Polizisten eingekreist waren, die Gummiknüppel in den Händen hielten. Nachdem sich die Dorfbewohner in Reihen aufgestellt hatten, traten die Polizisten beiseite, um ihren Vorgesetzten hindurchzulassen. Zunächst konnten die Dorfbewohner sein Gesicht nicht sehen, da es hinter einem großen Taschentuch verborgen war. Doch als er sich schließlich die Nase geputzt und das Taschentuch wieder weggesteckt hatte, erblickten sie einen stinksauren Polizeimajor mit einem Schuhbürstenschnäuzer, der sie träge ansah. Er ging vor den Aufgereihten auf und ab und zog mehrmals die Nase hoch.

»So so, das wären also unsere Aufrührer«, sagte er. »Da haben wir ja eine feine Bande beisammen.«

Er blieb stehen, um seine laufende Nase erneut mit dem Taschentuch zu attackieren. »Was für ein infamer Pöbel!« schnauzte er mit einer Stimme, als würde er sich die Nase zuhalten.

Die ersten Sonnenstrahlen fielen über das Tal, das sich nur allzubald in einen See verwandeln würde.

»Dichter und Denker meinen, es gäbe kaum erhabenere Momente als einen Sonnenaufgang«, sagte der Major. Er räusperte sich und spuckte einen Klumpen Rotz aus. »Ich für meinen Teil ziehe es allerdings vor, im Bett zu bleiben.«

Ohnmächtig und verlegen starrten ihn die Dorfbewohner an. Einige der Männer trugen nur ihre Unterhemden und Unterhosen.

»Schlafen ist nämlich genauso wichtig wie essen«, sagte der Major. Er machte eine Pause, um das diamantene Glitzern der hinter den Bergen aufgehenden Sonne zu bewundern. »Und ich hasse es, Hunger zu haben.« Ohne seinen schläfrigen Blick von den

Bergen abzuwenden, hob er den Arm. »Das ganze Pack auf die Laster«, befahl er.

Die Fahrt dauerte drei Stunden und kam den Dorfbewohnern wie der Weg nach Golgatha vor. Zuerst ging es noch über geteerten Asphalt, doch bald über eine Staubstraße, die in eine stille gelbe Ebene führte; die fruchtbaren Äcker, die es dort einst gegeben hatte, waren verdorrt und längst verlassen. Krähen nisteten jetzt dort, wo sich früher die Räder der Wasserpumpen gedreht hatten, und von fern sahen sie schon vor langem geräumte Höfe. Und dann war ihre Reise zu Ende. Das Lager befand sich in einer Senke. Von den Hügeln herab waren grüne Zelte im Halbkreis um eine freie Fläche angeordnet; der Anblick erinnerte an ein antikes Amphitheater. Unter einer straff gespannten Persenning im Zentrum des Lagers fanden sie gestapelte Dosengerichte und Wasserkanister; gleich daneben befand sich ein Telegraphenapparat der Armee.

»Willkommen zu Hause«, sagte der Major. »Der Telegraph darf nur von amtlich befugten Personen benutzt werden. Wer ist dafür zuständig?«

Seine Mütze in den Händen, trat der Bahnwärter vor.

»Schön. Der Präfekt läßt ihnen allen beste Grüße ausrichten. Ihre Felder werden im übrigen gerade geflutet. Das Ganze wird nicht viel Zeit in Anspruch nehmen; ihr Ort ist ja nicht zuletzt aufgrund seiner günstigen Lage ausgewählt worden.«

Der Major sah auf seine Uhr, spuckte abermals aus und stieg auf den nächsten Laster.

»Und die Umsiedlung hat auch so gut wie nichts gekostet.«

Den Rest des Tages fuhren die Lastwagen zwischen Dorf und Lager hin und her, transportierten Vieh und Eigentum der Dorfbewohner von einem Ort zum anderen. Die Abwicklung dauerte bis in den Abend, und am Ende sah das Zeltlager im Licht der Scheinwerfer, die von einem Dieselgenerator mit Strom versorgt wurden, wie ein Flohmarkt aus. Da gab es Kattunvorhänge, die noch an den Gardinenstangen hingen, Nachttöpfe, die nicht ausgeleert worden waren, zerbrochene Ikonenlämpchen und beim Transport durcheinandergeratene Ahnenbilder, so daß niemand mehr wußte, wessen Großvater dieser oder jener schnurrbärtige

Vorfahr nun eigentlich gewesen war. Anderthalb Meter hohe Matratzenstapel standen herum, Spiegelschränke, denen die Schubladen fehlten, und Gefäße, aus denen der Duft von Weihrauch stieg. Dann waren da noch die Tiere: Hühner, die in Panik Eier ohne Schalen gelegt hatten, zwei Hähne, die versehentlich in einen Käfig gesperrt worden und aufeinander losgegangen waren – eine Gruppe von Polizisten hatte zugesehen und Wetten abgeschlossen –, Truthähne, die zwischen den staubigen Möbeln einherstolzierten, Hunde, die in emaillierten Badezubern schliefen, und Ratten, die plötzlich aus Schränken sprangen.

Erst als der Major und seine Männer wieder abgefahren waren und sich die Streitereien darüber, was nun eigentlich wem gehörte, gelegt hatten, erkannten die Dorfbewohner das ganze Ausmaß ihres Elends: Sie waren nicht mehr als ein Haufen unerwünschter Flüchtlinge. Nun schämten sie sich dafür, wie sie all die Jahre die Zigeuner behandelt hatten. Aber noch mehr schämten sie sich über sich selbst, als sie daran dachten, wie kleinlich und engherzig sie immer gewesen waren, und gleichzeitig überkam sie ein Gefühl der Einsamkeit, als wären sie auf einer Insel gestrandet, die auf keiner Karte der Welt verzeichnet war. Während sie über all dies nachsannen, geschah es. Mit verweinten Augen blickten sie sich an, und niemand mußte etwas sagen. Sie wuschen sich den Staub von der Haut, der ihnen das Aussehen von Gespenstern verlieh, legten ihre Nachthemden, Pyjamas, Unterkleider und Unterhosen ab, zogen sich frische Sachen an und machten sich nur wenige Stunden später auf den Weg zurück ins Dorf.

Sie marschierten sechs Tage lang. Völlig erschöpft kamen sie in ihrer Heimat an, beladen mit den Dingen, die sie aus dem Lager mitgenommen hatten, und gefolgt von einer kunterbunt durcheinandergewürfelten Herde von Schafen, Hunden, Geflügel und Kälbern.

»Morgen bestimmen wir neue Delegierte«, kamen sie überein, bevor sie sich in ihre leeren Häuser zurückzogen.

In jener Nacht schliefen sie besser als je zuvor; sie waren stolz auf sich, und ein wenig hatten sie ja auch über sich selbst gelernt. Sie schliefen viele Stunden lang, erschöpft von der Odyssee, die sie hinter sich hatten; manche heulten im Schlaf wie die Wölfe, und manche zischten wie Schlangen, bis sie im Morgengrauen von einem gewaltigen Donner geweckt wurden – obwohl sie dachten, sie hätten nur geträumt, da der Himmel so klar und blau war wie das Meer im September.

Und so schliefen sie wieder ein, bis sie bald darauf das Winseln der Hunde hörten, die verzweifelt versuchten, ihre Leinen durchzubeißen; die Esel schrien, die Pferde bäumten sich auf, und die Hühner gackerten, als hätte sich der Fuchs in ihren Stall geschlichen. Sie hatten ganz vergessen, was für ein Tag es war. Die Männer hatten gerade eben ihre Stiefel angezogen und die Frauen die Babys auf die Arme genommen, als die Flut das Dorf erreichte; Holzschuppen und Ziegenställe trieben auf dem tosenden Wasser, das Steine aus dem alten Aquädukt mit sich führte, Tausende Meter tödlichen Stacheldrahts und den Wachturm des ehemaligen Gefängnisses.

Noch im Bett liegend, wandte Pater Gerasimo den Kopf. Als er den Brodem des Vergessens sah, griff er nach dem Kreuz, das an seinem Bettpfosten hing. Er hatte es gerade berührt, als die Strömung das Häuschen wie Treibholz mit sich riß.

Als die Flut den Staudamm erreichte, hob sich der Wasserspiegel im ganzen Tal, bis er die Dachfirste der höchsten Häuser umspülte; das Wasser stieg bis an die Stuckdecken im Rathaus, unter die Kuppel in der Kirche des heiligen Timotheus, und es stieg weiter und weiter, bis nur noch der Glockenturm herausragte. Alles, was nicht niet- und nagelfest war, trieb nach und nach an die Oberfläche: die Tische und die Queues aus dem Billardsalon, die Bilder der Apostel und Teile der Altarverkleidung, ein Holzkäfig mit einem toten Kanarienvogel, ein glänzender Kasten, in dem eine Drehorgel gewesen war, und der walartige Leichnam des Cafébesitzers, der alles verschlafen hatte und ertrunken war, ohne es überhaupt zu bemerken.

Später trieben ein paar herrenlose Buchseiten vorbei an all dem Plunder, der bereits auf dem Wasser schwamm. Die Buchstaben waren völlig verwischt, und nur ein einziges, langsam verblassendes Wort war noch zu erkennen: ΤΕΛΟΣ – das heißt: ENDE.